그녀의 취미생활

SEOMIAE
COLLECTION 2

그녀의 취미생활

서미애 지음

엘릭시르

차례

냄새 없애는 방법

1

미향은 번역하던 책을 덮고 또다시 자리에서 벌떡 일어났다. 얼마나 세차게 자리를 박차고 일어났던지 의자가 저만큼 벽에 가 부딪쳤다. 벽만 없으면 얼마든지 더 갈 수 있다는 기세로 의자 등받이가 부르르 떨렸다. 힘이 들어간 미향의 주먹도 그렇게 부들부들 떨리고 있었다. 머리끝까지 치받는 화로 관자놀이가 지끈거릴 정도였다. 이러다 또 송곳으로 찌르는 듯한 편두통이 몰려올까봐 미향은 크게 심호흡을 하며 억지로 화를 가라앉혔다. 아무리 열이 받아도 지금은 방법이 없다. 그 사실을 떠올리자 미향은 길게 한숨을 내쉬고 다시 의자를 끌어다 앉았다.

책상 위에 놓인 커피잔은 비어 있었다. 자리에서 일어나 주전자에 물을 받아 가스레인지에 올리면서 미향은 자기도 모르게 투덜거렸다. 인간들, 도대체 예의란 게 없단 말이야. 계속 원고가 늦어져 독촉 전화를 받은 탓도 있지만 205호에서 흘러나오는 냄새가 아까부터 미향의 신경을 자극하고 있었다.

애초에 이런 곳으로 이사오는 게 아니었다. 갑작스럽게 방을 구해야 하는 바람에 미처 주변 환경을 살피지 않은 것이 실수였다. 오피스텔 건물에서 강아지를 키우는 것 자체가 말이 안 되는 일이었지만 그보다 더 짜증나는 것은 개 주인이 냄새에 둔감하다는 사실이다.

이사온 첫날, 이웃집에서 들리는 강아지 소리에 미향은 두 눈을 질끈 감고 말았다. 당장이라도 짐을 들고 있는 일꾼들에게 '뒤로 돌아!' 하고 외치고 싶었다. 주인은 없고 강아지만 집을 지키고 있는 듯 복도의 인기척에 민감해져서 놈은 이사를 마칠 때까지 계속 왕왕 짖어댔다. 사실 개 짖는 소리 때문에 그렇게 예민해진 것은 아니다. 그것보다는 그놈이 하루종일 혼자 있으면서 방안 여기저기에 뿌려대는 똥오줌 냄새가 문틈을 넘어 복도까지 흘러나오고 있다는 게 문제였다. 아니, 문 너머 방안에만 일을 저질러놓는 것이 아닌 듯했다. 복도 계단을 돌아다니며 킁킁거려보니 거기에도 영역 표시를 해놓았는지 냄새가 배어 있었다.

세상에, 자기 개가 복도에 일을 저질렀는데 청소도 안 했단 말인가?

그 순간 205호와는 영원히 친해지지 못할 거라는 예감이 들었다. 이삿짐을 정리하고 복도를 락스로 청소하고 있는데 205호 주인이 나타났다. 이십대 후반쯤 되어 보이는 여자로 얼굴에는 몇 겹을 발랐는지 모를 만큼 화장이 짙었다. 미향은 순간 숨을 멈추었다. 기름기로 번쩍거리는 얼굴을 보니 화장품 냄새, 땀냄새로 미향의 후각을 괴롭힐 게 뻔했다. 여자는 미향을 힐끔거리며 지나갔다. 여자는 205호 앞에 멈추어 섰다.

그럼 그렇지. 보자마자 딱 감이 왔다니까.

그렇지 않아도 강아지 때문에 예민해진 미향에게 여자의 첫인상이 좋을 리 없었다. 거기에 여자는 확실하게 마침표까지 찍어주었다.

"지금 뭐하시는 거예요?"

여자는 미향을 향해 잔뜩 인상을 쓰고 물었다. 수세미로 강아지의 흔적을 지우던 미향은 여자의 음성에 녹아 있는 짜증에 어이가 없어 고개를 들었다.

"뭐라고요?"

"지금 뭐하시는 거냐고요."

보면 모르냐? 네 잘난 강아지가 질질 흘려놓은 오줌을 치우는 중이잖아. 지금이라도 냉큼 내 손에 들린 수세미를 뺏어 들고 '어머 미안해요, 제가 치울게요' 이래야 하는 거 아니니?

하지만 여자는 그럴 생각이 전혀 없어 보였다. 아니, 그보다 복도를 청소하고 있는 미향이 오히려 영 못마땅하다는 표정이었다.

"짜증나 정말, 이렇게 미끄럽게 해놓으면 어떡해요? 그러다 넘어지면 책임질 거예요?"

The pot calls the kettle black. 미향의 눈앞에 갑자기 전광판이 만들어지면서 이 문장이 흘렀다.

적반하장도 유분수지. 지금 내가 누구 때문에 이 고생을 하고 있는데, 이사온 첫날부터 내가 복도에 쭈그려앉아 강아지 오줌이나 닦고 있어야 하느냐고!

"거기 강아지 키우시죠? 내가 왜 이러는지 정말 모르겠어요?"

그래도 이사 첫날인데, 될 수 있으면 조용히 처리하자 싶어 목소리를 최대한 낮추었다. 그제야 여자는 미향이 왜 복도를 청소하고 있는지 깨달은 모양이었다. 둔하기는. 조금 전까지 기세등등하던 여자의 눈꼬리가 조금은 내려갔다. 복도 여기저기로 시선을 던지는 게 아무래도 녀석의 흔적이 한두 군데가 아닌 모양이다.

"우리 뽀삐가 일보면 내가 휴지로 다 치웠는데, 냄새도 안 나잖아요?"

그 말을 듣자 미향의 머리가 갑자기 띵해온다.

냄새가 안 난다고? 이렇게 코를 마비시킬 정도로 복도에 퍼진 냄새는 그럼 뭐란 말인가?

미향은 결국 수세미를 내려놓고 여자에게 다가갔다. 여자의 손을 끌어다 냄새가 어디에서 나는지 조목조목 짚어줄 심산이었다. 하지만 미향은 금세 걸음을 멈출 수밖에 없었다. 조금 전에는 락스 냄새에 묻혀 미처 느끼지 못하던 여자의 화장품 냄새, 땀냄새, 거기에 짙은 향수 냄새까지 미향에게 확 달려들었기 때문이다. 여자는 걸음을 멈추고 노려보는 미향의 낌새가 이상했는지 얼른 문을 열고 들어가버렸다. 안에서 주인을 반기는 강아지의 팔짝팔짝 뛰는 발소리가 들렸다.

여자가 들어가기 무섭게 미향은 복도 끝으로 달려가 작은 창문 밖으로 고개를 내밀었다. 사람 얼굴 하나가 들어갈까 말까 한 작고 형식적인 창문이었지만 거기에라도 얼굴을 내밀지 않으면 토할 것 같았다. 참았던 숨을 뱉어내고 신선한 공기를 들이마시니 조금은 진정이 되는 것 같았다. 그렇게 자기 몸에 냄새를 휘감고 다니니 주위에 무슨 냄새가 나는지 무감각할 수밖에. 하긴 그러니 강아지도 키울 수 있는 것이겠지.

2

미향의 친구 중에 미감이 아주 뛰어난 사람이 있다. 혀로 많은 것을 느낄 수 있는 그 친구는 맛집을 찾아다니며 맛본 음식들을 어떤 설명을 듣지 않고도 집에서 그대로 만들어내곤 했다. 중요한 건 비법이 아니라 맛이라며, 혀로 맛을 보는 그 순간 음식의 재료나 조리 과정, 양념의 배분도 정확히 알 수 있다는 것이다. 미향이 그녀와 친구가 될 수 있었던 건 그녀의 요리에서 나는 맛있는 냄새 때문만은 아니었다. 적어도 그녀의 요리에서 나는 냄새는 미향을 속이지 않았다. 어떤 요리들은 그 향에 비해 맛이 형편없었다. 그럴 때 미향은 견딜 수 없는 배신감을 느끼곤 했다. 하지만 그녀의 요리는 그 향이 풍기는 맛을 그대로 담고 있었다. 냄새를 맡으며 상상했던 맛들을 고스란히 요리에 담아내는 요리사는 그렇게 흔치 않다. 그런 그녀가 한번은 미맹인 남자와 사귄 적이 있다.

남자는 뭘 먹든지 '맛있다'를 연발하며 그릇을 비우곤 했다. 처음 그 남자에게 요리를 해주었을 때, 그녀는 연방 맛있다고 감탄하는 남자에게 희열을 느꼈다. 요리에 자부심을 가지고 있었으니, 그 칭찬이 당연하긴 했지만 사랑하는 남자가 자신의 요리를 칭찬하는데 기쁘지 않을 여자가 어디 있겠는가. 그러던 어느 날 정말 백 번에 한 번 할까 말까 하는 실수로 여자는 해물탕에 소금을 넣는다는 게 그만 설탕을 넣고 말았다. 보통의 입맛을 가진 사람이라고 해도 그 소리를 들으면 배 속에서 느끼함이 올라올 텐데, 그 남자는 냄비를 거의 다 비울 동안 여전히 맛있다는 소리만 할 뿐이었다.

처음엔 정성에 대한 배려라고 생각했지만 아무래도 이상한 생각이 들어, 여자는 그때부터 남자에게 요리를 해주면서 조금씩 색다른 실험을 해보았다. 된장찌개에 커피 가루를 넣기도 하고 콩나물무침에 식초를 듬뿍 뿌리기도 했다. 하지만 남자는 전혀 모르는 눈치였다. 그에게 된장찌개는 된장찌개이고 콩나물무침은 눈에 보이는 그대로 콩나물무침일 뿐이었다. 기가 막힌 여자가 남자에게 물었다.

"맛있어? 뭐 이상하지 않아?"

"응, 맛있어. 진짜 맛있다. 자긴 요리 하난 정말 잘하는 거 같아."

결국 여자는 굳은 결심을 하고 서로 다른 미나리무침 다섯 가지를 반찬으로 내놓고 남자에게 가장 맛있는 나물을 고르라고 했다. 식탁 위에는 밥 한 공기와 미나리무침 다섯 그릇만이 놓여 남자의 간택을 기다리고 있었다. 남자는 어리둥절했지만 곧 다섯 가지 미나리무침을 먹기 시작했고 고르기가 쉽지 않은지 한참 고심하던 끝에 한 가지를 선택했다.

"정말로 이게 가장 맛있는 무침이야?"

"응, 잘 모르겠지만 이게 제일 나은 거 같은데?"

남자와 키스만 해봐도 혀끝으로 이 남자가 좋은 남자인지 나쁜 남자인지 알 것 같다고 떠벌릴 만큼 최고의 미감을 자랑하는 여자는 남자가 고른 나물을 천천히 입안에 넣고 씹기 시작했다. 그리고 세 번을 채 씹기도 전에 여자는 입에 든 나물을 모두 뱉어내고 입을 헹구었다. 무슨 일인지 몰라 어리둥절해하는 남자에게 여자는 이렇게 말했다.

"그것도 입이라고 달고 다녀? 당장 내 집에서 나가!"

여자는 입안에 남아 있는 희미한 담배 냄새를 마저 지우기 위해 가글을 시작했다. 어떻게 담뱃재가 들어간 나물을 모를 수가 있는지, 여자는 미향에게 그런 미맹은 생전 처음이라며 그동안 자신이 해준 요리를 아까워했다.

3

미향은 그녀의 심정에 누구보다 공감했다. 이사온 뒤로 205호 여자와 신경전을 벌일 때마다 미향은 친구 생각을 했다. 얼마나 끔찍했을까? 친구는 남자에게 나가라는 한마디로 문제를 해결했지만 미향의 경우는 쉽게 풀리는 문제가 아니다. 보증금이 없는 대신 육 개월치 월세를 미리 주고 들어왔으니 이사할 수도 없고, 그렇다고 205호 여자에게 나가라고 할 입장도 아니다. 물론 주인에게 이야기해볼 생각을 안 한 것은 아니다. 하지만 집 앞에서 골목을 쓸고 있는 주인을 만나 이때다 하고 다가갔을 때 미향은 주인의 몸에서 은은하게 퍼지는 동물의 냄새를 맡았다.

그래, 주인이 같은 입장이니 세입자가 강아지를 키워도 개의치 않았던 거군.

미향은 주인에게 이야기해봐야 소용없으리란 걸 깨달았다. 그렇다고 이 문제를 그대로 덮어두고 넘어갈 수도 없는 일. 미향은 며칠을 고심하다 205호 여자에게 선물을 하기로 했다. 강아지 배변으로 인한 악취를 없애주는 소취제. 항균 작용까지 한다니 여자에겐 꼭 필요한 용품이다.

소취제 용기에 예쁘게 빨간 리본까지 달아 205호로 찾아갔다. 강아지를 가슴에 안고 반쯤 문을 열어 방문객의 얼굴을 확인한 205호 여자는 미향의 손에 들린 소취제를 보고는 표정이 굳어졌다.

"짜증나 정말. 진짜 왜 그래요? 우리 뽀삐가 그 방에 싼 것도 아니고, 설마 냄새가 거기까지 간다는 거예요? 뭐예요?"

"내 방까지 냄새가 나니까 그렇죠."

태연한 미향의 대답에 여자는 기가 막힌 얼굴이 되었다. 바로 옆도 아니고 중간에 204호가 있는데 어떻게 냄새가 거기까지 갈 수가 있느냐는 표정이었다.

그래, 너처럼 제 역할을 못하는 코라면 그럴 테지. 하지만 내 코는 장식품이 아니거든.

"옆집 불러서 확인 한번 해볼까요? 2층에 사는 사람들 다 불러요?"

"짜증나 정말. 혼자 깨끗한 척 다 하고 있어."

결국 나는 204호 문을 두드리고 말았다. 이사온 뒤 아직 인사도 못한 상태라 조금 불안하긴 했지만 204호에서 풍겨나오는 냄새로 보아 이 방 주인도 나처럼 깔끔한 성격일 거라는 건 알고 있었다. 늦은 밤 샤워기 물소리가 나고 나면 물비린내와 욕실의 때를 지우려는 듯 세제와 락스 냄새가 풍겨왔다. 샤워한 뒤 욕실을 그렇게 닦을 정도면 내 편이 되어주리라.

여자와 서로 눈을 흘기며 기다리는데 잠시 후 문이 열리고 야구 모자를 쓴 삼십대 초반의 남자가 나왔다. 미향은 남자에게 사정 이야기를 하고 강아지 냄새가 나는지 물었다. 남자는 205호 여자의 얼굴을 보더니 고개를 끄덕였다. 자기 주인이 위기에 몰린 것을 아는지 여자의 품에 안겨 있던 강아지가 캉캉 짖어대기 시작했다.

"거봐요, 이래도 아니라고 우길 거예요?"

얼굴이 벌겋게 달아오른 여자는 입술을 꼭 깨물더니 미향을 다시 한번 노려보고는 결국 그 기세에 눌려 항복하고 말았다.

"알았어요. 청소하면 될 거 아니에요."

하지만 자존심은 있는지 미향이 준비한 선물은 받지 않았다. 굳이 손에 쥐여주려고 하는데 여자가 거칠게 손을 뿌리쳤다. 그 바람에 강아지가 바닥으로 떨어졌고 갑작스레 떨어진 강아지는 미향과 204호 남자 앞으로 달려와 아까보다 더 사납게 짖어댔다. 주인을 몰아붙이고 있는 두 방문객이 몹시도 못마땅한 모양이었다. 여자는 얼른 강아지의 이름을 부르며 그놈을 품으로 안아올리고 도망치듯 집안으로 들어갔다. 문 너머로 여자의 입버릇인 듯한 "짜증나 정말" 소리가 들려왔다. 갑작스럽게 204호 남자와 둘만 남은 미향은 어색함을 없애려는 듯 말문을 열었다.

"죄송해요, 갑자기. 하지만 냄새가 좀 심해야죠. 일도 못할 정도라서……"

"솔직히…… 전 냄새나는 건 잘 모르겠는데요?"

미향은 그 말이 무슨 뜻인지 몰라 멍하니 입을 벌리고 남자를 바라보았다. 아니, 미향의 방에서 맡을 수 있는 악취를 바로 옆방인 204호에서 못 맡는다는 게 이해가 되지 않았다.

이 남자도 205호 여자와 별반 다르지 않은 코를 가지고 있단 말인가? 그렇담 조금 전에 했던 말은 뭐지?

"그럼, 조금 전에는 왜?"

"그건, 그놈이 짖는 소리 때문에…… 이유가 뭐건 간에 같은 목적인 거 같아 동의한 겁니다."

미향은 피식 웃음이 나왔다.

그래, 사람은 제각기 예민한 감각이 다르기 마련일 테니까. 내가 냄새에 민감하다면, 이 남자는 소리에 민감한 모양이군.

미향은 그렇게 생각하며 남자에게서 풍겨나오는 냄새를 맡으려고 숨을 깊게 들이마셨다. 소독약 냄새와 비누 냄새가 섞여 있었다.

"병원 다니세요?"

"네?"

"아니, 소독약 냄새가 나서요."

"아, 예. 지금 막 스킨을 발라서…… 알코올 성분이 들어 있어서 냄새가 약간 나죠."

"스킨병을 한두 시간 열어두세요. 그럼 냄새가 날아갈 거예요."

"아, 예……"

미향은 더이상 할말도 없고 해서 가볍게 고개 숙여 인사하고 자기 방으로 돌아왔다. 미향이 들어가고 난 뒤 한동안 204호 남자가 그녀의 방문을 뚫어져라 쳐다보고 서 있었다는 것을 미향은 알지 못했다.

4

그날의 항의로 달라진 것은 아무것도 없었다. 우선 문제가 되는 건 여자가 출근을 하는 직장인이란 사실이다. 아침에 나가 저녁이 되어 돌아오니 그 시간 동안은 주인 없는 방에서 뽀삐인지 삐삐인지가 똥오줌을 여기저기 싸질러대도 치워줄 사람이 없다. 그렇다고 저녁이 되어 돌아온 여자가 깔끔하게 청소를 해 냄새를 지워주느냐 하면 그것도 아니었다. 슈퍼에 가보면 하마가 어쩌고 하는 탈취제도 있고 번쩍번쩍 빛이 나는 세제도 가득하건만 여자는 도통 그런 것에 관심이 없는 모양이었다.

한번은 미향이 여자를 찾아가 자기에게 열쇠를 맡기면 낮 동안 강아지가 저질러놓은 오물도 치우고 청소도 해주겠다고 얘기를 꺼냈다. 여자는 그런 미향의 제의가 기가 막힌다는 듯 어이없는 표정으로 쳐다보다가 "짜증나 정말"을 연발했다,

"도대체 무슨 냄새가 그렇게 난다고 난리예요? 지난번에 하도 지랄을 떨어서 대청소도 했어요. 더 어쩌라고요?"

여자는 찢어지는 소리로 더이상 못 참겠다며 미향에게 달려들었다. 여자의 소란에 결국 방에 있던 2층 사람들이 모두 나왔다. 이사온 지 한 달 만에 처음으로 보는 사람도 있었다. 물론 204호 남자도 있었다. 일요일이라 그런지 다들 집에 있었다.

"솔직히 그렇게 난리 부릴 정도는 아니지 않나? 난 잘 모르 겠던데."

보기에도 둔해 보이는 검은 뿔테 안경을 쓴 대학생이 심드 렁하게 싸움에 끼어들었다. 자다 나왔는지 연방 하품을 해대 는 그의 입냄새 때문에 숨을 쉬기가 힘들었다. 미향이 인상을 쓰고 쳐다보자 그도 눈치를 챘는지 손바닥에 입김을 불어 냄 새를 맡아보곤 미향을 쩨려보았다. 아, 이럴 때 내 편을 잃으 면 안 되는데, 미향은 잠깐 후회가 되기도 했지만 그 정도로 입냄새가 나는 사람이라면 편을 들어준다고 해도 반갑지 않을 것 같았다.

사실 미향은 2층에 사는 사람들 모두에게 불만이 있었다. 입 냄새가 나는 201호 대학생은 늦은 밤 꼭 라면을 끓여 먹는다. 그 냄새가 밤공기를 타고 흘러들어오면 한창 일에 빠져 있다 가 얼마나 짜증이 나는지 이 남자는 알고 있을까? 202호 남자 도 마찬가지. 쓰레기를 아예 푹 썩혀서 내다버릴 생각인지 방 안에서 썩고 있는 음식 쓰레기도 안 버리고, 발냄새는 또 얼마 나 심한지 그 앞을 지나다 기겁을 했다.

아무튼 204호를 포함해 그들은 모두 이 소란이 언제 잠잠해 질지 확인해야겠다는 표정으로 나온 것이다. 대학생의 말에 힘을 얻은 여자는 조금 전보다 목소리가 더 높아지고 속도도 빨라졌다.

"이 여자가 글쎄 내 열쇠를 내놓으라잖아요, 자기가 청소를 해주겠다고. 이게 말이 되는 얘기예요? 짜증나 정말."

그 말에 모두들 미향 쪽으로 시선을 돌렸다. 아무래도 그건 아니지 하는 표정들이었다. 유일한 내 편이라고 생각한 204호 남자를 쳐다보았지만 그도 완전히 미향의 편은 아닌 듯, 가볍게 미간을 찡그리더니 자기 방문을 열었다.

"그런 건 두 분이 알아서 하시고, 아무튼 조용히 좀 해주시죠?"

그래, 당신은 그저 조용하기만 하면 견딜 수 있다는 얘기지? 잠시라도 당신을 한편으로 생각한 내가 한심해.

미향은 왠지 기운이 빠졌다. 더 짜증을 내봐야 그들은 모를 것이다. 미향이 2층에서 얼마나 참고 있는지. 아무튼 일요일의 그 소동은 미향이 지나치게 예민한 후각의 소유자로 치부되면서 그렇게 넘어가고 말았다. 미향으로서는 분하기 짝이 없는 일이었지만 강아지를 없애지 않는 한 방법이 없었다.

5

6월이 되어 날이 더워지자 더이상 방법이 없었다. 205호 강아지는 여전히 주인 없는 방을 더럽히고 있었고 2층의 둔감한 남자들은 조금이라도 바람이 통하길 바라며 문을 열어두었다.

곳곳에서 풍겨나오는 악취로 미향의 신경은 뾰족할 대로 뾰족
해졌다. 모든 냄새가 뒤엉켜 미향의 후각을 공격했고 그중 가
장 견디기 힘든 건 역시 205호에서 나는 악취였다. 이대로라
면 한계점에 달한 온도계처럼 터져버릴 것 같다는 생각이 들
었다. 그녀의 신경이 송곳이라면 몸에 수십 군데 구멍이 났으
리라. 하지만 그렇게 205호 때문에 날이 선 사람이 미향만은
아니었다. 204호 남자 역시 강아지 짖는 소리 때문에 신경이
곤두선 상태였다.

하필이면 그날 여자는 외박을 했다. 미향은 밤새 더 지독해
진 냄새에 시달렸고 204호 남자는 돌아오지 않는 주인을 기다
리며 낑낑거리는 강아지 울음소리 때문에 잠을 설친 모양이었
다. 미향이 여자가 돌아오는 소리가 나기 무섭게 달려가 문을
여니, 204호 남자도 문을 열고 205호 여자를 노려보고 있었
다. 갑작스럽게 두 사람이 문을 열고 자신을 노려보자 여자는
움찔하며 서둘러 열쇠를 찾아 문을 땄다.

문이 열리자 밤새도록 주인을 기다리던 강아지가 튀어나와
매달리며 캉캉 짖어대기 시작했고 그 소리는 복도를 울릴 만
큼 요란했다. 204호 남자는 더이상 참을 수가 없는지 강아지
를 발로 걷어찼다. 기습 공격을 당한 강아지는 그대로 밖으로
탈출을 감행했다.

"뽀삐야! 남의 강아지한테 뭐하는 짓이에요? 이거 동물 학

대인 거 몰라요?"

남자가 뭐라고 대꾸를 하려는데, 여자는 이미 계단 쪽을 향해 달리고 있었다. 이대로 건물 밖으로 나간다면 녀석을 찾는 일이 만만치는 않을 것 같았다.

그래, 차라리 이대로 어디론가 영영 사라져주면 너무 고맙지. 뽀삐야 너만 믿는다.

미향은 204호 남자가 다시 이쪽으로 넘어온 거 같아 마음이 뿌듯해졌다. 지난번의 서운함은 어느새 사라지고 지난밤 내내 부글부글 속을 끓였던 동지로서 그의 행동이 듬직하기까지 했다. 진작 이렇게 실력 행사를 했으면 205호 여자도 정신을 차렸을 텐데. 남자는 가볍게 인사를 하고 제 방으로 들어가버렸다. 미향도 방으로 돌아와 바짝 눈앞으로 다가온 원고 마감을 마치기 위해 서둘러 책상 앞에 앉았다. 그러다 문득 깨달았다. 204호 남자의 문제는 해결되었겠지만 미향의 문제는 해결되지 않았다. 205호에서 풍겨나오는 냄새는 여전했고 205호 여자가 문을 연 바람에 방안에 갇혀 있던 악취들이 한꺼번에 쏟아져나왔다. 지금은 다시 문이 닫혔지만 아무튼 205호 여자가 강아지를 찾아올 때까지는 아무것도 해결되지 않는 것이다. 미향은 하는 수 없이 애용하는 아로마 향초를 피워놓고 일을 하기 시작했다.

205호 여자는 쉽게 돌아오지 않았다. 일을 하면서도 귀는 복도에서 들려올 여자의 발소리를 기다리고 있었지만 몇 시간이 지나도록 복도는 잠잠하기만 했다. 오후가 되고 햇살이 비스듬히 눕기 시작하는 네시쯤 되자 여자의 발소리가 들렸다. 미향은 얼른 문을 열어보았다. 여자의 얼굴은 눈물범벅이었고 그녀의 손에는 아무것도 들려 있지 않았다. 미향을 쳐다보는 여자의 눈초리에 시퍼런 날이 서 있었다. 미향은 온몸에 소름이 돋는 걸 느끼고 재빨리 문을 닫았다.

다시 일을 하려 했지만 아무것도 손에 잡히지 않았다. 머릿속에서는 계속 이 망할 놈의 강아지가 어디로 사라져 남의 속을 썩이나 싶었다. 앞으로 영원히 못 찾게 된다면 이 일로 여자는 미향과 마주칠 때마다 조금 전과 같은 눈초리를 보내든지 분에 못 이겨 머리채를 잡든지 할 것이다. 거기다 대고 사실 내 탓이 아니지 않느냐고, 204호 남자가 발로 차는 바람에 그렇게 된 거 아니냐고 항변해봐야 지금 여자에게는 아무런 얘기도 들리지 않을 게 뻔했다. 적어도 미향이 이사오기 전까지는 2층 사람들끼리 그럭저럭 양해하며 살았던 것 같으니까.

결국 이런저런 중압감에 못 이겨 미향은 집을 나서고 말았다. 집주인이 몇 시간 동안 찾아 헤맨 끝에 울면서 돌아왔다는 것을 알면서 그대로 있을 수가 없었다. 주택가를 돌아다니며 주차된 자동차 밑을 살펴보거나 지나는 아이들에게 물어보았지만 어디에도 뽀삐의 모습은 보이지 않았다.

에라 모르겠다. 설마 죽이기야 하겠어? 하며 그대로 집에 가고 싶은 마음이 점점 커졌지만 조금 더 찾아봐야 여자에게 면목이 설 것 같아 다시 발걸음을 옮겼다.

주택가를 다 돌고 나자 한쪽에 야산이 보였다. 동네 안내판에 봉원사 입구라고 적힌 표시판을 본 적이 있었는데, 아마도 그리 올라가는 길인 듯했다. 열 평도 안 되는 오피스텔에만 갇혀 살았으니 어쩌면 맘놓고 뛰놀 곳을 찾아 여기까지 왔을지도 모른다는 생각에 미향은 봉원사까지만 가보기로 했다.

휴일이 아니어도 오가는 등산객이나 약수터를 찾는 동네 사람들이 띄엄띄엄 다니는 걸로 보아 꽤 알려진 길인가보다. 미향은 어느새 강아지를 찾는다는 원래의 목적은 잊어버리고 모처럼 자연의 냄새에 빠져 기분이 좋았다.

아, 이런 곳이 있는 줄 진즉 알았다면 얼마나 좋았을까?

그렇게 등산로를 따라 올라가던 미향의 눈에 낯익은 남자의 모습이 보였다. 204호 남자였다.

그 역시 강아지를 찾아 나선 것일까?

미향은 남자를 불러 함께 찾자고 할까 하다 그만두었다. 아직 남자의 이름도 모르니 뭐라고 불러야 할지 난감했다. 그렇다고 '204호!' 하고 부를 수는 없는 일 아닌가? 그렇게 친한 사이도 아니고, 거기다 그를 불러 세우기엔 너무 멀리 떨어져 있다. 미향은 천천히 걸음을 옮기며 남자가 걸어가는 뒷모습을 바라보았다.

그때 주위를 살피던 남자가 등산로를 벗어나더니 수풀이 우거진 숲으로 들어가기 시작했다. 미향은 순간적으로 몸을 숙이고 남자의 시선을 피했다. 아무래도 남자의 몸짓이 수상하게 느껴졌기 때문이다. 호기심은 때때로 후회를 불러오기도 한다. 하지만 그 호기심을 이겨내기가 그리 쉬운 일이 아닌지라, 미향은 피어오르는 호기심을 충족시키기 위해 어김없이 남자의 뒤를 따라가기 시작했다.

사람들의 시선이 닿지 않는 야산에 도착한 남자는 점퍼 품에 있던 물건을 꺼내고 몸을 숙이더니 흙을 파기 시작했다. 근처에 떨어져 있던 야전삽이 남자에게 좋은 연장이 되어주었다. 미향은 남자의 행동을 보고 곧 그가 내려놓은 물건을 파묻기 위해 이곳에 왔다는 것을 깨달았다. 남자는 무엇을 묻으려고 하는 것일까? 검은 비닐봉지에 꽁꽁 싸여 있는 그 물건은 도무지 가늠이 되지 않았다. 혹시 냄새라도 난다면? 그럼 알수도 있을 텐데 싶어, 미향은 살금살금 남자가 있는 곳으로 다가가기 시작했다.

미향의 움직임에 수풀이 버석거리며 기척을 냈다. 순간 남자는 동작을 멈추고 주위를 둘러보았다. 아무래도 가까이 가는 건 무리인 듯싶었다. 미향은 하는 수 없이 그곳에 수그리고 앉아 냄새를 맡기 위해 숨을 깊이 들이쉬었다. 들이마신 공기

속에는 많은 냄새 입자들이 들어 있었다. 하지만 남자의 물건
에 대해 알 수 있는 정보는 없었다.

6

　사실 미향은 남들보다 후각이 예민해서 다른 사람들은 쉽게
느낄 수 없는 것들을 먼저 눈치채곤 했다. 여고 시절 체육 선
생과 담임의 연애도 미향이 가장 먼저 눈치챘다. 뜀틀을 넘는
미향의 허리를 잡아 도와주던 체육 선생의 손에서 담임의 체
취를 언뜻 맡았던 것이다. 미향이 체육 선생과 담임이 그렇고
그런 사이라고 흘리고 다녔지만 그걸 믿는 아이들은 아무도
없었다.
　체조 선수 출신인 체육 선생은 아이들에게 선망의 대상이
될 정도로 미남이었고 담임으로 말할 것 같으면 도무지 이십
대 후반이라고 믿기지 않는 외모에다 몸빼를 입혀 고추밭에라
도 내놓으면 딱 어울릴 것 같은 스타일이었다. 이런 두 사람의
조합이라니, 아이들이 믿지 않는 건 당연했다. 처음엔 미향도
반신반의했다. 하지만 찬찬히 생각할수록 둘의 관계는 의심스
럽기만 했다.
　미향이 체육 선생의 손에서 맡았던 담임의 체취는 바로 그

녀의 머리카락에서 나는 냄새였다. 누구나 다 쓰는 샴푸에 뭐 그리 특별한 냄새가 있겠느냐고 할지 모르지만 하루만 지나면 그 사람 특유의 체취와 섞여 변별력을 지닌 고유의 냄새가 된다. 거기다 그 냄새가 체육 시간까지 손에 배어 있다는 건 체육 선생이 꽤 오래 담임의 머리를 만지고 있었다는 얘기다.

결국 몇 달 뒤 둘의 결혼 발표가 있고 나서야 아이들은 미향이 했던 이야기를 떠올리고 그녀에게 몰려와 어떻게 알게 되었느냐고 물었다. 하지만 미향은 뭐라고 대답할 수 없었다. 그런 이야기를 해봐야 믿지도 않겠지만 설령 믿는다고 해도 좋을 게 없었다. 미향의 얘기를 들은 아이들이 자기 몸에 밴 냄새가 신경쓰여 그녀 옆에 오기를 꺼릴 게 틀림없었다.

사실 남들보다 후각이 예민하다는 게 좋은 것만은 아니다. 아니, 오히려 불편한 점이 더 많다고 해야 할지도 모른다. 엄마에게 아빠가 아닌 다른 남자가 생겼다는 것도 냄새로 알았으니까. 알고 싶지 않아도 냄새로 알게 되는 것은 너무나 많다. 부모의 이혼을 일 년이나 먼저 알게 된다는 건 좋은 경험이 아니다. 그들 자신도 아직 이혼할지 말지 모르는 상황에서 냄새로 그걸 느낄 수 있다면 누가 믿을까. 어느 순간 냄새는 상처가 되기도 한다는 걸 알았다.

그때부터 미향은 냄새에 둔감해지려고 꽤 노력했다. 일부러 주변에 커피 가루를 놓아두기도 하고 아로마 향초를 켜기도 하면서 후각이 냄새에 지치게 만들었다. 그 노력 덕분에 후각이 많이 둔해진 것도 사실이다. 적어도 이곳으로 오기 전까지는 그렇게 냄새를 무시하며 살려고 무던히도 애를 썼다.

그날 밤, 미향은 204호 남자의 방문을 두드렸다. 남자가 야산에 뭔가를 묻고 돌아간 뒤, 그녀도 남자가 시야에서 보이지 않을 즈음 천천히 등산로를 따라 집으로 내려왔다. 어느새 오피스텔 건물 주변에는 뽀삐의 사진과 '사례금을 드립니다'라는 글씨가 큼직하게 박힌 종이가 붙어 있었다. 미향은 행여 205호 여자가 달려나와 머리채라도 잡을까봐 발소리를 죽이고 쥐죽은듯 방문을 열고 들어왔다. 204호 남자가 돌아왔는지 궁금해서 벽에 귀를 대보니 작게 기척이 들렸다.

벽 너머로 물 흐르는 소리가 들렸다. 아마도 산에 다녀왔으니 몸을 씻고 있는 것이겠지. 그런 생각을 하고 있는데 코끝을 슬쩍 스치고 지나가는 냄새가 있었다. 어디선가 희미하게 흘러들어오는 냄새. 뭐라고 딱히 꼬집을 수 없는 미묘한 냄새가 그녀의 후각을 자극한 것이다.

더이상 요란 떨고 싶지 않아 미향은 창문을 열고 환기를 시키는 한편 슈퍼에서 사온 탈취제를 꺼내 여기저기 놓아두었다. 그러곤 작업을 시작하려고 책상 앞에 앉았는데, 코끝에 스치던 냄새가 자꾸 그녀의 신경을 건드렸다. 결국 미향은 자리에서 일어났다. 이대로는 도저히 일에 집중할 수가 없을 것 같아 결국 냄새의 진원을 찾아보기로 했다.

처음엔 205호에서 나는 냄새라고 생각하고 복도로 나가 205호 앞에서 킁킁거려보았지만 아니었다. 결국 다른 방문들을 둘러보며 탐색한 결과 그 이상한 냄새의 근원지는 204호라는 결론에 이르렀다. 도대체 이 미묘한 냄새는 뭐지? 방으로 돌아와 곰곰이 생각하던 미향의 머리에 번쩍, 불이 들어왔다.

204호의 문은 쉽게 열리지 않았다. 잠이 들었나 싶어 돌아서려고 할 즈음 손잡이가 돌아가는 소리가 들렸다. 남자는 한쪽 눈만 보일 정도로 문을 열고 미향을 쳐다보았다. 늦은 밤 느닷없는 방문에 당황한 것 같았다. 방문을 두드린 게 미향이라는 것을 확인한 뒤에도 남자는 그 이상은 문을 열지 않았다.

"무슨 일이죠?"

"저기……"

쉽게 말이 나오지 않았다. 이 모든 사태의 원인은 미향 자신 때문에 시작된 것이니까. 하지만 더이상 참았다간 오늘밤을 꼬박 새울지도 모른다. 결국 미향은 용기를 내어 손에 든 락스와 세제를 내밀었다.

"이게 뭡니까?"

"그게…… 냄새 없애는 데는 최고예요. 효과는 제가 보장해요."

"무슨 냄새요?"

딱히 뭐라고 말할 수 없었다. 204호의 문이 열리면서 그 냄새의 정체를 더 명확히 알게 되었지만 꼭 집어서 이야기하면 남자가 당황할 것 같았다.

"아니, 그냥…… 제가 냄새에 조금 민감한 건 아시죠?"

남자의 표정이 굳어졌다.

"한번 써보세요. 우선 물로 깨끗이 닦고요. 그다음에 이걸 뿌려주고 다시 한번 걸레로 닦아주면 피냄새가 싹 가실 거예요."

남자의 눈이 순간 가늘어졌다. 가만히 미향을 노려보던 남자는 하는 수 없다는 듯 미향이 건네주는 물건들을 받았다. 남자는 잠시 망설이더니 슬쩍 205호를 곁눈질하다가 낮은 목소리로 말했다.

"혼자만 알고 있어요. 사실…… 그 뽀삐란 놈을 찾기는 했는데, 차에 치였는지 벌써 죽었더라고요. 그래서 하는 수 없이……"

"아, 그랬군요. 미안해요. 괜히 저 때문에 이런 일까지 하시고……"

"아닙니다. 발로 찬 건 전데요, 뭐."

이제 더 볼일도 없고 해서 가볍게 인사를 하고 돌아서려는데 204호 남자가 다시 미향을 불러 세웠다.

"저기 혹시 얼룩 지우는 방법도 아시나요."

남자가 가슴께 얼룩을 손가락으로 가리켰다. 점퍼 안에 입고 있던 티셔츠인 모양이다.

"그 얼룩, 피 같은데……"

"예. 아까 그놈 안고 가다 묻은 모양인데 이거 때문에 버리기도 그렇고, 얼룩 빼는 법을 잘 몰라서. 가만 보니까 생활의 지혜라고 하나, 그런 상식을 많이 아시는 것 같아서……"

"네, 그건 과산화수소수 아니면 매니큐어 지우는 아세톤도 괜찮고요. 아, 남자분이니까 아세톤은 없겠네요. 아님, 무즙을 짜서 그걸 바르고 찬물에 헹궈 빠져도 돼요."

"그럼 방바닥에 묻은 얼룩도 그렇게 하면 되나요?"

"네. 아, 그리고 한번도 써보진 않았지만 콜라를 부어서 없애는 방법도 있다고 하더군요."

"아, 예."

남자는 그제야 안심했다는 듯 꾸벅 고개를 숙이더니 문을 닫았다. 남자의 깔끔한 성격으로 보아 앞으로 몇십 분 동안은 냄새와 핏자국을 없애기 위해 꽤나 분주할 것이다. 205호 여자와 안타깝게 죽은 뽀삐에게는 미안한 일이지만 미향은 몇 달 동안 지끈지끈했던 문제가 풀려 속이 다 시원했다. 하지만 그런 기분도 잠시, 문을 닫고 책상 앞에 앉자 뭔가 설명할 수 없는 개운치 않은 느낌이 머리를 무겁게 했다. 그것이 무엇인지는 나중에야 알게 되었다.

물이 끓자, 미향은 205호에서 풍겨오는 냄새를 지우려고 커피를 몇 잔이나 탔다. 어차피 원고를 마치려면 석 잔 이상 마실 테니 그게 나을지도 몰랐다. 205호는 더이상 강아지도 키우지 않으면서 또 무슨 냄새가 나는 건지, 알 수가 없다.

독촉 전화의 위력은 역시 대단하다. 이틀은 더 걸려야 할 분량이지만 원고료를 받으려면 오늘 안에 끝내라는 말을 듣고 기를 쓰고 했더니 결국 끝을 봤다. 몇 번이나 개인 사정으로 마감을 미루었으니 더이상 미루다가는 일감이 끊어질 것 같아 사력을 다할 수밖에 없었다.

사실 일주일 동안 여행을 하면서까지 집을 비우는 것이 무리였다. 여행사에 있는 친구 덕분에 공짜로 동남아에 갔다 올 기회가 생겨 원고고 뭐고 팽개쳤다가 결국 출판사의 미움을 산 것이다. 여행중에도 원고를 쓰겠다는 야무진 꿈을 가지고 출발했지만 사실 '몇 장 남지도 않았는데' 하는 마음에 게으름을 부렸고, 어젯밤 돌아와서 음성 메시지를 들은 뒤부터 지금까지 밤을 새운 덕분에 미향은 출판사에서 최후통첩으로 지정한 시간에 일을 마칠 수 있었다.

미향은 원고를 메일로 보내고 나서 길게 한숨을 내쉬고 남은 커피를 마저 마셨다. 일에 정신이 빠져 있는 동안 냄새에 대해서도 신경이 많이 누그러졌는지, 아니면 커피 냄새로 완화가 된 것인지, 그것도 아니면 일을 끝낸 홀가분함에 여유가 생긴 것인지 몇 시간 전처럼 그렇게 짜증스럽지는 않았다. 여전히 냄새가 흘러들어오긴 하지만 여자가 퇴근할 때까지 기다릴 수밖에 없다.

미향은 모처럼 한가해지자 평소 습관처럼 텔레비전 리모컨을 찾았다. 졸리긴 했지만 그전에 잠깐 뭐라도 볼까 싶었다. 선풍기를 켜놓고 텔레비전을 켜는 순간 어디서 많이 본 야산 풍경이 보이면서 뉴스 앵커의 더듬거리는 멘트가 이어졌다. '긴급 속보'라는 자막이 화면 하단에 큼직하게 흘렀다.

현장 생중계 봉원사 입구 연쇄 살인범 검거, 시체 발굴 현장

봉원사라면 이 오피스텔에서 멀지 않은 곳이다.

도대체 무슨 일이 있는 거지?

미향은 졸린 눈을 비비며 화면을 바라보았다. 그때 경찰들에게 두 팔이 잡힌 범인이 모습을 드러냈다. 미향은 비스듬히 침대에 누워 있다가 벌떡 일어나 앉았다. 범인은 야구모자와 마스크를 쓰고 있었지만 한눈에 알아볼 수 있었다. 204호 남자였다.

저 사람이 왜 경찰에 잡혀 있는 거지?

미향은 뉴스를 들으며 벼랑에서 떨어지기라도 한 것처럼 점점 머릿속이 아득해지는 기분을 느꼈다.

'한번 써보세요, 피냄새가 싹 가실 거예요.'

'얼룩 지우는 방법도 아시나요.'

'방바닥에 묻은 얼룩은 어떻게 지우죠?'

그제야 미향은 그때 머리 한편을 누르던 개운치 않던 느낌이 무엇인지 알 수 있었다. 분명 차에 치인 뽀삐를 발견하고 주변 가게에서 얻은 비닐봉지에 넣어 야산에 묻어주었다고 했다. 그런데 남자는 방바닥에 묻은 얼룩을 지우는 방법에 대해 물었다. 그건? 미향은 머리에 스치며 지나가는 생각들을 떨쳐내고 싶었다.

"체포된 남자는 납치한 여자들을 자신의 오피스텔에서 살해, 토막을 내어 이 야산에 묻은 것으로 밝혀졌습니다. 지금 막 열번째 시체를 발굴했다는 소식이 들어왔습니다."

바로 옆방에서 일어난 일인데, 어떻게 내가 모를 수가 있지? 더구나 나처럼 후각에 민감하다는 사람이.

미향은 도무지 믿기지 않았다. 늦은 밤 남자의 방에서 물 흐르는 소리가 들렸지만 당연히 샤워하는 소리라고 생각했고 그 뒤 락스 냄새가 날 때는 청소를 하는 줄 알았다. 자신이 이사 온 첫날부터 강아지 똥오줌 냄새에 온 신경을 빼앗기는 동안 남자는 이미 살인을 저지르고 있었고 그뒤로도 계속 그 짓을 하고 있었던 것이다.

가만, 처음엔 강아지 때문에 냄새를 못 맡았다고 해도 강아지가 없어진 뒤로는 어떻게 냄새를 못 맡았지?

하지만 길게 생각할 것도 없었다. 그건 바로 미향이 가르쳐준 것이니까. 냄새를 없애는 방법뿐 아니라, 피 얼룩을 지우는 방법과 방바닥에 떨어진 얼룩까지 없애는 법 모두 미향이 알려준 것이다. 남자에게는 무엇보다 중요한 정보였겠지.

어쩌면 남자가 그렇게 오래 살인을 계속할 수 있었던 건 내정보 덕분이기도 한 게 아닐까?

미향은 그제야 남자가 강아지 짖는 소리를 참고 살았던 이유도 알 것 같았다. 그런 냄새들에 섞여 살인자인 자신의 냄새를 숨길 수 있었겠지.

갑자기 코끝이 전기가 통한 것처럼 찌릿하게 저려왔다. 미향은 코를 움켜쥐고 침대에 쓰러졌다. 아픔은 금방 사라졌지만 뭔가 이상했다. 미향은 코를 킁킁거려 냄새를 맡아보았다. 아까까지 신경을 건드리던 냄새가 더이상 느껴지지 않았다. 커피잔을 들어 코에 대보았다. 처음엔 느껴지던 커피 냄새가 연기처럼 스르르 사라졌다. 그렇게 예민했던 후각이 점점 사라지는 게 느껴졌다. 하나둘 방안에서 나던 냄새들이 사라지고 있었다. 미향은 냄새를 찾아 나선 사람처럼 친구가 선물한 향수도 뿌려보고, 욕실에 있는 비누도 만져보았다. 그러나 한

번 사라진 냄새는 돌아오지 않았다. 한 번도 경험한 적 없는 이상한 느낌이었다.

미향은 이 황당한 상황을 어떻게 받아들여야 하나 하고 침대에 털썩 주저앉았다. 화면에서는 여전히 뉴스 속보가 나오고 있었다. 멍하니 있던 미향의 시선이 텔레비전으로 옮겨갔다. 미향은 뉴스 속보에 흐르는 자막을 통해 처음으로 204호 남자의 이름을 알게 되었다.

남자의 이름은 유영철이었다.

정글에는 악마가 산다

1

사실 사이트에서 이 학원을 거쳐간 사람들의 경험담을 읽을 때만 해도 '웃기고 있네, 어디서 또 사기를 치고 있어……' 하며 코웃음을 날렸던 게 사실이다.

신종 직업으로 떠오른 포상금 파파라치의 수요가 많아지면서 노하우를 가르쳐준다는 파파라치 양성학원이 여기저기 생겼다더니 인터넷에서 그 소문을 확인할 수 있었다. 사이트까지 만들어놓고 버젓이 학원생을 모집하는 곳도 여러 곳, 그중 가장 번듯해 보이는 사이트를 뒤적거리는데 곳곳에서 돈다발을 흔들어대듯 돈냄새가 흘러넘쳤다.

이런 세계적인 경제위기와 불황 속에서 한 달에 백만 원도 아니고 천만 원이 넘는 돈을 벌 수 있다는데 그걸 곧이곧대로 믿을 사람이 어디 있을까? 더구나 대단한 일을 하는 것도 아니다. 위험한 일도, 힘든 일도 아니다. 그저 한곳에 조용히 앉아 기다리고 있다가 사진 몇 장 찍는 게 전부란다.

가만히 듣다보니 어디서 많이 듣던 얘기다.

"하루 오 분만 투자하세요. 당신도 부자가 될 수 있습니다."

"가만히 앉아서 메일만 보내면 당신의 통장에 돈이 쌓입니다. 못 믿는 분들을 위해 통장 내역을 보여드립니다."

매일 그의 메일함을 채우는 허접한 스팸메일 내용과 별반 차이가 없다. 그렇게 떼돈을 벌 수 있는 일이라면 자기들끼리 다 해먹을 일이지 이렇게 광고할 이유가 뭐냐 싶었다. 그렇게 의심의 수준이 아니라 냉소의 시선으로 사이트를 뒤지던 그의 눈에 익숙한 이름이 보였다.

강우석.

거기서 강우석이라는 이름만 발견하지 않았더라면 그 사이트는 잠시 그의 시선을 끌다 잊혀졌을 것이다.

강우석. 서른한 살. 한때는 그의 친구였지만 오늘날 그를 신용불량의 길로 들어서게 만든 뱀 같은 자식. 그렇게 머리카락도 안 보이게 숨어 있더니, 거기 있었냐?

처음 그의 이름을 봤을 때는 반신반의했다.

대한민국에 강우석이라는 이름을 가진 사람이 얼마나 많은가. 한국영화의 대부라 불리는 그 유명한 영화감독도 강우석이고, 하다못해 중학생일 때 학생들 때리는 낙으로 산다고 지껄이던 수학 선생 이름도 강우석이었다. 그러니 어찌 의심하지 않을 수 있을까. 하지만 게시판에 적힌 글을 읽어내려가면서 그는 게시판에 글을 남긴 강우석이 자기가 아는 강우석이 맞다고 확신했다. 이 망할 놈이 게시판에다가 자신과의 이야기를 적어놓은 것이다.

"친구의 돈까지 끌어다 사업을 한다고 했지만 사실 그 돈은 모두 도박판에서 날리고 말았습니다. 남대문에서 배달하는 친구에게 어머니가 아프다는 거짓말도 서슴없이 했습니다. 한순간 친구도 잃고 돈도 잃고……"

그날의 기억이 다시 떠올라 귓불이 뜨거워질 정도로 열이 확 올랐다. 나쁜 놈.

어머니가 아프다고, 수술비가 없어서 병원에서 수술을 안 해준다며 우리 엄마 죽게 생겼다는 말끝에 울먹이는 놈을 보고 그는 만기까지 넉 달 남은 삼 년짜리 적금을 깨고 현금서비스까지 받아서 놈에게 들려 보냈다. 다른 건 생각하지 말고 오로지 어머니 건강만 생각하라고, 돈은 나중에 갚아도 된다고 그의 어깨를 두들겨주었다.

뒤늦게 동창들에게 들어보니, 멀쩡한 어머니가 우석이 그 자식 때문에 오히려 화병이 날 지경이라는 것이었다. 뭐에 홀렸는지 집에 있는 돈까지 두꺼비가 파리 잡아먹듯 모두 날름날름 삼켜버리고는 행방불명이라고 했다. 놈이 사라지고 며칠 뒤부터 집으로 빚쟁이들이 찾아오면서 일이 거기서 끝난 게 아니라는 것을 안 놈의 어머니는 결국 자리보전하고 누웠다. 얼마 안 되어 아파트도 경매에 넘어갔다는 소리가 들렸다. 도박판에 빠졌다는 얘기는 그때 흘러나왔다.

"이제는 어느 정도 빚도 갚고 통장에도 돈이 모이기 시작했습니다. 앞으로 몇 년 더 바짝 고생해서 그동안 고생하신 어머니를 위해 작은 집이라도 마련해드리려고 합니다. 왜 이제야 이것을 알게 되었나 싶은 맘에 여러분께도 제 경험담을 알려……"

갑자기 눈이 번쩍 뜨였다. 내 돈 이천오백만 원. 그 돈만 있으면 당장 급한 불을 끌 수가 있다. 눈덩이처럼 불어난 카드 값도 갚을 수 있고 돈 삼백 빌려주고 온갖 생색은 다 내는 잘난 여동생의 콧대도 보기 좋게 꺾어놓을 수 있다.

그는 당장 친구들에게 전화를 걸었다. 하지만 강우석의 전화번호를 아는 놈은 아무도 없었다. 여전히 친구들과는 연락을 끊고 사는 모양이었다. 갑자기 그놈은 왜 찾느냐, 뭔 소식이라도 들었냐고 묻는 친구들의 말에 괜히 놈의 소식을 전했다가는 그들도 벌떼처럼 놈을 찾아 나설까봐 신세한탄을 하는 척하며 얼버무렸다.

곰곰이 생각하다가 졸업앨범을 꺼내 주소록을 확인했다. 아파트가 경매에 넘어갔다는 말에 혹시나 했지만 다행히 전화번호는 그대로였다. 우석의 어머니가 전화를 받았다.

"어머니?" 하는 말에 "우석이냐?"라는 대답이 들렸다. 놀라움과 반가움이 섞인 목소리가 아닌, 평상시 자주 통화하는 아주 일상적인 목소리였다.

됐다! 놈은 집과 연락하고 있는 것이다. 그러면 그렇지, 이제 곧 놈을 만날 수 있겠군.

"어머니, 저 상현이에요."

잠시 아무 소리도 들리지 않았다. 놀라시겠지. 삼 년 동안 아무 연락도 없던 아들 친구 놈이 전화해서 대뜸 친한 척을 하니 당황스럽기도 하시겠지. 하지만 나는 어머니의 수술비를 대기 위해 신용불량자까지 된 몸 아닌가. 이 정도면 아들보다 나은 자식인데 설마 모른 척하지는 않으시겠지.

"아…… 상현이, 그래 잘 지냈니? 어쩐 일이야. 이렇게 오랜만에."

"우석이 요즘 잘나간다면서요? 여기 학원에 소문이 자자해요."

"학원? ……아, ……너도 거길 갔니?"

"예, 젊은 놈이 신용불량이라는 딱지를 붙이고 나니 누구 하나 써주질 않네요? 이게 다 친구 잘 둔 덕분이죠 뭐."

"……"

대답이 없었다. 너무 정곡을 찔렀나 싶었지만 놈을 만나기 위해서는 마음 단단히 먹고 당차게 나가는 수밖에 없다.

"우석이 지금 집에 없나봐요? 어디 나갔어요?"

"저기…… 그게 말이다……"

"바쁘겠죠. 한 달에 천만 원이 넘는 돈을 벌려면 어디 집에 있을 시간이 있겠어요? 그래도 집에는 오는 모양이네요. 언제 들어와요? 그 자식 얼굴 좀 보게요. 제가 또 받아야 할 돈이 좀 있거든요."

"그래? 너한테도 빌렸어?"

"모르셨어요? 어머니 수술비 없다고 울길래 제가 일수까지 내서 줬는데, 그래도 다행히 수술이 잘됐나봐요. 어머니 목소리가 이렇게 좋으신 걸 보니…… 우리 어머니는 저 때문에 지금 쓰러지셨거든요."

있는 얘기, 없는 얘기 생각나는 대로 마구 지껄였다. 어머니가 아프다는 말에 찔끔했는지 잠시 기다리라고 하더니 우석이 핸드폰 번호라며 알려주었다.

그래, 강우석 네가 만든 시나리오가 사람들을 울컥하게는 하는 모양이구나. 어머니가 아프다는 말에 우석이 놈에게 이천오백만 원이라는 거금을 만들어줬듯이 우석의 어머니 역시

그 말에 흔들렸는지 아들의 전화번호를 넘겨줬다. 어머니까지
팔 생각은 없었지만 그렇게 하지 않았다면 놈의 전화번호는
얻어내기 힘들었을 것이다.

핸드폰으로 할까 하다 혹시 전화를 안 받을까 싶어 주변의
공중전화를 이용했다. 누구나 핸드폰을 쓰는 세상이라 공중전
화를 찾는 데 십여 분이 걸렸다.

"여보세요?"

삼 년 만에 다시 듣는 우석의 목소리는 꽤 여유롭게 느껴졌다.

"나다. 상현이."

"어, ……그래. 안 그래도 기다리고 있었다."

이미 어머니가 전화해서 이야기를 전한 모양이었다.

"일단 얼굴 좀 보자. 뭐, 봐야 얘길 하지?"

난감해할 줄 알았던 우석은 순순히 자기 오피스텔 주소를
알려주었다.

뭔가 단단히 준비를 하고 전화를 했던 상현은 마음속 한구
석에서 김빠지는 소리가 들리는 것 같았다. 잔뜩 어깨에 힘을
주고 절대 지지 않겠어 하며 팔을 들고 방어 자세를 잡았는데
갑자기 상대가 수건을 던졌을 때처럼 맥이 탁 풀렸다. 오히려
그동안 이를 갈며 놈에게 온갖 욕을 해대던 자신이 옹졸했던
게 아닌가 하는 생각이 들었다. 그래, 돈이 거짓말을 하지, 어
디 네가 그러고 싶었겠냐 하는 생각과 함께 조금 미안한 마음

까지 들었다. 그러다 상현은 고개를 흔들었다. 그동안 카드 추심원들에게 당한 것만 해도 얼만데 물렁하게 그딴 생각을 해?

상현은 서둘러 우석이 알려준 주소로 찾아갔다.

홍대 근처 상수역 바로 옆에 있는 오피스텔이었다. 주변에 대학이 많다보니 작은 원룸텔 건물들이 여기저기 눈에 띄었다. 우석이 있다는 오피스텔은 역에서 가까운 골목에 자리해 금방 찾을 수 있었다.

문을 열어주는 우석의 얼굴에는 삼 년 만에 만난 친구에 대한 반가움도, 빚을 받으러 온 사람에 대한 짜증도 없었다. 그저 미뤄둔 숙제를 하려는 듯 담담히 문을 열고 상현이 들어오기를 기다렸다. 상현은 기다렸다는 듯 일부러 더 다리를 절며 안으로 들어갔다. 문을 잡고 서 있던 우석은 움찔하더니 상현의 다리를 한참 동안 쳐다보았다.

"……다리는?"

"아, 이거. 재수가 없으려니 떼로 몰려오더라. 친구가 돈 떼먹고 달아나니 카드 추심원들 들이닥치고, 그거 피해서 오토바이 끌고 도망치다가 트럭에 깔렸잖아. 의사 말이 평생 이렇게 질질 끌고 다녀야 한대. 그래도 뭐 두 다리 다 못 쓰고 팔꿈치로 기어다닐 때 생각하면 '하느님 감사합니다'지. 앉자."

사고가 나긴 했다. 트럭 밑에 깔린 것도 사실이다. 하지만 용케도 한쪽 다리 정강이뼈가 나가는 걸로 끝났다. 다리 속에 철심을 박아넣기는 했지만 오토바이 타는 놈치고 이 정도 상처 없는 놈은 없다. 하지만 그걸 알 리 없는 우석의 얼굴은 조금 전과 달리 한결 무거워져 있었다. 그래, 인마. 넌 네가 한 짓의 무게를 좀 느껴봐야 해.

상현이 자리에 앉자마자 우석은 얼른 책상 서랍에서 봉투를 꺼내 상현에게 내밀었다.

"뭐냐?"

"열어봐."

짐작은 하고 있었지만 봉투 안에는 수표가 들어 있었다.

"오백만 원이야. 지금 가진 건 그게 전부다. 나머진 다음달에 줄 수 있을 거야."

일단 만나기만 하면 얼굴에 주먹 한 대 날리고 시작해야겠다 싶었는데, 갑자기 온몸의 기운이 쫙 빠져나갔다. 손안에 오백만 원짜리 수표를 쥐고 나니 생각이 달라졌다.

"야, 내가 돈 때문에 이러는 거 같냐? 그렇게 생각하면 정말 섭섭하다."

갑자기 상현은 전철을 타고 오며 준비했던 말들이 하나도 떠오르지 않았다. 지난 삼 년 동안 벼르고 벼르던 말들, 온갖 원망과 미움과 저주의 말들이 모두 마술처럼 사라졌다. 역시 돈의 힘은 놀라웠다.

"난 자식아, 걱정돼서 그랬지. 연락도 안 되고."

상현의 말에 우석은 긴장을 풀고 맞은편에 앉더니 지난 삼 년 동안 어떻게 지내왔는지 주절주절 늘어놓기 시작했다. 하지만 상현의 귀에는 한마디도 들어오지 않았다. 사실 그가 알고 싶은 것은 지난 삼 년 동안 우석이 어떻게 살아왔는지 하는 얘기 따위가 아니다. 오로지 한 달에 천만 원 이상을 벌 수 있다는 노하우, 바로 그것뿐이었다.

결국 상현은 우석의 말을 자르고 포상금 파파라치 양성학원 사이트의 게시판에서 본 우석의 글에 대한 진위 여부를 따졌다. 우석은 그제야 무슨 얘긴지 알겠다는 듯 피식 웃으며 상현의 얼굴을 쳐다보았다.

그래, 웃어라. 내가 누구 때문에 이렇게 돈에 얽매여 살게 됐는데…… 이젠 너도 나한테 빚을 갚아야지.

우석은 학원에서 멋대로 이야기를 올렸다고 했다. 거기에는 과장도 좀 있고 와전된 내용도 있다고 했다. 한마디로 천만 원을 버는 사람도 있지만 그건 백 명에 한 명이나 될까 말까 한 경우고, 말처럼 그렇게 쉬운 것도 편한 것도 아니라고 했다. 편하기는 바라지도 않는다. 한 달에 천만 원을 벌 수 있다면 그까짓 고생쯤 할 각오가 되어 있다.

"그러니까 천만 원을 벌 수 있긴 한 거지? 그 정도면 다닐 만하네?"

"학원에 다니게? 잊어버려. 이쪽엔 발 안 들이는 게 좋아."

우석의 말에 상현은 기분이 상했다. 다리를 다쳐 쉬는 동안 일자리도 잃고 여동생에게 담뱃값이나 얻어 쓰며 오늘날 이 모양 이 꼴이 된 게 누구 때문인데 하는 생각이 확 들었다. 상현의 표정이 바뀐 것을 눈치챈 우석은 깊은 한숨을 내쉬었다.

"내가 이 다리로 변변한 직장이나 구할 수 있을 거 같아? 좀 살아보자는데."

"알았어. 그럼 괜히 학원에 돈 갖다 바치지 말고 나한테 배워. 내가 기본적으로 필요한 것들은 가르쳐줄게."

우석의 말은 귀가 번쩍 뜨이는 제안이었다. 학원에 다니다 보면 학원비뿐 아니라 장비도 바가지요금으로 사야 하니 자신이 쓰던 장비를 주든지, 싸게 살 수 있는 곳을 알려주겠다고 했다.

학원비도 아끼고 거기다 이 년 동안 쌓인 노하우도 알려주 겠다는데 상현으로서는 거절할 이유가 없었다. 우석의 말대로 한 달에 천만 원이 들어온다면 예전의 빚쯤이야 얼마든 탕감 해줄 생각도 있다.

"우선 어떤 걸 할지 결정해야 해."

우석이 A4 용지에 코팅까지 입힌 프린트를 꺼내 보여주었다. 거기에는 돈을 벌 수 있는 각종 항목이 쭉 적혀 있었다. 그야말로 금맥이나 다름없었다.

2

우석에게 받은 종이를 가지고 집에 돌아온 상현은 책상 앞에 앉아 고심하기 시작했다.

가짜 휘발유를 제조하거나 판매하는 것을 적발해내면 포상금이 건당 백에서 최고 오백만 원. 부정, 불량식품 혹은 유통기한이 지난 제품을 신고하면 삼십만 원에서 오천만 원. 가짜 양주 고발은 천만 원까지 받을 수 있다고 적혀 있다. 목돈이 되는 항목을 보다보니 건당 이삼만 원을 받는 쓰레기 불법 투기 같은 건 눈에 들어오지도 않았다.

"잘 생각해야 해. 포상금이 적은 건 그만큼 일거리가 많고 비교적 일을 하기도 수월하지. 포상금이 큰 건 아무나 할 수 있는 일이 아니야. 이를테면 가짜 휘발유? 제조하는 사람들 찾아내고 장소, 물량, 판로까지 다 추적하려면 혼자 힘으로 절대 못해. 잘못해서 들키기라도 하면…… 어쩜 죽을 각오도 해야 할걸?"

우석은 은근히 겁을 주면서 되도록 포상금이 적은 일들을 권했다. 쓰레기 불법 투기 같은 건 동네 적당한 장소만 잘 물색해도 금방 건수를 올릴 수 있다고 했다. 이삼만 원이라 우습게 생각될지 모르지만 하룻밤에 서너 건만 해도 십만 원, 한 달이면 삼사백은 거뜬히 챙길 수 있다고 했다.

"넌, 넌 요즘 어떤 일 하는데?"

"나? ……그냥 이것저것 닥치는 대로 하는 거지 뭐."

말은 그렇게 했지만 우석의 표정은 그게 아니었다.

낚시꾼이 월척 낚는 포인트를 쉽게 알려주지 않는 것처럼 우석은 자신의 보물 주머니를 열어 보이려 하지 않았다. 상현이 좀더 구체적인 걸 계속 물어봤지만 그는 이리저리 딴청을 부리며 끝내 말을 꺼내지 않았다.

초보는 경험상으로 보나, 위험도로 보나 쓰레기 투기 현장을 잡는 게 가장 좋다는 우석의 말은 무시하기로 했다. 자기가 차지한 알짜배기는 알려주지 않고 누구나 알 만한 정보만 던져주는 것 같아 섭섭한 생각이 들었다.

우석이 준 포상금 내역을 꼼꼼히 살피며 어떤 것을 해볼까 고심하던 상현의 머릿속에 퍼뜩 희찬의 얼굴이 떠올랐다. 그래, 그놈이라면 한 건 올릴 수도 있겠다.

희찬은 상현의 중학교 동창으로 광명의 유흥가 나이트클럽에서 웨이터를 하고 있다. 언젠가 함께 술을 마시다 가짜 양주 만드는 이야기가 나온 적이 있다. 나이트클럽 같은 곳은 2차 3차로 오는 손님들이 많은데, 술 취한 정도를 봐서 적당히 가짜 양주를 내올 때도 있으니까 조심해야 한다는 것이었다. 놈이라면 가짜 양주 만드는 곳을 알고 있을 듯했다.

포상금 내역을 보니 가짜 양주 고발은 천만 원이란다.

야, 강우석, 네가 한 달에 천만 원을 번다면 나도 번다. 넌 한 달에 천만 원이지만 난 이 한 건으로 천만 원이야. 알아?

상현은 얼른 희찬에게 전화를 걸었다. 네시가 넘은 시간인데도 놈은 잠에서 덜 깬 목소리로 전화를 받았다. 요즘도 나이트클럽에서 일하느냐고 물었더니 그렇다고 했다. 초저녁에 만나기로 하고 전화를 끊었다.

주머니에 우석에게 받은 돈도 있겠다, 오랜만에 거하게 한잔할까 하는 생각도 있었지만 희찬에게는 손님이 아니라 친구의 입장으로 가는 게 나을 듯싶었다. 직장 구하기 힘들어서 웨이터라도 해보고 싶다고 하면 아무래도 주방에 들어가기가 쉬울 것 같아서였다.

"웬일이냐? 이런 일을 다 하겠다고 하고?"

희찬은 신기한 듯 상현을 바라보다가 결국 잠깐 기다리라고 하고 지배인을 만나러 갔다. 없는 친구를 도와주는 의리는 있는 놈이다. 잠시 앉아 있으면서 나이트클럽 내부를 둘러보았다.

음악도 조명도 없는 나이트클럽은 빛바랜 소파의 색깔만큼이나 초라하고 후줄근해 보였다. 주방으로 가는 길은 어디쯤 있을까 하고 고개를 기웃거리는데 희찬이 지배인을 데리고 돌아왔다. 상현은 얼른 일어나 정말 취직이라도 할 사람처럼 지배인에게 꾸벅 인사를 했다.

지배인은 한번 쳐다보기만 하면 사람을 파악하는 능력이라도 있는지 상현을 위아래로 쓱 훑더니 우선 며칠만 일해보라고 말하고 곧 자리를 떴다. 생각보다 취직이 쉬워 깜짝 놀랐다.

"야, 이럴 줄 알았으면 진작 너한테 부탁 좀 할 걸 그랬다."

상현이 흥분해서 들뜬 목소리로 떠들었지만 희찬은 만만치 않을 거라며 정식으로 취직된 건 아니라고 말했다. 정식으로 취직할 생각 따위는 없으니 아무래도 상관없었다. 상현은 희찬이 내미는 대걸레를 들고 바닥 청소부터 시작했다. 바닥 청소가 끝나자 희찬이 그를 데리고 주방으로 향했다.

주방 입구에는 술안주를 만들기 위한 재료들이 막 도착했는지 상자 속에 그대로 담겨 쌓여 있었다. 안쪽에는 직원들이 모여 식사를 하고 있었다. 하루 일을 시작하기 전에 나이트클럽 직원들이 식사를 하는 시간인 듯했다. 희찬은 직원들에게 상현을 소개하고 한쪽에 자리를 마련해주었다.

상현은 저녁을 얻어먹으며 주방 한편에 세워진 술 상자들을 눈여겨보았다. 맥주 박스들이 즐비하게 늘어서 있고 양주 박스도 보였다. 저것들이 어떻게 둔갑을 할지는 기다려보면 알게 되겠지. 빤히 양주병을 쳐다보던 상현은 혹시라도 자신의 속마음을 들킬까봐 얼른 시선을 돌리고 시치미를 뗐다.

술 취한 손님들의 시중을 든다는 게 쉬운 일은 아니었다. 단 몇 시간 정도야 하는 기분으로 시작했지만 손님들 비위 맞추는 일은 생각보다 쉽지 않았다. 여러 번 희찬이 수습을 하러 와야 했고 그때마다 상현은 초보의 미숙함을 핑계삼아 고개만 몇 번 굽신거리고 그 상황을 빠져나왔다.

주방 쪽 뒷문에서 담배를 피우고 있는데 희찬이 다가와 어깨를 두드리며 위로의 말을 건넸다. 거의 끝나가니까 조금만 참으라고 한 뒤 다시 홀로 돌아가는 희찬을 바라보다가 상현은 마지막 한 모금을 빨고 담배를 껐다.

주방을 지나 홀로 가려던 상현의 눈에 뚜껑이 열린 양주 몇 병이 보였다. 운좋게 기다리던 현장을 발견했다는 느낌이 들었다. 상현은 얼른 주위를 둘러보다가 핸드폰을 꺼내 사진을 찍었다. 좀더 적나라한 사진을 찍기 위해 양주병 가까이에서 몇 장을 찍고 있는데 뒷골에 서늘한 기운이 느껴졌다. 돌아보니 지배인이 무표정하게 쳐다보고 있었다.

"시방 뭐허냐?"

아까와는 달리 툭 튀어나온 전라도 사투리가 온몸에 긴장감을 주었다. 정신 바짝 차려야 한다는 생각과는 달리 입은 쉽게 떨어지지 않았다. 지배인은 얼른 상현의 손에 있는 핸드폰을 빼앗더니 그가 찍은 사진들을 살펴보았다.

누군가 주방 쪽으로 들어오는 인기척이 들리자 지배인이 소리를 질렀다.

"야, 가서 희찬이 좀 오라 해라."

오 분도 되지 않아 상현은 주방 뒷문을 통해 밖으로 내팽개쳐졌다.

쓰레기통 옆에 굴러떨어진 상현은 미처 정신을 차리기도 전에 지배인에게 먹살이 잡혔다. 그는 상현의 주머니에서 찾아낸 포상금 내역 종이를 흔들어 보이며 금방이라도 상현의 뺨을 후려갈길 듯 그의 얼굴을 잡아당겼다.

"꼴값을 헌다, 잉? 왜, 가짜 양주 만드는지 알아내서 돈이라도 좀 챙겨볼라고? 이걸 확, 여기 얼씬도 허지 마라, 내 눈에 한 번만 더 걸리면 그때는 아작을 내버릴 것잉게."

지배인이 상현을 길바닥에 집어던졌다. 그 바람에 아스팔트에 손이 까졌다. 아픈 손을 보며 입김을 불고 있는데 희찬이 옆에 다가와 쪼그려앉았다.

"미친 새끼, 내가 너 여기 취직시켜달라고 할 때부터 알아봤다. 형님들한테 맞아죽지 않은 게 다행인 줄 알아, 새끼야."

말을 마치고 클럽으로 돌아가려던 희찬은 그의 발치에 핸드폰을 던졌다.

"내 이름 지웠으니까 앞으론 나 찾아오지 마라. 나 너 같은 친구 둔 적 없다."

희찬이 들어가자 상현은 얼른 바닥에 떨어진 핸드폰을 주워 사진을 확인했다. 역시나 주방에서 찍은 양주병 사진은 없었다.

전철역 화장실에서 거울을 보니 얼굴이 말이 아니었다. 어느새 눈 부위와 뺨이 벌겋게 부어 있었다. 이대로 집에 들어갔다가는 괜한 잔소리가 쏟아질 것 같아 우석의 오피스텔로 향했다.

전화도 없이 무작정 쳐들어갔지만 창문을 보니 마침 불이 켜져 있었다.

상현은 오늘 자신의 얼굴이 그렇게 된 것은 우석에게도 일말의 책임이 있다고 생각했다. 벌겋게 부은 얼굴을 내밀며 억지로 우겨서라도 제대로 돈 되는 정보를 빼내야겠다 싶었다.

문을 여는 우석의 표정이 밝지 않았다. 한눈에 귀찮아하는 표정이 역력히 보였다. 우석은 그의 얼굴에 난 상처를 봤으면서도 아무 말도 하지 않았다.

"넌 이 얼굴을 보고도 뭔 일인지 물어보지도 않냐?"

"대충 짐작이 가니까. 어떤 종목이야?"

귀신같은 자식, 눈치도 빠르네.

"……가짜 양주."

우석의 콧방귀소리가 그의 귀에도 들렸다.

"내 말 제대로 안 듣고 딴소리 지껄일 때부터 알아봤다. 그런 건 쉽게 건드리는 거 아니라고 했지? 더구나 양주? 그거 주먹들이 주름잡고 있는 거 몰랐어?"

"알고 있었으면 좀 가르쳐주지 그랬어?"

"야, 내가 안 가르쳐줬…… 됐다. 말을 말자."

가만 보니 우석은 외출복 차림이었다. 거기다 파파라치의 필수품이라고 할 수 있는 카메라 가방에 고성능 카메라를 집어넣고 있었다.

"어디 가냐?"

"……."

"같이 가자."

"좀 쉬고 있어. 좀 있음 더 부을 테니까 그전에 얼음찜질 좀 하고."

우석은 상현의 말 같은 건 신경도 안 쓴다는 듯 무시하고 이 것저것 챙겨 준비를 하더니 바지를 갈아입었다.

우석을 쳐다보던 상현은 책상 위에 놓인 우석의 카메라 장비를 바라보았다. 꽤 큰 가방을 보니 돈깨나 들였겠지 싶었다. 어울리지 않게 가방끈 한쪽에 둥근 모양의 노란 스마일 배지가 매달려 있었다. 상현은 괜히 심술이 나서 힐끗 우석을 쳐다보며 얼른 필기구를 찾았다. 책상에서 붉은색 사인펜을 발견하고는 얼른 가져다 스마일 입술에 붉은 칠을 했다. 노란 얼굴에 그려진 두툼한 붉은 입술은 우스꽝스러웠다.

우석이 짜증을 내며 가방끈을 잡아당겼다.

"어디로 가는지나 좀 알자."

"어디 간다 그럼, 아냐? ……목동이야. 금방 다녀올 거야."

우석이 나간 뒤 상현은 말 잘 듣는 강아지처럼 얼음주머니를 얼굴에 대고 우석이 돌아오길 기다렸다. 하지만 그날 밤이 지나고 아침이 지날 때까지도 우석은 돌아오지 않았다. 말 잘 듣던 강아지는 조금씩 방안을 뒤지고 다니면서 방안을 엉망으로 만들어놓기 시작했다.

상현은 우선 놈의 책상을 뒤져 우석의 돈줄을 찾았다. 생각보다 쉽지 않았다. 책상 위 메모지에도 항목은 나와 있지 않았다. 목동 7단지 어쩌고 하고 적힌 주소로 그의 행선지를 짐작할 따름이었다.

이번엔 컴퓨터를 켰다. 파일을 찾아보았지만 돈 될 만한 제목의 파일은 없었다. 인터넷을 열고 즐겨찾기를 확인했다. 의외로 그런 곳을 확인하면 컴퓨터 주인의 취향이라든지, 행적을 추적할 단서가 나온다.

우석의 컴퓨터에 있는 즐겨찾기에는 기본적인 메뉴 외에 사이트 몇 개뿐이었다. 인터넷 개인방송국인 '정글 피버'가 그중 하나였다. 정글 피버는 상현이도 아는 사이트였다.

정글 피버에 접속할 때마다 상현은 이름 하나 기가 막히게 지었다고 생각했다.

정글 속에는 코끼리도 있고 호랑이도 있고 악어도 있고 독사도 있다. 앞이 보이지 않는 밀림 속에서 길을 잃은 여행자는 어디든 쉴 곳이 필요하다. 그곳에는 묘한 흥분과 위험이 공존

한다.

정글 피버. 원하는 사람은 누구든 프로그램을 깔기만 하면 자기 방에 앉아서 방송을 할 수 있는 사이트였다. 각종 야동을 방송하는 사람도 있었고 스포츠나 영화 등 비교적 건전한 동영상을 보여주는 방송국도 많았다. 하지만 역시 가장 인기 있는 것은 일명 '정나미'들의 방송이었다.

정신 나간 미녀들.

그녀들을 보기 위해 방송국을 들락거리는 이용자들은 그들을 그렇게 불렀다. 사실 말이 좋아 미녀들이지, '미친 여자'의 준말이다. 여자들의 나이도 다양하고 방송 내용도 제각각이다. 그걸 개성이라고 말해야 할지 모르지만 정나미들의 공통점은 한 가지다.

웹캠을 이용해서 자신의 모든 것을 적나라하게 보여준다.

비밀번호를 걸어놓은 방은 십중팔구 옷을 벗어던지며 누드쇼 생중계를 하고 있거나 그보다 더한 짓을 하는 중이다. 몇 번 돈을 내고 그 방에 들어가본 적이 있는 상현은 우석이 같은 사이트를 들락거린다는 사실에 왠지 웃음이 새어나왔다.

정글 피버는 자동 로그인으로 들어갈 수 있었다. 개인정보 방에는 그가 즐겨 찾는 방송국 목록이 보였다.

우석을 기다리는 동안 상현은 놈의 아이템을 이용해 몇 시간을 정나미들과 놀았다.

실시간 채팅으로 원하는 것을 말하면 여자가 가슴을 보여주거나 모니터 앞으로 입술을 내밀었다. 유리창을 사이에 두고 이야기하는 기분이 들었다. 만질 수 없는 여자의 탐스러운 가슴은 마치 자신만을 위한 것처럼 느껴졌다.

단추를 하나 풀기 전에 여자들은 먼저 아이템을 요구한다. 아이템은 돈을 주고 사야 한다. 아이템을 선물하면 그녀가 그걸 확인한 뒤 옷을 벗는다. 모인 아이템은 나중에 돈이 된다. 정나미들은 그 아이템을 정글 피버 사이트에 팔고 돈을 받는다.

정글 피버 사이트 자체가 포주인 셈이다. 직접적인 성매매가 이루어지는 것은 아니지만 집안에 앉아서 단돈 몇천 원에 그런 눈요기를 즐길 수 있으니 그리 손해보는 장사는 아니다. 정나미들 입장에서도 나쁠 게 없다. 치근대고 괴롭히는 손님이 있는 것도 아니고 강요도, 위험도 없다. 그런 면에서 인터넷 세상은 안전하기만 하다.

우석이 들락거리는 방송국에는 하나같이 어리고 예쁜 정나미들이 있었다.

상현은 아침 무렵까지 그 여자들과 노닥거리다 늦게 잠이 들었다. 꿈속에서 여자들이 한꺼번에 달려들어 그의 벌겋게 부은 얼굴에 수박만큼 거대한 가슴을 비벼댔다. 오른손이 저절로 바지 속으로 들어갔다.

3

우석이 목동 빙상장이 보이는 안양천변 쓰레기봉투 속에서 발견되었다는 것을 알게 된 건 이틀이나 지난 뒤였다.

잠들었는데 누군가 문을 두드려 나가보니 험상궂게 생긴 남자들이 있었다. 경찰이라고 했다. 그들은 상현이 왜 오피스텔에 있는지, 우석과 어떤 사이인지 물었다. 상현은 며칠 전부터 같이 살고 있고, 빌린 돈을 갚기로 해 기다리고 있다고 말해주었다. 돈 이야기를 하자 그들의 눈이 번뜩였다. 갑자기 왜 경찰들이 들이닥쳤는지 모르지만 그들의 시선이 불쾌했다. 짜증이 나서 나중에 우석이 있을 때 다시 찾아오라고 하자 그들은 우석이 죽었다고 알려주었다. 누가 망치로 머리를 내려치는 것 같았다. 머릿속이 하얗게 비워지며 아무 생각도 떠오르지 않았다. 그런 상현에게 경찰들은 우석이 살해당해 토막 난 시체로 쓰레기봉투에 옮겨질 시간에 무엇을 했는지 알리바이를 대라고 했다.

황당했다. 어떻게 친구인 자신에게 그런 혐의를 씌울 수가 있는지 어이가 없었다.

상현은 우석의 오피스텔에 있었다고 했다. 잠깐 다녀온다고 했는데 아무리 기다려도 오지 않아 그의 핸드폰으로 몇 번이나 전화를 했었다고 말했다. 이미 우석의 핸드폰 통화 내역은 모두 확인한 모양이었다. 오늘도 오지 않아 본가에 간 모양이라고만 생각했다고 말했지만 경찰들의 표정을 보니 의혹이 걷힌 것 같지는 않았다.

"어디로 간다고 했다고요?"

"목동이라고 들었어요."

"누구 만나러 가는지는 모르고요?"

"예. 말을 안 해줘서."

우석이 카메라를 가지고 나갔다는 말을 해야 할지 잠시 망설였다. 일단은 조용히 있기로 마음을 굳혔다. 그들은 나중에 다시 오겠다며 돌아갔다. 문을 닫고 돌아서는데 왠지 식은땀이 흘렀다.

우석은 카메라를 가지고 나갔다. 포상금 파파라치의 특성상 일하러 갈 때 누구를 만날 약속 같은 건 잡지 않는다. 그건 경험 없는 상현이 생각해도 쉽게 알 수 있는 일이다.

상현은 우석에게 무슨 일이 생긴 것인지 따져보기 시작했다. 쓰레기 투기 현장을 잡는 일 정도라면 들켰다고 해서 목숨을 잃는 경우는 없다. 뭔가 더 위험한 곳을 찾아간 것이다. 상현이 가짜 양주 제조 현장을 찾아낸다고 했다가 나이트클럽 직원들에게 죽을 뻔한 것처럼 우석도 현장에서 무슨 일이 생긴 것이다. 왜 하필이면 목동에, 그 시간에 갔을까? 하지만 장소와 시간만으로는 아무런 정보도 찾을 수 없다. 도대체 어떤 곳에 갔길래 살해까지 당했을까?

상현은 우석의 책상 서랍을 열어 내용물을 전부 확인했다. 다이어리가 보였다. 펼쳐보니 그동안 포상금 받은 내역들이 일목요연하게 정리되어 있었다. 처음에는 그도 쓰레기 투기 현장부터 찾아다닌 모양이었다. 매일 나간 장소와 시간, 그날의 건수가 적혀 있었다. 집 주변부터 시작해서 점점 활동 지역이 넓어졌다. 그러다 경기도 인근 지역으로 가면서 쓰레기 투기 현장이 아닌 건축 폐기물 투기, 사업장 폐기물 소각, 환경 오염 현장 같은 쪽으로 옮겨갔다. 그러나 최근에는 다시 서울 인근 지역으로 장소가 바뀌었다. 최근의 메모는 더 짧고 간결했다. 건수는 거의 적혀 있지 않았다. 영문 단어 몇 개만 눈에 띄었다. 그 단어들이 뭘 뜻하는지 알기 힘들었다. 그것만 가지고는 우석이 어떤 일을 했는지 가늠하기 어려웠다.

상현은 우석의 컴퓨터를 켜고 다시 하드에 있는 파일들을 샅샅이 뒤지기 시작했다. 단서가 될 만한 것들은 아무것도 없었다.

친구의 죽음으로 받았던 충격이 가시자, 미처 받지 못한 나머지 이천만 원이 아른거렸다. 우석에게 듣고자 했던 월 천만 원의 노하우도 아깝기만 했다.

인터넷에서 메일을 확인해볼까 했다. 하지만 비밀번호를 몰라 들어갈 수 없었다. 그대로 나오려다 주소창을 눌렀다. 며칠 전 들어간 정글 피버 주소가 보였다. 갑자기 머릿속에 번개가 내리쳤다. 상현은 얼른 다이어리를 꺼내 최근 메모가 적힌 페이지를 펼쳤다.

정글 피버 사이트에 들어가 즐겨 찾는 방송국을 누른 상현은 다이어리에 적힌 영어 단어와 비교했다. 다이어리에 적힌 영어 단어는 정글 피버의 개인방송국 주소였다. 그것은 정나미, 그녀들의 아이디였던 것이다.

상현은 얼른 메모지를 꺼내 다이어리에 적힌 아이디를 하나씩 옮겨 적었다. 그리고 정글 피버에 들어가 자동 로그인을 눌렀다.

몇몇 방송은 낮인데도 벌써 낯뜨거운 짓을 시작하고 있었다. 상현은 조심스럽게 그녀들에게 귓속말을 보냈다.

―혹시 강우석이라고 알아요?

돌아오는 그녀들의 대답에 따라 아이디에 하나씩 줄이 그어졌다. 그렇게 몇 개를 지우고 보니 남은 것은 세 개였다. 그들은 아직 방송을 시작하지 않았다. 세 개의 방송 창을 모두 띄워놓고 기다렸다. 누군가 방송을 시작하면 모니터 모양 화면에 그림이 뜰 것이다. 그렇게 삼십 분쯤 기다렸을까? 한 방송국이 방송을 시작했다.

상현은 얼른 시청하기 버튼을 눌렀다. 상현이 채팅창에 들어가자 정나미는 깜짝 놀라는 눈치였다.

—어머, 먼저 와서 기다리고 있었나보네?
—네. 물어볼 게 있어서요.

갑자기 여자가 귓속말로 채팅을 걸어왔다.

—누군가 했네. 뻔뻔하게 그 아이디로 아는 척을 해? 왜, 돈 줬잖아? 아 짜증나. 쉬파. 너도 참 어지간한 놈이다.

그러더니 그대로 방송을 끄고 나가버렸다. 방송에서 튕겨져 나온 상현은 그제야 우석이 어떤 일을 했는지 알 것 같았다. 인터넷을 매개로 이루어지는 성매매. 그것도 어린 청소년들을 상대로 한 성매매 현장을 찾아 나선 것이다.

건당 이백에서 천만 원. 최고 이천만 원. 순식간에 머릿속에 숫자가 보였다.

그의 추측이 맞다면, 우석은 정글 피버에서 어린 정나미들을 찾아내고 그녀들을 스토킹해서 실제 성매매가 이루어지는지 확인한 다음 돈을 뜯어낸 것이다. 조금 전 여자의 반응을 보면 단속기관에 신고를 한 게 아니라 그녀들에게 직접 돈을 요구한 모양이다. 결국 그의 금광은 정글 피버였던 것이다.

상현은 다른 두 아이디의 방송도 기다렸다. 한 곳의 방송이 시작되어 들어가봤지만 곧 나왔다. 그곳은 우석이 집을 나간 날 밤에도 계속 방송하던 곳이다. 즉 방송이 그녀의 알리바이를 입증했다. 이제 남은 방송국은 하나. 상현은 '리스트 컷'이라는 방송국에서 어서 방송을 시작하기만 기다렸다.

4

상현이 조금만 눈치가 빨랐다면 리스트 컷에서 풍기는 음침한 기운을 느꼈을 것이다.

컴퓨터 모니터만 빤히 쳐다보고 있는 동안 저녁때가 지나고 밤이 되었다. 하루종일 제대로 된 식사를 못한 상현은 가까운 음식점에서 설렁탕으로 늦은 저녁을 때우고 얼른 오피스텔로 돌아왔다.

모니터에 띄워놓은 방송국 화면에 방송중이라는 표시가 되어 있었다. 상현은 재빨리 시청하기 버튼을 눌렀다. 하지만 비밀번호 창이 떴다. 그녀의 방에 들어가기 위해서는 비밀번호를 알아야 한다. 상현은 생각나는 대로 온갖 번호를 다 쳐보았다. 자물쇠는 열리지 않았다. 어떤 숫자도 맞지 않았다. 실망으로 어깨가 축 늘어질 즈음 오늘 날짜를 쳐봤다. 어이없게도 문이 열리고 그녀의 방이 보였다. 그 방에는 그녀와 상현 둘밖에 없었다.

여자는 가만히 모니터를 쳐다보고만 있었다. 상현은 그녀가 자신을 쳐다보고 있는 것 같아 섬뜩한 기분이 들었다. 창백한 얼굴에 검은 머리가 묘한 아름다움을 느끼게 했지만 무표정한 얼굴은 왠지 모르게 거부감이 일었다.

여자가 먼저 채팅을 해오길 기다렸다. 하지만 어떤 글도 올라오지 않았다. 기다리던 상현은 하는 수 없이 자판을 누르기 시작했다. 화면을 보며 엔터키를 치려는 순간 상현은 하마터면 의자에서 떨어질 뻔했다.

그녀의 얼굴 너머로 보이는 옷걸이에 걸려 있는 카메라 가방. 그리고 그 카메라 가방에 매달린 노란 스마일 배지. 붉은 입술이 그려진 노란 스마일 배지는 분명 우석의 카메라 가방에 달려 있던 것이었다.

더이상 설명이 필요 없다. 이 여자다. 이 여자가 우석의 마지막을 알고 있다.

상현은 더이상 참지 못하고 자판을 두드렸다.

―왜, 내 친구를 죽였지?

여자는 화면에 올라온 글자를 보고 놀라는 눈치였다. 무표
정하던 그녀의 얼굴에 비로소 감정이 보였다.

"당신은 누구예요?"

스피커에서 그녀의 목소리가 흘러나왔다. 상현은 말문이 막
혔다. 그러다 노란 스마일 배지를 쳐다보았다.

—날 속일 생각은 하지 마, 지금 경찰을 부를 거야.

"무슨 얘긴지 모르겠네요."

—저기 스마일 배지가 달린 카메라 가방, 그거 내 친구 거야.

그 말에 여자의 표정이 굳었다. 그대로 고개를 숙이고 한참
가만있더니 불쑥 고개를 들었다. 그녀는 모니터에 얼굴을 들
이대고 속삭였다.

"그 사람, 죽었나요? 그때 신고를 했어야 하는데……"

여자는 자책하듯 손톱을 깨물며 이야기를 계속했다. 그녀의
눈동자가 방향을 잡지 못하고 이리저리 흔들렸다. 아무래도
그날의 일이 여전히 충격인 모양이었다.

여자는 며칠 전 밤 편의점에 다녀오다 자동차에 한 남자를
태우는 사내들을 봤다고 했다. 남자는 의식을 잃은 듯 축 늘어

져 있었고 가방은 거리에 떨어진 채였다. 남자를 자동차에 태우던 사내들은 여자를 보자 가방을 내버려둔 채 그대로 달아났다.

"그때 신고를 했어야 하는 건데, 내가 이런 일을 하다보니 신고할 수가 없었어요."

여자의 말을 믿어도 좋을까? 상현은 물끄러미 여자의 얼굴을 쳐다보았다.

"지금 만나요. 카메라 돌려드릴게요. 그리고 그 자동차 번호도 기억날 거 같으니까 알려드릴게요."

여자는 만날 장소를 알려주고 곧 방송을 끝냈다. 목동이었다.

여자가 말한 주소는 양천구청 옆의 작은 공원이었다. 에너지 절약 차원인지 가로등마저 꺼져 있어 주변은 어둡기만 했다. 어디서 여자가 나타날지 몰라 주위를 두리번거렸다. 그때 누군가 나무 그늘에서 걸어나왔다. 아마도 미리 와서 기다린 모양이었다.

"아까 저랑 얘기한 분인가요?"

여자의 얼굴이 희미하게 보였다. 상현은 고개를 끄덕이며 여자에게 다가갔다. 그때 갑자기 등뒤로 바람처럼 움직이는 인기척이 느껴졌다. 얼른 뒤를 돌아보았다. 검은 그림자가 덮치면서 무시무시한 충격과 함께 깨질 듯한 아픔이 머리에 밀려들었다. 상현은 소리도 내지 못하고 그대로 바닥에 쓰러졌다.

검은 그림자는 능숙한 솜씨로 상현의 입에 청테이프를 붙였다. 도대체 무슨 일일까? 통증 때문에 아무것도 생각할 수 없었다. 머리에서 뜨거운 액체가 흐르는 게 느껴졌다. 상현은 자신의 머리를 내려친 남자가 손을 뒤로 묶는데도 아무 반항 못하고 신음소리만 흘렸다.

어디선가 자동차 소리가 났다. 그리고 차에서부터 이어진 발소리가 가까이 다가왔다. 곧 남자의 목소리가 들렸다.

"스케줄도 안 잡혔는데 이러면 곤란하지?"

"나라고 좋아서 한 줄 아세요? 위급 상황이었다고요."

간신히 눈을 뜨고 어둠 속에서 수군거리는 세 명의 그림자를 바라보았다. 여자가 남자에게 봉투를 받고 있었다. 여자는 봉투 안을 들여다보더니 돈이 적다며 투덜거렸다.

"솔직히 오늘은 거저먹기잖아. 부수입인데 뭘 그래?"

"내가 이 자식 때문에 얼마나 머리를 굴렸는지 알아요? 경찰한테 전화 안 하고 여기까지 오게 하는 게 쉬운 일이 아니라고요."

"알았어, 알았어. 담에 좀더 줄게. 그럼 됐지?"

여자는 인사도 없이 그대로 사라졌다. 상현은 뭐가 어떻게 된 일인지 정신을 차릴 수가 없었다.

"얼른 실어. 최대한 빨리 여길 떠나야 하니까 서둘러."

여자와 대화를 하던 놈이 상현의 머리를 때린 남자에게 명령했다.

"그쪽하곤 연락됐어요?"

남자가 상현의 다리를 집어들며 물었다. 몸이 흔들리자 다시 머리에 통증이 밀려들었다.

"창고로 오는 중이야."

"그나저나 나도 돈 좀 올려주세요. 힘든 일은 혼자 다 하는데……"

"망둥이가 뛰니까 너도 뛰냐?"

나이가 많은 남자는 자동차 트렁크를 열며 어이없다는 듯 혀를 찼다. 하지만 상현의 다리를 끌고 가던 놈도 만만치 않았다. 그는 상현의 몸을 트렁크에 구겨넣으며 조목조목 따졌다.

"난 이놈들 머리 때리고 창고까지 끌고 가죠. 거기다 수술 끝날 때까지 기다렸다가 시체 뒤처리하는 건 또 뭐 쉬울 거 같아요? 저 계집애는 가만히 앉아서 거미처럼 남자들 끌어들이기만 해도 오백이나 받는데, 난 그 험한 일 다 하고 천밖에 안 된다는 게 말이나 돼요?"

"천이 적은 돈이야? 너 몇 번 하더니 아주 돈독이 올랐다?"

"솔직히 신장 하나만 해도 이천 받는 거 알아요. 솔직히 언제까지 해먹을 것도 아니고 나도 할 수 있을 때 한몫 챙기고 털어야죠."

"그러다 내 오장육부도 빼다 팔아먹겠다?"

"에이, 그거야 형님 일인데 내가 어떻게 넘봐요? 연락망이 있는 것도 아니고……"

트렁크 문이 닫혔다. 희미하게 들리던 사내들의 목소리가 멀어지고 곧 자동차 시동음이 들렸다. 아마도 그들이 말한 창고라는 곳으로 갈 모양이었다.

상현은 그제야 모든 것을 알 수 있었다. 정글 피버에는 정나미만 있는 게 아니다. 시커먼 거미줄을 쳐놓고 목숨을 노리는 악마 같은 여자도 있다. 정나미들 돈을 뜯어먹는 재미로 살던 우석이 거미줄에 걸려들었던 것이다.

우석의 말이 맞았다. 초보가 어설프게 금액이 큰 포상금을 노리고 위험한 일에 뛰어들면 안 된다. 우석의 충고대로 쓰레기 투기 현장이나 찾아다녔다면 이렇게 생을 마치지는 않았을 것이다.

그때 문득 자신의 머리를 내려쳤던 남자의 이야기가 생각났다. 그야말로 한 건에 천만 원의 주인공이었다. 그는 어떻게 해서 이 일을 시작한 것일까? 파파라치 양성학원처럼 친절하게 하나에서 열까지 가르쳐주는 학원이 있는 것일까? 그는 잠시 후에 벌어질 무시무시한 일에 대해서는 생각지도 못한 채 남자의 통장에 얼마나 많은 돈이 들어 있을지가 궁금해졌다. 다른 건 몰라도 우석과 자기 덕분에 이천만 원이 또 입금될 것이다.

　자동차의 진동에 일정하게 몸이 흔들리는 것을 느끼며 그의
의식은 서서히 꺼져갔다.

목련이 피었다

1

모든 것이 기억 속 모습 그대로다.

졸업 후 오 년이 흘렀지만 시간은 이 학교에서 어떤 힘도 발휘하지 못한 듯하다.

우습게도 버스정류장에서 잠시 길을 잃을 뻔했다. 정류장에 내려 학교로 걸어가는 학생들이 길잡이가 되어주지 않았더라면 학교로 오르는 길을 찾느라 한참 헤맸을 것이다. 삼 년 동안 다녔던 모교라는 게 믿어지지 않을 정도였다. 그러나 바뀐 것은 버스정류장 주변의 상가와 학교를 오르는 길 초입에 있던 가게뿐이다.

가게들이 사라지고 오로지 학교로 향하는 언덕길만 있는 곳에 다다르자 오 년의 세월도 감히 건드릴 수 없는 성역인 듯모든 것이 예전 그대로였다.

유경은 자신이 다시 학생이 된 게 아닌가 싶었다. 고개를 숙이니 다행히 교복을 입고 있지는 않다. 괜한 상상에 쓴웃음이새어나왔다.

꿈을 꾸는 것도 아닌데 마치 뒤틀린 시간의 터널을 빠져나와 과거의 그때로 돌아온 느낌. 돌아가고 싶지 않은 과거와 마주보고 있는 기분은 낯설고 불편했다.

산모퉁이를 끼고 오른쪽으로 돌자 교문까지 길게 이어진 비탈진 가로숫길이 보였다. 알 수 없는 긴장감에 굳은 손가락을주무르며 크게 심호흡을 했다.

저주받은 언덕.

그때 학생들은 이 길을 그렇게 불렀다. 버스정류장에서 자그마치 이십 분을 걸어올라가야 하는 산중턱에 자리한 학교. 그곳에 가기 위해 매일 아침 거친 숨을 몰아쉬며 올랐던 길. 이 학교에 다니는 동안 건강을 얻는 대신 각선미를 잃어버린다는 우스개가 있었다. 유경은 씁쓸한 기억을 떠올리며, 지옥의 문으로 향하는 듯 무거운 발걸음을 떼는 아이들의 뒷모습을 바라보았다.

오랜만에 다시 오른 언덕길은 힘겨웠다. 콧등에 땀이 맺히고 호흡이 가빠졌다. 삼 년을 다니는 동안에도 결코 익숙해지지 않던 길이다.

"겨우 이 정도 가지고 뭘 그래?"

은우는 발걸음이 가벼웠다. 버스정류장에서 만나 언덕을 올라오다 교문이 보일 즈음이면 유경의 가방은 늘 은우의 손에 들려 있었다.

"가볍게, 리듬을 타듯이 가볍게 무릎을 굽히고, 하나둘 하나둘……"

은우의 목소리가 귓가에 들리는 듯했다. 유경은 눈을 감고 그 소리에 귀를 기울였다. 무거웠던 두 발이 조금은 가벼워지는 느낌이다. 은우가 바로 앞에 서서 한 걸음 한 걸음 발을 옮기는 유경에게 힘을 불어넣어주는 것 같다.

그 목소리를 따라 걸음을 옮기다 고개를 들자 어느새 교문이 눈앞에 있었다.

진원고등학교.

교문 기둥에 새겨진 낡은 명패 옆에 '진원중학교'라는 새 명패가 붙어 있었다.

이마에 맺힌 땀을 닦아내며 교정으로 들어서자 산허리를 깎아 만든 황량한 운동장이 보였다. 운동장을 중심으로 산 쪽에는 고등학교, 아래쪽에는 중학교가 자리잡았다.

유경이 다닐 때 한창 기초공사중이던 운동장 아래 중학교가 완공되어 이제 학생을 받고 있는 모양이다. 어쩐지 학교를 오르는 무리 중에 덩치가 작은 학생들이 끼여 있다 싶었다.

체육시간이면 아래쪽으로 내려가 돌을 날렸던 기억이 떠올랐다. 뼈대만 간신히 서 있던 모습을 본 게 마지막이라 마치 누가 마술을 부려 뚝딱 그곳에 건물을 가져다놓은 것 같았다.

지난 오 년 동안 얼마나 많은 것이 바뀔 수 있는지를 중학교 건물이 보여준다면, 산 쪽에 자리잡은 고등학교는 오 년의 세월은 그다지 긴 시간이 아니라는 걸 보여주는 듯했다. 눈에 익은 모습이 오히려 낯설게 느껴졌다.

운동장에 서서 학교 건물을 바라보고 있자 가슴에 서늘한 바람이 지나갔다.

그동안 애써 잊으려 하던 곳이다. 눈을 감고 외면하려던 곳이다. 눈앞의 실체를 보고야 사실은 이곳을 그리워하고 있었다는 것을 깨달았다. 가슴이 뻐근해졌다.

물끄러미 건물을 바라보다 걸음을 옮기려는 순간 운동장 한편에서 엄청난 모래먼지가 몰려들었다. 갑작스럽게 불어온 흙바람에 눈을 제대로 뜰 수 없었다.

유경은 얼른 소매로 얼굴을 가리고 학교 건물을 향해 뛰었다. 교사 입구에 도착해서야 바람을 피할 수 있었다.

겨우 한숨 돌리고 옷의 먼지를 떨어내려고 할 때, 무언가 툭 유경의 앞으로 떨어졌다. 목련꽃이다. 고개를 들어보니, 커다란 나무 한가득 눈부시게 흰 목련꽃들이 탐스럽게 빛나고 있었다.

머릿속 어둡던 기억의 방에 찰칵, 불 하나가 켜졌다. 까맣게 잊고 있던 또하나의 기억이 어둠 속에서 떠올랐다.

봄이 되면 학교는 목련꽃과 벚꽃으로 가득했다. 목련꽃이 조금 일찍 피고 그 꽃이 질 때쯤 벚꽃이 뒤를 이었다. 봄철 내내 학교 뒷산은 목련꽃과 벚꽃으로 장관이었다.

은우는 목련을 좋아했다. 그 크고 눈부신 꽃잎을 황홀하게 바라보며 선 모습을 본 게 한두 번이 아니다. 넋을 잃고 한참 바라보다 손수건을 펼쳐두고 바닥에 떨어진 꽃잎을 한 장 한 장 조심스럽게 주워 담곤 했다. 그 꽃잎으로 목련차를 끓여주었다.

은우 덕분에 유경은 처음으로 꽃차의 향기로움을 알았다.

목련꽃잎을 컵에 담고 끓인 물을 부은 다음 향이 우러나기를 기다리면 된다. 목련차는 녹차보다 맑고 담백한 맛에 은은한 꽃내음이 담겨 있다. 그 차를 마시면 입안 가득 그윽하게 풍기는 향기에 몸속의 더러운 것들이 다 씻기는 기분이었다.

"그거 알아? 목련은 나무에 피는 연꽃이래. 그래서 목련木蓮이야."

은우의 말을 듣고 보니 목련은 연꽃을 닮아 있다. 진흙 속에서 피어나지만 단 한 방울의 더러움도 허락하지 않는 꽃.

가지 끝에 매달려 흔들리는 목련꽃 위로 은우의 하얀 얼굴이 떠올랐다.

아픈 기억들을 지우기 위해 소중했던 추억들도 같이 묻었다. 지난 오 년 동안 그 기억들을 깊은 우물 속에 가라앉히고 뚜껑을 덮은 후 한 번도 꺼내보려 하지 않았다.

이곳에 있는 동안 그 기억들은 이렇게 하나씩 불쑥 떠오르겠지.

이미 바람이 잦아들었는데 다시 꽃잎 하나가 유경의 어깨를 스치며 떨어진다. 생각에 잠겨 있던 유경은 그제야 정신을 차리고 얼른 바닥에 떨어진 꽃잎을 집어들었다.

왜 갑자기 이곳에 올 용기를 냈는지 모른다. 하지만 되돌릴 수 없다. 움츠러들지 말자. 무엇이 과거와 마주볼 힘을 주었는지 모르지만 이대로 메워지지 않는 어둠을 안고 살 수는 없다. 무엇을 찾을지는 시간이 알려줄 것이다.

그렇게 생각을 다지자 한결 마음이 편해졌다. 유경은 손바닥에 올려놓은 목련꽃잎을 조심스럽게 손수건에 싸서 가방 속에 집어넣고 교무실로 향했다.

교무실은 학교에 다닐 때와 마찬가지로 뒤쪽 건물 2층에 있었다.

운동장 쪽에 있는 교사는 1, 2학년이 사용하고, 산으로 둘러싸인 뒤쪽 건물에는 3학년 교실과 교무실이 있다. 1층에는 매점과 식당, 행정실과 양호실 등이 나란히 들어서 있다.

2층으로 올라간 유경은 교무실 문을 열기 전에 숨을 깊게 들이마셨다. 이곳에만 들어서면 지은 죄도 없이 가슴이 조여들던 시절도 있었다. 하지만 이제 더이상 학생 신분이 아니다. 그래도 왠지 모르게 움츠러드는 기분을 떨칠 수 없다.

문을 열고 안으로 들어서던 유경은 교무실 안의 익숙한 풍경에 왠지 마음이 놓였다. 사립학교라 오래 근무하는 경우가 많아서 낯익은 얼굴도 꽤 보였다. 처음엔 눈길도 주지 않더니 이윽고 하나씩 낯선 침입자에게 시선이 모이기 시작했다.

선생도 아니고 그렇다고 교복을 입은 학생도 아니다. 비로소 이질감을 느낀 선생들은 호기심어린 눈으로 유경을 쳐다보았다. 유경은 누구에게 말을 걸어야 할지 두리번거리다 아는 얼굴을 발견했다. 학교 다닐 때 국어를 가르치던 차문주 선생이다.

유경은 얼른 다가가 깊게 고개를 숙이고 인사를 건넸다.

"안녕하세요. 이번에 교생실습을 나오게 된 신유경입니다."

그 말에 유경을 주시하던 선생들의 얼굴이 한꺼번에 밝아지며 분위기가 달라졌다. 교생이란 말에 책상에 앉아 자기 일에 정신없던 선생들도 고개를 들었다. 주위를 서성이던 선생들이 하나둘 모여들었다.

"교생실습은 다음주부터라고 하지 않았나?"

"미리 인사 온 거겠지. 그래, 전공이 뭐야?"

거침없는 질문이 여기저기서 튀어나왔다. 다행히 유경은 자
신에게 던져진 질문을 놓치지 않았다.

"네, 국문학 전공이에요."

"그래서 차 선생을 찾았군."

"좋겠어, 한 달간 이렇게 예쁜 조수가 생기다니 말이야."

"근데 내가 국어라는 건 어떻게 알았지?"

"저, 실은 이 학교 졸업생이에요. 1학년 때 선생님께 배웠
고요."

"오, 그래? 여기 졸업생이야?"

다시 한번 선생들의 표정이 밝아졌다. 모교에 교생실습을
온 졸업생이라니, 다들 잘 떠오르지 않는 제자의 얼굴에서 조
각난 기억을 찾아보려는 듯했다.

"지금 대학 4학년이니까, 그럼 08년에 졸업했겠군?"

"아니요. 07년에요. 학교를 일 년 쉬었어요."

차 선생은 잘 기억나지 않는 듯 선생들과 이야기를 주고받
는 유경을 바라보며 이따금 고개만 끄덕거렸다. 마른 몸매에
차가워 보이는 인상은 예전과 다르지 않았다.

이상하게 차 선생은 여학생들에게 인기가 많았다.

쌀쌀맞아 보이는 인상에 냉정한 말투였지만 그 냉정함이 오히려 솔직하게 느껴졌다. 은우도 차 선생을 좋아했다. 차 선생의 책상에 꽂혀 있는 책 제목을 적어놓고 구해 읽기도 하고 책에 관해 질문을 하기도 했다.

좋아하는 남학생이 생기면서 차 선생에 대한 애정이 줄어들었지만 1학년 때는 은우의 우상이나 마찬가지였다. 물론 차 선생은 그런 은우의 마음을 전혀 몰랐다. 그저 많고 많은 학생 중 한 명이었겠지.

누군가 뒤에서 유경을 불렀다.

"신유경! 너, 신유경이지?"

돌아보니 2학년 때 담임이었던 고충희 선생이 서 있다.

"어떻게 고 선생은 이름까지 정확히 알고 있어?"

"이 녀석 담임이었는데 그걸 기억 못하겠어요?"

"에이, 설마. 난 지금 우리 반 녀석들 이름도 다 모르는데요?"

유경은 처음 보는 선생이 너스레를 떨었다.

다른 선생들의 농담에 따라 웃으며 고 선생을 바라보다 눈이 마주쳤다. 오랜만에 제자를 만난 고 선생의 얼굴에는 반가움과 씁쓸한 그림자가 섞여 있었다. 그의 표정을 읽은 유경은 고 선생도 같은 기억을 떠올리고 있다는 것을 깨달았다.

'선생님도 잊지 않고 계시는군요.'

'······어떻게 잊겠니?'

어차피 인사만 하러 온 터라 유경은 곧 선생들과의 자리에서 벗어나 교감과 학생주임에게 인사하고 다음주부터 있을 교생실습에 대한 주의사항을 들었다.

인사를 마치고 교무실을 나오는데 복도에 고 선생이 기다리고 있었다.

"······이렇게 다시 만나게 될 줄 몰랐다."

"네······"

"혹시······ 그뒤로 무슨 소식 없니?"

고 선생의 목소리가 조심스러워졌다. 어느 쪽이든 좋은 소식일 수는 없을 거라는 불안감으로 목소리가 흔들렸다. 유경은 대뜸 은우의 이야기부터 꺼내는 담임의 심정을 이해하면서도 마음이 스산해졌다.

"······네."

"······"

담임은 다음 말을 잇지 못하고 가만히 고개만 끄덕였다. 긴 침묵이 유경의 기분을 가라앉게 만들었다. 은우 때문에 유경의 이름을 기억하는 담임은 은우의 소식을 들을 수 없게 되자 더이상 할말이 없는 듯했다. 어색한 침묵을 참기 힘들어 유경이 먼저 인사를 하고 돌아섰다.

여전히 마음 한편에 자리한 원망을 들키고 싶지 않았다.

생각해보면 힘들었던 기억도, 소중한 추억도 많았던 곳이다. 하지만 졸업하면서 머릿속에서 지워버리려고 했다. 되돌아보는 게 고통스러워 두 번 다시 오고 싶지 않았으니까. 제 발로 다시 찾을 거라고는 생각도 못했다.

이곳으로 교생실습을 신청한 것은 은우 때문이다.

은우는 고등학교 2학년 봄에 행방불명되었다.

2005년 3월 29일. 황사가 불고 밤부터 비가 내린 날이다. 그날의 일이라면 무엇이든 기억한다. 뿌옇게 흐리던 시야와 바람에 위태롭게 흔들리던 목련꽃까지.

은우는 학교에 등교한 뒤 가방을 그대로 내버려둔 채 사라졌다. 점심시간이 끝나갈 무렵 복도에서 잠깐 마주쳤었다. 곧 수업이 시작될 텐데 어디 가느냐는 질문에 은우는 금방 돌아올 거라며 말을 얼버무렸다. 그렇게 나간 은우는 오후 수업 내내 돌아오지 않았다.

종례시간까지도 은우의 자리는 비어 있었다. 몇 번이나 문자를 보냈지만 답이 없었다.

"거기 누구야? 정은우 아냐? 어디 갔니?"

종례를 하러 들어온 담임이 은우의 빈자리를 보며 물었다.

행방을 모르는 반 아이들은 서로의 얼굴을 보며 고개를 꺄웃거리다 도리질을 했다. 그제야 빈자리가 있다는 것을 알게 된 친구도 있다. 자리가 비어 있어도 주변 아이들이나 알까, 자기 일이 아니면 관심을 갖지 않는다.

"양호실 간 거 아닐까요?"

"뒤에 누구, 양호실 좀 다녀와."

그 말에 교실 뒤편 출입문에 가장 가깝게 앉아 있던 남학생이 일어나 나갔다.

별 주의사항이 없는 종례는 오 분도 안 되어 끝났다. 양호실에 간 친구는 아직 돌아오지 않았다.

"오늘 종례는 이것으로 끝. 그리고…… 정은우 오면 교무실로 오라고 해."

담임이 나가자 아이들은 곧 가방을 들고 교실을 빠져나가기 시작했다. 은우의 빈자리를 신경쓰는 아이는 없었다.

양호실에 갔던 반 친구가 돌아왔다. 이미 종례가 끝나고 아이들이 나가는 모습을 보자 조금은 황당한 얼굴이었다.

유경은 얼른 일어나 그애에게 다가가 물었다.

"은우는?"

"양호실에 안 왔다는데? 혹시나 하고 도서실까지 가봤는데 없어."

도서실은 수업을 빼먹는 아이들이 몰래 들어가 책장을 엄호 삼아 낮잠을 자는 곳이다. 거기까지 둘러봤다면 할 만큼 한 것이다.

"알았어. 담임한테는 내가 가볼게."

반 친구는 어깨를 으쓱해 보이더니 가방을 들고 교실을 나갔다. 요란한 소리를 내며 아이들이 모두 빠져나가자 교실에는 흐트러진 책상과 의자만 남았다. 갑자기 정적이 찾아왔다.

유경은 혹시나 해서 교실을 떠나지 못하고 자리를 지켰다. 은우의 가방을 쳐다보며 수십 번도 더 은우의 핸드폰에 전화를 걸고, 문자를 보내고, 음성메시지를 남겼다. 하지만 은우에게선 아무런 답이 없었다.

'어디 있는 거야? 왜 안 오는 거야?'

황사로 뿌연 창밖을 바라보며 자꾸만 커져가는 불안감에 초조해졌다. 주인 잃은 가방을 만지작거리며 기다리는 동안 해가 지고 교실로 석양빛이 들어왔다. 그제야 정신이 들었다.

유경은 얼른 은우의 가방을 챙겨 교무실로 향했다.

진작 담임과 상의를 했어야 한다. 이제야 그런 생각이 들다니. 하지만 담임의 자리는 비어 있었다. 이미 퇴근하고 없었다. 야간자율학습을 감독하는 3학년 담임들만 몇 남아 있을 뿐이다.

유경은 담임이 자신만큼이나 초조하게 은우를 기다릴 거라고 생각했다. 은우가 돌아오지 않았는데, 자신의 반 아이가 가방을 둔 채 사라졌는데 아무렇지 않게 퇴근을 하다니, 믿을 수가 없었다.

담임 자리에 있는 비상연락망을 보고 핸드폰에 전화를 걸었다. 전화를 받은 담임의 목소리는 은우의 일은 대수롭지 않다는 듯 느긋하기만 했다.

"뭐야? 아직도 학교에 남아 있었던 거야? 지금이 몇신데? 곧 돌아오겠지. 너도 얼른 집에 가."

담임의 목소리 너머로 왁자지껄 요란한 소리가 들려왔다. 술을 받으라거나, 건배를 외치는 소리가 들리는 걸 보아 회식이라도 하는 모양이었다. 그 태평스러움에 화가 났다. 설명할 수 없는 불안감으로 손발이 후들거리는데 어떻게 술이나 마시며 놀 수가 있지? 하지만 담임에게 화를 낼 수는 없었다. 유경은 아무 말도 못하고 전화를 끊었다.

가방 두 개를 들고 어두워지는 학교 언덕길을 내려오며 아침마다 자신의 가방을 들어주던 은우의 모습을 떠올렸다. 이런 느낌이었구나. 유경은 다른 생각을 하며 불안감을 떨쳐내려 애썼다.

그래, 집에 가보자. 가방을 잊고 바로 집으로 갔을 수도 있어. 유경은 서둘러 은우의 집을 찾아갔지만 현관문은 굳게 닫혀 있었다. 아직 은우 엄마도 돌아오지 않은 듯했다.

밤이 되면서 빗방울이 떨어지기 시작하자 유경은 하는 수 없이 집으로 돌아왔다.

그때까지도 학교 복도에서 마주친 모습이 마지막일 거라고는 상상도 하지 못했다.

담임과 헤어져 현관으로 나오는데 앞 건물에 은우와 함께 보냈던 교실 창문이 보였다.

가슴 저 깊은 곳에 꾹꾹 눌러두었던 기억이 다시 고개를 내밀었다. 아물었다고 생각했던 상처는 기다렸다는 듯 갈라지고 터져 피가 배어나왔다. 육 년 전 그날의 불안함은 두려움으로 변했고 무거운 돌이 되어 유경의 가슴 깊은 곳에 박혔다. 그 무게에 눌려 울음을 터뜨린 적이 한두 번이 아니다.

유경은 애써 감정을 억누르며 입술을 깨물었다.

2

창문을 열자 아직은 차가운 바람이 뺨을 스친다. 비가 온 뒤 차가워진 공기는 오히려 기분좋은 청량감을 느끼게 한다.

차문주 선생은 깊은 호흡으로 모처럼 깨끗해진 봄의 공기를 마음껏 들이마셨다. 지난밤 내린 비로 며칠째 서울 하늘을 점령하던 황사가 말끔히 씻겨 사라졌다. 한 주 내내 뿌옇게 흐렸던 교정은 방금 물청소를 끝낸 유리창처럼 투명하다.

2층 교무실 창가에서 바라보는 풍경은 이상하리만큼 비현실적으로 느껴졌다. 티끌 하나 보이지 않는 맑은 시야 덕분에 학교 건물로 들어오는 학생들의 교복에 적힌 이름표까지 읽을 수 있을 것 같았다. 멀리 산으로 오르는 오솔길이 손에 잡힐 듯 가까이 다가온다.

차 선생은 햇살이 비치는 창가에서 지그시 눈을 감고 주위에서 들리는 소리에 귀를 기울였다. 아이들의 재잘거리는 소리와 복도를 오가는 부산한 발소리가 기분좋은 아침을 느끼게 했다. 수업이 시작되려면 아직 십 분 정도 여유가 있다.

느긋하게 아침을 즐기고 있는데 누군가 뒤에서 차 선생을 불렀다. 돌아보니 이번에 교생실습을 나온 유경이 찻잔을 들고 서 있다.

"……?"

"차 좋아하세요?"

국문학 전공이라 자신이 담당하게 된 교생이다. 이번 교생실습에는 모두 아홉 명이 참가했다. 첫날 교생들은 바짝 긴장한 모습이었다. 학생들의 과도한 관심에 어쩔 줄 몰라하고, 손에 익지 않은 선생 역할에 당황하는 모습이 어색하게만 보였다. 시간이 지나면서 어설프던 모습은 조금씩 사라지고 아이들의 당돌한 질문도 적당히 받아치는 여유가 생겼다.

교생들 중 가장 주목받고 있는 것은 유경이다. 아무래도 모교다보니 낯설지 않아 그런지 적응도 빠르고 선생들에게도 싹

싹했다. 학생들은 학생들대로 선배인 유경을 더 친근하게 느끼는 듯했다.

"그거, 나 주려고?"

"네, 목련차예요."

유경이 조심스럽게 컵을 건네주었다.

안을 들여다보니 흰 목련꽃잎이 한 장 들어 있었다. 적당히 우러난 차는 푸르스름한 빛이 감돌았다.

"드셔보세요. 향이 좋아요."

"좋지. 봄 되면 나도 가끔 마시는걸?"

"그러세요?"

차 선생도 가끔 마신다는 말에 유경의 눈이 반짝였다.

언제 알게 됐더라? 기억을 더듬어보지만 잘 떠오르지 않는다. 책에서 읽었는지, 누군가 가르쳐준 것인지 아무튼 꽤 오래 전부터 알고 있었다.

"근데 넌 어떻게 알고 있지?"

"……친구가 알려줬어요."

"그래? 고마워. 잘 마실게."

목련차가 좋다는 건 알고 있지만 이런 식으로 마실 기회는 흔치 않다. 봄철 목련이 활짝 피었을 찰나의 시간을 놓치면 다음해 봄을 기다릴 수밖에 없다. 유경 덕분에 올해는 그 찰나를 놓치지 않았다.

차 선생이 차를 한 모금 마시자 유경은 만족스러운 표정으로 눈인사를 하고 수업 준비를 위해 교생들이 있는 곳으로 걸음을 옮겼다.

햇살을 받으며 차에서 풍기는 은은한 꽃내음을 맡고 있자니 손으로 전해지는 따스한 온기도, 혀끝에 감도는 그윽한 맛도 봄날에만 누릴 수 있는 호사처럼 느껴졌다.

차 선생은 기분좋게 남은 차를 마시고 돌아서다, 갑자기 온몸을 휘감는 한기를 느꼈다.

머릿속에서 얼음이 깨지는 것 같았다. 생각났다. 차 선생은 얼른 고개를 돌려 유경이 있는 곳을 바라보았다.

유경은 출석부가 있는 곳에 서서 창밖을 보고 있다. 차 선생의 시선도 유경을 따라 바깥을 향했다. 산으로 이어지는 오솔길이 보였다. 산 여기저기 서 있는 목련나무에 흐드러지게 매달린 꽃들이 바람에 후둑 후두둑 떨어지고 있다.

한기로 서늘해진 머리 한쪽이 깨질 듯 아파왔다. 신경이 예민해지면 늘 편두통이 생긴다. 아이의 얼굴이 떠오르고 곧 이름도 생각났다.

실종된 아이. 정은우.

목련으로 차 끓이는 방법을 알려준 사람이 은우였다.

은우는 차분하고 감성이 풍부한 아이였다. 시를 쓰고 싶다며 책을 추천해달라고 하기에 몇 번 이야기를 나눴다. 그때 은우가 목련꽃잎을 담은 상자를 건네주며 차 만드는 법을 알려주었다. 설탕에 재워 저장하거나 꽃잎을 말리는 방법도 있지만 가장 향이 좋은 건 갓 딴 꽃잎이라고 했다.

차 선생은 집에 돌아가 은우가 알려준 대로 차를 만들어 마셨다.

유경은 은우를 알고 있을까?

연도를 빠르게 계산해보았다. 유경이 졸업한 해가 2007년이라고 했다. 은우가 실종된 것은 2005년 봄이다. 그때 은우는 고충희 선생의 반 학생이었다. 유경이 인사를 오던 날 고충희 선생이 유경의 담임이었다고 했으니.

유경과 은우는 같은 반 친구였다.

그것을 깨닫는 순간, 발끝에서 머리로 순식간에 소름이 올라왔다. 컵을 든 손이 부들부들 떨렸다. 차 선생은 얼른 다른 손으로 떨리는 팔을 움켜잡았다. 불안하게 주위를 두리번거렸지만 다들 수업 들어갈 준비로 바빠 보였다.

차 선생에게 신경쓰는 사람은 아무도 없었다.

숨이 턱 막혀왔다. 우연이겠지. 그래, 아무것도 아닐 거야. 그런데 몸은 그런 생각을 거부하고 제멋대로 움직여대고 있다. 심장이 터질 듯 두근거렸다. 다시 고개를 돌렸을 때 교무실을 나서는 유경과 눈이 마주쳤다. 유경은 아무렇지 않은 얼굴로 가볍게 인사하고 복도로 나갔다.

'뭐지? 저 미소는?'

불안감이 안개처럼 스며들었다. 생각지도 못했던 일이다. 아니, 언젠가 이런 날이 올지도 모른다고 생각했다. 세상에 비밀이란 없는 법이니까.

'뭘 알고 있는 거지?'

아니라고 고개를 흔들었지만 자꾸만 불온한 생각들이 들불처럼 퍼져나갔다. 그러고 보니 다른 선생들도 있는데 자신에게만 목련차를 가져다준 게 아무래도 이상했다. 초조함에 자기도 모르게 손톱을 깨물었다.

육 년 동안 입을 다물었다. 그 일을 아는 사람은 많지 않다. 사실 차 선생조차도 정확하게 무슨 일인지 모른다. 다만 자신이 아는 것을 발설하지 않겠다는 다짐을 했던 것만은 생생하게 기억한다.

학생이 학교에서 실종되었다는 사실이 교무실까지 알려진 것은 은우가 사라진 다음날 오후였다. 은우의 어머니가 직접 학교로 찾아와서야 아이가 집에도 돌아오지 않았다는 것을 알았다. 담임이던 고충희 선생은 예상도 못했던 듯 얼굴이 굳어졌다.

전날 은우가 가방만 남겨놓고 사라졌지만 대수롭지 않게 여겼다.

이따금 가방도 팽개치고 수업을 빼먹는 학생들이 있다. 그때마다 소란을 피울 수는 없는 일이다. 고 선생은 은우도 그랬을 것이라고 가볍게 생각했다. 하지만 그날 밤 집에도 돌아오지 않고 핸드폰도 꺼져 있다는 말에 그제야 뭔가 심상치 않다는 것을 깨달았다.

반 아이들 중 마지막으로 은우를 본 사람을 찾아 수소문했지만 점심시간 이후부터의 행적이 확인되지 않았다.

초조해하는 고 선생과 달리 다른 선생들은 잠시 근심어린 시선을 던지다 곧 관심을 거두고 자기 일로 돌아갔다. 은우를 잘 알지도 못하거니와 이런 경우 실종보다는 단순 가출일 가능성이 더 높다는 생각에서였다.

수많은 학생을 상대하다보면 별별 아이가 다 있다. 아이들을 잘 안다고 생각하지만 사실 그애들이 무슨 생각을 하는지, 학교 밖에서 무슨 일을 하고 다니는지 알지 못한다. 아니, 교실 안에서조차 학생들 사이에 어떤 일이 벌어지는지 알지 못한다.

그럼에도 다른 선생들과 달리 차 선생은 쉽게 시선을 거둘 수가 없었다. 자신이 마지막으로 은우를 본 게 아닌가 싶었기 때문이다. 하지만 누구에게도 쉽사리 말할 수 없었다. 괜히 잘못 이야기를 꺼냈다가 엉뚱한 학생이 피해를 보게 될지도 모른다. 더구나 아직은 정확히 무슨 일이 있었는지 잘 모르기도 했다. 우선 자신이 본 게 어떤 의미인지 확인할 필요가 있다. 확인하고 난 뒤에 이야기를 해도 늦지 않으리라 생각했다.

지나는 말로 고 선생에게 물어보니 은우의 집에서는 실종신고를 미루는 눈치였다. 경찰에 신고했다가 만에 하나 단순 가출이었을 경우 괜히 일이 커져 은우나 학교에 피해가 갈까봐 걱정하는 모양이었다. 일 년 전 부모가 이혼을 한 뒤 엄마와 갈등이 있었다고 했다. 선뜻 경찰에 신고하지 못할 사연이 있는 듯했다.

다음날도 은우는 학교에 오지 않았다.

차 선생은 하교시간에 맞춰 남학생 한 명을 상담실로 불렀다. 상담실로 들어온 학생은 생각지도 못한 호출에 얼떨떨한 표정이었다. 이동욱. 차 선생이 알기로 동욱은 은우의 옆 반이다.

차 선생은 어리둥절해하는 동욱을 맞은편 의자에 앉히고 그의 얼굴을 빤히 바라보았다.

채 여물지 않은 얼굴에는 여드름 자국이 남았고 코 밑에는 솜털과 이제 막 나기 시작한 수염이 섞여 있었다. 소년이라고 하기엔 너무 커버렸고, 남자라고 하기엔 아직 어린 열일곱 살의 얼굴에 초조함이 흘렀다.

시선이 부담스러웠는지 동욱은 차 선생을 똑바로 바라보지 못했다. 동욱의 시선이 허공을 헤매는 모습을 보며 어떻게 이야기를 꺼낼까 망설이던 차 선생은 간결하고 명확하게 묻기로 했다.

"은우 알지?"

단지 그 말만 했을 뿐인데 동욱의 안색이 창백해졌다. 뭔가 있구나 싶었다.

"지금 어디 있니?"

"뭐, 뭐가요? 전 아무것도 몰라요."

하지만 늦었다. 핏기가 가신 얼굴로 말을 더듬고, 아무것도 모른다고 중얼거리는 건 은우에게 무슨 일이 있었는지 이미 안다는 것을 의미했다.

차 선생은 동욱이 허둥거리는 모습을 보며 다시 질문을 던졌다.

"……너희 둘이 같이 있는 걸 봤는데도 시치미뗄 거야?"

동욱의 눈이 휘둥그레졌다. 차 선생을 쳐다보며 할말을 찾는 듯 입을 달싹거렸지만 결국 오리발을 내밀었다.

"어, 언제요? 그런 적 없어요."

차 선생이 기대했던 답이 아니다. 동욱은 마지막까지 버텨볼 심산인 모양이다.

이틀 전 점심시간이 끝나고 5교시를 알리는 수업종이 쳤을 때였다. 대부분의 선생들이 수업에 들어가고 교무실에는 선생

몇 명만 남았다. 창가에 앉아 있던 차 선생은 졸음도 쫓고 환기도 시킬 겸 창문을 열다가 우연히 산을 오르는 학생을 발견했다.

'저 녀석, 수업 시작했는데……'

또 누군가 수업을 빼먹고 담배라도 피우러 가나보다 싶었다. 산으로 오르는 오솔길은 아이들의 공공연한 흡연 장소였다.

덩치가 커버린 아이들은 더이상 선생을 두려워하지 않는다. 학생부 주임 앞에서나 조심할까, 차 선생처럼 여자 선생인 경우에는 담배를 피우다 걸려도 빤히 바라볼 뿐이었다. 뭐라고 지적을 하고 야단이라도 치고 싶지만 쉽지 않았다.

아무렇지도 않게 자신을 향해 침을 뱉고 욕설을 날리는 아이를 경험한 뒤로 차 선생은 아이들을 지도하기보다 외면하고 거리를 두는 쪽을 택했다.

그대로 모른 척 고개를 돌리려고 했지만 나무에 가려 보이지 않던 여학생의 모습이 드러나자 시선을 돌릴 수가 없었다. 책상에 놓여 있던 안경을 쓰고 누군지 얼굴을 확인했다.

남학생은 동욱이었고 동욱의 뒤를 따라가는 것은 은우였다.

동욱은 주위를 의식한 듯 앞서서 성큼성큼 걸어가다 은우가 잘 따라오고 있는지 확인이라도 하려는 듯 이따금 뒤를 돌아보았다. 뒤따르는 은우 역시 사람들의 시선을 피하려는 듯 조심스럽게 걸어가고 있었다.

'둘이 좋아하는 사이였던가?'

문득 그런 생각이 스쳤다. 이런 시간에 둘만 산에 오르는 것
도 수상한데, 둘의 몸짓은 꼭 둘만의 은밀한 장소를 찾는 연인
처럼 보였다.

남녀공학이다보니 심심치 않게 연애 문제가 발생한다.

복도에서 대놓고 팔짱을 끼고 다니거나 누가 누구를 좋아한
다더라 하는 이야기가 선생들 귀에까지 들리기도 한다. 가끔
호기심과 몸에서 일어나는 욕망을 누르지 못하고 보다 심각한
문제를 만드는 학생도 있다.

산을 오르는 동욱과 은우가 나무에 가려 보이지 않자 차 선
생은 초조해졌다. 이대로 외면하고 아무것도 못 본 척해야 하
나, 아니면 누구라도 불러 함께 가봐야 하나 머리가 복잡했다.
누구를 부르기도 망설여졌다. 괜히 섣부른 판단을 했다가 상
상하던 것과는 전혀 다른 상황을 마주할 수도 있다. 성급한 판
단이 아이들에게 상처를 줄 수도 있다.

이러지도 저러지도 못하고 있는 사이, 나무들 사이로 다시
동욱의 모습이 드러났다.

동욱은 누군가에게 쫓기듯 서둘러 오솔길을 내려오고 있었
다. 은우의 모습은 보이지 않았다. 둘 사이에 무슨 일이 있는
지는 모르지만 차 선생이 걱정하던 일은 일어나지 않은 듯했

다. 그제야 안심이 되었다. 은우도 곧 내려오겠지 싶어 고개를 돌렸다.

은우가 실종되었다는 것을 알기 전까지 그 일은 차 선생의 머릿속에서 희미해지고 있었다.

"은우를 데리고 산에 갔었지? 그리고 넌 곧 내려왔고. 처음부터 다 지켜봤어."

동욱은 입을 벌린 채 아무 말도 하지 못했다. 차 선생은 끈기 있게 동욱의 대답을 기다렸다. 은우에게 무슨 일이 생겼다면 동욱과 함께 있을 때였거나 동욱이 내려온 뒤일 것이다.

은우에게 무슨 일이 생겼는지 들을 수 있을 거라 기대했지만 동욱은 쉽게 입을 열지 않았다.

"은우하고 무슨 일 있었어?"

"……"

"동욱아."

"전 몰라요. 그냥 거기 데려다주고 왔을 뿐이에요."

"데려다줘? 누구한테?"

동욱은 자기가 뱉은 말에 놀라 입을 틀어막더니 이내 밖으로 뛰쳐나가버렸다. 돌발 상황에 어안이 벙벙했다.

데려다주다니, 산 위에서 무슨 일이 벌어졌던 것일까? 점점 더 궁금해졌다.

다음날 다시 동욱을 만나봐야겠다고 생각했지만 상황은 예상하지 못한 방향으로 흘러갔다.

차 선생은 출근하자마자 교장실에 불려갔다. 부임하고 처음으로 받은 교장의 단독 호출이었다. 무슨 일인지 도무지 짐작도 할 수 없었다.

교장은 근무에 불편한 점은 없는지, 필요한 것은 없는지 물으며 쉽게 핵심으로 들어가지 않았다. 갑작스럽게 불려온 것치고는 너무 시간을 끌어 도대체 무엇 때문에 이러나 싶었다. 괜히 머릿속을 뒤적거려야 했다.

"……거, 지금 문제 학생이 하나 있다고 들었는데……"

누구 얘긴가 싶었다.

"아무래도 뒷산으로 올라가는 길에 철조망이라도 쳐야지원, 안 그래요? 왜 거길 그렇게 올라가는지……"

그제야 교장이 하려는 이야기가 뭔지 깨달았다. 새로운 의혹이 솟아났다.

동욱을 불렀던 일을 교장이 어떻게 안 것일까? 교장과 동욱이 무슨 관계이길래 자신을 불러 이렇게 뜬금없는 소리를 해대는 것일까?

"무슨 말씀을 하시는지요?"

"차 선생도 알다시피 우리 학교가 설립된 지 얼마 되지 않은 신생 아닙니까? 이제 막 좋은 이미지를 쌓아가고 있는데, 괜히 이런 불미스러운 일이 밖으로 새나가면 좋을 게 없어요."

불미스러운 일. 단어가 귀에 확 들어왔다.

"……"

"무슨 일인지 완전히 밝혀질 때까지는 어떤 억측도 하지 말고, 이 일에 대해 누구에게도 이야기하지 말라는 겁니다. 알겠습니까?"

"……사실 잘 모르겠습니다."

"허 참, 답답하시네."

교장은 뭐가 못마땅한지 가자미눈으로 차 선생을 쳐다보았다.

"그 학생만 돌아오면 모든 게 해결되지 않겠습니까? 곧 돌아올 겁니다."

이해가 되지 않았다. 교장의 말은 도무지 앞뒤가 맞지 않았다. 자신은 모르는 내막을 알고 있는 듯했다. 하지만 더 캐물을 수는 없다. '접근금지'라는 큼지막하고 붉은 글씨가 경고등처럼 차 선생의 머릿속에서 깜빡이는 듯했다.

"차 선생이 우리 학교에 몸담고 있는 이상, 학생이나 학교의 명예를 가장 먼저 생각해야겠죠? 안 그렇습니까? 괜한 분란을 만들면 선생 입장도 난처해질 겁니다."

그 말은 차 선생의 함구를 요구하는 협박과 다를 바 없었다.

이 학교에 있는 이상 조용히 해라, 혹시라도 이 일에 대해 발설하면 학교를 떠날 수도 있다는 경고였다.

임용고시를 준비하던 삼 년의 시간이 떠올랐다. 졸업한 뒤 몇 년 동안이나 직장을 구하지 못하다 친척의 소개로 어렵게 들어온 학교. 괜한 호기심으로 안정적인 직장과 월급을 포기할 수 없다. 결국 교장이 원하는 대로 입을 닫을 수밖에 없다.

"안 그래도 차 선생 능력은 내가 주시하고 있었어요. 학생들에게 평도 좋고, 앞으로 기대를 많이 하고 있습니다."

이번에는 회유책이다. 정색으로 하는 칭찬은 협박보다 더 무섭게 느껴졌다.

그는 언제든 자신을 차버릴 수도, 달콤한 사탕을 줄 수도 있다고 말한다. 괜히 뇌관을 건드려 되돌릴 수 없는 사태를 자초할 필요는 없다. 지금은 물러날 때라는 생각이 들었다.

차 선생은 자신은 전혀 모르는 일이며 본 것도, 들은 것도 없다는 말을 하고 조용히 교장실을 나왔다. 은우만 무사히 돌아온다면 사실 별문제도 아닌 일이다.

그뒤 다시 동욱을 부르지도 않았고, 그 일에 대해 말하지도 않았다. 그저 은우의 소식을 기다렸다. 자꾸만 고 선생에게 물어보는 것도 이상한 것 같아 은우의 반 아이에게 슬쩍 물어보기도 했다.

며칠 안에 돌아올 거라고 스스로에게 되뇌었지만 은우는 끝내 돌아오지 않았다. 최악의 상황이 떠오를 때마다 고개를 저었다. 그런 생각을 하는 자신이 싫었다. 교장의 말대로 꼭 돌아오리라 믿고 싶었다. 그래야 조금은 마음이 편해질 것 같았다.

초조함과 답답함을 억누르며 시간을 보내던 차 선생은 문득 의아한 생각이 들어 동욱의 주변을 주시하기 시작했다. 동욱의 가정은 교장을 움직여 입막음을 할 정도의 배경을 가진 집안이 아니다. 그렇다면 교장의 입막음은 동욱을 위한 게 아니다.

상담실에서 은우의 일을 물었을 때 동욱이 한 대답이 기억났다. 은우를 누군가에게 데려다주고 내려왔다고 했다.

산에 다른 누군가가 있었다. 동욱이 은우를 데려다주었다는 그 누군가 때문에 교장이 직접 나섰다는 생각이 들었다. 그렇게 생각하자 이해하기 어려웠던 교장의 행동도 충분히 납득이 갔다.

교장이 누구를 보호하기 위해 자신에게 그렇게 노골적인 협박을 했는지 궁금해졌다. 그걸 확인하기 위해서는 동욱을 지켜보는 수밖에 없었다.

며칠 지나지 않아 차 선생은 자신의 추측이 맞았다는 것을 확인했다.

동욱은 종혁의 패거리와 어울리고 있었다. 조금만 더 주의 깊게 지켜보면 어울린다기보다 종혁과 아이들이 일방적으로 동욱을 괴롭히는 것을 알 수 있었다.

종혁은 이 학교 이사장의 아들이자 교장의 조카였다.

3

꿈 때문이었다.

실종되고 나서 다시는 만나지 못했던 은우. 꿈에서라도 만나고 싶었지만 육 년 동안 단 한 번도 얼굴을 보여주지 않던 은우가 꿈에 나왔다.

제주의 협재해수욕장이었다. 수학여행을 갔던 곳. 푸른빛 바다가 보였고 교복을 입은 아이들이 한 손에 신발을 들고 발가락을 간질이는 파도에 까르르 웃으며 몰려다녔다. 그 아이들 사이 멀리 수평선을 보고 서 있는 은우가 보였다. 무엇엔가 홀린 듯 바닷물로 자꾸 들어가는 은우를 보고 목이 터져라 소리를 질렀다.

'나와, 들어가면 죽어. 얼른 나와!'

하지만 유경의 목소리는 은우에게 닿지 않았다.

바다를 향해 달렸다. 은우의 팔을 잡아채서 백사장으로 끌어내고 싶었다. 하지만 은우에게 달려가다 걸음을 멈추었다.

고개를 돌리고 유경을 돌아보던 은우가 손을 내밀어 더이상

오지 말라는 손짓을 했다. 은우의 표정을 보자 덜컥 겁이 났다. 더이상 다가가면 파도에 휩쓸릴 것 같았다. 갑자기 한 걸음 앞의 바다가 천 길 깊이나 되는 것처럼 느껴졌다.

발을 내디뎌 은우에게 가고 싶었지만 두려움에 몸이 움직이지 않았다.

'미안해, 은우야. 미안해.'

왈칵 눈물이 쏟아졌다. 검푸른 바다 밑으로 가라앉는 은우를 그저 바라볼 수밖에 없었다.

눈을 뜨고 정신을 차린 뒤에야 자면서도 꺼이꺼이 울고 있었다는 걸 알았다. 뺨을 만져보니 볼을 타고 흘러내린 눈물 때문에 얼굴이 싸늘하게 식었다. 가슴은 뻐근하고 금방이라도 울음이 터져나올 것 같았다.

다시 누웠지만 잠들지 못하고 뒤척이다 아침이 되어서야 설핏 잠이 들었다.

문자메시지 소리에 잠에서 깨어났다. 과사무실에서 보낸 문자였다. 교생실습 갈 학교를 정해서 신청하라는 내용이었다.

그제야 왜 갑자기 은우가 꿈에 나타났는지 알 것 같았다. 은우가 다시 학교로 오라고 손짓하며 부르고 있었다.

교실 뒤편에서 수업 참관을 하는 유경의 눈에 학교에 인사 오던 날 보았던 커다란 목련나무가 보였다. 따뜻한 봄 햇살을 받은 꽃잎들은 눈이 시릴 정도로 빛나고 있었다. 이상하게 수업에 집중하지 못하고 마음이 심란했다. 차 선생의 목소리도 귀에 들어오지 않았다. 오십 분이 다섯 시간처럼 느껴졌다.

수업을 마치는 종이 울리자 자신도 모르게 긴장이 풀려 한숨이 새어나왔다.

교실을 나서는 차 선생의 뒤를 따라가다가 목련나무 앞에서 걸음을 멈추었다. 앞서가던 차 선생이 유경을 돌아보았다.

"그냥…… 너무 눈이 부셔서요."

차 선생은 고개를 끄덕이더니 먼저 교무실로 들어갔다.

그때 은우가 바라보던 나무가 이것이었던가, 생각이 나지 않는다. 목련이 있는 곳이면 어디서든 은우는 길을 가다가도 걸음을 멈추고 고개를 들어 허공에서 떨고 있는 꽃들을 바라보았다.

학교에 오자 시간이 갈수록 은우에 대한 기억이 더 많이 떠올랐다.

어디에서든 은우와 함께했던 장소들이 눈에 밟혔다.

고등학교에 들어와 처음 사귄 친구였다. 중학교 때는 친구들과 말 한마디 제대로 나누지 못할 만큼 숫기 없던 유경이 아이들과 재잘거리는 즐거움을 알게 된 건 은우 덕분이었다. 은우는 생각이 깊고 차분했다. 또 상대의 말에 귀기울일 줄 아는 친구였다. 유경이 어떤 이야기를 해도 은우는 재미있게 들어주고 받아주었다.

학교는 오 년 전 모습 그대로인데 은우가 없다는 사실이 자꾸 가슴을 시리게 했다. 더 있다간 괜히 울컥할 것 같아 얼른 발걸음을 옮겼다.

교무실로 돌아온 유경은 가라앉은 기분을 감추기 위해 부산하게 움직였다. 교생들의 책상을 정리하고 쓰레기를 버리고 컵도 씻었다. 더이상 할 일이 없을 때까지 분주하게 몸을 놀리다 자리에 앉았다.

핸드폰을 확인하려고 가방을 열다가 처음 보는 편지봉투를 발견했다. 뭔가 하고 살펴봤지만 봉투에는 아무것도 적혀 있지 않았다. 별생각 없이 봉투를 열고 안에 든 종이를 꺼내 펼쳤다. 첫 단어를 보자, 숨이 턱 막혔다.

컴퓨터 프린터로 인쇄된 종이에는 딱 한 문장이 적혀 있었다. 편지는 사무적이고 건조했다. 하지만 그걸 보는 유경의 마음속에서는 광폭한 회오리가 일기 시작했다.

─은우에게 무슨 일이 있었는지 알고 싶으면 이동욱을 찾아.

무슨 뜻인지 선뜻 머리에 들어오지 않아, 같은 문장을 몇 번이나 읽고 또 읽었다.

'은우에게 무슨 일이 있었는지 알고 싶으면'이라는 글이 유경의 평상심을 흔들었다.

은우에 대해 떠올릴 때마다 원치 않은 생각들이 머릿속에 피어올라 유경을 질책했다. 무엇도 확인되지 않았는데 자꾸 부정적인 생각만 하는 자신이 싫었다. 은우에게 너무 미안했다.

종이에 적힌 그 문장은 은우에게 무슨 일이 있었다는 것을 의미했다.

은우에게 생긴 일. 가방을 그대로 교실에 놔둔 채 갑자기 사라져버리고, 다시는 집으로 돌아오지 않는 이유를 이동욱이라는 사람이 알고 있다는 얘기다.

마음을 가라앉히기 위해 두 팔로 어깨를 감싸안고 주위를 둘러보았다.

오 년 전 멈춰버린 시계가 왜 갑자기 째깍째깍 돌아가기 시작한 것일까? 누가 시곗바늘을 움직이고 있는 것일까? 이제 은우가 왜 사라졌는지 알게 되는 것인가.

그것도 궁금했지만 은우의 실종과 이동욱이 어떤 연관이 있길래 그를 찾으라고 하는지도 의문이었다. 그러다 문득 접어둔 기억의 갈피가 펼쳐졌다.

이동욱. 오 년의 시간이 지났어도 마음의 그물망에 담아두었던 이름이다. 누군지 알 것 같았다. 편지에 적힌 그 사람이 동명이인이 아니라면 이동욱은 은우가 좋아하던 남학생이다.

그 편지를 누가 썼는지, 왜 이제야 보냈는지는 나중에 생각하기로 했다. 지금은 무엇보다 이동욱을 찾아야 한다. 그를 만

나게 되면 은우가 왜 사라졌는지, 왜 그동안 침묵하고 있었는
지 알게 되겠지. 지금은 그게 더 중요하다.

유경은 얼른 자리에서 일어나 교무실 한쪽에 있는 책장으로
달려가 졸업앨범을 찾았다.

자신이 졸업했던 2007년도 졸업앨범을 꺼내 뒤적였다.

2학년 때 동욱은 옆 반이었다. 이따금 복도에서 옆 반을 기
웃거리던 은우의 모습이 떠올랐다. 하지만 3학년으로 올라가
면서 몇 반이 되었는지는 알지 못했다. 1반부터 찾아보는 수밖
에 없다. 다행히 사진 밑에 이름이 적혀 있어 어렵지는 않았다.

찾았다. 이동욱. 기억 속의 얼굴과는 조금 달랐지만 그가 틀
림없다. 무표정하게 정면을 바라보고 찍은 졸업사진은 생기가
없어 보였다.

유경은 얼른 반을 확인하고 앨범 맨 뒤쪽을 펼쳐 반별로 정
리된 주소를 찾았다. 주소를 적고 집전화 번호, 핸드폰 번호도
챙겼다. 오 년이면 주소나 번호가 바뀌었을 가능성이 있지만
일단 확인해보기로 했다.

직접 통화하는 게 좋을 것 같아 핸드폰 번호로 걸었다. 통화
버튼을 누르고 자신도 모르게 깊은숨을 들이마셨다. 온몸에
힘이 들어가는 게 느껴졌다. 하지만 기대와 달리 없는 번호라
는 안내가 나왔다. 기운이 빠졌다.

하는 수 없이 집으로 전화를 걸었다. 이것도 바뀌었으면

어떡하지? 하지만 다행히 집전화는 그대로였다. 유경은 고등학교 총동창회라고 둘러대고 동욱의 바뀐 핸드폰 번호를 물었다.

카페에 앉아 동욱을 기다리는 동안 유경의 머릿속에는 수천, 수만 가지 상상과 억측이 비누거품처럼 부풀어올랐다 터졌다. 생각할수록 머리만 복잡해질 뿐이다. 결국 세차게 머리를 흔들고 동욱을 만나기 전까지 어떤 생각도 꾹꾹 눌러두기로 했다.

약속시간이 조금 지나 동욱이 들어왔다. 사진보다 머리가 길었고 안경을 쓰고 있었지만 쉽게 알아볼 수 있었다.

유경의 얼굴을 모르는 동욱은 카페 안을 두리번거리며 혼자 앉아 있는 여자들을 쳐다보았다. 유경이 손을 흔드는 모습을 발견하고 어색한 몸짓으로 쭈뼛거리며 다가와 앉았다.

그를 만나기 위해 했던 거짓말부터 사과했다. 잠깐 멍해진 채 쳐다보던 동욱은 고개를 끄덕거렸다.

"……이상하다고 생각했어. 동창회 같은 건 메일로 알리거나 하지, 전화를 하는 건 드물잖아. 더구나 미리 만나자고 하는 것도 말이 안 되고."

유경의 두서없던 시나리오는 허점투성이였던 모양이다. 그런데도 그는 유경과 만나기로 약속하고 망설임 없이 나왔다.

왜?

의아해하는 유경의 표정을 읽었는지 동욱의 눈가에 장난기가 스쳤다.

"그냥 궁금했어. 그렇게 말도 안 되는 이유를 대면서 날 만나려는 이유가 뭘까 하고."

그의 얼굴에 호기심이 흘렀다. 어느새 앉는 자세도 여유롭게 바뀌었다.

입이 쉽게 떨어지지 않았다. 막상 눈앞에 앉아 있는 동욱을 보니 누가 쓴지도 모르는 편지 한 장을 믿고 그에게 은우의 실종을 물어도 되는 것인지 확신이 서지 않았다. 하지만 이 지푸라기라도 잡지 않으면 은우가 왜 그렇게 사라졌는지 알 방법이 없다.

유경은 가방 위에 올려놓은 두 손을 꼭 쥐고 용기를 냈다.

"은우…… 알지?"

물잔을 들던 그의 손이 얼어붙었다. 여유롭던 표정도 굳었다. 금세 당황한 기색을 감추고 태연한 척했지만 유경은 동욱의 변화를 놓치지 않았다.

"……은우? 누군데?"

"정은우, 2학년 3반. 2005년 3월 29일 학교에서 점심시간이 끝날 때쯤 사라졌지."

"아…… 이제 누군지 생각난다. 그때 그런 일이 있었지.

118

……근데 걔가 왜?"

은우라는 이름을 듣고 당황하던 것을 보면 분명 뭔가 있다. 그런데 지금은 가면을 쓰고 아무것도 모르는 척한다. 어떻게 하면 이 가면을 벗길 수 있을까?

또다시 어설픈 질문을 던지면 우연히 얻게 된 이 지푸라기는 허공으로 사라진다.

'은우야 도와줘.'

유경은 모험을 해보기로 했다.

"은우가……"

동욱의 얼굴에 다시 긴장감이 돌았다. 그의 목젖이 올라갔다 내려가는 게 보였다. 초조한 기색으로 보아 유경의 다음 말을 기다리고 있다는 걸 느낄 수 있었다.

"은우가…… 널 만나라고 했어."

동욱의 눈이 커졌다. 갑자기 유경 쪽으로 상체를 기울이더니 다그치듯 물었다.

"은우가, 은우가 살아 있어? 정말이야? 돌아온 거야?"

수시로 변하는 동욱의 얼굴에는 여러 감정이 뒤섞여 있었다. 뜻밖의 이야기에 놀라움과 기쁨, 안도감이 빠르게 교차했다. 뭔지 모르지만 커다란 짐이라도 내려놓은 듯 표정이 복잡했다.

그런 동욱의 반응을 보자 유경은 이상하게 차분해졌다.

동욱은 두 손으로 얼굴을 쓸어내리며 감정을 주체하지 못했다. 무슨 생각을 하는지 혼자 중얼중얼거렸다.

"……살아 있었구나. 아 정말 다행이다. 그 자식들이 거짓말하는 줄 알았는데……"

차갑게 노려보는 유경의 시선을 느꼈는지 동욱이 움찔하더니 흥분을 가라앉혔다. 방금 전 자신이 한 말은 기억 못하는 눈치였다.

"……왜 그런 눈으로 봐?"

"왜 은우가 죽었을 거라고 생각했지?"

"……그건……"

동욱은 쉽게 말을 꺼내지 못하고 난감한 듯 시선을 피했다.

아니다. 착각이었다. 자신은 차분하고 평정심을 잃지 않았다고 생각했지만 그 밑에서는 차가운 분노가 부글부글 끓고 있었다.

이 자식은 알고 있었어, 은우가 왜 실종됐는지, 무슨 일이 있었는지. 그런데 지금까지 입을 다물고 있었던 거야. 그 생각을 하자 턱끝까지 차오른 분노가 폭발 직전까지 치솟았다.

"……은우에게 무슨 일이 있었던 거야? 은우에게 무슨 짓을 한 거야?"

목소리를 낮추고 서늘하게 물었다.

동욱은 아무 말도 못하고 유경의 얼굴을 보다가 벌떡 자리에서 일어났다. 그대로 자리를 털고 달아나려는 동욱을 보자 의식보다 먼저 몸이 반응했다. 도망치게 내버려둘 수 없다. 순간적으로 탁자를 밀쳐내며 달아나는 동욱을 붙잡았다. 그 바람에 탁자 위에 있던 물잔이 떨어져 산산이 부서졌다.

소리에 놀란 사람들이 일제히 동욱과 유경을 쳐다보았다.

동욱은 자신의 팔을 잡고 있는 유경을 거칠게 뿌리쳤다. 하지만 분노로 단단해진 유경의 손아귀를 풀 수는 없었다.

"당장 말해. 은우에게 무슨 짓을 했어? 그 자식들이 거짓말하는 줄 알았다는 건 또 무슨 얘기야?"

"놔, 이거 놓으란 말이야. 난 아무것도 몰라."

"무슨 짓을 한 거야? 널 좋아하던 애한테…… 무슨 짓을 한 거냐고?"

유경을 뿌리치던 동욱의 몸에서 힘이 빠져나갔다. 그는 얼이 빠진 얼굴로 유경을 쳐다보며 중얼거렸다.

"은우가…… 날 좋아했다고?"

4

점심시간이 되자 유경은 식당으로 가는 대신 학교 뒷산으로 발길을 돌렸다.

은우 일 때문인지 아니면 수시로 산을 오르내리던 불량학생들 때문인지 학교 뒷산을 오르는 오솔길 입구 나뭇가지에 '입산 금지' 표지판이 매달려 있었다. 표지판은 오래전 매달아놓은 듯 글씨도 희미해지고 한쪽 철사도 끊어져 비스듬한 채 대롱거렸다.

나무에 걸어놓은 작은 표지판은 산을 오르는 자에게 아무런 위협이 되지 못한다. 오솔길은 여전히 사람들의 발길로 잘 다져진 상태였다. 유경은 표지판을 무시하고 육 년 전 그날을 떠올리며 천천히 걸음을 옮겼다.

동욱을 어르고 달래다 결국 울면서 하소연한 끝에야 유경은 그날의 일을 들을 수 있었다.

이야기 사이사이 빈 부분이 많았지만 그런 것은 아무래도 좋았다.

동욱이 종혁에게 어떤 괴롭힘을 당했는지는 알고 싶지도 않았다. 남학생들 사이에 어떤 힘겨루기가 있는지는 대충 짐작이 갔다. 아마도 종혁의 말보다는 종혁이 데리고 다니는 패거리의 주먹이 동욱을 움직였을 것이다.

우연찮게 동욱의 주변을 맴도는 은우가 종혁의 패거리 눈에 띈 모양이었다. 그들은 동욱을 협박해 은우를 데려오게 했고 동욱은 돌려보냈다. 그 위에서 어떤 일이 있었는지 자신은 알지 못한다고 했다.

"아니, 넌 알고 있었어. 넌, 무슨 일이 있을지 짐작하면서도 그애들한테 은우를 넘겨준 거야."

유경은 혐오감을 담아 동욱을 노려보았다. 동욱은 한마디 변명도 하지 못하고 탁자만 내려다보고 있다가 다시 말을 이었다.

5교시가 지나고 6교시가 끝나갈 즈음 종혁이 교실로 들어왔다고 했다.

종혁이 아무 일도 없었다는 듯이 남은 수업을 듣고 가버렸고, 동욱은 그대로 있을 수 없어 다시 산으로 올라갔다고 한다.

"하지만 아무도 없었어. 그 자식들이 있던 장소에 가봤지만 아무도 없었어. ……혹시나 하고 주위를 찾아보았지만 아무도 안 보이길래…… 은우도 돌아간 줄 알았어."

마음은 얼음장처럼 꽝꽝 얼어붙었는데 눈에서는 뜨거운 눈물이 흘렀다. 그뒤로 유경은 아무 말도 안 하고 동욱이 하는 이야기를 듣고만 있었다.

"며칠 뒤에 은우가 없어졌다는 얘기를 듣고 종혁이에게 따졌지만…… 자기들도 모른다고……"

"거기서 그 자식들은…… 은우에게…… 무슨 짓을 한 거야?"

"……"

대답이 없었다. 들을 필요도 없었다. 그 침묵이 모든 것을 말하고 있었다.

유경은 종업원이 새로 가져다준 물잔을 들어 동욱의 얼굴에 들이부었다. 물벼락을 맞고도 동욱은 꼼짝하지 않았다. 다시 한번 카페에 있던 사람들이 유경과 동욱을 쳐다보았다.

아는 욕이란 욕은 다 해주고 싶었지만 그럴 수 없었다. 구역 질이 올라와 잠시도 동욱의 얼굴을 참고 볼 수가 없었다. 그대 로 카페를 나온 유경은 몇 걸음 가지도 못하고 길거리에 주저 앉아 울었다. 두 손에 얼굴을 파묻고 우는 와중에 마지막으로 본 은우의 얼굴이 떠올랐다.

곧 수업종이 치는데도 밖으로 나가던 은우의 얼굴은 차분하 던 평소 모습과 달리 들떠 있었다. 그때는 보이지 않던 것들이 어떻게 육 년이 지난 지금 생생하게 떠오르는 것일까?

조금 숨이 차오를 만큼 산을 오르자 오솔길 옆으로 작은 터 가 보였다.

듬성듬성 심긴 나무 덕분에 아이들이 어울려 놀 만한 장소 가 몇 군데 있었다. 먼저 와 있던 학생 몇이 인기척을 느끼고 돌아보다 유경을 발견하고는 슬그머니 자리를 피했다. 아이들 은 다람쥐처럼 잘도 나무들 사이를 피해 산을 내려갔다. 순식 간이었다.

아이들이 있던 자리에 가보니 담배꽁초가 든 음료수 캔이 놓여 있었다.

허울 좋은 표지판만 걸어놓고 할일을 다했다는 듯 어른들이 고개를 돌리고 있는 사이, 아이들은 산으로 숨어들어 담배를 피우며 시간을 보내고 있다. 누군가 제대로 단속만 했다면 아이들이 이곳에 올라올 생각을 했을까? 처음엔 담배를 피우던 장소가 어느새 아이를 때리는 곳으로 변하고 다음에는 더 나쁜 짓을 저지르는 공간으로 변한다.

유경은 교양으로 들었던 심리학 강의가 떠올랐다. 깨진 유리창 하나를 방치하면 그곳은 우범지역이 된다고 했다. 이곳이 계속 방치되면 앞으로 어떤 일이 생길지 알 수 없다. 은우에게 생겼던 일이 또 일어나지 말라는 법이 없다. 속이 답답해졌다.

유경은 음료수 캔과 함께 주변에 떨어진 담배꽁초를 집어들고 걸음을 옮기다 자신이 올라온 오솔길을 내려다보며 소리쳤다.

"거기 숨어 있지 말고 나오세요."

유경이 바라보는 곳에서는 아무 소리도 들리지 않았다.

"그만 나오세요. 차문주 선생님."

잠시 정적이 흘렀다. 바람소리와 이제 깨어난 새소리가 멀리서 들렸다. 잠시 후 상수리나무 뒤에 숨어 있던 차 선생이 모습을 드러냈다.

유경은 꼼짝도 하지 않고 차 선생이 올라오는 것을 지켜보왔다.

유경의 옆에 다가온 차 선생이 물었다.

"나란 걸 어떻게 알았니?"

"며칠 전부터 저만 보고 계신 걸 알고 있었어요. ……그 편지도 선생님이 보내신 거죠?"

"……동욱이가 얘기했니?"

유경은 고개를 저었다.

"조금 생각해보니 누군지 알겠더라고요."

유경은 담임이 자신을 처음 봤을 때 대뜸 은우에 대해 물었던 일을 떠올렸다.

유경이 은우의 친구였다는 것을 뒤늦게 알게 된 선생들은 모두 그 일을 떠올리고 유경에게 그후의 일을 물었다. 은우가 돌아왔는지 궁금해했다. 하지만 딱 한 사람, 차 선생만은 아무 것도 묻지 않았다.

차 선생은 은우가 실종되었을 당시 일부러 유경을 복도로 불러내 은우의 소식을 물었던 적이 있다. 그런데 정작 이제 와서 아무런 관심을 보이지 않는다는 게 조금 부자연스러웠다. 그렇다고 이를 유경이 금방 알아챈 것은 아니었다.

차 선생이 뭔가 숨기고 있다는 것을 느낀 것은 목련차를 건네주고 난 뒤였다.

은우는 유경에게 함께 목련꽃잎을 주워달라고 했다. 상자에 가득 꽃잎을 담으며 차 선생에게 줄 선물이라고 했다. 유경은 마지못해 줍는 시늉만 했다. 교실로 돌아와 상자에 함께 넣을 거라며 목련차 끓이는 방법을 적을 때도 옆에 있었다.

"지극정성이다. 이런 거 좋아하기는 하겠니?"

"녹차도 안 마시던 너도 좋아하게 됐잖아?"

차 선생은 가끔 목련차를 마신다고 했다. 은우가 선물한 상자를 기억한다면 은우의 소식이 궁금하기도 할 텐데, 여전히 말이 없었다.

차 선생이 이상한 반응을 보인 건 그날부터였다. 자꾸 유경의 표정을 살피고 눈이 마주치면 시선을 돌렸다. 유경이 알던 차 선생의 모습이 아니었다.

결정적인 건 편지였다.

교무실에 놓아둔 유경의 가방에 접근해서 어색하지 않게 편지를 넣을 수 있는 사람은 많지 않다. 선생이나 교생밖에 없다.

교생들은 은우에 대해 알지도 못한다. 남은 후보는 선생들뿐이다.

유경의 머릿속에 제일 먼저 차 선생이 떠올랐다.

"선생님도 알고 있었군요."

"……"

"그런데 그때 왜 아무 말도 안 하셨어요?"

차 선생은 유경의 말이 들리지 않는지 학교 쪽을 내려다보왔다. 끝내 유경의 질문에는 답하지 않았다.

"결국 종혁이 때문이었겠군요. 협박이라도 당하셨나보죠?"

"……은우가 돌아올 거라고 생각했기 때문이라면…… 믿겠니?"

"……"

"내가 생각해도 참…… 구차한 변명이다."

차 선생은 자조하듯 씁쓸한 미소를 지어 보였다.

유경은 동욱보다 차 선생에게 더 화가 났다.

차라리 모르고 있는 게 나았다. 불온한 상상으로 자신을 질책할지라도 아무것도 모른 채 그리워하며, 잠 못 이루고 뒤척이며 그렇게 지내다 차츰 희미해지는 게 나을 뻔했다.

동욱을 만나서 해결된 건 아무것도 없다. 종혁은 유학이라는 이름으로 도망쳐버렸다. 설령 종혁을 보게 된다고 해도 사라져버린 은우의 행방은 찾을 수 없을 것이다.

차 선생은 알고 있었다. 아무리 발버둥쳐도 벽에 부딪힐 걸 알면서도 유경이 그 벽을 직접 만지게 만들었다. 그 냉정함에 치가 떨렸다.

"이거 아세요? 전 그동안 은우가 어딘가에 살아 있을 거라고 생각했어요. 가끔 정말 나쁜 생각도 들었지만 그런 생각을 하는 스스로를 욕하면서 분명 어딘가에, 세상 어딘가에 살아 있을 거라고 생각했어요. 그런데……"

유경이 입을 다물자 차 선생이 고개를 돌렸다. 유경의 다음 말을 기다렸지만 유경은 쉽게 입을 열지 못했다.

생각에 잠겨 있던 유경은 깊은 한숨을 내쉬며 어렵게 내뱉듯 말했다.

육 년 동안 애써 머릿속에서 지우려고 했던 생각. 절대 그럴 일은 없을 거라고 도리질을 했던 생각.

"그런데 이젠…… 은우가 죽었을 거라는 생각이 들어요."

"……"

"은우를 죽인 건, ……선생님과 동욱이 두 사람이에요."

은우는 누구보다 두 사람을 좋아했다. 그런데 은우가 좋아하던 그 두 사람이 모두 은우를 외면했다. 아니다. 외면만 한 게 아니라, 은우를 짓밟던 누군가와 함께 은우에게 비수를 들이댔다.

좋아하던 남자아이를 만날 생각으로 올라갔던 산속에서 낯선 남자들 사이에 남겨진 은우는 무슨 생각을 했을까? 육체에 가해진 폭행보다 자신을 버려두고 가버린 동욱 때문에 더 끔찍한 고통과 절망을 느꼈을 것이다.

차 선생도 마찬가지다.

차 선생은 은우의 실종을 막을 수도 있었다. 아니 어쩌면 은우에게 아무 일도 안 생기게 할 수도 있었다. 차 선생은 자신을 지키기 위해 은우를 버렸다. 침묵으로 은우를 묻어버렸다.

그나마 은우가 그 사실을 모르는 게 다행이라고 해야 할까.

유경은 은우가 가여워서 견딜 수가 없었다. 차 선생의 이기심에 분노가 일었다.

"그래도 목련꽃을 따서 차를 마셨나요? 그 차를 마시기가 두렵지 않던가요?"

"……"

"해마다 목련이 피었죠. 그때마다 은우를 생각했어요. 하지만 이제 전 당신을 생각할 거예요. 당신이 저지른 일을 생각할 거예요."

유경은 대답도 듣지 않고 차 선생을 남겨놓은 채 다시 산 위로 향했다. 등뒤에서는 아무 움직임도 느껴지지 않았다.

높지 않은 곳이라 곧 능선에 도착했다.

산 위에 올라서자 비로소 산 너머에 뭐가 있는지 보였다.

아파트 단지와 상가, 도로들이 지평선을 따라 펼쳐져 있었다. 멀리 떨어진 곳에서 보는 풍경에는 시멘트와 콘크리트로 이루어진 건물들뿐이었다. 그 안에 살고 있는 사람들의 온기와 숨결과 웃음은 보이지 않는다.

고개를 돌려 산밑의 학교를 내려다보았다.

여기저기 은우가 넋을 잃고 바라보던 목련나무들이 자리잡고 있었다. 그 나무들마다 크고 탐스러운 목련꽃이 피었다. 바람이 불자 꽃잎들이 툭툭 떨어졌다.

시들지도 않은 꽃들이 바람에 스러졌다.

은우가 그렇게 사라졌듯이.

유빙流氷의 시간

그거 알아요?

북미 원주민의 옛이야기 중에 이런 이야기가 전해져온대요.

모든 사람의 마음속에는 세모진 쇳조각이 있는데, 나쁜 짓을 할 때마다 그 쇳조각이 돌아가면서 마음을 아프게 한대요. 그리고 그때 느끼는 아픔이 죄책감이래요. 그런데 맨 처음 나쁜 짓을 할 때는 죄책감으로 마음이 찢어질 듯 아프지만, 나쁜 일이 하나씩 쌓여가면 쇳조각의 날이 점점 무뎌져서 아픔이 덜해지고 결국 아무런 죄책감도 느끼지 않게 된대요.

내 마음속에 있는 쇳조각은 얼마나 무뎌진 것일까요?

아이가 죽었는데, 내 아이가 죽었다는데도 나는 안도의 한숨을 쉬고 있어요.

1

이를 뽑고 의자에서 내려오는 순간 균형을 잃고 넘어질 뻔
했다. 머리가 어찔하고 땅이 울렁거렸다. 이강욱 팀장은 마취
로 얼얼한 입안과 어금니 뒤에 쑤셔넣은 거즈 뭉치가 거북하
기만 했다.

'망할, 앓던 이 빠진 기분이라더니, 시원한 것도 하나 없잖
아?'

기분이 언짢았다.

며칠 동안 날카로워진 신경 때문에 뭐 하나 제대로 되는 게
없었다. 처음엔 뭉근하게 올라오는 아픔이었는데 시간이 갈수
록 심해지더니 결국 한쪽 머릿속을 송곳으로 찔러대는 것 같
은 편두통까지 몰려왔다. 신경을 건드린 치통이 두통으로까지
이어진 것이다.

치과에 가면 금방 해결된다는 것을 알면서도 미련스럽게 진
통제로 넘겨보려 했다. 전에도 사랑니가 돋아 아픈 적이 있
었다.

벌써 몇 년 전 이야기다. 왼쪽 치아 가장 안쪽에 누워 있던
사랑니는 이미 충치까지 생긴 상태여서 결국 발치를 해야 했
다. 누워 있는 사랑니는 가뜩이나 발치가 어려운 편에 속하는
데, 치과의사의 어설픈 솜씨까지 보태져 한 번도 겪어본 적 없

는 고통을 겪어야 했다. 치료가 끝나자 욕이 절로 나왔다. 뻔뻔하게도 치과의사는 마취를 했으니 그 정도까지는 아닐 거라며 그의 고통을 엄살로 치부했다. 마음 같아서는 의사의 목이라도 조르고 싶었다.

그때의 일이 너무 끔찍해 치과라면 지나가다 간판도 마주치기 싫은 심정이다. 다행히 그뒤로 통증을 느낀 적이 없어 치과에서의 일은 까마득히 잊고 있었다. 다시 느끼기 시작한 치통에 머리가 깨질 듯하면서도 미련스럽게 진통제에 의지하는 이유는 오로지 하나였다. 다시 치과에 가고 싶지 않았다. 그 눈부신 조명 아래 입을 벌리고 다가오는 고통을 속수무책으로 기다리는 것이 두려웠다.

이 팀장은 애써 통증을 외면하고 일에 집중하려 했다. 하지만 입안에 고통을 물고 있으면서 그것을 무시하는 것은 애당초 불가능한 일이다.

이 팀장의 아픔은 고스란히 형사들에게 전해졌다. 하루종일 인상을 쓰고 사사건건 트집을 잡고 있으니 다들 자기 일에 집중하기가 힘들었다. 결국 몇몇은 탐문수사를 핑계로 아침부터 자리를 비웠고 내근중인 형사들도 서류에 코를 처박고 시선을 피하고 있었다.

이 팀장의 표정이 점점 일그러지는 것을 보다못한 최영석 형사가 결국 114에 전화를 해 발치 전문 치과에 예약을 잡아주었다. 시키지도 않은 짓을 한다며 짜증도 부리고 바쁘다는 핑계로 최 형사의 제안을 무시하려 했지만, 그 역시 만만치 않았다.

"아, 저희 좀 그만 잡으세요. 그냥 딱 오 분만 눈 질끈 감고 있으면 될 일을 왜 그렇게 미련을 떨어요?"

"말 다 했냐?"

인상을 쓰며 기세로 눌러보려 했지만 최 형사는 지지 않았다. 이 팀장은 최 형사에게 끌려나오다시피 사무실을 나서며 핀잔을 들어야 했다.

"저도 피곤합니다. 팀장님 아니라도 지금 머리가 터질 거 같다고요."

며칠 전 발견된 어린아이 사체 때문에 비상이 걸린 최 형사가 잔뜩 볼멘소리를 하자 더이상 변명의 여지가 없었다.

알았다 알았어. 젠장. 이 팀장은 결국 가자미눈을 하고 노려보는 최 형사의 시선을 뒤로한 채 경찰서를 나서야 했다.

최 형사가 소개해준 곳은 연신내 전철역 근처에 위치하고 있었다. 경찰서와는 1킬로미터 남짓한 거리였다. 다행히 이번에는 제법 솜씨가 좋은 의사여서 별다른 어려움 없이 오른쪽 사랑니를 뽑을 수 있었다. 의사의 손이 입안에서 부산하게 움직이는 와중에도 통증은 거의 느껴지지 않았다. 지난번 경험에 비하면 오늘의 치료는 거저먹기였지만 그래도 불편한 긴장감은 쉽게 가시지 않았다.

"두 시간 동안 거즈 단단히 물고 계시고요, 질기거나 뜨거운 음식, 자극적인 음식은 이삼일 뒤에 드세요. 사우나, 온수목욕도 안 돼요."

간호조무사가 처방전을 건네주며 주의사항을 몇 가지 더 중얼거렸지만 이 팀장의 귀에는 들리지 않았다. 질기거나 뜨거운 음식, 자극적인 음식을 빼면 먹을 것은 식은 죽밖에 없다. 거기다 술, 담배도 일주일간 금지란다. 입맛이 썼다.

"내일 소독하러 오시고요, 실밥은 다음주에 빼러 오세요."

탁상달력을 보여주며 다시 치과에 와야 하는 날짜를 알려주는 간호조무사의 말에 이 팀장은 건성으로 고개를 끄덕이며 처방전을 쳐다보았다.

"······약국은 어디 있어요?"

"아래 버스정류장 앞에 가시면 동산 약국이라고 있어요."

치과 문을 나서던 이 팀장은 길 건너 한 아이가 노란 우산을 쓰고 서 있는 모습을 보고, 발걸음을 멈춘 채 하늘을 쳐다보았다.

비가 오고 있었다. 치과에 들어가기 전까지만 해도 구름이 약간 끼어 있기는 했지만 비가 내릴 정도는 아니었다. 대충 후드를 뒤집어써서 가릴 수 있는 비가 아니었다.

'우산을 사야 하나?'

이 팀장은 주위를 두리번거리며 가게를 찾았다. 우산을 파는 가게는 눈에 띄지 않았다. 이 팀장은 우산 사는 것을 포기하고 손으로 머리만 가린 채 약국으로 달려갔다. 처방전을 내밀고 사흘 동안 먹을 약을 받았다.

약국 문을 나서는데 동네 광고가 어지럽게 붙은 게시판이 눈에 띄었다. 예식장 정보와 새로 생긴 식당 광고, 교회 부흥회를 알리는 전단에 벌거벗은 여자들의 사진과 함께 전화번호가 찍힌 전화방 광고지도 덕지덕지 붙어 있었다.

시선을 돌리려던 이 팀장의 눈에 한 전단이 들어왔다.

'노란 우산.'

화려한 광고지들 뒤에 숨어 겨우 모습을 드러낸 전단에 적힌 그 단어가 왜 이 팀장의 눈에 확 들어왔는지 모른다. 그는 알 수 없는 힘에 이끌려 그 전단 위에 덕지덕지 붙은 종이들을 떼어내기 시작했다.

근처 클럽에 출연하는 가수들의 얼굴이 큼지막하게 찍힌 화려한 광고지는 오늘 붙인 것인지 구김 하나 없다. 그 아래로 파출부 모집과 사채를 쓰라고 유혹하는 전단까지 떼어내고 나서야 '노란 우산'이라는 글씨가 박힌 전단이 모습을 드러냈다.

실종된 아이를 찾는 전단은 세월의 비바람에 색이 바래고 덧붙여진 종이 때문에 군데군데 찢어져 있다. 아이의 얼굴은 이미 찢겨 남아 있지 않았다. 꽃밭에 서서 찍은 사진은 다리

부분만 간신히 남아 있었다. 사진 아래에 아이의 특징과 전화번호, 제보하신 분에게 사례하겠다는 의례적인 문구가 적혀 있다. 그런데 그 전단 맨 아래에 이 팀장의 눈길을 사로잡은 '노란 우산'이라는 단어가 보였다.

전단을 보던 이 팀장은 갑자기 어디선가 노란 우산을 본 것 같은 생각이 들었다. 조금 전 치과에서 나오다 마주친 노란 우산을 든 아이가 떠올랐다.

이 팀장은 얼른 주위를 두리번거렸다. 아이의 모습은 이미 보이지 않았다. 뭔가 중요한 것을 잊어버린 것 같은 불안이 머릿속에 스며들기 시작했다. 갑자기 낯선 시간, 낯선 장소에 뚝 떨어져 있는 기분이 들었다.

뭔가 이상하다. 잘못됐어. 그게 뭐지?

미세하게 균열되어 그의 신경을 건드리는 것은 입안에 물고 있는 거즈 때문이 아니다. 마취 덕분에 통증이 사라져 편두통도 없다. 사랑니와 상관없이 무엇인가 그의 신경에 달라붙어 자꾸 거슬리게 하고 있다.

이 팀장은 주위로 시선을 돌리다 다시 치과 건물로 돌아가 조금 전 서 있던 그 위치에서 정면을 바라보았다. 아이가 있던 자리. 다른 사람들이 지나다니고 있다. 그리고 문득, 햇살이 비치고 있다는 것을 깨달았다.

분명 조금 전에는 비가 내리고 있었다.

손을 들어 손바닥에 툭툭 떨어지는 차가운 빗방울을 느꼈다. 얼굴에 떨어지는 비 때문에 후드를 뒤집어써야 하나 생각했었다. 그리고 비를 피해 잔뜩 고개를 움츠리고 약국으로 뛰어들어갔다.

이 팀장은 잠시 멍하니 서 있다가 치과 건물 앞 노상에 리어카를 세워놓고 말린 멸치며 새우, 오징어 같은 건어물을 팔고 있는 아주머니에게 다가갔다.

"……조금 전에, 비 오지 않았어요?"

갑작스러운 질문을 받은 아주머니는 잠시 이 팀장을 위아래로 훑어보더니 퉁명스럽게 입을 열었다.

"이상한 아저씨네? 무슨 비가 왔다고…… 비 오는데 노점을 열겠어요?"

아주머니의 말에 이 팀장은 리어카 위에 놓인 물건들을 쳐다보았다. 건어물이 가득 늘어서 있다. 아주머니 말대로 비가 오고 있다면 아예 거리에 나오지도 않았을 것이다.

정신이 멍해졌다. 고개를 들어 바라본 하늘은 구름이 조금 끼었을 뿐 맑은 편이었고 거리는 흙먼지가 날릴 만큼 바짝 말라 있었다. 어디에도 비가 온 흔적은 없었다.

머릿속이 하얗게 지워졌다. 갑자기 눈앞에 벽이 생기는 바람에 출구를 잃어버린 쥐처럼 같은 자리를 몇 번이나 맴돌았다. 결국 걸음을 멈추고 멀뚱히 길 건너 아이가 서 있던 자리를 보던 이 팀장은 아주머니에게 다른 질문을 던졌다.

"혹시 저기 길 건너에 노란 우산을 든 아이 못 보셨어요? 키는 이 정도 되고, 가방도 메고 있었는데……"

"노란 우산요?"

건어물 아주머니가 대놓고 이상하다는 시선을 보내자 이 팀장은 결국 포기하고 걸음을 옮겼다. 경찰서를 향해 걸어가면서도 머릿속은 계속 노란 우산뿐이었다. 뭔가 어둠 속에서 꿈틀거리고 있는 것 같았지만 호락호락 모습을 드러내지 않았다. 쉽게 떠오르지 않는 기억이 답답하기도 했지만 한편으로 두렵고 불안한 생각도 들었다.

뭉긋한 아픔으로 찾아왔던 사랑니의 통증처럼 어둠 속에 모습을 감추고 있는 기억이 그의 신경을 자극했다. 경찰서 정문까지 가는 내내 잔뜩 미간을 찌푸리고 걷던 이 팀장은 현관에 들어서면서 불현듯 어둠 속에 딸칵 불이 하나 켜지는 것을 느꼈다.

생각났다. 노란 우산.

이 팀장은 사무실로 들어가지 않고 맞은편 사무실로 날듯이 뛰어들어갔다.

형사 2팀 사무실 맞은편은 실종자 전담팀 사무실이다. 안으로 들어서자 어린이 실종자 명단을 확인하는 게 보였다.

인기척에 고개를 돌린 최 형사가 다가오는 사람이 이 팀장이라는 것을 확인하고 얼른 서류를 들어 이 팀장의 눈앞에 내밀었다. 약국 앞 동네 게시판에서 뜯어내 확인했던 실종 어린이의 전단과 같은 전단이었다.

"며칠 전에 발견한 아이 사체, 신원확인이 될 것 같습니다."

약국 앞 전단에서는 찢겨나가 보지 못했던 아이의 얼굴이 온전히 붙어 있었다. 숨도 제대로 쉬지 못하고 뚫어지게 아이 사진을 쳐다보는 이 팀장이 이상했는지 최 형사가 물었다.

"왜 그러세요?"

그 아이가 맞다. 치과를 나오면서 만났던 아이. 노란 우산을 쓴 바로 그 아이.

쉽게 떠오르지 않는 것은 당연했다. 일 년 전쯤 실종자 전단으로 사무실 게시판에 잠시 붙어 있던 아이였으니 그의 머릿속에 오래 남아 있을 리 없다. 몇 달 지나면 게시판에는 새로운 실종자 전단이 그 자리를 차지한다. 그나마 그 아이가 이 팀장의 머릿속 한편에 남아 있었던 것은 노란 우산 때문이었다.

노란 우산. 석현이 다니던 학교에서 받아 온 우산. 큼지막하게 적힌 '보리와 밀알'이 눈에 띄었던 우산. 실종자 전단에 실린 사진에도 아이는 '보리와 밀알'이라고 새겨진 노란 우산을 쓰고 있다.

"팀장님?"

이 팀장은 최 형사가 부르는 소리에 겨우 전단에서 시선을 뗐다.

"조금 전에…… 이 아이를 만났어."

이 팀장을 쳐다보던 최 형사의 얼굴이 굳었다. 갑자기 무슨 소린가 싶은 모양이었다. 이 팀장은 최 형사의 손에 들린 서류를 멍하니 쳐다보다 손으로 얼굴을 비비며 생각에서 벗어났다.

최 형사가 다음 말을 기다리고 있었지만 아무 말도 해줄 수가 없었다.

입 밖으로 무슨 말이든 내뱉는 순간 단단히 봉인해두었던 판도라의 상자가 어쩔 수 없이 열릴 것이다. 겨우 자물쇠를 채워 깊은 곳에 던져둔 기억이다. 아직 다시 꺼내 볼 용기가 없는 기억. 그러나 어느새 열려버린 상자. 통증은 가슴으로 옮겨간 듯했다.

"……부모에게 연락했어?"

이 팀장의 쉰 듯 가라앉은 목소리가 목구멍을 긁으며 간신히 흘러나왔다.

"이제 해야죠……"

최 형사는 의아한 표정으로 이 팀장의 안색을 살폈다. 그의 눈빛에 호기심이 가득했지만 지금은 어떤 말도 하고 싶지 않았다. 해줄 수가 없었다.

이 팀장은 모른 척 고개를 돌리고 사무실을 나왔다.

2

아이의 신원이 확인될 기미를 보이자 최 형사의 마음도 한결 가벼워졌다.

성급한 면이 없지 않지만, 며칠 동안 어디서부터 시작해야 할지 몰라 난감해했던 것에 비하면 사건은 거의 해결된 것이나 마찬가지다. 신원불명의 사체를 놓고 수사하는 것과 신원을 알고 수사를 하는 것은 천지 차이다.

아이의 사체에서 신원을 확인할 마땅한 소지품이 발견되지 않은 상황에서, 아이가 언제 죽었는지 밝혀내는 것은 중요한 문제였다. 사망 추정 시기를 알아야 사건이 언제 발생했는지 가늠할 수 있기 때문이다.

아이의 사체가 발견된 곳은 구파발과 서오릉 사이에 솟아 있는 앵봉산 골짜기다. 앵봉산은 북한산을 잇는 등산로와 탑골생태공원이 있어 이용객이 제법 많은 곳이다. 시체를 발견한 것도 등산객이었다.

수풀이 우거진 골짜기인데다 지난해 쌓인 낙엽도 있어 시체를 발견하기가 쉽지는 않았을 텐데 용케도 사람들 눈에 띄었다. 일주일 전 꽤 많은 비가 내리면서 흙이 무너져내렸고 그 덕분에 시체가 드러난 것 같았다.

부패 정도로 보아 최근에 묻힌 것 같지는 않았다. 최소 육 개월 이상은 지난 것으로 생각됐지만 입고 있는 옷차림을 봐서는 그보다 훨씬 오래된 듯했다. 현장에 나왔던 서울시경 검시관도 시기 추정이 쉽지 않을 것이라 했다. 사체의 상태가 조사를 어렵게 했다. 사체가 묻혀 있던 곳의 온도와 환경이 부패에 어떤 작용을 했는지 알아야 한다. 그래도 어느 정도 시기를 추정해달라는 말에 검시관이 난색을 표했었다. 그의 입장을 모르는 바는 아니다. 섣부른 추정으로 수사를 시작한다면 아이의 신원을 확인하는 일부터 난항에 부딪힐 수도 있다.

부패가 상당히 진행된 상태여서 지문을 뜨기도 무리가 있을 정도였지만, 설령 지문을 뜰 수 있다고 해도 신원을 확인할 수는 없었다. 어른이라면 모를까, 아이의 지문은 AFIS(자동지문인식시스템)에 등록되어 있지 않다.

최 형사는 일단 국과수의 부검 결과를 기다려보기로 하는 한편 어린이 실종자 명단을 일일이 확인하는 방법을 병행하기로 했다. 실종된 시기를 이 년 전부터 잡고 그동안 실종된 아이들 중 비슷한 체격조건을 가진 연령대의 아이를 찾아보기로 한 것이다. 시간도 오래 걸리고 가장 미련스러운 방법이기는 하지만 약간의 행운이 있었는지 며칠 만에 추려진 아이 가운데 죽은 아이와 비슷한 특징을 가진 아이를 찾아낼 수 있었다.

국과수에 보낸 몇 장의 실종 어린이 사진과 사체의 유골을 비교 확인하는 작업에서 골격이 거의 일치하는 아이를 찾아냈다. 거의 일치한다고 해도 정말 실종된 아이인지 확인하는 작업이 필요하다. 국과수의 연락을 받자마자 최 형사는 실종자 전담팀 사무실에서 아이의 연락처를 찾아 적었다. 부모에게 연락해 경찰서로 오게 한 뒤 직접 확인하게 하거나 유전자 검사를 하면 해결될 문제였다.

사무실로 돌아와보니 이 팀장이 최 형사의 책상에 앉아 현장 사진을 보고 있었다. 사진을 넘기는 그의 표정이 좋지 않았다.

어느 시체나 다 끔찍하지만 아이의 시체를 보는 것은 특히 더 마음의 준비가 필요한 일이다. 더구나 멀쩡한 사진도 아니고 몇 달이나 땅속에 묻혀 있던, 부패가 한참 진행된 사체다. 이 팀장처럼 현장경험이 많은 사람이라고 해도 충격의 강도가 약하지는 않을 것이다.

현장 사진은 야산 주변부터 시체를 발견한 장소, 시체의 주변, 시체 순으로 수십 장이 넘는다. 그 사진들을 한 장 한 장 꼼꼼히 보고 있는 이 팀장을 보자 문득 의아한 생각이 들었다.

보통 아침, 저녁으로 담당 형사의 보고를 받는 선에서 수사 진행 상황을 파악하지 이렇게 직접 사건현장 사진에 관심을 보이는 일은 흔하지 않다. 최 형사는 조금 전 실종자 전담팀 사무실에서 들었던 이 팀장의 말이 생각났다.

"조금 전에…… 이 아이를 만났어."

이 아이라니, 실종된 아이는 이미 오래전 죽어 얼굴도 제대로 알아보기 어려운 사체로 발견되었다. 그런데 이 팀장은 분명히 아이를 '조금 전에 만났다'고 했다. 사건을 가지고 농담을 할 사람이 아니다. 더구나 그 이야기를 할 때 이 팀장의 표정은 그동안 한 번도 보지 못한 낯선 모습이었다.

최 형사는 쉽게 다가가지 못하고 뚫어질 듯 사진들을 보고 있는 이 팀장의 표정을 살폈다. 어느 순간 인기척을 느꼈는지 이 팀장이 고개를 들었다.

"소지품은?"

"예?"

"소지품 없어? 노란 우산……"

무슨 소린가 싶어 이 팀장의 얼굴을 한참 쳐다보다 입을 열었다.

"현장에서 따로 발견된 소지품 같은 건 없는데요?"

"……그래?"

실망스러운 듯 한풀 꺾이는 목소리와 함께 이 팀장의 표정이 다시 묘하게 변했다. 이상하다는 생각이 들었다.

"팀장님 이 아이 아세요?"

이 팀장이 고개를 들어 최 형사의 눈을 마주보다 시선을 돌렸다. 무슨 말을 하려는 듯 입을 벌리다 다시 다물었다. 뭔가 말 못할 사정이 있는 것처럼 보였다. 왠지 신경이 쓰였다.

"아시는 게 있으면 얘길 해주세요. 아까 하신 얘기는 뭐예요? 갑자기 노란 우산은 또 뭐고요?"

하지만 이 팀장의 입은 열리지 않았다. 한동안 창밖을 쳐다보던 이 팀장은 걸음을 옮기며 최 형사의 어깨를 툭툭 치고 밖으로 나갔다. 붙들고 무슨 일인지 채근해볼 수도 있지만, 이 팀장의 분위기가 심상치 않아 선뜻 물어보기가 망설여졌다.

최 형사는 책상에 앉아 이 팀장이 보던 사진을 집어들고 그가 찾던 것이 무엇인지 가늠해보려고 했다. 하지만 수십 번도 더 본 사진이다. 새삼 그의 눈에 띄는 새로운 것은 없다. 최 형사는 사진을 내려놓다가 이 팀장이 말한 노란 우산에 대해 생각했다.

노란 우산은 사진 속에서 아이가 쓰고 있기도 한데 실종 당시에도 가지고 있었던 모양이었다. 하지만 실종될 때 지니고 있었다고 해서 사건현장에 있으란 법은 없다. 아니, 그보다 평범하다면 평범하다고 할 우산 하나를 굳이 찾아서 물어보는 이 팀장의 의도가 궁금했다.

물어도 굳게 입을 다물고 있는 이 팀장의 행동도 불만스러웠다. 무언가 자신이 모르는 것을 알고 있다면 사건 해결을 위해서 당연히 알려주어야 하지 않나 싶어 슬쩍 서운한 생각도 들었다.

생각할수록 이상하기만 한 이 팀장의 태도에 항변이라도 할까 싶었지만, 최 형사는 곧 고개를 흔들어 그런 생각을 털어버리기로 했다. 지금은 사건에 집중할 때다. 뭔가 말 못할 사연이 있겠지, 이야기하고 싶지 않다면 그냥 내버려두자. 언젠가 이야기하고 싶어지면 그때는 이유를 들려줄 것이다.

최 형사는 전단에서 찾아낸 아이의 연락처로 전화를 걸었다. 신호가 가는 동안 어떻게 이야기를 해야 하나 고민했지만 경찰서라는 말에 아이의 엄마는 모든 것을 짐작했다. 별다른 설명을 듣지 않아도 불길한 일이 벌어졌다는 것을 직감한 듯 한동안 침묵을 지키며 최 형사의 이야기를 듣더니 잠긴 목소리로 곧 경찰서로 오겠다는 말을 하고 전화를 끊었다.

최 형사는 아이의 부모를 기다리는 동안 담배라도 한 대 피우려고 옥상에 올라갔다가 뜻밖에도 혼자 앉아 있는 이 팀장을 발견했다.

경찰서 건물 내에서는 금연이라는 규칙이 정해지면서 담배를 피우는 형사들은 경찰서 옥상 한편으로 밀려났다. 휴게실과 주차장 옆 벤치를 이용하다 민원을 받은 뒤 결국 일반인들의 눈에 잘 띄지 않는 곳으로 이동한 것이다.

담배도 피우지 않는 그가 여기까지 올라온 걸 보면 아마도 혼자 있을 장소를 찾아다닌 것 같았다. 괜히 혼자만의 시간을 방해하는 것 같아 돌아서려는데 이 팀장이 불러 세웠다.

옆으로 다가가 앉으니 그가 손을 내밀었다. 담배를 달라는 손짓이었다. 담배를 끊은 지 몇 년이나 지난 사람이 갑자기 담배를 찾다니 의아했다.

담배를 꺼내 내밀다 문득 걱정스러워 물었다.

"그런데 이 뽑고 오신 거 아니에요? 담배 피우면 안 될 텐데?"

이 팀장도 그제야 깨달은 듯 고개를 끄덕였다. 그의 손이 갈 곳을 잃고 허공을 떠돌았다. 혼자만 피울 수도 없고 해서 최 형사도 담배를 주머니에 집어넣었다. 니코틴이 간절했지만 이 팀장과 이야기할 기회를 깨고 싶지 않았다.

"……무슨 일, 있는 거죠?"

"……"

"……그애, 무슨 일이 있었던 걸까요? 실종될 당시 엄마와 함께 터미널에 있었다고 하던데, 열한 살이면 설령 집을 잃어버려도 찾아올 나이잖아요? 집 전화번호 정도는 외우고 있었을 텐데……"

최 형사는 전단에서 봤던 내용을 떠올리며 대충 사건의 방향을 잡아보려 했다. 하지만 최 형사의 말이 끝나기도 전에 이 팀장이 고개를 젓고 있었다.

"보통 아이라면 그랬겠지, 하지만…… 그 아인 그럴 수 없었을 거야."

"예?"

최 형사는 이 팀장이 하는 말이 선뜻 이해되지 않았다. 보통 아이라니? 그렇다면 이 아이는 남다른 아이란 말인가, 그렇다고 해도 이 팀장이 어떻게 그것을 알고 있을까? 짐작대로 이 아이와 어떤 관련이 있다는 확신이 들었다.

최 형사는 끈기 있게 입을 다물고 다음 말을 기다렸다. 이 팀장도 어쩔 수 없다는 듯 입을 열었다.

"……그 아이, 자폐증이거나 지적 장애일 거야. 그 노란 우산, 거기 적힌 '보리와 밀알'은 그런 아이들이 다니는 특수학교 이름이야."

이제야 팀장이 왜 그런 말을 했는지 알 것 같았다. 특수학교에 다니는 아이라면 자신의 집 전화번호를 외우는 평범한 일도 넘어야 할 산처럼 어려운 문제일 것이다. 노란 우산에 적힌 '보리와 밀알'이 그렇게 중요한 정보를 담고 있는 줄 몰랐다.

"그런데 보리와 밀알이 특수학교 이름이라는 건 어떻게 아셨어요?"

"……우리 아이도…… 그 학교에 다녔으니까."

무심히 툭 내뱉는 이 팀장의 대답에 숨이 턱 막혔다. 무심한 말투 너머에 어떤 아픔이 있을지 짐작이나 할 수 있을까? 최 형사는 어떻게 말을 이어야 할지 몰라 눈만 끔벅거리며 이 팀장을 바라보았다.

설마 죽은 아이와 팀장이 그런 식으로 연결되어 있으리라고 는 생각도 못했다. 최 형사는 벌어진 입을 다물지 못하고 머뭇 거리다 결국 거친 손바닥으로 얼굴을 문질렀다. 이마와 콧등 에서 땀이 배어나왔다.

이 팀장의 아이는 삼 년 전 교통사고로 죽은 것으로 알고 있 다. 아이에게 장애가 있었다니, 이 팀장은 한 번도 그런 내색 을 한 적이 없었다. 교통사고로 아이가 죽었을 때도 혼자 휴가 를 내고 조용히 장례를 치렀기에 이 사실은 한참 뒤에야 알려 졌다.

그때가 아홉 살이었던가? 살아 있었다면 이번에 발견된 아 이와 비슷한 나이일 것이다.

묘하다면 묘한 인연이다. 이렇게 사건을 통해 아들의 과거 와 만나게 되다니, 그제야 혼란스럽고 불안정해 보이던 표정 이 이해가 되었다. 어쩌면 죽은 아이는 이 팀장의 아들과 아는 사이였을지도 모른다. 두 아이가 같은 교실에서 생활하던 친 구였을지 모른다는 생각을 하다, 두 아이 모두 비극적인 죽음 을 맞이했다는 생각에 마음이 편치 않았다.

한동안 생각에 잠겨 말이 없던 이 팀장의 입에서 긴 한숨이 새어나왔다. 몸속 아주 깊은 곳에서부터 끌어올려진 한숨이 길게 그의 어깨를 들었다 내려놓았다. 까마득한 곳에 묻어두었을 상처가 이 일로 그의 가슴을 흔들어놓은 듯싶었다.

"……아까 그 아이를 봤어. 치과에서 나오면서…… 근데…… 지금 곰곰이 생각해보니 내가 본 아이가 실종된 아이인지, 내 아들인지 모르겠더군."

그 말을 마지막으로 이 팀장은 자리를 털고 일어났다. 그가 내려가는 모습을 보며 최 형사는 주머니를 뒤적거렸다.

오래 참았던 담배를 꺼내 물었지만 담배 맛은 쓰기만 했다.

3

연락을 받은 지 한 시간 만에 아이의 부모가 도착했다.

둘은 사무실로 들어오면서부터 잔뜩 굳은 얼굴이었다. 아이의 어머니로 보이는 여자는 창백한 안색으로 함께 온 남자의 팔에 기대어 안으로 들어왔다. 둘은 서로에게 의지하며 간신히 정신을 가다듬고 있는 것처럼 보였다. 의자를 내주고 그들이 자리에 앉는 것을 지켜보며 최 형사는 가슴이 시렸다.

실종된 아이 전단을 돌리며 그래도 어딘가에 살아 있을 거라는 희망을 놓지 않았을 사람들. 아들의 죽음을 확인하러 온 부모의 얼굴에는 그 고통스러웠던 시간들이 고스란히 새겨져 있었다.

아이의 이름은 윤종하. 실종된 것은 작년 8월로 실종 당시 나이는 열한 살, 초등학교 3학년이라고 했다.

최 형사는 종하의 사진을 앞에 놓고 간략하게 사건 경위를 알렸다.

"그 발견했다는…… 정말 우리 아이가 맞습니까? 분명한가요?"

남자는 믿기지 않는다는 듯 고통스러운 표정으로 최 형사의 대답을 기다렸다.

아이의 사체는 부검을 끝낸 뒤 경찰서에서 멀지 않은 은평병원 영안실에 보내졌다. 연고자를 찾지 못한다면 화장 절차를 밟을 예정이었다.

"여기서 십 분이면 갑니다. 지금 확인하러 가도 되지만 그전에 드릴 말씀이 있습니다."

이 말에 금방이라도 자리를 털고 일어나려던 남자가 엉거주춤한 자세로 최 형사를 바라보았다. 여자는 시선을 외면한 채 최대한 감정을 억제하려는 듯 지그시 입술을 깨물고 있었다. 쉽지 않은 이야기지만 마음의 준비를 위해 필요하다. 그대로 데려가 아이의 시체를 보인다면 꽤 충격을 받을 것이다.

"아이가…… 버려진 지 꽤 된 것 같습니다. 다른 방법으로 확인하셔도……"

남자는 무슨 이야기인지 금세 알아차렸다. 여자가 두 눈을 질끈 감는 것이 보였다.

"그래도······ 두 눈으로 직접 확인하겠습니다."

최 형사는 고개를 끄덕이고는 자리에서 일어났다.

아이의 부모는 차를 타고 병원에 가는 내내 말이 없었다. 최 형사 역시 그들에게 뭐라 건넬 말이 없었다.

영안실에는 남자만 들어갔다. 여자는 병원으로 들어서면서 바로 주저앉아 간호사의 도움을 받아야 할 상황이었다.

아이의 얼굴을 확인한 남자는 크게 숨을 들이쉬더니 고개를 돌렸다. 각오를 했어도 충격을 받은 것 같았다. 급하게 밖으로 뛰쳐나간 남자는 복도를 걸어가다 걸음을 멈추었다.

뒤따라 나간 최 형사는 남자의 등을 보고 쉽게 다가서지 못했다. 가늘게 떨리던 그의 등은 곧 거칠게 움직이기 시작했다. 남자는 두 손에 얼굴을 묻고 벽에 기대더니 그대로 주저앉았다.

최 형사는 남자의 흔들리는 뒷모습을 바라보며 기다렸다. 지금은 위로의 말도 소용없는 순간이다. 그가 할 수 있는 것은 기다리는 것뿐이다.

잠시 후 마음을 추스른 듯 남자가 벽을 짚고 일어섰다. 고개를 돌려 최 형사를 바라보는 그의 얼굴에는 조금 전보다 훨씬 깊은 주름이 패어 있었다.

"어떻게 해야죠?"

최 형사는 남자가 아이의 장례를 치를 수 있도록 시신 인도 절차를 알려주었다. 아이를 잃은 슬픔으로 경황이 없겠지만 수사를 위해 실종 당시에 대한 조사를 좀더 해야 한다고 양해를 구했다.

"우리 아이는…… 살해당한 겁니까?"

"시체가, 죄송합니다. 아이가 발견된 현장 상황으로 봐서 그럴 가능성도 있지만 아직 뭐라고 단정지을 수는 없습니다."

아이가 발견된 장소와 주위 흔적은 폭우로 훼손되어 아무 소용이 없었다. 흙이 덮여 있기는 했지만 그것이 누군가 의도적으로 덮은 것인지, 아니면 단순히 유실된 흙더미에 깔린 것인지도 분명치 않았다. 국과수 부검 결과가 나와봐야 사인을 알 수 있지만 부패 정도로 봐서 쉽지 않은 상황이다. 그래서 더욱 실종 당시 상황에 대해 들을 필요가 있었다.

"아내가 저런 상태라서…… 조금 안정되면 물어보시죠."

이미 각오한 일이다. 최 형사는 아이의 장례가 끝날 때까지 기다릴 생각이었다. 수사하는 입장에서야 하루라도 빨리 사건을 해결하고 수사를 종결짓고 싶지만, 아이를 잃은 부모의 입장은 다르다. 슬픔을 나누고 감정을 추스를 시간이 필요하다.

최 형사는 남자와 함께 병원 휴게실로 향했다. 여자는 어느 정도 기운을 회복한 듯 의자에 앉아 있다가 남자가 들어서는 것을 보자 벌떡 자리에서 일어났다. 남자가 말없이 고개를 끄덕이자 여자는 앉았던 의자에 다시 털썩 주저앉았다. 두 손에 얼굴을 묻고 모든 게 자기 탓이라며 자책했다.

남자는 얼른 다가가 아내를 안고 등을 어루만지며 위로했다. 평정심을 잃지 않기 위해 애쓰고 있었지만 어쩔 수 없이 그의 눈시울도 붉어졌다.

결국 최 형사는 아이의 부모를 남겨두고 병원을 나왔다. 실종 당시 상황에 대해서는 장례식이 끝나고 물어보기로 했다.

아이의 장례를 마치고 부모가 다시 경찰서를 찾은 날, 국과수의 부검 결과도 나왔다.

다행히 여자는 어느 정도 기운을 회복한 것 같았다. 얼굴이 핼쑥하기는 했지만 상황을 잘 받아들이고 있는 듯 보였다.

최 형사는 우선 어떻게 해서 아이를 잃어버리게 되었는지 물었다. 여자의 얼굴은 곤혹스러운 표정으로 바뀌었다. 이미 아이가 죽은 마당에 새삼 그날의 일을 캐묻는 게 여자를 난처하게 만든 모양이었다. 여자는 남편의 얼굴을 힐끗 쳐다보더니 조심스럽게 입을 열었다.

"……터미널에서 잃어버렸어요. 보통은 화장실 안까지 데리고 들어가는데 그날은 자꾸 문밖에 서 있으려고 해서 실랑이를 하다 결국 혼자 볼일을 봤어요. 일 분도 안 되는 시간이었어요. 문을 열어보니 없길래 급하게 밖으로 뛰쳐나가 터미널을 다 뒤져봤는데……"

여자는 다시 감정이 격해지는지 잠시 말을 멈추었다.

"……모든 게 내 탓이에요. 잠깐이면 된다고 방심했어요. 밖에 있는 사람에게 잠시 봐달라고 부탁만 했더라도 이런 일은 없었을 텐데……"

"혹시 그날 아이가 미아 방지 팔찌를 하고 있었나요?"

"네?"

"남편분이 아이가 늘 그걸 하고 있었다고 했는데, 아이에게서 발견되지 않아서요."

"모르겠어요. 했을 거예요. 네, 했어요."

누군가 혼자 있는 아이를 보고 연락처를 찾아내 전화라도 해주었더라면 이런 일은 없었을 텐데, 사람들의 무관심 속에 아이는 악의를 품은 누군가에게 끌려간 모양이다. 더운 여름이었다. 아이가 엄마를 잃고 헤매고 있다는 걸 알았다면 팔에 걸린 팔찌가 눈에 띄지 않았을 리 없다. 최 형사는 자신도 모르게 혀를 찼다.

최 형사는 곧 국과수에서 보내온 부검 결과를 알려주었다. 아이의 죽음을 알리는 것도 쉽지 않은 일이지만 그 아이가 누군가에 의해 살해되었다고 알리는 것은 그보다 더 힘들었다.

"부검 결과 갑상선 연골 골절이 발견되었습니다."

부부는 그 말이 무엇을 뜻하는지 모르는 듯했다. 최 형사는 난감한 표정으로 이마를 긁적이며 얼른 상황을 설명했다.

"갑상선 연골 골절은 누군가…… 아이의 목을 졸랐다는 의미입니다."

부부는 충격으로 말을 잇지 못했다. 최 형사는 그들의 침묵이 견디기 힘들어 부검의가 전해준 말을 주저리주저리 꺼내놓기 시작했다.

"보통 그 정도로 오래된 상태면 사망 원인을 알기가 힘든데, 어찌된 일인지 아이의 목 부위가 훼손되지 않았다고 하더군요. 아마도 자신의 억울한 죽음을 누군가 풀어줬으면 했던 모양입니다."

최 형사의 그 말에 여자가 그대로 주저앉았다. 남자는 아내가 또다시 충격을 받은 것이라 생각하고 얼른 아내의 몸을 부축했다. 하지만 여자의 입에서 뜻밖의 말이 새어나왔다.

"내가 죽였어요. 내가……"

아내의 말에 놀란 남자는 여자를 부축하고 있던 손을 떼었다.

최 형사는 갑작스러운 상황에 말을 잇지 못했다.

4

며칠 뒤 이 팀장과 최 형사는 경찰서 앞 순댓국집에 앉아 술잔을 기울였다.

사건을 종결지은 최 형사도, 사건 보고를 받은 이 팀장도 쉽게 집으로 돌아갈 마음이 생기지 않았다. 순댓국을 안주삼아 반주로 마신 소주가 어느새 몇 병이나 쌓여갔다.

얼큰하게 술이 오른 이 팀장은 누구에게도 하지 못했던 말이라며 최 형사에게 몇 년 만에 처음으로 아이를 잃던 날에 대해 털어놓기 시작했다. 가족에게조차 말하지 못했던, 그래서 가슴 깊은 곳에서 곪고 곪은 상처로 남아 있는 아들에 대한 기억을 어둠 속에서 하나씩 꺼내기 시작했다.

그날도 사랑니를 빼던 날이다.

사실 생각해보면 그의 기억만큼 치과의사가 최악이었던 것은 아니다. 하지만 그날 최악의 고통을 느꼈다. 엉뚱하게도 기억 속에는 그가 느낀 고통이 모두 사랑니 때문이라고 입력되어 있다.

그날의 기억은 모든 것이 뒤죽박죽이다. 비가 내리고 있었고, 어두워지기 시작하는 오후였던 것 같기도 하고, 거리의 불빛이 선명하게 느껴졌던 걸로 보아 이미 밤이었던 것도 같다.

기억나지만 어느 것 하나 확신할 수 없는, 모든 것이 부서진 유리처럼 조각조각 떨어져 있다. 그날의 기억들을 제대로 맞춰보지도 않았다. 이미 부서진 조각들을 다시 맞춘다고 해도 이미 금이 가버린 시간이다. 그 기억의 조각들을 하나씩 다시 두 손으로 붙잡을 용기가 나지 않았다. 어느 것 하나라도 주워 올리면 살을 베고 그의 심장을 도려내버릴 것 같았다.

치과를 나설 때 어머니에게 걸려왔던 전화. 어머니의 다급한 목소리가 점점 멀어지면서 눈앞에 홀연히 보이던 석현이의 모습. 비가 내리는 횡단보도 앞에 서서 노란 우산을 들고 환하게 웃고 있는 얼굴. 그를 향해 손을 흔들어주더니 나타날 때와 마찬가지로 홀연히 사라졌다.

"애비야, 빨리 와라. 서울 병원이다. 어서……"

전화를 끊고 급하게 병원으로 가면서도 병원에 왜 가고 있는지 깨닫지 못했다. 자동차에 치인 아이가 구급차에 실려 응급실에 갔다는 이야기를 들었는데도 그의 머릿속에는 조금 전 길 건너에서 자신을 향해 손을 흔들어주던 아이의 모습만 반복해서 떠올랐다.

아이가 웃고 있었다. 그를 바라보며 눈을 맞추고 있었다.

단 한 번이라도 그런 적이 있던가? 그가 기억하는 석현은 사람들과 시선을 마주치지 않는 아이였다. 아무리 시끄러운 소리가 나도 결코 놀라지 않고 돌아보지 않는 아이. 혼자만의 세계에서 웃고 찡그리고 대화하는 아이. 이 넓은 세상에 오로지 자기 혼자만의 성을 쌓고 살던 아이.

그가 응급실에 갔을 때 이미 모든 상황은 끝나 있었다. 온기를 나눠주어야 할 석현의 몸은 이미 차갑게 식어가고 있었다.
아내는 아이의 손을 놓지 못한 채 식어가는 아이의 체온을 느
끼고 있었다.

"아내는 장례를 치르고 난 뒤부터 아무것도 하지 않았지. 우
리는 같이 자식을 잃었지만 슬픔을 나누지 못했어. 석현이를
보면서 자책과 끝없는 죄책감으로 자신을 괴롭히는 동안 아내
와 나는 점점 멀어지고 있었고."

이 팀장은 아내와 별거중이라는 말을 했다. 그 얘기도 처음
듣는 것이었다.

"어제 집사람에게 전화가 왔어. 그 사건을 뉴스에서 봤다고,
그 여자와 아는 사이라고 하더군. ……어떻게 자기 자식을 죽
일 수 있냐고들 말하지만 자기는 누구보다 그 엄마를 이해한
다고."

"……"

최 형사는 이 팀장의 이야기를 들으며 묵묵히 자신의 술잔
을 비웠다. 아직 아이가 없지만 그 무게감을 고스란히 느낄 수
있었다.

둘은 소주 네 병을 나눠 마신 뒤에야 헤어졌다.

집으로 돌아온 이 팀장은 어두운 방안의 불을 켜려다 그대
로 소파에 드러누웠다. 최 형사와 헤어질 때만 해도 머리가 빙

빙 돌 정도로 취해 있었는데 어느새 정신이 말짱했다.

이 팀장은 어젯밤 아내가 했던 말을 떠올려보았다.

"매일매일 지옥에서 살아가는 게 어떤 기분인지, 겪어보지 않은 사람은 몰라요. 나도 수없이 이 아이를 데리고 같이 죽을까, 이렇게 자라서 언젠가 나 없는 세상에서 살아야 할 텐데 그땐 누가 이 아이를 돌봐주나, 그런 생각 안 한 줄 알아요? 당신이 조금이라도 내 고통을 나눠 가지려 했다면…… 그렇게 힘들지는 않았을 거예요."

이 팀장은 아내가 하는 말을 가만히 듣고 있었다. 이미 오래전에 했어야 하는 일이었다. 가만히 아내의 말을 들어주는 일조차 그는 하지 않았었다. 아내는 쌓인 게 많았던 만큼 목소리도 격앙되어 있었다. 하지만 어느 순간 아내의 목소리는 가라앉았고 이따금 훌쩍이는 소리가 들렸다.

"그거 알아요? ……응급실에서 석현이 팔을 잡고 무슨 생각한지 알아요?"

아내는 북미 원주민들 사이에 내려오는 옛이야기 하나를 들려주었다.

"모든 사람의 마음속에는 세모진 쇳조각이 있는데, 나쁜 짓을 할 때마다 그 쇳조각이 돌아가면서 마음을 아프게 한대요. 그리고 그때 느끼는 아픔이 죄책감이래요. 그런데 맨 처음 나쁜 짓을 할 때는 죄책감으로 마음이 찢어질 듯 아프지만 나쁜 일이 하나씩 쌓여가면 첫조각의 날이 점점 무뎌져서 아픔이 덜해지고…… 결국 아무런 죄책감도 느끼지 않게 된대요."

나는 얼마나 아팠던가? 석현이를 잃은 뒤 아내의 얼굴을 똑바로 볼 수 없어서, 내가 가진 아픔의 무게만으로도 버거워서 나는 밖으로, 나의 고통을 모르는 사람들 속으로 도망쳤다. 아픔도 외면했다. 아프다는 사실도 잊으려고 애썼다. 그리고 어느 순간 첫조각에 찢겨나가던 내 마음은 아픔을 잊었다.

내 마음속에 있는 첫조각은 얼마나 무뎌진 것일까?

"나 때문이야. 그렇게 살아 숨쉬는 아이를 품에 안고 재우면서 이 아이와 함께 죽었으면, 몇 번이고 몇 번이고 그런 끔찍한 생각을 했으니……"

울먹이는 소리 때문에 아내의 말이 잘 들리지 않았다. 한동안 울음을 토하던 아내의 목소리가 다시 차분해졌다.

"아이가 죽었는데, 내 아이가 죽었다는데도 나는 안도의 한숨을 쉬고 있어요. 당신을 속일 수는 있지만 나는…… 나 자신을 속일 수는 없어요. 나는 죽어도 날 용서할 수 없어요."

아내와의 통화는 그렇게 끝났다.

전화를 끊고 나서 이 팀장은 석현의 얼굴을 떠올려보았다. 이상하게도 치과 앞에서 만난 아이의 모습과 아들의 모습이 겹쳐 보였다. 문득 아내에게 석현을 만났다는 얘기를 하지 못했다는 것을 깨달았다. 마지막으로 만난 아이가 나와 눈을 맞추고, 나에게 손을 흔들어주었다고 하면 아내는 어떤 반응을 보일까? 그런 생각을 하는 사이 어느새 의식은 잠 속으로 빠져들었다.

꿈속에서 그는 거대한 얼음덩어리들이 떠내려가는 바다 한가운데에 서 있었다.

빙하가 무너지고 부서진 얼음은 해류를 따라 어디론가 흘러가고 있었다. 그는 이 바다의 풍경이 자신을 닮았다고 느꼈다.

이 마음속의 얼음은 사라지지 않아.

시간이 흐른다 해도 이따금 가슴을 서늘하게 하는 유빙이 떠내려와 나를 얼리겠지. 나는 평생 이 얼음의 바다에서 떠날 수 없어.

잠결에도 흐느끼는 자신을 느낄 수 있었다. 7월의 여름밤인데도 어깨가 시려왔다.

그는 잔뜩 몸을 움츠리고 더 깊은 꿈속으로 가라앉았다.

돌아와, 그레텔

길을 잃다

길이 끊어진 곳에 다다른 뒤에야 윤희는 자신의 기억이 잘못되었다는 것을 인정했다.

기억의 이정표 역할을 했던 갈림길의 커다란 느티나무는 시골길 어디에서나 볼 수 있는 흔한 나무에 불과했다. 불완전한 기억에 의지해 자신이 가야 할 길이라고 믿고 기꺼이 자동차 핸들을 꺾은 게 실수다.

돌아갈 기회는 있었다. 마주 오는 차라도 만나면 한쪽으로 피해야 하는 좁은 시멘트길이 나타났을 때 왔던 길을 되돌아가야 했다. 아니, 그나마 시멘트가 깔린 길이 끝나고 자동차

바퀴에 자갈이 툭툭 차이는 비포장도로에 들어섰을 때 멈춰야 했다. 저 모퉁이만 돌아가면 낯익은 곳이 나올 것 같은 막연한 기대감으로 점점 좁아지는 길을, 풀들이 무성해지는 길을 그냥 달려온 결과가 이거다.

자동차를 세운 윤희는 완전히 시동을 끄고 한숨 돌리기로 마음먹었다. 차를 돌려서 나갈 공간도 없으니 한동안 위태로운 곡예를 해야 한다. 이렇게 날카로운 신경으로는 자칫 위험한 상황이 생길지도 모른다.

윤희는 올라오면서 지나쳤던 풍경들을 떠올려보았다. 차 한 대가 간신히 지날 것 같은 길. 왼편으로 나무가 무성한 벼랑이 있었다. 앞을 보며 오르막을 올라올 때도 만만치 않은 길이었는데 이제 그 길을 뒤로 내려가야 한다. 운전에 능숙한 사람이라도 쉽지 않은 일이다. 윤희는 백화점 지하 주차장에 주차를 할 때도 몇 번이나 앞뒤로 들락거려야 하는 실력이었다. 무사히 내려가려면 마음을 단단히 먹어야 한다.

우선 자신이 도착하기를 기다리고 있을 친구에게 연락해야겠다 싶었다. 조수석에 던져놓은 숄더백에 손을 집어넣고 핸드폰을 찾았다. 생각보다 외진 산속이라 그런지 서비스 지역이 아니라는 표시가 떴다. 손끝이 저려왔다.

"다 왔어?"

뒷좌석에 누워 자고 있던 다영이 눈을 비비며 일어나 앉았다. 아마도 차가 더는 흔들리지 않으니 목적지에 도착한 줄 안 모양이다.

"아니, 그냥…… 길을 잘못 든 거 같아. 걱정 마, 다시 큰길로 나갈 테니까."

윤희는 딸아이가 불안해할까봐 서둘러 별일 아니라는 듯 둘러댔다. 하지만 아이는 엄마의 기분을 눈치챈 듯 이내 표정이 변했다. 다영이 얼른 차창으로 다가붙어 밖의 풍경을 내다보았다.

"여기, 어디야?"

마지막 이정표에 뭐라고 적혀 있었더라? 죽령폭포였나?

찾기 힘든 길도 아니다. 고속도로에서 벗어나 조금만 더 들어가면 쉽게 찾을 수 있는 길이다. 더구나 이미 한 번 왔던 길, 이렇게 길을 잃을 거라고는 상상도 못했다.

중앙고속도로를 달리다 단양 톨게이트로 빠져나왔다. 죽령계곡을 지나치면서 잠시 휴게소에 들러 친구에게 곧 도착할 거라 전화했었다. 죽령재 옛길에서 고개만 넘어가면 소백산 한 자락의 골짜기에 친구가 하는 농장이 있다. 한 달 전에 왔을 때는 너무도 쉽게 농장을 찾았었다. 한 번 왔던 곳이라는 생각에 잠시 방심한 모양이다.

국도변 느티나무가 서 있던 갈림길 초입까지 돌아나가면 다시 방향을 잡을 수 있겠지.

"걱정하지 마. 곧 나갈 거야."

윤희는 방금 전 했던 말을 또 되뇌었다.

직장에 다닐 때부터 여러 가지로 처지가 비슷해서 친하게 지냈던 지선은 도시를 떠나 시골로 내려간 뒤 몇 년 동안 소식이 없었다. 두 달 전 우연찮게 유기농 농장을 한다는 소식을 들었고 인터넷 홈페이지를 통해 햇볕에 그을린 건강한 모습을 보게 되었다. 그 모습을 본 윤희는 자기도 모르게 홈페이지에 적힌 전화번호로 연락을 했다. 귀에 익은 목소리를 들었을 때는 왈칵 눈물이 날 것 같았다. 외동인 윤희에게는 친자매나 다름없는 사람이었다.

짧은 안부인사가 끝나고 한번 놀러오라는 지선의 말에 윤희는 조금 더 용기를 냈다. 직장에서 퇴직한 일이며 이혼 뒤 힘들게 살아온 이야기 끝에 더이상 서울에서 살고 싶은 생각이 없다는 말을 꺼냈다. 인터넷에서 지선의 농장을 볼 때부터 그런 생각이 머릿속 한편에 있었다.

울창한 숲과 맑은 물이 흐르는 계곡, 그 자연 속에서 아이들과 환하게 웃고 있는 사진 속 지선은 서울에서 보던 모습과 너무나 달라 보였다.

지선은 아이들 때문에 귀향했다. 두 아들이 모두 심한 아토피로 몇 년 동안 피부과를 다녔지만 나아지는 기미가 없었다.

자식이 매일매일 고통 속에 사는 모습을 지켜보는 것은 힘든 일이다. 의학의 힘으로는 도저히 방법이 없다는 것을 깨달은 지선은 자연의 치유력을 믿어보기로 했다. 맑은 공기와 바람, 나무의 도움으로 귀농한 지 한 달도 채 되지 않아 아이들을 괴롭히던 아토피가 사라졌다고 했다.

지선과 마찬가지로 사진 속 아이들은 건강하고 행복해 보였다. 검게 그을린 얼굴에서 예전의 병약하던 모습은 찾아볼 수 없었다. 윤희는 지선의 아이들을 낫게 한 자연의 치유력이 다영에게도 도움이 될 거라고 생각했다.

다영을 위해서도, 자신을 위해서도 생활의 변화가 필요했다.

"쉽게 생각할 일도 아니지만 그렇다고 어려운 일도 아니야. 우선 바람 쐰다고 생각하고 한번 내려와서 직접 눈으로 보는 게 어때? 겪어보지 않으면 모르는 일이야."

하지만 윤희는 지선의 농장에 도착하기도 전에 그곳이 마음에 들었다.

고속도로를 빠져나온 뒤 계속 이어지는 창밖 풍경은 보는 것만으로도 위안이 되었다. 녹음이 짙어지기 시작한 골짜기의 나무들이 한가롭게 바람에 흔들렸고 청명한 하늘은 우울한 기분을 한순간에 지워버렸다. 무엇보다 좋은 것은 사람이 별로 없다는 것이었다.

산밑에 한두 채의 집이 띄엄띄엄 자리잡고 있었다. 콘크리트 벽에 둘러싸여 숨이 턱턱 막혔던 도시와 다른 그 한적함이 위안이 되었다.

차가운 계곡물에 방금 딴 고추와 상추를 씻고 물소리가 흐르는 원두막에 앉아 칼칼한 된장찌개에 밥을 먹으며 윤희는 도시에서는 느끼지 못했던 포만감을 느꼈다. 도시에서는 늘 허기진 배를 움켜쥐고 살아가는 느낌이었다. 단 한 끼의 식사만으로 그동안의 허기가 모두 가시는 것 같았다.

상을 물리고 원두막 그늘에 앉아 먼 산을 바라보고 있자니 시간이 멈춘 것 같았다. 아니, 아예 시간이라는 것이 존재하지 않는 느낌이었다. 늘 시계를 보며 종종걸음으로 살아야 했던 윤희에게는 낯선 경험이었다. 이렇게 살 수도 있는데, 이런 삶도 있는데 그동안 자신은 무엇 때문에 그렇게 아등바등 살았나 싶었다. 먹고살 방법만 찾는다면 당장이라도 내려오고 싶었다.

"우리도 그게 가장 큰 걱정이었지. 여긴 남편 고향이니까 어떻게든 되겠다 싶은 막연한 기대로 내려왔는데 한동안 암담했어. 할 줄 아는 것도 없고, 뭘 해야 할지도 모르겠고. 근데 이상하게 아무것도 하기가 싫더라. 그래서 그냥 푹 쉬었어. 아이들처럼 눈에 보이는 상처는 아니지만 내 안에도 꽤나 깊은 상처가 있었다는 걸 그때 깨달았어."

지선의 말은 그대로 윤희의 가슴에 와 박혔다. 윤희는 자신도 모르게 고개를 끄덕였다. 단 한 끼의 식사에도 오랫동안 헛헛했던 뱃속을 채운 듯 느껴졌던 터라 지선이 무슨 말을 하는지 금방 알아챘다.

"몇 달 지내다보니까 마음의 여유가 생겼다고 할까, 아니면 시골에서 사는 법을 배웠다고 할까? 뭘 해먹고 살아야 할지 초조하지도 않더라고. 살다보니까 돈 들어갈 일이 별로 없어. 애들 학원비가 들기를 하나 남편 술값이 들어가길 하나. 하다못해 반찬거리도 문밖만 나서면 얼마든지 구할 수 있고."

지선의 목소리에는 자신만의 터전에 크고 든든한 뿌리를 내린 사람의 당당함이 있었다.

"그제야 깨달았지. 마음먹기 달린 거구나. 욕심부리지 않으니까 이렇게 풍요롭구나, 그런 생각."

왈칵 참았던 눈물이 쏟아졌다. 그동안 꾹꾹 눌러두었던 설움이 한꺼번에 터져나왔다. 왜 갑자기 울음이 터졌는지 설명할 수 없었다. 지선은 말을 멈추고 가만히 윤희의 등을 쓸어주었다. 온몸을 타고 흐르던 흐느낌이 잦아들고 소나기를 뿌리는 먹구름처럼 가슴 가득 품고 있던 물기를 다 쏟아내고 나니 마음이 개운해졌다.

지선의 말대로 움켜잡고 싶은 것이 너무 많았다. 남들만큼 큰 평수에서 살고 싶었고, 남들이 누리는 만큼 누리며 살고 싶었다. 윤희도, 이혼한 남편도 그것을 위해 바쁘게 살았지만 그럴수록 행복과는 거리가 멀었다. 경제적으로 풍족해지지도 않았고 늘 뭔가에 쫓기는 기분이었다.

"내가 뭐 할 게 있을까?"

"너무 조급하게 생각하지 말라니까. 몇 번 오가면서 정말 이곳으로 내려오고 싶은지, 아니면 잠시 쉬고 싶은 건지 천천히 생각해."

도시를 벗어나고 싶다고 했지만 여전히 도시에서의 습성을 버리지 못했다. 끊임없이 어디론가 달려갈 생각만 했지, 멈춰설 줄도 몰랐고 쉬는 법도 알지 못했다. 지금도 내려와서 먹고 살 걱정을 한다. 지선의 말처럼 휴식이 필요하다. 생존의 고통 속에서 만들어진 피고름을 걷어내고 매끈한 새살이 돋을 때까지 아무것도 하지 않고 상처를 치유할 시간을 가져야 한다.

윤희는 지선의 말을 따르기로 했다. 다음에는 다영도 데리고 와야겠다고 생각하며 서울로 돌아왔다. 그게 한 달 전 일이다.

물끄러미 창밖을 보던 다영이 차문을 열고 내렸다. 오랫동안 차를 탔으니 갑갑하기도 했을 것이다. 윤희도 차에서 내렸다. 기지개를 켜고 운전으로 굳어진 어깨를 주무르다 고개를 돌려 길이 끊어진 곳을 바라보았다.

길의 흔적은 있지만 오랫동안 사람의 발길이 닿지 않은 듯 풀숲이 꽉 들어차 있었다. 무릎 높이만큼 자란 풀들이 질긴 생명력을 자랑하며 자신의 영역을 넓히고 있었다. 풀숲으로 몇 걸음 걸어가던 다영이 이내 되돌아왔다. 반바지를 입었으니 풀의 까칠한 감촉이 싫었을 것이다. 풀숲에서 나오자 가려운지 다리를 문질렀다. 윤희는 운전석 문을 열어 수건을 찾아 건네주었다.

다영은 건네받은 수건으로 다리를 문질렀다. 왠지 기분이 언짢아 보였다. 길을 잘못 든 이 상황이 마음에 안 드는 것이겠지.

"물파스라도 줘?"

"됐어."

다영은 새침한 표정으로 고개를 돌렸다. 더이상 말하고 싶지 않다는 몸짓이었다. 윤희는 짧은 한숨을 내쉬고 길 아래로 걸음을 옮겼다. 아무래도 되돌아 내려갈 길이 걱정스러웠다.

염려했던 것보다 나쁜 상황은 아니었다. 조금만 내려가면 어떻게든 차를 돌릴 공간이 있었다. 오히려 문제는 빠르게 다가오는 먹구름이었다.

고속도로를 달릴 때만 해도 구름 한 점 없이 맑은 날씨였다. 불과 몇십 분 사이 하늘을 시커멓게 물들이며 먹구름이 몰려오고 있었다. 곧 소나기를 뿌릴 기세였다. 윤희는 더 늦기 전에 내려가야겠다 싶어 서둘러 차로 돌아왔다.

자동차 주변에 있던 다영이 보이지 않았다. 이미 탔는지 안을 살펴보았지만 차 안은 비어 있었다. 풀 때문에 몇 걸음 걷는 것도 그만둔 아이가 어디로 간 것일까, 걱정스러운 마음으로 주위를 살피다 화장실이 급했나보다 하고 기다렸다. 곧 돌아오겠지 하는 마음에 차에 올라타지도 않고 주변을 서성이는데 아무래도 너무 늦는다. 산 너머에 있던 검은 구름이 어느새 머리 위로 다가와 하늘을 어둡게 물들였다. 마음이 초조해졌다.

그제야 뭔가 불길한 예감이 머리를 스쳤다.

기억을 잃다

"다영아, 다영아?"

윤희는 자동차 주변을 돌며 소리 높여 다영을 찾았다. 귀를 기울여봐도 다영의 인기척은 느껴지지 않는다. 아이는 어디로 간 것일까? 볼일을 본다고 해도 아직까지 돌아오지 않는다면 뭔가 잘못된 것이다.

마음이 조급해지자 목소리가 높아졌다. 발걸음이 빨라졌다. 아이가 갔던 풀숲으로 한참 들어가보았다. 길이 끊어지고 더이상 사람의 발길을 허용하지 않는 곳까지 다다른 끝에야 돌아왔다. 반바지를 입은 다영이 그렇게까지 풀숲을 헤치며 갔을 것 같지 않았다.

"다영아! 어디 있니? 얼른 가야지."

갑자기 밤이 된 것처럼 주위가 어두워지자 윤희의 불안감은 점점 짙어졌다. 하늘을 올려다보자 높았던 구름이 어느새 가까이 내려앉아 있었다. 금방이라도 빗방울이 떨어질 것 같았다.

이번엔 비탈진 언덕길을 찾아보았다. 나뭇가지에 긁혀가며 주위를 돌아보았지만 인기척은 느껴지지 않았다. 그렇게 한참 헤매다 머리가 터질 것만 같던 순간, 나무들 사이로 쪼그리고 앉은 다영의 모습이 보였다. 윤희는 서둘러 다영에게 달려갔다.

"다영아, 괜찮아? 어디 다친 거야?"

혹시 다리라도 다친 건가 싶었다. 하지만 이내 자리를 털고 일어나는 것을 보니 괜찮은 듯했다. 아이가 무사하다는 것을 깨닫자 안도감과 함께 짜증이 밀려들었다.

"넌 도대체 여길 왜 올라온 거야? 하늘 어두워진 거 안 보여?"

"……"

역시나 말이 없다. 대화가 아니라 혼잣말에 가깝다. 이제는 그것마저도 신경에 거슬린다. 하지만 윤희는 목구멍까지 차오르는 잔소리를 꾹꾹 눌렀다. 딸과 오랜만에 한 외출이다. 엄마와 시선도 마주치지 않던 아이가 엄마를 따라나선 건 그만큼 둘만의 여행에 기대가 있다는 얘기다. 그런 아이의 기분을 망칠 수는 없다. 윤희는 최대한 부드러운 말투로 다영을 달랬다.

"얼른 가자. 금방 소나기가 쏟아질 거야."

윤희가 손을 내밀었지만 다영은 엄마의 손을 쳐다보기만 할 뿐 꼼짝도 하지 않았다. 아이는 약간 얼이 나간 것 같은 얼굴로 고개를 들어 윤희의 얼굴을 쳐다보았다. 한 번도 본 적 없는 아이의 표정이 윤희를 더욱 불안하게 했다.

"다영아, 왜 그래? 무슨 일이야?"

윤희를 쳐다보던 다영이 갑자기 몸을 돌려 언덕 아래로 내려갔다. 경사진 언덕이 미끄러워 이내 비틀거렸다. 윤희는 갑작스러운 다영의 행동에 놀라 그저 그 뒤를 따라갔다. 암석이 드러난 곳은 너무 미끄럽다. 이런 속도로 내려간다면 굴러떨어질 수도 있다. 윤희는 서둘러 내려가 다영의 팔을 잡았다.

"위험해."

"놔, 놓으라고! 내 몸에 손대지 마!"

다영이 걸음을 멈추고 거칠게 윤희의 손을 뿌리쳤다. 윤희는 다시 손을 뻗을 수가 없었다. 손을 내밀어 다영을 잡고 싶지만 자신을 쏘아보며 온몸으로 거부하는 반응에 그대로 얼어버렸다. 방금 전 자신이 들은 말이 믿기지 않았다.

"다, 다영아…… 너 왜 그래?"

"내가 모를 줄 알아? 엄마 날 죽일 거잖아. 죽이려고 여기 데려왔잖아?"

"……뭐?"

뺨 위로 툭 물방울이 떨어졌다. 차가운 감촉을 느끼기도 전에 후드득후드득 빗방울이 쏟아지기 시작했다. 빗방울은 이내 거센 빗줄기로 변했다. 주위에 서 있는 나무들 때문에 빗소리가 더 크게 느껴졌다. 나뭇잎을 두드리는 소리가 양철지붕의 낙숫물 소리 못지않았다. 세상이 온통 빗소리에 갇힌 듯했다.

윤희는 아무 말도 못한 채 다영을 쳐다보았다. 온몸에 잔뜩 힘이 들어간 채 엄마를 노려보던 다영이 금세 비에 젖었다.

"내려가자, 이러다 감기 들어."

윤희는 다영에게 한발 다가서며 손을 내밀었다. 엄마의 손을 피해 한 걸음 뒤로 물러서던 다영이 윤희의 시야에서 훅 사라졌다.

언덕에서 미끄러진 다영은 차를 세워둔 곳까지 그대로 뒹굴 듯 내려왔다. 놀란 윤희는 주저앉아 있는 다영의 곁으로 서둘러 내려왔다. 팔과 다리에 긁힌 자국이 보였다. 반바지를 입은 다리는 허벅지부터 온통 진흙투성이다.

"괜찮아?"

딸에게 손을 내밀었지만 다영은 윤희를 밀어내고 자리에서 벌떡 일어나 걸음을 옮겼다. 한쪽 발목이 삐긋했는지 걸음걸이가 휘청거린다. 다영은 얼른 뒷좌석의 문을 열고 자동차에 올라탔다. 좌석에 놓여 있던 수건을 들어 흠뻑 젖은 몸을 닦기 시작했다. 윤희는 자신을 외면하고 있는 다영의 굳은 얼굴을 물끄러미 보다 문을 닫았다.

운전석으로 걸어가는 동안 아이가 했던 말이 귀에 맴돌았다.

'엄마 날 죽일 거잖아. 죽이려고 여기 데려왔잖아?'

머릿속이 혼란스러웠다. 아이가 왜 그런 말을 했을까? 도무지 짐작이 가지 않았다. 차문을 열고 운전석에 탔다. 온몸에 흠뻑 배어 있던 물이 그대로 좌석에 흥건하게 고였다. 윤희는 조수석 앞의 수납함에 넣어둔 수건을 꺼냈다.

"여기 이걸로 닦아."

"……"

다영은 윤희를 외면한 채 시선도 주지 않았다. 복잡한 마음으로 다영을 쳐다보던 윤희는 소나기로 차가워진 몸을 닦기 시작했다. 속옷까지 흠뻑 젖어서 온몸이 끈적거렸다. 수건을 쓰고 머리의 물기를 닦아내며 아이에게 어떻게 말을 걸어야 하나 싶었는데 불쑥 다영이 물었다.

"여기…… 왜 온 거야?"

"왜냐니? 길을 잘못 들었다고 했잖아, 비 그치면 곧 돌아갈 거야."

금방이라도 뭔가 얘기를 할 것 같던 다영이 다시 입을 다물었다. 자동차 지붕을 때리는 소나기 소리가 좀체 줄어들지 않았다. 좁은 자동차 안은 빗소리로 가득 채워졌다.

한동안 창밖으로 쏟아지는 비를 바라보던 다영이 뭔가 결심한 듯 고개를 돌렸다.

"엄만 내가 모를 줄 알았어?"

아까와 달리 다영의 목소리에는 날카로움이 사라지고 오히려 풀이 죽은 듯했다. 윤희는 룸미러로 다영의 표정을 살폈다. 하지만 아이가 무슨 생각을 하는지 그 표정만으로는 알 수 없었다.

"……모르다니 뭘?"

"이제 기억났어. 여기가 어딘지."

"무슨 소리야? 네가 여길 어떻게 알아?"

"전에도 여기 데려왔었잖아, 똑똑히 기억해."

"뭐?"

"날 죽이려고 그러는 거지? 그날처럼."

갑자기 아찔한 현기증이 밀려들었다. 등줄기로 서늘한 한기가 느껴졌다. 윤희는 자신도 모르게 시선을 돌렸다. 뒷자리에 앉은 다영은 담담하게 윤희의 시선을 받았다. 아이는 꿈 이야기를 하듯 그날에 대해 말하기 시작했다.

"그날도 그랬어. 같이 좋은 곳에 가자고. 어디에 가는지도 모르고 난 엄마를 따라나섰어. 그때도 엄만 여기로 날 데리고 왔어. 길을 잃었다며 잠시 쉬어 가자고 했어. ……엄만 내가 모른다고 생각하지?"

"뭐, 뭘?"

윤희는 자신도 모르게 마른침을 삼키며 다영의 말에 촉각을 곤두세웠다.

"날 죽일 생각이었잖아? 그땐 너무 어려서 몰랐지만 시간이 지나면서 그날의 외출이 무슨 의미인지, 엄마가 왜 그렇게 울었는지 깨달았어. 그런데, 그런데 어떻게 여길 또 와?"

"아, 아니야. 네가 뭔가 착각을 하고 있어, 엄만 여기 와본 적도 없어."

윤희는 자신의 입에서 나오는 목소리가 떨리는 것을 느꼈다. 아무리 아니라고 강하게 부정해봐야 이렇게 흔들리는 목소리라면 다영에게 확신을 줄 뿐이다. 이래서는 안 된다. 어떻게 해서든 다영의 오해를 풀어야 한다.

"정말이야. 엄만 정말 여기가 처음이야. 네가 너무 어려서 기억을 잘못하고 있는 거야. 왜 그런 생각을 하게 됐는지 모르지만 엄만 그런 적 없어. 엄마가 왜 널…… 너한테 그런 짓을 하겠어? 말도 안 돼."

다영이 천천히 고개를 돌려 창밖으로 시선을 던졌다. 어느새 빗줄기가 약해져 있었다. 차창을 타고 흘러내리는 빗물 사이로 창밖의 풍경이 보였다. 다영은 무심한 듯 주위를 둘러보며 말을 이었다.

"잘 봐. 저 산능선, 나무들. 몇 년이 흘렀어도 난 기억나. 그때 엄마가 아주 낯설었거든. 화난 것처럼 아무 말도 안 하고 있는 엄마가 너무 무섭고 불안해서 계속 눈치를 살폈어. 엄마는 무슨 생각을 하는지 내가 옆에 있는 것도 잊어버렸어."

"아니야. 그냥 놀러갔던 거겠지. 왜 아빠랑 산에도 많이 갔었잖아."

"아빤 없었어. 엄마랑 아주 많이 싸우고 집을 나가고 아빠는 돌아오지도 않았어. 그래, 점점 더 또렷이 기억나. 사람도 다니지 않는 깊은 산속까지 들어갔었어. 그때 엄마를 따라나서면서 가지고 왔던 동화책이 뭔지 알아?"

"……"

"『헨젤과 그레텔』. 참 묘한 우연이지?"

『헨젤과 그레텔』. 다영에게 사줬던 동화책 전집이 떠올랐다. 다영이 다섯 살 되는 생일선물로 사준 책.『해님 달님』『도깨비 방망이』 같은 한국 전래동화부터『인어공주』『헨젤과 그레텔』 같은 안데르센, 그림 형제의 동화까지 50여 권을 묶은 전집이었다.

아직 글을 읽지 못하던 다영은 커다란 그림을 보는 것만으로도 즐거워했다. 윤희나 남편이 몇 번 읽어주면 그림과 함께 기억했다가 나름대로 이야기를 만들어 자기만의 동화를 들려 주기도 했다. 아이 교육을 위해 좋다는 것이라면 뭐든 사주던 시절. 동화책 전집과 그림책, 장난감 등이 거실의 한쪽을 차지 하던 시절엔 그래도 행복하다는 생각을 했던 것 같다.

언제부터 발길에 차이는 아이의 장난감이 짜증스러워지기 시작했던가?

야근이 늘어나고 몸은 천근만근인데 하루종일 엄마를 기다 리던 아이에게 그런 사정은 통하지 않았다. 퇴근하고 24시간 하는 어린이집에서 아이를 데려와 집에 도착하면 아이와 눈을 맞출 시간도 없이 소파에 쓰러지기 바빴다. 그 와중에도 남편 은 손가락 하나 까딱하지 않았다.

가부장적인 가정에서 자란 그의 사고방식으로는 육아와 살 림, 청소 같은 일은 모두 아내의 몫이었다. 윤희가 아픈 날조 차 그는 자신의 힘으로 식사를 차리기보다 시켜먹는 쪽을 택 했다. 잔소리로 그가 평생 해오던 습관을 바꿀 수는 없었다. 오히려 감정 상하는 말다툼으로 이어지기 일쑤였다.

작은 실망감들이 만들어낸 균열은 남편과의 다툼을 점점 격 하게 만들었다. 가슴속에 오래 박힐 가시 돋친 말들도 서슴없 이 던지기 시작했다. 얼굴을 보는 것만으로도 짜증이 나고, 옆 에서 숨을 쉬고 있는 것만으로도 가슴이 답답해지기 시작했다.

작아도 소중하던 일상의 모습들은 구차하고 구질구질하고 답답한 것들이 되어갔다.

남편과의 치열한 전쟁중에 아이는 어디에 있었을까? 아무리 기억을 더듬어보아도 다영의 모습은 보이지 않는다. 틀림없이 한집에 있었는데, 남편과 싸우는 데 온 정신을 쏟느라, 아이가 어디에 있었는지, 어떤 표정으로 자신들을 보고 있었는지 도무지 생각나지 않는다. 거기에 아이는 없다. 오로지 팍팍한 생활에서 오는 고단함과 짜증, 상처와 분노가 뒤섞인 기억뿐이다.

"엄마 아빠가 싸울 때면 난 베란다에 있는 세탁기 뒤에 숨어서 동화책을 읽었어."

다영은 엄마의 생각이라도 읽은 듯 그때의 이야기를 꺼냈다.

베란다 세탁기 뒤라니. 그런 곳에 아이가 숨어 있을 거라곤 상상도 못했다. 생각난다. 겨우 라면박스 하나 들어갈 정도였던 그늘진 곳. 더이상 소용이 없게 된 다영의 유모차나 장난감을 넣어두던 곳. 아이는 어떤 마음으로 거기에 숨어들었을까?

"글자를 읽을 수 있게 되면서 나는 동화책에 나오는 이야기들이 무서워졌어. 백설 공주의 새엄마는 숲속으로 아이를 데려가서 죽이라고 하지. 왜 백설 공주의 아빠는 그걸 몰랐을까? 그중에서 가장 무서웠던 게 뭔지 알아? 『헨젤과 그레텔』이야."

아이를 위해 샀던 동화책을 읽은 아이가 무서워하고 있었다니, 한 번도 생각해보지 못한 일이다. 생각해보면 아이들이 읽는 동화책에는 잔인하고 끔찍한 이야기가 가득하다. 『해님 달님』에 나오는 떡장수 엄마는 호랑이에게 잡아먹히고, 오갈 곳 없는 신데렐라는 왕자를 만나기 전까지 온갖 힘든 일을 하며 언니들의 시기와 구박을 받아야 했다.

"왜 그 책이 가장 무서웠는지 알아? 그때 엄마가 내게 가장 많이 했던 말 때문이야."

아이를 키우면서 얼마나 많은 말을 아이에게 건넸을까? 아이를 뱃속에 품는 그 순간부터 엄마는 끊임없이 아이와 이야기를 나눈다. 건강하게 태어나렴. 좋은 것만 보고 좋은 것만 듣고 좋은 것만 먹으며 온전히 아이만을 위해 가지던 마음은 아이가 자라면서 조금씩 달라진다. 어루만지고 껴안고 입맞추던 시절이 지나면서 점점 아이에게 하는 잔소리가 늘어난다. 하지 마라, 하면 안 된다는 얘기를 입에 달고 산다. 울지 마, 떼쓰지 마, 하지 마. 저리 가. 자꾸 그럼 엄마가 혼내줄 거야. 무슨 말인지 모르지만 이대로 귀를 막고 외면하고 싶었다.

"자꾸 이렇게 엄마 말 안 들으면 아무도 모르는 곳에 내다버릴 거야."

덤덤한 목소리와는 달리 다영의 눈망울에서 툭 눈물이 흘러내렸다. 윤희는 가슴에 비수를 찔린 듯 저릿한 아픔을 느꼈다. 통증이 온몸으로 번져갔다.

"몇 번이나 같은 말을 해서 엄마가 정말 날 버릴 거라고 생각했어. 엄마가 소풍 가자고 하던 날, 아무 생각 없이 가져간 책의 제목을 보고 내가 얼마나 무서웠는지 알아? 내가 읽던 동화책들이 내게 알려주는 것 같았어. 오늘이 그날이야. 조심해, 엄마가 널 버릴 거야."

가슴이 먹먹했다. 숨을 쉬기가 힘들었다.

"그래서 뭐든 기억하려고 했어. 내 주머니 속엔 빵 부스러기도, 작은 돌멩이도 없으니까. 뭐든 기억하려고 했어."

"그만, 그만해! 다 거짓말이야! 그런 거 다 네가 만들어낸 이야기야!"

윤희는 두 눈을 질끈 감고 미친듯이 소리를 질렀다. 주먹을 불끈 쥐고 핸들을 내려쳤다. 경적이 몇 번이나 산속에 울려퍼졌다. 가슴에 숨겨두었던 비명들이 터져나왔다. 소나기처럼 온몸을 떨게 만들던 고통이 지나가자 비명도 잦아들었다.

한동안 긴 침묵이 이어졌다. 윤희는 고개를 들고 눈물을 추슬렀다. 뒤를 돌아보는 게 두려웠다. 다영과 얼굴을 마주할 자신이 없었다. 하지만 돌아봐야 했다.

윤희는 천천히 고개를 돌렸다. 거기엔 아무도 없었다.

아이를 잃다

윤희는 자신도 모르게 깊은 한숨을 내쉬었다. 다영인 다시 돌아올 거야. 잠시 모습을 감추었지만 다시 돌아올 거야. 늘 그래왔잖아. 돌아올 때마다 다영인 조금씩 더 자라 있다. 한 뼘씩 키가 크고 얼굴이 변해간다.

그날 이후 끊임없이 계속되는 악몽이다. 떨쳐내지 못하는 악몽이다. 벌써 오 년 전 일이다. 그때 다영은 고작 여섯 살이었다.

"엄마랑 소풍 가지 않을래?"

그 말을 듣고도 별로 기뻐하는 내색이 아니었지만 아이는 아무 말 않고 나갈 준비를 했다. 옷을 갈아입고 외출할 때마다 꼭 메고 다니는 분홍 가방에 좋아하는 장난감과 동화책도 넣었다.

아이를 데리고 무작정 교외로 달렸다. 자신이 어디로 가고 있는지는 알지 못했지만 무엇을 할 것인지는 확실히 알았다. 그래, 그때 죽으려고 했지. 사는 게 너무 끔찍하고 힘들어서, 그렇게 숨막히게 사는 걸 더는 견딜 수가 없어서 끝내려고 했어. 하지만 혼자 남겨질 다영이 마음에 걸렸다. 엄마도 없는 세상에 아이를 남겨두고 갈 수는 없었다. 차라리 함께 가자, 그런 마음이었다.

어딘지도 모를 곳, 그저 인적이 없는 곳을 찾아들어갔다. 겁먹은 얼굴로 연신 눈치를 살피는 아이의 손을 아프게 잡아끌며 숲으로 향했다. 울창한 나무들 사이에 아이를 세워놓고 그래도 결심이 서지 않아 한참을 서성거리면서 이를 악물었다.

모진 마음을 먹고 다영에게 손을 내밀었을 때 아이는 겁먹은 얼굴로 동화책을 끌어안고 엄마를 쳐다보았다. 다영의 눈망울은 이미 엄마가 무슨 짓을 하려는 건지 다 아는 것 같았다. 불안한 눈으로 엄마를 보던 다영이 결심한 듯 두 눈을 질끈 감았다. 그 모습을 보자 윤희는 그제야 정신이 번쩍 들었다.

자신이 얼마나 끔찍한 짓을 저지르려고 했는지 깨닫고 소름이 돋았다. 끊임없이 죽는 일만 생각하며 자신을 몰아붙이는 동안 다른 것은 아무것도 생각하지 못했다. 눈과 귀를 막고 웅크린 자신의 곁에 아이가 있다는 것을, 그 아이가 엄마를 의지하며 함께 숨쉬고 있다는 것을 살필 여유가 없었다. 갑자기 눈앞을 가로막던 검은 막이 걷히는 것 같았다.

윤희는 두 눈을 감고 기다리는 다영을 품에 안고 미친듯이 울었다. 갑작스러운 윤희의 울음은 다영에게 옮겨갔다. 아이는 영문도 모르고 엄마를 끌어안고 참았던 울음을 터뜨렸다. 그렇게 한참을 눈물로 얼굴을 적신 후 윤희와 다영은 서로의 얼굴에 남은 눈물을 닦아주었다. 그것만으로 다시 살아갈 힘이 생겼다.

그래, 내겐 끔찍한 삶만 있는 게 아니야. 내게 온전히 자신을 맡기는 이 아이가 있어. 윤희는 다영을 생각해서라도 다시 살자고 마음먹었다.

뒷좌석에 잠든 아이를 태우고 산을 내려오며 빌었다. 아이가 오늘의 기억을 그저 조금 이상한 소풍이었다고, 잠시 바람을 쐬고 엄마의 눈물을 닦아주고 하늘을 보고 다시 웃었던 그런 날로 기억해주기를. 하지만 그런 윤희의 바람은 이루어지지 않았다.

커다란 느티나무가 있는 큰길로 진입하던 순간, 졸음운전을 하던 트럭이 윤희의 차를 덮쳤다. 윤희는 그 사고로 두 달 만에 의식을 차렸다. 자신이 잠든 사이 아이의 장례가 치러지고 한줌 재로 변한 것을 알았다. 남겨진 아이의 분홍 가방을 발견했을 때 윤희는 누구에게도 말하지 못할 비밀을 품게 되었다.

그 일을 잊기 위해 미친듯이 일에 매달렸다. 몸을 혹사하며 일에 빠져들 때는 잠시 아이를 잊을 수 있었다. 집에 돌아와 기절하듯 쓰러지면 이대로 잠이 들 것 같기도 했다. 얼핏 잠이 들던 순간도 있었다. 하지만 기억은 잔인했다. 땅속으로 끊임없이 가라앉는 몸과 달리 의식은 너무나 자유롭게 상상도 못한 곳을 날아다녔다.

아이에게 젖을 물리고 처음으로 눈을 맞추던 순간이 스치기도 하고, 첫걸음마를 떼고 함박웃음으로 엄마 품에 안기던 모습도 떠올랐다. 사고가 나던 순간 그 작고 연약한 손이 허공에서 흔들리던 모습도 보였다. 그럴 때마다 미칠 것 같았다.

윤희는 다영의 물건들을 만지며 혼잣말을 중얼거리기 시작했다. 다영의 친구였던 아이들이 커가는 모습을 보면서 윤희는 다영이 자라는 모습을 상상하기 시작했다. 그러다 문득 다영이 곁에 있다는 것을 깨달았다. 엄마가 말을 걸면 대답을 해주기도 하고 멀리서 지켜보기만 할 때도 있었다.

윤희는 다영과 함께 살아가기 시작했다. 남편이 정신을 차리라고 몇 번이나 소리를 질러도 오히려 아이를 보지 못하는 남편을 의아해했다. 윤희의 눈에는 잡힐 듯 선명하게 보이는 다영이 왜 그의 눈에는 보이지 않을까? 그래, 당신은 아이를 사랑하지 않는 거야. 늘 그랬어. 놀아달라고 곁에 다가가는 아이를 밀어내며 귀찮아하고 짜증을 부렸어.

남편과는 자연스럽게 멀어졌다. 그와 대화도 하지 않았고, 화도 내지 않았고, 싸우지도 않았다. 그는 곁에 없는 사람이 되었다. 윤희의 가슴속에는 다영의 존재만 살아 있었다.

아이는 돌아올 때마다 한 뼘씩 자라 있고 그때마다 엄마를 향한 원망과 비난이 커진다. 윤희는 그것이 무엇인지 알지만 외면하지 않는다. 비밀의 무게는 점점 커진다. 혼자만 품고 있는 죄의식은 감당할 수 없는 부피로 자란다.

다음번에는 또 얼마나 성장한 다영이 돌아올까? 그땐 또 어떤 말을 할까? 하지만 여전히 윤희는 다영이 돌아올 때를 기다린다. 그렇게라도 아이가 크는 모습을 보고 싶다. 원망의 눈으로, 고통의 눈으로 엄마를 바라본다고 해도 그건 자신이 짊어져야 할 몫이라고 생각한다.

어느새 비는 그쳤다. 조심스럽게 차를 후진하며 윤희는 갈림길에 서 있던 느티나무를 떠올렸다. 그 느티나무가 다영을 돌아오게 한 게 틀림없다. 윤희는 지선의 농장 근처가 아니라, 이곳 어딘가에 집을 구해야겠다고 마음먹었다. 그러면 아이를 더 자주 만날 수 있겠지.

갑자기 쏟아졌던 소나기에 길이 파이기라도 한 듯 한쪽 바퀴가 푹 들어가며 밀리는 느낌이 들었다. 순간, 자동차가 벼랑 쪽으로 빠르게 구르기 시작했다.

문득 뒷자리에서 다영이 자고 있을 것 같다는 생각이 들었다. 윤희는 천천히 고개를 돌려 뒷좌석을 확인했다.

여섯 살, 어린 다영이 새근거리며 잠들어 있었다.

별의 궤적

1

"여기서 만날 줄은 몰랐네."

오전에 할당받은 부검을 마치고 사무실로 향하는데 누군가 나를 불러 세웠다.

돌아보니 한 여자가 다가오고 있었다. 처음엔 누군지 알아보기 힘들었다. 찬찬히 얼굴을 살펴보다 나를 불러 세운 사람이 유진임을 깨닫자 가슴이 덜컥할 만큼 놀랐다. 한동안 말을 잇지 못하고 멍하게 서 있을 정도였다.

십오 년이라는 세월은 풋풋하던 여대생을 삼십대 여인으로 바꾸어놓았다. 단정하게 묶은 머리와 부드럽게 흘러내리는 검은 원피스에 푸른빛이 도는 스카프를 대충 두른 유진은 한 손에 짙은 갈색의 모피 코트를 들고 화보에서 나오는 듯한 세련된 모습으로 서 있었다. 대학 때부터 눈에 띄던 미모가 이제는 완연히 무르익은 느낌이었다.

살짝 흘러내린 앞머리를 넘기는 손동작을 보자 정말 유진이 맞구나 하는 생각이 들었다. 눈에 익은 익숙한 동작이 과거의 유진과 겹치며 아련하게 느껴졌다.

문득 유진을 처음 만나던 날이 떠올랐다. 아카시아 향기를 품은 바람이 불어오던 5월이었다. 대학 동아리 MT를 가던 날, 강바람에 흩날리는 머리를 쓸어넘기던 유진의 모습을 보고 잠시 넋을 잃었다. 새로 들어온 회원 중에 미인이 있다는 말은 들었지만 그렇게 눈에 확 띄는 미인일 줄은 몰랐다. 유진은 등장과 동시에 동아리 남자들의 관심을 한몸에 받았다.

"하나도 안 변했네?"

미소를 지으며 다가오는 유진을 바라보며 놀라움과 함께 잠깐 밀려들었던 반가움은 십오 년 전 일이 하나둘 떠오르면서 차갑게 식어갔다.

"여기는 어쩐 일이야?"

유진은 대답 대신 고개를 돌려 자신이 나왔던 문으로 시선을 옮겼다. 그곳은 유족들이 부검을 지켜볼 수 있도록 준비된 일반인 참관실이었다. 참관실에 있었다는 건 오늘 부검한 누군가의 유족이라는 의미다. 이렇게 만난 것도 놀랄 일인데 전혀 생각지도 못한 장소에서, 더구나 누군가의 죽음으로 재회하게 되다니 기분이 묘했다.

십오 년 전 그녀를 다시 보지 않게 된 것도 누군가의 죽음 때문이었다.

"남편이…… 죽었어."

결혼했을 거라고는 생각하지 못했다. 아니, 기억 속에서 지우려 했던 사람이라 소식을 들으려 하지도 않았고, 내게 일부러 소식을 전해주는 사람도 없었다.

기억은 빙하에 갇힌 상태로 내 마음 깊은 곳에 던져졌다. 그곳에서의 유진은 스물두 살 대학생일 뿐이었다. 그런 유진의 입에서 '남편'이라는 단어를 들으니 어색하고 생소했다.

남편이 죽었다는 말을 하면서도 유진의 표정은 평온하기만 했다. 더구나 막 부검을 보고 나온 사람답지 않게 덤덤한 모습이었다. 나는 너무나 태연한 유진을 바라보며 묘한 위화감을 느꼈다.

아무리 강심장이라고 해도 여자가 부검을 보러 오는 경우는 거의 없다. 국과수에서 육 년 넘게 근무하는 동안 남편의 부검을 직접 참관하는 아내는 단 한 번도 보지 못했다.

"……괜찮아?"

"보다시피."

유진은 가볍게 어깨를 들썩이고는 입가에 엷은 미소까지 띠었다. 십오 년 전 그 사건이 일어난 뒤 그녀가 미국으로 유학을 갔다는 소식을 들었던 기억이 어렴풋이 떠올랐다. 그녀의 몸짓에서 느껴지는 이질감에 마음이 불편했다.

"그런데 정말 여기서 볼 줄은 몰랐어. 의사가 됐을 거라고 생각했는데……"

유진의 입에서 그 말이 나오자 입맛이 썼다.

"부검의도 의사야."

"아, 미안. 내 얘기는 그게 아닌데…… 기분 상했어?"

유진이 하고 싶은 말이 뭔지 안다. 그녀가 말하는 의사는 살아 있는 사람을 상대하는 평범한 의사를 말하는 것이리라. 유진을 만나지 않았다면 나는 아마도 평범하고 순탄하게 살아 있는 환자를 돌보는 의사가 되었을 것이다.

유진은, 내 인생을 완전히 비틀어놓은 당사자는 정작 아무것도 모른다는 표정이다.

나는 아무 대답도 없이 유진을 쳐다보았다.

긴 세월 동안 묻어두었던 감정들이 하나둘 유령처럼 솟아올랐다. 이제는 털어냈다고 생각했던 감정들이 사실은 기억의 저편에 숨어 가만히 숨죽이고 있었을 뿐이라는 것을 깨닫자 당혹스러웠다. 가슴으로 밀려드는 유진에 대한 감정은 어제 일처럼 생생하기는 했지만 세월에 마모되어 오래된 사진처럼 희미하고 혼탁했다.

눈앞에 서 있는 유진의 모습도 환시가 아닐까 싶게 희미해지다 선명해지기를 반복했다. 어지럼증인가? 어쩌면 며칠 동안 과로한 때문인지도 모르겠다.

"……괜찮으면, 조금 이따가 좀 만날 수 있을까?"

그녀의 뒤로 참관실에서 나오는 사람들이 보였다. 유진은 전화하겠다는 말을 남기고 서둘러 그들에게 돌아갔다. 사람들과 이야기를 나누며 돌아가는 유진을 바라보며 한동안 생각에 잠겨 그 자리에 서 있었다.

"뭐해? 안 올라가?"

뒤늦게 부검을 끝내고 나오던 박익준 팀장이 어깨를 툭 치며 지나간 뒤에야 정신이 돌아왔다.

사무실로 돌아오자 많은 기억이 머리를 스치고 지나갔다.

가장 먼저 떠오른 것은 역시 정민이었다. 시간이 흐르면서 지난 상처가 많이 무뎌지기는 했지만 정민을 떠올리면 여전히 마음이 먹먹했다.

나와 정민은 고등학교에 입학하면서부터 단짝이 되어 대학까지 함께했다. 정민이 죽지만 않았다면 아마 지금도 함께 어울리며 평생 친구로 지냈을 것이다.

정민의 죽음은 스물세 살 나의 모든 것을 삼켜버렸다. 외과 의사를 지망하던 나는 그 사건으로 몇 달 동안 충격과 허탈함에 아무것도 할 수가 없었다. 한동안 불면증에 시달렸고 일상으로 돌아갈 수도 없어 결국 학업을 중단했었다. 다시 학교로 돌아가기까지 많은 시간이 필요했다.

법의학부 사무실로 들어서자 옷을 갈아입고 기지개를 켜던 법의조사관 양기현이 냉큼 다가오더니 호기심어린 표정으로 물었다.

"누구예요? 미인과 얘기하던데?"

"어, 아는 사람."

대충 대답하고 자리로 가 앉는데 문득 유진에 대한 궁금증이 일었다.

"오늘 부검한 리스트 있나?"

기현은 이유도 묻지 않고 얼른 자신의 책상 위에 있는 서류를 집어서 내게 건네주었다.

"아는 사람이 유족으로 온 거죠?"

"......"

"아까 보니까 서대문경찰서 장 형사랑 같이 온 거 같던데, 여기 이거예요."

기현이 손가락으로 서류 중간쯤의 이름을 가리켰다.

—김동현. 46세.

"부검 안 보고 한눈판 거야?"

"한눈팔다니요, 장 형사가 한번 보라고 해서 슬쩍 본 것뿐인데."

"왜 보라고 해?"

"눈에 확 띄는 미인이잖아요?"

확실히 유진이 눈에 띄는 미인이기는 하다. 어느 장소든 나타나면 주위의 시선을 사로잡는 편이다.

"실은 그건 아니고요, 남편 부검을 보러 온 것도 이상한데, 죽은 남편을 보고도 표정 변화가 너무 없으니까 이상하다고……"

"충격을 받았던 거겠지."

나 역시 같은 의문을 품고 있었지만 내색할 수는 없었다. 어찌되었건 유진의 마음속에 어떤 감정이 흐르고 있는지는 당사자만이 아는 일이다.

그때, 나는 정민의 죽음에 눈물 한 방울 흘리지 않았다.

다른 친구들이 대성통곡을 할 때도 나는 멍하니 국화꽃에 둘러싸인 정민의 영정을 보거나 내 어깨를 쳐주고 가는 친구들을 물끄러미 바라볼 뿐이었다. 마치 꿈을 꾸고 있는 것 같았다. 모든 게 물속에 잠긴 것처럼 느껴졌다. 사람들의 움직임은 느리고 부자연스러웠고 이야기를 건네는 목소리는 멀리서 울릴 뿐 내 귀에 선명히 들어오지 않았다.

믿기지도, 받아들일 수도 없는 정민의 죽음 앞에서 나는 넋을 놓고 있었다. 얼이 빠진 사람처럼 시간이 지나는지도 모르고, 배가 고픈지, 잠이 오는지도 몰랐다. 정신이 들면 멍하니 허공을 보고 있다가 또 정신을 잃으면 깊은 꿈속에서 허우적거렸다. 정민을 보내는 사흘 동안 충격에 맞서는 유일한 방법은 무감각이었다.

정민의 죽음이 서서히 내 의식 속으로 들어와 비로소 실감나기 시작한 것은 정민을 화장하고 돌아온 며칠 뒤였다.

낯선 이름 뒤, 괄호 안에 적힌 정민의 이름이 없었다면 발신인이 누군지도 몰랐을 소포가 도착했다. 정민의 가족들이 정민의 짐을 정리하며 보낸 것 같았다. 열어보니 정민이 죽던 날, 때늦은 생일선물이라고 내가 줬던 천체망원경이 들어 있었다. 정민의 어머니가 쓴 메모가 함께 들어 있었다. 상자 속에 들어 있는 생일카드를 보고 내가 보낸 생일선물이라는 것을 알았다면서 이대로 벽장에 넣어두느니 내가 사용하길 바란다는 내용이었다.

되돌아온 생일선물을 보자 비로소 나는 정민이 이 세상에 없다는 것을 실감했다. 이 선물을 받고 펄듯이 기뻐하던 모습이 눈앞에 선했다. 하지만 이제 장난기 많고 웃음 많던 정민의 모습은 다시 볼 수 없다. 며칠 동안 꿈처럼 느껴졌던 일들이 생생하게 가슴을 찌르며 다가왔다. 정민의 죽음을 안 순간부터 내내 내 안에 차곡차곡 고여 있던 울음이 그제야 터져나왔다.

때때로 감정은 너무 늦게 도착하기도 하는 법이다.

부검 리스트를 가지고 내 자리로 가서 앉는데 사무실 전화가 울렸다. 기현이 전화를 받더니 내게 착신을 돌려주었다. 그는 수화기를 내려놓으며 '여자'라고 입모양으로 알려주었다.

누군가 싶어 전화를 받아보니 유진이었다.

"어떡하지? 오늘 보고 가려고 했는데, 시댁 식구들과 함께 움직여야 할 것 같아. 개인 전화번호 좀 알려줄래? 내가 따로 연락할게."

나는 유진의 요구대로 덤덤하게 전화번호를 알려주었다. 전화를 끊고 나서 곧 내 핸드폰으로 유진의 메시지가 도착했다.

—이거 내 번호야. 저장해둬. 연락할게.

핸드폰을 내려놓고 부검 리스트를 보는데 문득 유진의 남편이 어떻게 죽었는지 궁금해졌다. 국과수 부검대에 오른다는 것은 일상적인 죽음이 아니라는 것을 의미한다.

서류를 확인하니 부검을 담당한 사람이 박 팀장이다. 고개를 들어 박 팀장의 책상을 쳐다보았지만 비어 있다. 기현을 보며 눈짓으로 박 팀장의 자리를 가리켰다.

"어디 갔어?"

기현이 담배를 무는 시늉을 해 보인다.

우리 사무실에서 유일하게 담배를 못 끊은 사람이 박 팀장이다. 매번 새해가 되면 끊는다고 해놓고 보름을 참았다 다시 피우고, 한 달을 참았다 또다시 시작하기를 벌써 수차례 해오고 있다. 이제 모든 건물이 금연 건물이라서 담배를 피우려면 쓰레기 처리장 옆이나 건물 뒤편 정원에 가야 가능하다. 이 추운 겨울에도 몇몇 흡연가는 난민처럼 모여 담배를 피웠다.

담배를 피우지 않는 나는 한겨울의 추위도 마다않고 담배를 피우러 나가는 박 팀장이 이해가 되지 않았다.

"이번엔 확실히 끊은 줄 알았는데……"

"그랬죠. 와이프가 팀장님 몰래 사고를 친 모양이더라고요."

"무슨 사고?"

"친정 오빠 도와준다고 보증선 게 잘못돼서 사채까지 끌어다 막은 모양이에요. 왜, 잘못 걸리면 배보다 배꼽이 더 큰 사채 있잖아요? 갚아야 할 돈이 어마어마하다던데요?"

나는 들어본 적도 없는 소문도 기현은 전부 알고 있었다. 어디서 어떤 경로로 알게 되는지는 모르지만 사무실 안에서 일어나는 일은 거의 전부 아는 것 같았다.

"담배 피울 만도 하네."

나는 기현에게 내색은 하지 않고 사무실을 나섰다. 박 팀장을 찾아서 뭘 어떻게 해야겠다는 생각은 없었지만 유진의 남편이 어떻게 죽었는지는 왠지 물어보고 싶었다.

2

박 팀장은 건물 뒤편 직원 휴식 공간으로 조성된 뜰 한쪽 벤치에 잔뜩 몸을 웅크리고 앉아 있었다. 하늘을 올려다보며 회색 연기를 내뿜는 폼이 땅이라도 꺼질 듯한 한숨을 연기에 실어보내는 것 같았다.

"안 추워요?"

"어, 잠깐인데 뭐. 왜?"

나는 아무 말 없이 박 팀장의 곁으로 가 캔 커피를 내밀었다. 물끄러미 쳐다보던 박 팀장은 담배를 비벼 끄고 캔을 받았다. 그는 따끈한 캔 커피를 감싸쥐며 싸늘해진 손가락에 온기를 담았다.

"이건 위로 차원이냐? 뭔 얘기 들었어?"

남의 집안 사정은 아는 척하고 싶지도, 듣고 싶지도 않았다. 나는 고개를 흔들고 용건을 이야기했다.

"아뇨. 오늘 부검한 케이스에 대해 여쭤볼 게 있어서요."

"누구?"

"김동현이요. 46세. 서대문경찰서에서 넘어온."

"아, 그거. 뭐가 알고 싶은데?"

"사인이 뭔지 궁금해서요."

"이제 막 부검을 했으니까 아직 기다려야 할 게 많은 거 알

별의 궤적 209

잖아?"

눈으로 볼 수 있는 외상의 경우는 부검과 동시에 바로 확인할 수 있지만 독극물 반응이나 위 내용물 조사 등은 병리실에 보내 검사 결과를 기다려야 한다. 그러니 박 팀장의 얘기대로 지금 사인을 묻는 것은 너무 성급한 일이다.

"……그렇죠."

왜 이렇게 조급하게 구는지 스스로도 한심스러워 박 팀장의 곁에 앉으며 한숨을 내쉬었다.

"……아는 사람이야?"

박 팀장이 조심스럽게 안색을 살피며 물었다.

"유족이…… 부인이 대학 동창이에요."

"아, 그 여자."

금세 기억해내는 걸 보니 박 팀장도 유진을 본 모양이다.

"경찰에선 부인을 의심하는 것 같던데?"

"가능성이 있는 건가요?"

"현재로선 반반. 사건 개요는 들었어?"

"아뇨, 아무것도."

"남자가 발견된 건 욕조 안이었어. 월풀 욕조 있잖아? 뒤로 넘어지면서 욕조 턱에 후두부를 맞고 안으로 떨어진 형태야. 목이 꺾인 채로 몸이 위를 향해 욕조 안에 담긴 모습으로 죽어 있더군. 장 형사가 챙겨 온 사건현장 사진 덕분에 확인하기가 수월했지. 그런 경우 나타나는 질식에 의한 증상들, 얼굴에 울혈, 결막에 점상출혈이 보이고, 내부 장기에도 울혈이 보이고. 현재는 그 정도지."

대충 어떤 이야기인지 한눈에 그려졌다. 이런 경우는 사고사일 수도 타살일 수도 있다. 섣불리 선입견을 가지고 현상을 꿰어맞추면 안 된다. 병리적인 검사 결과가 나올 때까지 신중을 기해야 오류를 막을 수 있다.

그런 면에서 박 팀장은 꽤 신중한 사람이다. 부검을 통해 훨씬 더 많은 것을 들여다봤을 텐데도 그는 불필요한 언급을 피했다.

더이상 묻는 것은 경우가 아닌 듯해 자리를 털고 일어났다.

"혹시 그 여자랑 무슨 사이였어?"

"예? 아니요. 그냥 친구였어요."

갑작스러운 박 팀장의 질문에 순간 얼굴이 확 달아오른 것처럼 열기가 느껴졌다.

그냥 친구라고 대답했지만 친구보다는 가까운 사이였다. 하지만 둘이 특별한 관계였는가 하고 물으면 그렇게 대답하기도 어려웠다. 요즘 말로 하면 썸을 타다 그만둔 사이라고나 할까, 그 미묘한 경계는 내가 보는 관점과 유진이 보는 관점에 따라 달라질 수도 있었다.

"장 형사랑 한잔하기로 했는데, 합석하실래요?"

퇴근이 가까워지자 기현이 주위를 살피며 내게 작은 목소리로 물었다. 그의 눈에서 반짝이는 호기심을 읽었다. 나는 유진에 대한 궁금증을 이기지 못하고 그가 놓은 덫에 기꺼이 발을 들이밀었다.

국과수에서 내려와 신월시장 근처 횟집으로 향했다. 크리스마스가 얼마 남지 않아서 그런지 횟집에 어울리지 않게 반짝이와 꼬마전구가 가게 입구를 장식하고 있었다.

장 형사는 이미 도착해서 우리를 기다리고 있었다. 음식이 차려지기도 전에 술부터 주문한 기현이 서둘러 나와 장 형사의 술잔에 술을 따라주었다. 오랜만에 술이 들어가니 목에서부터 짜릿한 전율이 일었다.

"피해자 부인이랑 아는 사이라면서요?"

장 형사가 젓가락으로 간장에 고추냉이를 풀며 무심한 듯 질문을 던졌다.

문득 장 형사 역시 사건 때문에 나를 만난다는 느낌이 들었다. 그 역시 유진에 대해 궁금한 것이 많은 눈치였다. 나는 현재의 그녀가 궁금했고, 장 형사는 과거의 유진을 궁금해했다. 하지만 근황을 전혀 알지 못하던 나는 장 형사의 질문에 해줄 이야기가 많지 않았다.

"알긴 하지만 오랫동안 못 봤어요. 십오 년 정도."

"그럼 대학 때 친구?"

"그렇죠. 같은 과는 아니었고 같은 동아리. 그러다 이런저런 일도 있었고, 그 친구가 유학을 간 뒤로 소식이 끊어졌죠."

"무슨 동아리였어요?"

이번에는 기현이 물었다.

"천체관측 하는 모임. 별자리 보러 다닌다고 했지만 그 핑계로 여행이나 맛집 기행을 더 많이 하는 모임이었지."

"오, 천체관측에 여행이라, 왠지 럭셔리하게 들리는데요?"

"왜? 돈이 많이 드나?"

장 형사의 질문에 기현이 고개를 끄덕이며 조목조목 짚어주기 시작했다.

"당연하죠. 천체관측이라면 그냥 하늘을 올려다보는 것도 아니고 장비가 있어야 하잖아요? 거기다 별을 보려면 도시의 불빛이 없는 시골로 가야 할 거고, 그 장비를 다 들고 다니려면 자동차는 기본으로 있어야 할 텐데, 대학생들이 자기 마음대로 자동차를 사용한다는 건 적어도 경제적으로 여유가 있는 집안이란 소리죠."

기현의 말대로 다른 동아리에 비해서 부유한 학생들이 많이 모이는 건 사실이었다.

말이 동아리지 학교에 등록된 동아리가 아니라, 기존의 회원이 직접 가입을 원하는 신입을 데리고 와서 소개하고 등록시키는 회원제 클럽과 비슷했다. 어쩌다 동아리의 존재를 알게 된 사람들은 까다로운 가입조건을 듣고는 우리 모임을 의아하게 생각하기도 했다. 그래도 정민의 사건이 있기 전까지는 외부에서도 우리 동아리를 그다지 이상하게 보지는 않았다.

"수사는 어느 정도 진척이 있습니까?"

더이상 과거와 관련된 이야기를 하고 싶지 않아 내가 먼저 질문으로 그의 관심을 돌렸다.

"뭐 대충 주변 탐문수사까지 마쳤고 참고인 조사도 시작했고…… 이제 부검 소견 들어보고 본격적으로 캐봐야죠."

나는 잠시 머뭇거리다 조심스럽게 본론을 꺼냈다.

"유진도 용의선상에 있는 건가요?"

"그거야 당연하죠. 아직 아이도 없고 거액을 상속받게 된 상황인데, 제일 의심스럽죠."

'거액? 상속?' 기현의 말이 모래알처럼 머릿속에서 버석거렸다. 막 부검을 보고 나온 상황에서도 무심한 표정이던 유진의 얼굴이 다시 떠올랐다.

장 형사도 굳이 부인하는 눈치는 아니었다.

"수사를 진행하면서 감이 오는 경우가 가끔 있죠. 어떤 단서가 있거나 한 것은 아닌데, 육감이라고 해야 하나? 그냥 한순간 깨닫게 되는 느낌."

긍정도 부정도 아닌 설명이었지만 유진을 강력한 용의자로 올려놓고 있다는 것을 암시했다.

"알리바이는 있나요?"

나는 조심스럽게 한 발 더 내디뎌보았다. 유진을 강력한 용의자로 생각하고 있다면 그에 걸맞은 증거나 정황들이 있을 것이다.

"그건 부검 결과에 따라 달라지겠죠. 사망 추정 시간이 어떻게 나오느냐에 따라서. 우선은 살아 있는 김동현을 마지막으로 본 사람이고, 죽은 김동현을 가장 먼저 발견하고 신고한 사람도 강유진이니까요."

"발견할 때는 누가 같이 있었다면서요?"

"어, 가사도우미와 같이 들어갔다고 하더군."

"알리바이를 만들려고 한 거 아니에요? 냄새가 나는데?"

"우연이면 운이 좋은 거고 아니면…… 영리한 거겠지."

"틀림없어요, 아까 그 표정 보셨잖아요?"

기현의 말에 장 형사는 말없이 술잔을 비웠다. 술맛이 쓴지 미간을 찡그리다 얼른 물을 한 잔 들이켰다.

"심증만 가지고 수사했다간 큰일나요. 다 잡았던 범인을 놓친 경우도 있으니까."

장 형사는 뼈아픈 기억이라도 있는지 뒤늦게 신중한 척 말을 돌렸다.

"하긴 이제는 정말 증거우선주의니까요. 자백을 했어도 재판에서 엎어버리는 경우도 있고."

"이 선생은 어떻게 생각해요? 친구분이 누군가를 죽일 수도 있는 사람이라고 생각하십니까?"

"그건…… 상황에 따라 다르지 않을까요?"

"상황이라……"

그뒤로는 도돌이표처럼 같은 이야기였다. 장 형사로서는 부검을 통해 보다 확실한 직접증거를 잡고 싶어한다. 사고사로 꾸민 것이라면 타살의 흔적이 죽은 자의 몸 어딘가에 남아 있을 것이다. 그 증거가 살인자에게 수갑을 채울 것이다. 하지만 지금은 모든 것이 정황증거일 뿐이다. 죽은 남편을 냉담하게 바라보는 아내의 얼굴이 살인의 증거가 될 수는 없다.

일행과 헤어지고 집으로 돌아오는 택시 안에서 나는 계속 장 형사가 했던 질문을 떠올려보았다.

'유진은 누군가를 죽일 수 있는 사람인가?'

나는 이미 십오 년 전 그런 의문을 품은 적이 있다.

3

사흘 뒤 유진에게 연락이 와 약속을 잡았다.

직장에 매인 몸이라 약속장소는 국과수 근처로 잡았다. 마침 부검도 없는 날이라 일찌감치 국과수 언덕을 내려와서 약속장소인 카페에 앉아 유진을 기다렸다.

차창 밖으로 주차장이 한눈에 내려다보이는 곳에 자리를 잡고 핸드폰으로 유진의 사건과 관련된 기사들을 검색해서 읽었다.

유진의 남편은 이름이 꽤 알려진 로펌의 파트너 변호사로 재력과 능력을 갖춘 사람이었다. 아름답고 젊은 아내가 유력한 용의자로 떠오르고, 남긴 유산이 수십 억에 달하다보니 사람들의 관심이 쏠리는 핫뉴스였다. 기사에 달린 댓글 대부분은 이미 유진을 범인으로 확정하고 있었다.

유진이 가해자가 된다면 남편의 직장 동료들은 그녀를 변호해줄까? 문득 누가 유진의 변호사가 될지 궁금해졌다. 그러다 역시 유진을 범인으로 단정짓고 있다는 것을 깨닫고 고개를 흔들었다. 무죄추정의 원칙. 유죄판결이 확정되기 전까지 유진은 무죄다. 함부로 단정하는 것은 성급한 짓이다.

유진은 평범한 직장인의 몇 년 연봉은 된다는 고가의 외제차를 타고 나타났다. 매끈한 회색 자동차에서 내린 유진은 새하얀 코트를 입고 있었다. 실내에 들어와 코트를 벗으니 강렬한 원색이 눈에 띄는 원피스를 입고 있다. 일전의 검은 원피스는 보란듯이 벗어던진 것 같았다. 사람들의 시선 따위는 아랑곳하지 않겠다는 의지를 강하게 느낄 수 있는 의상이었다.

유진이 카페로 들어서자 주위의 시선이 그녀에게로 향했다.
유진은 그런 시선을 즐기는 타입이었다. 자리에 앉으면서 우
아한 미소를 지어 보였다.

"바쁜데 부른 건 아니지?"

나는 고개를 저으며 손으로 점원을 불러 음료를 주문했다.
주문한 음료가 나오고 유진이 한숨 돌린 후 가게를 둘러볼 때
까지 나는 그녀에게서 시선을 떼지 못했다.

"상중의 미망인이 입을 옷은 아니라는 시선이네?"

"아니, 그런 건 아니야."

예상 못한 유진의 말에 적이 당황한 나는 제대로 변명도 못
하고 말을 얼버무렸다.

"시댁에선 아직도 장례를 미루고 있어. 난 금세 검은색에 질
렸고 말이야."

이제야 유진다웠다. 예전에도 유진은 제멋대로였다. 자기가
하고 싶으면 언제든 누구의 시선도 의식하지 않고 원하는 것
을 실행에 옮겼다.

"부검 소견서는 어떻게 됐어?"

"오늘쯤 나올 거야."

"정확한 거겠지?"

"……두려워?"

"두려워? 내가 왜?"

유진은 나를 쳐다보다가 웃음을 터뜨렸다.

"정확하지 않을까봐 두렵기는 해. 그럼 괜히 누명을 쓰게 될지도 모르니까."

진심인지 허세인지 모르지만 유진은 당당해 보였다.

"설마, 너까지 날 의심하고 있는 거야?"

"……"

"그렇게 멍청하진 않아. 죽이려고 마음먹었다면 보다 완벽한 알리바이를 준비했겠지."

유진은 부검 소견서가 자신의 결백을 증명하리라는 것을 철석같이 믿고 있었다.

"내가 부검하는 곳까지 간 건 그런 이유 때문이야. 적어도 국과수라면 정확하게 해줄 테니까."

"그게 괜한 오해를 살 거라는 생각은 안 해봤어?"

"좋을 대로 생각하라지. ……이미 시댁에서는 우리가 이혼 얘기를 하는 걸 알고 있었어. 새삼스럽게 정이 좋았던 부부처럼 슬픈 척하고 싶지는 않아."

이혼 이야기가 오가던 중에 남편이 죽었다. 이혼 전이라 유산은 아내에게 상속된다. 유진으로서는 이래저래 불리한 상황뿐이다.

"내 얘긴 그만해. 난 네가 궁금해서 만나자고 한 거니까. 그동안 어떻게 지냈어?"

유진의 말에 선뜻 뭐라 대답하기가 어려웠다.

나는 그동안 어떻게 지내왔던가. '그동안'이라고 하면 정민이 죽은 뒤로 지금까지 어떻게 살아왔느냐는 것이겠지. 어쩌면 내가 궁금한 게 아니라 정민이 죽은 뒤의 일을 묻고 싶은 게 아닌가 싶었다.

"생각해보면 그때가 참 좋았는데 말이야."

과거를 추억하는 유진의 모습은 어딘가 낯설었다. 우리가 함께했던 시간 속에서 어떤 풍경들이 유진의 가슴속에 남아 있는 것일까?

"지금도 별 보러 다녀?"

정민이 죽은 뒤 나의 망원경은 대전 본가 창고에 고이 모셔져 있다. 정민의 망원경 역시 함께 먼지 속에 묻혀 있다.

"어릴 때 꿈이 천문학자가 되는 거라고 하지 않았어? 그런데 죽은 시체를 보는 일을 하네. 너무 다른 일 아냐?"

"그렇게 생각해? 가만히 보면 그렇게 다르지도 않아."

"말도 안 돼."

"정말이야. 다만 고개를 숙이고 보느냐, 아니면 고개를 젖히고 보느냐의 차이일 뿐이지. 밤하늘의 별도 이미 오래전에 죽은 존재야. 그 별의 색깔과 빛나는 크기에 따라 우리는 별의 일생을 알 수 있지."

"그게 부검하는 일이랑 비슷하다고?"

나는 고개를 끄덕이고 차분히 말을 이었다.

"부검대 위에 누워 있는 시체도 마찬가지야. 그의 몸에 있는 크고 작은 상처들, 흔적들은 모두 그가 어떻게 살아왔는지, 어떻게 죽었는지를 말해주는 증거들이지."

"별을 보는 마음으로 시체를 본다는 거야?"

"그럴지도."

유진은 이해할 수 없을지 모르지만 나는 가끔 부검을 하면서 그런 생각을 한다. 어떤 존재의 최후를 찬찬히 살핀다는 것은 그의 일생에서 가장 중요한 일이라고. 별을 보며 우주에 대한 경외심을 가지듯이 나는 부검대 위의 시체를 보며 그들이 살아온 삶에 대해, 그리고 죽음에 대해 경외심을 느낀다.

"우리가 왜 잘 안 됐는지 이제 생각났어. 넌 너무 어려워. 그때나 지금이나."

나는 쓸쓸한 미소를 지었다. 유진의 말이 맞을 것이다. 나는 지나치게 진지하고 오래 머뭇거린다. 즉흥적이고 활발한 성격인 유진은 내가 답답했을 것이다.

유진이 동아리에 들어온 뒤 몇 달 만나기는 했지만 우리는 이내 서로가 얼마나 다른 사람인지 깨닫고 있었다. 어디로 튈지 모르는 유진이 버겁고 불편했던 나는 서서히 멀어지는 우리 사이를 오히려 다행스럽게 생각했다.

여름방학이 끝나고 어학연수를 떠났던 정민이 돌아와 동아리에 나타나자 둘은 금세 어울려 다니기 시작했다. 유진과 내가 사귀고 있다고 생각하던 친구들은 유진을 오해했다.

간단히 얘기하면, 유진이 우리 동아리에 가입한 것은 돈 많고 집안 좋은 남학생들에게 접근하기 위한 것이었고 그 첫번째 타깃이 병원장 아들인 나였다는 것이다. 중소기업 오너의 아들인 정민이 등장하자 유진이 나를 버리고 정민에게 간 것이라고 생각했다. 그들은 이 사실을 정민에게 알려야 한다며 흥분했다.

나는 친구들을 설득했다. 우리는 서로 호감을 가졌지만 더이상 감정이 발전하지 않은 것뿐이다. 제대로 사귀지도 않고 끝나버린 사이인데 상대가 다른 사람에게 관심을 보인다고 비난하거나 책임을 묻는 것은 우스운 일이다. 정민을 위해서도 그 일은 묻어두고 싶었다. 괜한 오해를 사고 싶지 않았다. 정민과 유진이 잘 어울린다면 나는 아무 상관 없다고 생각했다.

"부검의가 된 건…… 혹시 정민이 때문이야?"

아니라고 말하긴 어렵다. 정민이 죽은 뒤 두 가지가 나를 고통스럽게 했다.

하나는 세상에 둘도 없는 단짝친구를 잃었다는 것이고, 또 하나는 정민의 죽음이 자살인지 타살인지 명확히 해결되지 않은 채 미결 사건으로 남았다는 것이다. 이미 죽은 상황은 바꿀 수 없겠지만 친구의 죽음에 대한 의혹은 풀고 싶었다. 하지만 그때는 충격으로 인해 제대로 생각할 경황이 없었다.

겨우 정신을 추스르고 관할 경찰서를 찾았을 때는 실망과 좌절만 느끼고 돌아섰다. 제대로 통제되지 않았던 사건현장은 초동수사부터 훼손되었고 많은 증거가 오염되어 무용지물이 되었다. 부검도 올바로 이루어지지 않았다. 현장에 떨어진 주사기에서 검출된 지문은 정민의 것이었다. 그 때문에 경찰은 주사기 안에 들어 있던 동물마취제를 정민이 자신에게 투여하여 자살했다고 판단했다.

부모님과의 불화와 여자친구와의 다툼으로 자살충동을 느껴 그런 선택을 했을 거라는 경찰의 말은 정민을 아는 사람에게는 조금의 설득력도 없었다.

"어느 정도는 영향을 받았다고 해야겠지. 지금도 난 정민이 어떻게 죽었는지 알고 싶으니까."

"자살이라고 했던 경찰의 말은 안 믿는 거구나?"

"너는 믿어져? 정민이가 자살을? 더구나 그날?"

"……그날? 그날 생일이었던가?"

유진은 뜬금없이 그날을 정민의 생일이라고 기억하고 있다. 아마도 기억이 어딘가에서 엉킨 모양이었다.

그날은 유성우가 쏟아지는 날이었다. 우리는 오래전부터 유성우를 보러 갈 계획을 세웠다. 그날의 유성우를 누구보다 기다린 것은 정민이었다. 하필 자살의 타이밍을 그렇게 고대하던 날 친구들과 여행 온 때에 잡을 리는 없다.

2001년 12월 19일 새벽, 그날은 사자자리 유성우가 한반도 상공에서 쏟아진다고 하던 날이었다. 템펠-터틀 혜성이 동반하는 유성체의 띠가 지구 궤도를 통과하는 현상은 삼십삼 년마다 일어나는 특별한 일이다. 그날을 놓치면 삼십삼 년 뒤에나 다시 볼 기회를 얻게 된다며 동아리 멤버들이 벼르고 벼른 날이었다.

"그날 밤 시간당 최대 이만 개의 별똥별이 쏟아졌어. 나중에 찾아보니까 삼십오 년 만에 최대 규모의 유성우였다고 하더군."

새벽까지 이어진 유성우 덕분에 우리는 밤을 꼬박 새웠고 동이 틀 즈음에야 잠이 들었다. 정민의 죽음이 아니라면 그날의 기억은 사상 최대의 우주쇼를 본 기쁨으로 남아 있었을 것이다.

"그러고 보니 나도 기억나네. 정말 엄청나게 많은 별이 쏟아졌지."

이제 생각난다. 그때 유진은 불청객이었다.

콘도의 우리 방에 불쑥 찾아와 정민을 불러내고 복도에서 시끄럽게 싸우기 시작했다. 정민은 우리의 기분을 망치고 싶지 않다며 콘도에서 멀지 않은 곳에 있는 자기 가족 별장으로 유진을 데리고 갔다. 얘기만 끝내고 돌려보낸 뒤 곧 돌아오겠다고 했다.

자정이 가까워지도록 연락이 없어 걱정했는데 뒤늦게 정민에게 전화가 걸려왔다. 술을 마셨는지 혀가 약간 꼬여 있었다. 유진과 싸운 뒤 혼자 술을 마시고 있다고 했다. 친구들이 기다린다고 하자, 함께 있을 기분이 아니라며 유성우는 별장에서 혼자 보겠다고 했다. 나는 정민의 기분도 풀어줄 겸 내가 그의 차에 넣어둔 뒤늦은 생일선물을 찾아보라고 하고 전화를 끊었다. 그게 정민과 나눈 마지막 대화였다.

경찰이 말한 여자친구와의 다툼은 바로 유진과의 싸움을 이야기하는 것이었다.

"그때 정민이랑 왜 싸웠어?"

"글쎄, 왜 싸웠더라? 잘 기억이 안 나."

"그래?"

"왜 그렇게 빤히 봐? 십오 년 전 일이야. 기억하는 게 이상하지."

유진은 내 시선이 불편한지 눈을 가늘게 뜨고 노려보다 시선을 피했다.

"정민이 얘기는 안 하길 바랐는데."

유진은 핸드폰을 꺼내 시간을 확인하고는 자리에서 일어났다. 나 역시 자리에서 일어나며 괜히 만났다는 생각이 들었다. 여전히 유진에게 남아 있는 싸늘한 감정을 재확인했을 뿐이다.

"나 간다. 잘 지내."

유진은 가볍게 손을 흔들고 이내 밖으로 나갔다. 유진이 자동차를 몰고 주차장을 빠져나가는 모습을 보며 나는 다시 자리에 앉았다. 유진과 이야기를 나누면서 떠오르기 시작한 그날 밤의 일들이 두서없이 머릿속을 맴돌았다. 그러다 문득 한 가지 의문이 들었다. 내가 기억하는 것들이 맞는지 확신할 수 없어 일단 사무실로 가서 찾아보기로 했다.

갑자기 몸안에서 아드레날린이 마구 솟구치는 기분을 느꼈다.

4

유진은 부검 소견서에 의해 알리바이가 입증되어 혐의를 벗었다.

김동현의 사망 추정 시간은 밤 열한시였다. 위에서 발견된 알코올과 감기약 성분을 통해 그가 술과 감기약을 섞어 먹고 정신이 혼미한 상태였다는 것이 확인되었다. 그 상태로 요의를 느껴 욕실에 들어갔다가 실족하여 사고를 당한 것으로 추정했다.

남편과 싸우고 집을 나간 시간이 밤 아홉시경이었고 밤새 친정집에 있었다는 유진의 증언은 사실로 밝혀졌다. 아침 여덥시경 열쇠가 없어 못 들어가고 있다는 가사도우미의 전화를 받고 집으로 갔다가 남편의 시체를 발견한 것은 통화 기록과 아파트 CCTV를 통해 확인되었다.

유진이 범인일 거라는 심증을 가졌던 장 형사와 기현은 입맛을 다셨다.

나는 장 형사에게 전화를 걸어 장 형사가 가졌던 감에 대한 이야기를 나누고 그에게 한 가지 부탁을 했다. 나의 설명을 들은 그는 흔쾌히 내 부탁을 들어주었다.

이틀 휴가를 내고 장 형사와 함께 대전 본가에 다녀왔다. 나는 장 형사에게 천체망원경이 들어 있는 상자를 건네주었다. 내가 정민에게 생일선물로 주었던 것이다.

장 형사를 서울로 보내고 나는 강원도로 향했다. 정민의 사건을 다루었던 원주경찰서에 가서 십오 년 전 사건에 대한 기록을 찾아달라고 부탁했다. 사건조서 원본은 남아 있지 않았지만 다행히 컴퓨터에 데이터베이스로 저장해둔 사건일지는 남아 있었다.

정민의 사건과 관련해서 조사를 받았던 참고인들, 나와 내 친구들, 유진의 진술까지 모두 들어 있었다. 사건현장 사진과 증거물들을 들고 당시 사건을 담당했던 형사를 찾아가 궁금했던 점들을 물어보았다.

모든 준비를 마치고 서울로 올라오기 전, 나는 사건현장인 정민의 가족 별장을 찾았다. 십오 년이 지난 그곳은 내 기억과 달리 많이 허물어져 있었다. 사람의 손길이 닿지 않은 지 오래인 것 같았다. 그 모습을 보자 마음이 아팠다. 마치 십오 년 동안 정민의 죽음을 방치해둔 것 같은 생각이 들었다. 이제는 그날 무슨 일이 있었는지 밝혀야 할 시간이 되었다.

나는 유진에게 전화를 걸어 만날 약속을 잡고 서둘러 영동고속도로를 탔다.

"여긴 왜 오라고 한 거야?"

"어서 와. 거기 대충 편한 곳에 앉아. 네게 보여줄 게 있어서 연락했어."

유진은 출입구에서 계단을 내려와 중간쯤 있는 자리에 앉았다.

장 형사의 도움으로 한 과학고등학교에 있는 천체투영관을 빌렸다. 전체 좌석이라고 해봐야 40석 정도의 작은 돔이었지만 유진과 과거를 회상하며 이야기를 나누기에는 충분했다.

"그때가 그립다고 했나? 그래서 생각했지. 어떻게 하면 그날을 추억할 수 있을까 하고 말이야. 그날 유성우 얘기를 했던 게 생각나서 그걸 함께 보면 어떨까 싶어 준비했어."

나는 불을 끄고 그날 우리가 촬영한 영상을 틀었다. 돔 지붕 위에 2001년 12월 19일의 밤하늘이 펼쳐졌다.

천장에 펼쳐진 밤하늘에 수없이 많은 별이 반짝였다. 그러다 하나둘 유성이 떨어지기 시작하더니 수십 개, 수백 개 별이 지상으로 빛을 발하며 떨어지기 시작했다. 유성을 보다가 힐끗 유진의 얼굴을 보았다. 조금 어둡기는 했지만 유진이 유성우에 흠뻑 빠져든 걸 확인할 수 있었다.

"기억나?"

"그래, 이렇게 쏟아졌었어. 한동안 넋을 잃고 봤었지."

"그래? 이날 유성우는 한시 삼십분부터 본격적으로 수가 증가하기 시작해서 세시 전후로 가장 많은 별이 떨어졌었어."

나는 실내의 불을 켜고 유진의 앞에 다가섰다. 내 손에는 한 장의 종이가 들려 있었다. 고개를 젖히고 천장을 보고 있던 유진은 어리둥절한 표정으로 자세를 바로하고 앉았다.

"정민이 죽던 날 넌 정민과 함께 별장에 있었어. 경찰 조서에는 둘이 싸우고 나서 네가 별장에서 나온 시간이 밤 열시라고 되어 있어. 집에는 자정이 되기 전에 도착했다고 했지. 그 말은 아마 사실일 거야. 하지만 그뒤는 거짓말이지."

"무슨 소리야?"

"방금 네 입으로 말했잖아, 저 별이 쏟아지는 걸 봤다고. 그 시각은 새벽 세시야. 집에서 자고 있다고 증언한 사람이 어떻게 저 유성우를 볼 수가 있었지?"

"그건……"

"아마도 필요한 물건을 챙겨 다시 돌아왔겠지. 그리고 술에 취해 자고 있는 정민을 발견한 거야. 넌 준비해 간 주사기로 정민을 죽이고 별장 마당으로 나왔을 거야. 그때 저렇게 하늘에서 쏟아지는 유성우를 본 거지."

"무, 무슨 말도 안 되는 소리를 하는 거야?"

"집에서 자고 있던 사람이 새벽 세시의 유성우를 봤다고 하는 게 더 말이 안 되는 것 같은데?"

"지금 나를 살인범으로 몰아가고 싶은가본데, 그런 허황된 소리를 경찰이 믿어줄까? 난 증인도 있어."

"그래, 그날 집에서 자고 있었다고 얘기해준 증인, 너희 엄마 말이지? 엄마는 자식을 위해서라면 어떤 거짓말도 하지."

"나한테 왜 이러는 거야? 내가 정민일 죽였다는 증거라도 있어?"

"그래, 증거. 그 얘기를 해야지. 요즘엔 증거 없으면 본인 자백이 있어도 아무 소용이 없거든."

유진은 창백해진 채 나를 노려보았다. 입술이 파르르 떨리는 게 한눈에 보였다.

"지난번 카페에서 널 만나서 얘기하다가 걸리는 게 있었어. 넌 '12월 19일'을 정민의 생일날로 기억했어. 왜 그럴까 의아했지. 정민이 생일은 12월 11일이거든. 그러다 생각났어. 내가 준 생일선물. 그걸 본 거지. 그래서 잘못된 정보가 네 머리에 입력된 거야."

유진은 아무 말 없이 내가 하는 말을 듣고만 있었다. 나는 거침없이 내가 추론해본 것들을 이어나갔다.

"정민과 마지막 통화를 하던 시간이 자정 즈음이었어. 그때까지만 해도 내 생일선물은 정민의 차에 있었어. 아마 나와 통화를 끝내고 자동차에서 상자를 가지고 들어왔겠지. 즉 밤 열시에 서울로 돌아갔다는 네 말이 사실이라면 넌 절대 그 물건을 볼 수도 만질 수도 없었다는 얘기가 되지."

"생일선물 따위 난 몰라!"

유진은 날카로운 목소리로 부정했지만 나는 꿈쩍도 하지 않았다. 투영기 옆에 놓아둔 상자를 열었다. 나는 장갑을 끼고 상자 안에 든 망원경을 꺼내들었다.

"이제 기억나?"

"……"

"이 망원경을 만졌다면 네 지문이 묻어 있겠지. 형사들 얘기를 들으니까 요즘은 기술이 좋아서 십 년, 이십 년 전 묻은 지문도 얼마든지 검출할 수 있다고 하더군. 또 있어. 바로 이 생일카드. 이걸 열어봤기 때문에 넌 생일을 알게 됐을 거야. 그러니 여기에도 지문이 묻어 있을 테고. 증거가 더 있어야 할까? 아, 망원경 상자 안에 여자의 긴 머리카락이 들어 있던데? 정민과 내 머리카락이 아니라면 그건 누구의 머리카락일까?

DNA만큼 완벽한 증거물은 없지 아마?"

"……그래, 네 말이 맞아. 집에 갔다가 다시 되돌아갔어. 나를 버리겠다고 하는 걸 어떻게 참아? 감히 나한테 헤어지자는 말을 해? 그걸 내가 그냥 둘 거 같아?"

갑자기 튀어나온 유진의 본심보다 살인의 이유가 더욱 나를 놀라게 했다.

"정민을 죽인 게 고작…… 고작 그런 이유야?"

"네가 무슨 말을 했는지 몰라도 정민은 너 때문에 나를 떼어내려고 했어. 나를 아주 악질로 만들면서 말이야. 내가 왜 그런 말을 들어야 해? 내가 뭘 잘못했는데?"

이번엔 내가 말문이 막혔다. 정민은 나와 유진의 일을 알고 있었다. 그것 때문에 갑자기 유진과 끝내려고 한 것이다. 나에게 아무 말도 안 한 것은 어쩌면 나에 대한 배려였을지 모른다. 내가 정민에게 아무 말도 하지 않았듯이.

유진은 크게 심호흡을 하고 이내 냉정을 되찾았다. 어느새 부검실 복도에서 만났을 때와 다름없는 무덤덤한 표정이 되어 있었다.

"어렵게 퍼즐 맞추느라 고생 많이 했어. 그런데 오늘이 며칠인 줄 알아? 2016년 12월 22일이야. 살인에 대한 공소시효는 이십오 년으로 바뀌었지만 그건 2007년 사건부터 적용이 되지. 그 이전에 있었던 살인에 대한 공소시효는 십오 년. 즉 이미 삼일이나 지나버렸다는 얘기야."

유진은 차가운 눈은 그대로인 채 입술로만 가볍게 미소를 지었다.

문득 대학 시절, 유진과 더이상 가까워지지 못했던 이유가 성격 때문은 아니었다는 생각이 들었다. 어쩌면 본능적으로 유진의 본성을 느끼고 있었던 것은 아닐까? 유진의 입에서 공소시효라는 단어까지 나오자 나도 모르게 웃음이 터졌다.

내 웃음에 기분이 상한 듯 유진이 미간을 찌푸렸다.

"왜 웃지?"

"그건 내가 설명해드리지."

관람석 뒤편 구석에 누워 있던 장 형사가 일어나 유진의 옆으로 다가왔다.

"공소시효는 말입니다. 당신이 유학을 가 있는 동안에는 중지되어 있었단 말이죠. 삼 년 정도 있다 온 걸로 아는데, 그렇다면 홍정민 살인에 대한 공소시효는 아직 이 년 하고도 십일 개월이 남았다는 얘기가 됩니다."

장 형사의 등장이 유진의 말문을 완전히 막아버린 듯했다.

유진은 완전히 몸이 굳어 자신에게 다가오는 장 형사를 쳐다보다가 나를 향해 시선을 돌렸다.

"……부검실에서 너를 봤을 때 모른 척할 걸 그랬어. 그러면 이런 장면은 없었을 텐데."

'그건 너의 교만과 방심 때문이야.'

나는 유진에게 하고 싶은 말을 속으로 삼키고 장 형사가 유진의 손목에 수갑을 채우는 모습을 묵묵히 지켜보았다. 장 형사는 나중에 연락하겠다는 말을 남기고 유진을 데리고 총총히 사라졌다.

혼자 남은 나는 관람석에 앉아 여전히 천장에 펼쳐지는 그날의 유성우를 바라보았다. 정민이 이 장관을 보지 못했다는 사실이 가슴 아팠다.

내 눈앞에 2001년 12월 19일의 새벽하늘을 지나던 유성우가 마지막 궤적을 남기고 지상으로 떨어지고 있었다.

그녀의 취미생활

이곳은 지루한 곳이다.

시간은 느리게 흘러가고, 낡고 오래된 것들은 빛이 바래며 눈에 띄게 허물어지고 있다. 진천 읍내에서 이십여 분 차를 타고 들어와야 하는 곳, 연곡저수지에서 멀지 않은 박하마을은 스물일곱 채의 집이 사이좋게 모여 있지만 멀리서 보는 풍경만큼 평화로운 곳은 아니다. 주인이 떠난 집 석 채는 생기를 잃고 무너져내려 흉물스러운 곳이 되어버렸다. 사람이 살고 있는 집이라고 해도 삼십 년 넘게 수선을 하지 않은 집들은 헐고 너저분해서 언제 무너져도 이상하지 않다.

노인들만 살고 있는 집도 여덟 채나 된다. 사람이 살다 빠져나간 집이 허물어지듯, 정신이 빠져나가 육체가 허물어지고 있는 치매 노인이 셋, 거동은 하지만 혼자 밥을 해먹을 수 없어 마을회관에 나와 부녀회에서 준비한 끼니를 먹는 노인도 여럿이다. 혼자 사는 노인들은 이장과 청년회, 부녀회 등에서 챙긴다. 하지만 밤새 안녕이라고, 오늘 잘 지내다가 내일 세상을 떠도 이상하지 않을 연배들이다.

마을에서 가장 많은 비중을 차지하고 활발하게 움직이는 사람들은 중년층이다. 연로한 부모님과 독거노인들을 챙기고 농사도 지어야 하며 도시로 떠난 자식들에게 수시로 먹거리도 보내줘야 한다. 도시에서라면 이미 은퇴할 나이인 사람도 이곳에서는 청년에 속한다. 청년회장인 영기 삼촌은 올해 환갑이다.

봄이 오고 농사철이 되면 밭으로, 논으로 일하러 나가고 마을 골목길은 적막하기만 하다. 노인들이 모이는 마을회관에서만 간간이 사람 소리가 들릴 뿐이다. 마을의 모든 것이 퇴적되는 시간과 함께 천천히 화석이 되어가는 느낌이다.

그나마 이곳에 북적북적 사람들이 오가며 웃음소리가 들리는 때는 명절 기간이다. 명절 연휴 며칠 동안 고향을 찾아온 자식들 덕분에 마을 사람들 모두가 들뜬다. 아이들이 뛰어다니고 이웃집으로 인사를 다니는 젊은이들의 목소리로 활기가 돈다. 하지만 명절이 지나면 자식들은 또 자신들의 터전인 도시로 떠나고, 남은 부모들은 명절 동안 미뤄둔 일을 하러 들로 나간다. 마을은 전보다 더 한적하고 쓸쓸하게 느껴진다.

이곳은 지루한 곳이다. 나 같은 젊은 여자에게는.

시간은 끔찍할 만큼 느리게 흘러가고 자외선에 늘어난 기미와 주름으로 열 살은 더 늙어 보인다. 서른두 살. 도시에서는 젊다는 말을 꺼내기가 민망할 수도 있는 나이지만 이곳에서는 젖도 안 뗀 어린애 취급이다. 마을회관에서는 잠시도 엉덩이를 붙이고 있으면 안 되는 대기조다. 부녀회장의 말대로 "오십대는 소녀, 육십대는 아가씨, 칠십대는 주부 9단, 팔십대는 어머니"인 세상이다. 그래서 나나 또래들은 마을회관에 가는 것을 꺼린다. 심부름이 싫어서는 아니다. 그보다는 오로지 수다가 유일한 소일거리인 그네들이 무심코 던지는 말 때문이다.

도시에 사는 사람들이 명절 때만 되면 듣는다는 친척들의 인사말과 잔소리를 이곳에서는 매일 듣는다. 오지랖 넓은 이웃사촌들은 어제 본 얼굴인데도 오늘 다시 만나면 같은 얘기를 반복한다.

"젊은 나이에 촌구석에 처박혀서 제대로 일도 안 하고 어쩌려고 그러냐?" "얼른 좋은 사람 만나야지, 한 번 실패한 건 일도 아니다." "노후를 생각하면 자식이라도 하나 있어야지."

그들이 농사지어 일 년에 천만 원 빚을 만드는 동안 나는 주변 과수원과 밭으로 일을 다니며 일당 오만 원씩 꼬박꼬박 벌어 오백만 원을 저축했다. 그래도 그들에게 나는 제대로 일도 안 하는 사람 취급을 받는다. 이혼은 곧 실패라고 단정지어버리고, 자식들 뒷바라지하느라 본인 노후 준비는 하나도 못했으면서 내게는 노후에 대한 보험으로 자식을 두라고 얘기한다.

이러니 누가 어른들과 마주치는 일을 반기겠는가?

이곳에 있는 젊은 여자라고 해봐야 도시로 나갔다가 밀려나 돌아왔거나 애초부터 도시로 갈 생각은 해보지도 못한 부류거나, 아니면 먼 나라에서 시집온 외국 며느리 정도다. 한마디로 어디 가서 명함 내밀 정도가 되는 사람이라면 이곳에 남아 있지 않았을 거란 얘기다.

나는 결혼과 동시에 이곳을 떠났지만 남편과 헤어진 뒤 돌아왔다. 갈 곳이 없어 어쩌나 싶을 때 마침 할머니가 아프다는 소식을 듣고 단숨에 돌아왔다. 몇 년 동안 떠나 있었지만 그사이 달라진 것은 아무것도 없었다. 집으로 돌아온 지 하루 만에 깨달았다. 내가 이곳을 얼마나 끔찍하게 벗어나고 싶어했었는지.

이곳을 떠나기 위해 누군가가 주선한 맞선을 덥석 받아들였다. 어떤 사람인지는 중요하지 않았다. 그저 나를 이곳에서 벗어나게 해준다면 그것으로 족했다. 맞선을 본 지 석 달도 되지 않아 결혼식을 올리고 뒤도 돌아보지 않고 이곳을 떠났다.

그랬다. 이곳은 내게 감옥이고 족쇄였다.

몇 년 떠나 있었다고 해도 달라질 것은 없다. 나는 여전히 은행나뭇집 손녀딸이고 부모에게 버림받고 할머니 손에 자란 측은한 존재이며, 뭐 하나 잘하는 것도 없고 손이 느려 잔소리를 들어야 하는 천덕꾸러기였다. 거기에 이제 이혼이라는 꼬리표가 하나 더 붙었다.

걱정과 염려로 하는 소리라고는 하지만 만날 때마다 한마디씩 하는 동네 아줌마들 얘기를 듣고 있자면 머릿속이 아득해지는 일이 한두 번이 아니다. 어릴 때부터 그랬다. 듣는 사람에 대한 배려라고는 손톱만큼도 없는 말투로 상처 난 가슴에 난도질을 했다.

"지금 니가 이러고 다닐 때여? 부모 없이 자라서 못 배웠다는 소리 들어, 그러면 할머니가 얼마나 속상하시것냐?"

고작 머리 염색 한번 했다고 들었던 소리다. 물론 교복을 입은 고등학생의 신분이기는 했지만 초록이나 분홍으로 물들인 것도 아니고 옅은 갈색이라 유심히 보지 않으면 잘 알아보기도 힘든 정도였다. 걱정하는 말투라지만 그 안에는 가시가 가득했다. 날카로운 가시들은 그대로 나를 찔렀다.

그들은 자신들이 보고 자란 방식으로 나를 가두려 했다. 마치 봉지 속에서 키워지는 애호박 같았다. 시장에서 그런 애호박을 사본 적이 있을 것이다. 똑같은 규격의 비닐봉지 속에 갇혀 딱 그만큼만 자란 애호박. 동네 사람 모두가 가만히 지켜보고 있다가 조금만 삐져나올 것 같으면 말로 회초리를 휘둘렀다. 하지만 나는 말대꾸를 할 수도, 속을 내보이며 원망을 할 수도 없었다.

할머니 손에 자라면서 귀에 딱지가 앉게 들었던 말은 그저 입 다물고 가만히 들으라는 것이었다. 정 듣기 싫은 말이라면 귀는 닫고 머릿속으로 딴생각을 하라고, 그게 할머니가 내게 해준 조언이었다. 덕분에 나이가 들면서 조금씩 꼴도 보기 싫은 아줌마들의 얼굴을 보면서도 웃을 수 있게 되었다. 말이 좋아 이웃 간의 정이고 관심이지, 듣는 입장에서는 고통스러운 일이라는 것을 왜 모를까?

어릴 때부터 내가 들었던 이야기를 할머니라고 못 들었을 리 없다. 아니, 할머니는 나보다 더 오랜 세월을 이 마을에서 살아온 사람이다. 내가 방에 있는데도 그들은 우리집 마당에 들어서서 "자식도 버리고 간 손녀를 왜 맡아서 고생이냐"는 말을 거침없이 할머니에게 건넸다. 내가 없을 때 할머니 혼자 어떤 말을 들었을지 충분히 짐작이 갔다. 그러니 할머니가 내게 했던 말은 당신이 살아오며 터득한 나름의 지혜일 것이다.

누구와 싸우는 것도, 관계가 불편해지는 것도 싫었던 할머니는 그저 시선을 피하고 귀를 닫는 것으로 그들의 과한 참견을 막아냈다. 들어도 못 들은 척, 정 힘들면 딴청을 하며 자리를 피하던 할머니. 어릴 때는 그런 할머니가 싫기도 했다. 왜 그렇게 당하기만 하느냐고, 그러니까 사람들이 우습게 알고 더 함부로 막말을 하지 않느냐고 따진 적도 있었다. 나중에야 알았다. 할머니가 마을 사람들과 척을 지지 않았던 것은 바로 나 때문이었다.

가진 거라곤 손바닥만한 밭뙈기가 전부인 할머니가 생활비를 벌 수 있는 방법은 동네 사람들의 논, 밭, 과수원에 불려가 일당을 받는 것밖에 없었다. 손녀 하나를 먹이고 입히고 공부시키기 위해 할머니는 많은 것을 참아낸 것이다.

일 년 넘게 병간호를 했지만 할머니는 끝내 일어나지 못하고 세상을 떠났다.

할머니가 돌아가시던 날 밤, 집 떠났다 돌아와서 처음으로 할머니와 함께 잠을 자게 되었다. 갑자기 자기 이부자리 옆에 자리를 깔라고 하는 할머니 말에 별생각 없이 곁에 누웠지만 나중에 생각해보니 아마도 할머니는 그 밤이 마지막이라는 걸 느낀 것 같았다.

저녁때까지 평소보다 식사도 맛있게 하고 말소리도 힘이 있고 또렷해서 내심 나는 상태가 조금 나아진 줄 알았다. 이렇게 조금씩 나아지면 언젠가 훌훌 털고 일어나 함께 온천이라도 갈 수 있지 않을까, 그런 태평한 생각을 하고 있었다. 모처럼 곁에 누우니 어리광을 부리고 싶어져 할머니의 팔에 매달렸다. 할머니는 말없이 한참 내 어깨를 쓸어내리더니 이렇게 얘기했다.

"정 못 참겠으면…… 아무도 없을 때 꼬집어버려."

할머니에게 들을 거라곤 생각도 못한 말이었다. 놀란 눈으로 쳐다보자 할머니는 싱긋이 웃어 보였다.

"무슨 소리야 할머니, 누굴 꼬집어?"

"……망할 년들, 우리 새끼 다 썩어 문드러진 속을 왜 자꾸 건드려?"

앙상하게 마르고 거친 나무껍질 같은 할머니의 손이 내 뺨을 어루만졌다. 왈칵 눈물이 쏟아질 것 같았지만 간신히 참았다. 나는 할머니 가슴에 얼굴을 묻고 할머니를 안은 팔에 힘을 주었다. 언제 이렇게 작아진 거야, 손으로 느끼는 할머니의 작고 야윈 어깨에 또 울컥했지만 목까지 올라오는 감정을 얼른 삼키며 짐짓 태연한 척했다.

"내가 무슨 속이 썩어 문드러졌다고 그래? 난 괜찮아, 할머니."

집에만 누워 있으니 잘 모를 거라고 생각했는데, 할머니는 이미 알고 있었다. 그 자리에 있지 않아도 평생 지켜보고 부대끼면서 알고 지낸 사람들의 심성을 할머니가 모를 리 없다. 악의가 없다고 할지라도, 오히려 그래서 더 상처가 되는 말들을 아무렇지 않게 하는 사람들. 앞으로도 그들과 살아야 하는 내가 걱정스러웠는지 할머니의 목소리가 젖어들었다.

"아이고, 이 여린 것을 두고 어찌 가누?"

할머니는 잠이 들 때까지 내 머리를 쓰다듬어주었다. 그 손길에 잠이 들고 아침에 깨어났을 때, 이미 할머니는 저세상으로 떠난 뒤였다.

4월, 사과꽃이 피었다

"아주 살러 온 게 아니고?"

"몰라, 그렇게 궁금하면 직접 가서 물어보든가."

"자기가 먼저 말을 꺼내놓고 뭐여?"

봄기운이 막 시작되는 4월 초, 비닐하우스에 모여 수박 곁순 작업을 하는 아줌마들의 최대 화제는 당연히 원장네로 이사온 여자였다.

"원장이 집을 팔려고 내놨는데, 매매 얘기는 없고 누가 전세로 들어오겠다니까 그냥 계약을 했다고 하더라고."

역시 부녀회장인 상수네가 가장 소식이 빠르다. 상수 엄마는 부녀회장이라는 직분상 동네 구석구석에 면사무소까지 안 돌아다니는 곳이 없다보니 여기저기서 보는 것도 많고 주워듣는 소식도 많다.

마을 여자들이 '원장네'라고 부르는 집은 오리골에서 조금 더 들어간 곳에 위치한 전원주택이다. 서울에서 작은 병원을 하던 원장이 은퇴하고 내려와 살려고 나름 근사하게 지은 집인데, 두 해를 넘기지 못하고 다시 도시로 돌아가 비어 있었다.

누군가 그곳에 전원주택을 짓는다고 했을 때부터 마을 사람들 모두 뜨악해했다. 서울보다 공기야 좋겠지만 집을 짓겠다고 토대를 다지던 곳이 마을에서 조금 떨어진, 산에서 물이 모여 내려오는 개울가 옆이었기 때문이다. 양옆으로 산이 둘러싸고 있어 아침에는 느지막이 해가 들어오고 오후가 되면 금세 그늘이 지는 위치. 4월이 지나야 언 땅이 풀리고 11월이면 벌써 서리가 내려앉는다고 엄살을 떨 만큼 추운 곳, 은퇴를 한 노부부에게 절대 좋은 환경이 아니었다. 누구의 꾐에 속아 그 땅을 사고 집을 지었는지는 모르지만 아마 은퇴 후 노후자금의 절반은 날리지 않았을까 싶다.

처음 이사와서는 마을 사람들을 초대해서 식사도 대접하고 마실을 다니며 어울리는 듯했지만, 워낙 사는 본새가 다르다보니 자연스레 왕래가 없어졌다. 그들도 전원생활이 생각만큼 만족스럽지는 않았던 모양이다. 겨울이 되기 전에 온다간다 말도 없이 이사를 가버렸다.

그렇게 겨울 동안 비어 있던 집에 여자가 이사를 온 것이다. 그것도 홀몸으로.

여자 혼자 이사왔다는 것이 알려지면서 마을 사람들의 관심이 확 몰렸다. '여자 혼자'라는 말에 혼자 사는 남자들은 나이를 가리지 않고 호기심을 드러냈고 여자들은 경계와 염려의 눈길을 보냈다. 몇 사람 모였다 하면 서로가 알고 있는 정보를 교환하고 새로운 사실을 공유했다.

이사온 첫날 짜장면 배달을 했던 북경루 박씨 얘기로는 집 안이 휑할 정도로 가구가 없었다고 했다. 하지만 몇 개 있지 않은 가구들이 예사롭지 않아 보이고, 벽 한쪽에 무심히 놓인 도자기니 빈 액자 같은 것들이 여러 개 세워져 있는 것을 보니 농사지으러 온 사람처럼 보이지는 않는다고 했다. 그릇을 내려놓고 돈을 주고받는 사이에 꽤나 집안을 기웃거린 기색이나, 현관문에서 여자가 막아서서 더이상 들어가볼 수는 없었던 모양이다. 넉살과 너스레라면 남부럽지 않은 박씨가 음식 배달을 왔다는 좋은 핑계에도 집안으로 들어가보지 못했다는 것은 이사온 여자가 만만치 않다는 걸 의미한다.

"여기 살기는 사는 거야? 도무지 얼굴을 볼 수가 없으니."

이사온 지 열흘이 지났지만 아직 얼굴 한번 제대로 보지 못한 사람이 태반이다. 슬슬 농사 준비를 해야 하는 철이라 바쁘기도 하지만, 동네 마을회관에 나와 인사라도 해야 얼굴을 볼 텐데 그럴 마음도 없는 것 같았다. 이곳은 도시와 다르다. 동네 사람들과 어울려 살려면 처음에 잘 섞여들어야 하는데 도무지 그럴 생각이 없는 것 같다며 사람들이 수군거렸다. 시작부터 미운털이 박힌 것이라 볼 수 있다. 보다못한 부녀회장과 영선네가 먼저 찾아가 문을 두드려보았지만 집을 비웠는지 인기척도 없다고 했다.

"정인아 너는 뭐 아는 거 없니? 그쪽으로 자주 올라가잖아?"

갑자기 아줌마들의 시선이 내게로 몰렸다. 뒤편에서 수박 곁순과 넝쿨순을 자르고 있다가 내 이름을 부르는 소리에 놀라 고개를 들었다. 아줌마들의 수다에 끼고 싶지 않아 일부러 작업 속도를 늦추고 거리를 두고 있던 참이라 갑작스러운 집중이 부담스러웠다.

"예? 뭐요?"

"우리 얘기 안 듣고 있었나보네? 새로 이사온 여자 못 봤냐고."

"아…… 지난번에 우연히 만나기는 했는데……"

"그래? 뭐 들은 건 없고? 여기 왜 들어왔대?"

갑자기 하이에나처럼 눈을 빛내며 호기심을 드러낸다. 기껏 부동산에서 전세 계약을 했다는 정도만 알아냈으니 이들의 궁금증은 전혀 해결이 안 된 상태다. 새로 이사온 사람이 어떤 사람인지, 어쩌다 여기까지 들어온 것인지 전혀 파악이 안 되니 무척 답답한 눈치였다. 하지만 나는 그들에게 먹이를 주고 싶지 않았다.

"그냥 눈인사만 하고 지나쳤어요."

부풀었던 기대가 이내 실망감으로 바뀌어 앞으로 내밀었던 몸들은 다시 자기 자리로 돌아갔다. 일꾼들의 신경이 딴 곳에 가 있고 수다도 늘어지자, 수박밭 주인인 영신네가 괜히 내게 꼬투리를 잡았다.

"속도 좀 맞춰, 젊은 애가 왜 그렇게 손이 느리냐?"

이미 자기들은 한참 앞서 나가고 있는데 뒤에서 화초 가꾸 듯 순을 하나하나 세면서 자르고 있는 내가 한심하다는 듯 퉁을 놓는다.

고사리를 뜯으러 산에 올랐다가 원장네 집 옆길로 내려오게 되었는데, 현관문을 열고 나오는 여자와 마주쳤다. 누군가 이 사왔다는 얘기를 들은 지 사흘째 되던 날이었다. 여자와 눈이 마주쳤지만 머뭇거리는 바람에 인사도 하지 못하고 어색하게 몇 초가 그냥 지났다. 여자는 시선을 피하지 않고 가만히 나를 쳐다보았다. 마치 낯선 상대를 만난 고양이가 동작을 멈추고 관찰하는 것 같은 느낌이었다. 그렇다고 여자의 얼굴이 고양 이상이라는 얘기는 아니다.

삼십대 후반? 윤기 있는 긴 머리에 하얀 피부가 유난히 돋보였다. 화장기가 없는데도 얼굴에 광택이 흘렀다. 평범한 후드 티에 물감이 여기저기 묻은 청바지를 입고 있었다. 여자는 잠시 나를 쳐다보다 관찰을 끝낸 것처럼 씨익 웃어 보이더니 주위를 둘러보며 기지개를 켰다.

"주변에 설렁탕 잘하는 집 있어요?"

여자는 번화가에 사는 것처럼 아무렇지 않게 물었다. 이 근
처는 식당이라고 해봐야 건넛마을 입구에 있는 북경루가 유일
하다. 차를 타고 십여 분 나가야 겨우 국도변에서 흔히 만날
수 있는 음식점이 몇 곳 있다. 그중에 설렁탕을 파는 집이 있
던가?

"차를 타고 좀 나가야 하는데, 아마 이 시간에 문을 연 곳은
없을 거예요."

내 대답에 여자는 어쩔 수 없다는 듯 어깨를 으쓱하더니 손
을 흔들었다.

"또 봐요."

여자는 산책이라도 가는 것처럼 콧노래를 흥얼거리며 큰길
을 향해 내려가기 시작했다.

"저기요."

나는 여자의 뒷모습을 쳐다보다가 불러 세웠다.

"……?"

"조심해요. 문도 꼭 잠그시고요."

불쑥 생각지도 않던 말이 튀어나왔다. 걸음을 멈추고 돌아
보던 여자의 표정이 미묘하게 변했다. 혹시 괜한 말을 했나 싶
기도 했지만 여자에게 미리 알려주고 싶었다. 이런 시골에 연

고 없이 혼자 이사온 여자에게는 조심할 것이 몇 가지 있다.

"여긴 사생활이라는 게 없어요. 아무때나 불쑥 집에 들어오기도 하고요."

여자는 고개를 젖히고 목젖이 보일 정도로 크게 웃다가 내 곁으로 다가왔다.

"벌써 경험했어요. 어젯밤에."

"네?"

"그 중국집."

"아, 박씨요?"

"밤에 찾아와서 누굴 소개해주겠다는 둥 헛소리를 하길래 한마디하고 내쫓았어요."

미친놈 소리가 절로 입안에서 맴돌았다. 소개는 무슨, 안 봐도 훤하다. 간단히 말하자면 앞으로 찔러봐도 될 만만한 존재인지 간을 보러 온 것이다. 그 넉살에 한 번 내쫓겼다고 쉽게 물러날 인간은 아니다.

"또 올지도 몰라요."

"걱정 말아요. 다음에 또 그런 짓하면 그땐……"

여자가 내 귓가로 다가와 천천히 속삭였다. 말을 하면서 새어나오는 호흡이 귀를 간지럽혔다. 순간 그녀가 한 말 때문인지, 그녀의 숨결 때문인지 뒷덜미에 소름이 끼쳤다.

"죽여버리겠다고 했거든."

그때 봤던 여자의 표정이 떠올라 나도 모르게 손에 힘이 들어갔다. 그 바람에 남겨뒀어야 할 넝쿨순을 자르고 말았다.

"뭐하는 거야? 그걸 자르면 어떡해?"

그제야 정신을 차리고 쳐다보니 먼저 일을 마치고 목장갑을 벗던 영신네가 인상을 쓰고 노려보고 있다.

"그만해, 어쩌다 실수한 걸 가지고. 우리 참이나 챙겨와."

부녀회장은 얼른 영신네의 관심을 다른 곳으로 돌렸다. 영신네는 참을 가지러 자리를 뜨면서도 눈을 흘기고 가는 것을 잊지 않았다. 이래서 이 집 밭일은 하고 싶지 않았다. 사소한 실수도 그냥 넘어가지 않고 때로는 본보기로 내게 화살을 돌린다. 가장 어리고 만만한 사람을 잡는 것이다.

"됐어, 그만하고 좀 쉬어."

부녀회장은 하우스 한쪽에 펼쳐진 비닐장판 위에 털썩 앉더니 내게 손짓을 했다. 다른 여자들은 벌써 자리를 잡고 앉아 물을 마시거나 양말을 벗어 흙을 털고 있다. 천천히 자리에서 일어나 아줌마들이 모인 곳으로 걸어가는데 영신네가 소쿠리를 들고 안으로 들어섰다.

나는 얼른 달려가 영신네 손에 들린 소쿠리를 받아들었다. 봄 들판에서 딴 쑥으로 만든 버무리와 김치, 음료수 등이 담겨 있었다.

"웬일이여? 그냥 빵으로 대충 때울 줄 알았더니?"

"언니는, 이게 더 싸게 먹히니까 그렇지."

부녀회장의 말에 누군가 낄낄거리며 받아쳤다. 영신네는 짜
증스러운 얼굴로 돌아보더니 퉁명스럽게 말했다.

"농사일도 바쁜데, 빵 사러 나갈 시간이 어디 있어?"

주거니 받거니 투덕거리며 참을 먹고 있는데 부녀회장의 핸
드폰이 울렸다. 한 손에 쑥버무리를 들고 전화를 받던 부녀회
장은 하우스 안에 있는 사람을 대충 눈으로 세어보더니 일곱
명이라고 얘기한다. 아마도 누군가 일손을 찾는 전화인 모양
이다. 아니나 다를까, 전화를 끊더니 그녀가 사흘 뒤 창수네
과수원에 일하러 갈 수 있는지 묻는다.

창수네 과수원은 대연골 너머 산 아래쪽에 있는 사과밭이
다. 사천 평쯤 되는데, 이맘때 일이라면 사과꽃눈 제거 작업이
다. 두 사람이 다른 볼일이 있다고 하자 부녀회장이 난감한 표
정을 짓는다. 나도 일이 있기는 하지만 이번 작업은 기다리던
일이라 잠자코 있었다.

"어쩌냐? 사람 열은 채워 오라는데."

봄이면 여기저기 농사일이 겹치니 일손이 태부족이다. 정
안 되면 읍내 군청에라도 나가 지원을 부탁해야 할 판이다.

"거기 어때? 혹시 모르잖아?"

"어디, 이사온 여자? 어디 하겠어?"

"밑져야 본전인데 말이나 건네보지 뭐."

자기들끼리 주고받더니 정작 말을 꺼내는 심부름은 내게 돌아온다. 농사와는 담을 쌓은 것 같은 인상이었지만 내가 그런 얘기를 해봤자 말이나 건네보라고 할 게 뻔하다. 결국 싫다는 말도 못하고 일을 끝내고 원장네 집으로 향했다. 사실 일손 맞추는 것보다는 여자를 다시 만나고 싶었다. 마을 여자들과 달리 그 여자와는 대화가 통할 것 같았다.

머뭇거리다 과수원 얘기를 꺼내자 여자는 웃으며 거절했고 커피나 한잔하고 가라며 집안으로 안내했다. 커피를 마시는 동안 여자는 이름을 물었다. 내 이름을 듣고 자신의 이름도 알려주었다.

장혜정. 나이는 서른아홉. 내 또래인 줄 알았는데 일곱 살이나 언니였다. 두번째 남편이 사고로 죽은 뒤 더이상 도시에 살고 싶지 않아 이곳으로 이사했다고 했다.

사과꽃눈을 제거하는 일은 어렵지 않지만 손이 많이 가는 작업이다. 가지마다 열린 꽃눈이 개화하기 전, 손으로 솎아내어 사과가 열릴 꽃눈만 남겨놓는 작업이다. 사천 평이나 되는 과수원에서 때를 놓치지 않고 작업을 마치려면 지나가는 개의 손이라도 빌려야 할 판이다. 그래도 능력 좋은 부녀회장이 인근에서 부를 수 있는 사람은 다 불러모아서 어떻게든 머릿수를 맞췄다. 이사온 여자에 대해서는 처음부터 기대가 없어서 그런지 별다른 얘기가 없었다. 나 역시 여자를 만나 차를 얻어 마시고 밤까지 놀다 온 이야기는 하지 않았다.

나는 가급적 사람들과 떨어져 작업하기 시작했다. 전지가위를 들고 가지마다 필요 없는 꽃눈을 잘라냈다. 이틀 작업량이라고 했는데 손 빠른 사람이 많은 덕분인지 하루 만에 일이 끝났다.

일을 마치고 사다리에서 내려오다 풀숲에 가위를 떨어뜨렸다. 주위를 둘러보니 이미 사람들은 창고 쪽으로 향했고 주변에 나 말고는 아무도 없었다. 사다리에서 내려와 가위를 떨어뜨린 곳 주변을 뒤적이다가 적당히 풀로 덮고 돌아서는데 혜정 언니가 건너편에 서 있는 모습이 보였다. 혜정 언니는 도로에 가로수로 심어놓은 벚나무 밑에 서서 바람에 흩날리는 꽃잎들을 넋을 잃은 듯 보고 있었다.

'이곳에 왜 나타난 거지?'

가슴이 쿵쾅거렸다. 괜히 나를 알은척할까봐 얼른 사람들이 있는 곳으로 뛰어갔다. 우리가 아는 사이라는 걸 알게 되면 아줌마들이 나를 붙잡고 별걸 다 캐물을 게 뻔하다. 그런 입심부름은 하고 싶지 않다. 슬쩍 뒤를 돌아보니 다행히 혜정 언니의 모습은 보이지 않았다. 아마도 산 쪽으로 올라간 것 같았다.

나는 장갑을 벗으며 사람들 앞으로 나섰다.

"장갑이랑 연장은 저한테 주세요."

사람들 사이를 다니며 장갑과 전지가위를 모아 창수 엄마에게 건네주었다. 이러면 누가 가위를 잃어버렸는지 모르겠지. 앞으로 사과가 열리기까지 수십 번은 더 사람의 손길이 필요하다. 그때마다 다시 이곳을 오게 될 것이다.

집으로 돌아오는 길에 나는 우연과 확률에 대해 생각해보았다. 덫이 한 군데에만 있다면 들판의 쥐를 잡기 힘들겠지만 여기저기 여러 개의 덫을 놓는다면 언젠가 쥐는 걸려들지 않을까 싶었다. 오늘 하나의 덫을 놓은 것만으로 이곳에 온 이유는 충분하다. 그렇게 생각하니 왠지 기분이 좋아졌다.

"정 못 참겠으면…… 꼬집어버려."

할머니는 그렇게 말했지만 나는 그 정도로 만족할 수 없다.

6월, 바람이 불어온다

바구니에 텃밭에서 딴 상추와 고추, 오이를 담아들고 부녀회장이 찾아왔다. 과수원 일을 도와줄 수 있냐고 몇 번이나 전화가 왔지만 몸이 안 좋아 좀 쉬고 싶다고 했더니 정말 어디가 안 좋은가 싶어서 왔단다. 바구니를 내려놓고 마루에 걸터앉은 부녀회장은 열린 문 사이로 방안을 기웃거린다.

"혼자서 있을 만해?"

"네, 괜찮아요."

"벌써 이 년 넘었지. 참 세월 빠르다니까."

아마도 할머니가 돌아가신 걸 말하는 것 같았다. 나는 부녀회장이 왜 이렇게 말을 돌리나 싶어 잠자코 기다렸다. 평소의 성격이라면 시선을 피하며 이렇게 엉뚱한 소리로 머뭇거릴 사람이 아니다.

"참 억척스러운 분이셨지…… 그러니까 너를 혼자서 잘 키워내신 거고."

계속 할머니 얘기를 하는 걸 보니 어렴풋이 짐작이 간다. 누구네 집 숟가락 하나가 부러져도 온 동네가 알게 되는 곳이니 할머니의 돈 얘기를 못 들었을 리 없다. 아마도 요 며칠 최대의 화제였을 것이다.

일주일 전 부엌 싱크대 앞이 새고 바닥에 물이 고여 어쩌나 하다가 부녀회장에게 물어봤더니 영기 삼촌을 불러줬다. 젊을 때 여기저기 공사판에 따라다니며 안 해본 공사가 없다기에 웬만한 미장이나 수리는 하는 줄 알았지만 수도공사까지 하는 줄은 몰랐다.

싱크대를 열어보더니 물이 새는 곳이 바닥인 것 같다고 했다. 우선 새는 곳을 확인하자고 장판을 들춰냈다. 하지만 나는 장판을 들어올리다 바로 동작을 멈추고 재빨리 장판을 덮었다. 불과 오 초도 안 되는 순간이었지만 영기 삼촌도 나와 같은 것을 보았다.

"야, 이거 뭐냐?"

"오늘은 공사 못하겠어요. 돌아가주세요."

나는 계속 도와주겠다며 장판을 건드리는 영기 삼촌을 완력으로 내보냈다.

그를 보내고 대문과 현관문까지 잠근 뒤에야 장판을 들어냈다. 부엌 장판 밑에는 만 원권, 오만 원권 지폐가 나란히 펼쳐져 있었다. 물어보지 않아도 할머니가 품삯으로 모은 돈이라는 것을 알 수 있었다. 물에 젖은 돈, 바닥에 들러붙어 바싹 마른 돈, 장판에 붙어 떼어지지 않는 돈. 한 장 한 장 지폐를 떼어내며 할머니가 어떤 심정으로 그 돈을 모았을지 생각했다. 왜 할머니는 돌아가시는 순간까지 돈에 대해 이야기하지 않았을까?

지폐를 모아 세어보니 천만 원이 넘는다. 갑자기 불안한 생각이 들었다. 입이 무거운 사람이 아니다. 틀림없이 영기 삼촌이 동네 사람들을 붙잡고 장판 밑에 숨겨둔 돈 이야기를 할 것이다. 그저 은행나무집 할머니 참 대단하네 하고 감탄할 사람도 있겠지만, 누구는 돈이 얼마인지 궁금하기도 할 것이고, 또 어떤 사람은 마침 필요하던 참인데 손을 내밀어볼까 싶기도 할 것이다. 돈 때문에 관심을 받고 싶지도 않고, 누군가 찾아와 구차한 이야기를 하고 돈을 꿔달라고 하면 물리칠 자신도 없다. 어쩔까 하다가 혜정 언니에게 달려갔다.

그사이 혜정 언니와는 많이 친해졌다. 주로 내가 그 집에 놀러가는 편이었는데, 그때마다 반갑게 맞아주고 차를 내준 뒤 잠시 얘기를 나누다가 편하게 있으라고 말하고는 자기 일에 몰두했다. 늘 뒤편 테라스에 캔버스를 내놓고 그림을 그리는데, 빈 화폭을 노려보다가 붓으로 선을 그려나가는 모습은 여자인 내가 봐도 매력적이었다. 다른 때라면 기꺼이 구석에 앉아 혜정 언니의 뒷모습을 보며 말없이 그림 그리는 것을 구경하겠지만 이번에는 마음이 급해 앉자마자 언니의 손을 잡고 조언을 구했다.

"뭘 걱정해? 은행에 넣어."

언니의 답은 명쾌했다. 돈을 빌리러 오는 사람이 있을 거라고 했더니, 웃으며 정기예금을 들어놔서 안 된다는 식으로 거절하는 방법까지 알려주었다.

"왜 그렇게 맘이 약해? 싫으면 싫다고 말해. 그게 가장 빠른 방법이야."

나도 그렇게 하고 싶다. 하지만 타고나길 남의 부탁을 거절하지 못하고, 할말도 제대로 못하며, 안 된다는 소리를 하기보다는 손해보는 쪽을 선택하는 사람도 있다.

"남 위해서 살래? 한 번 사는 인생이야. 네가 하고 싶은 대로 하며 살라고."

그렇게 거침없이 말하는 혜정 언니가 부러웠다. 소심하고 생각이 많은 나는 단순명쾌하고 직선적인 성격의 언니가 부러웠다. 나도 그렇게 할 수 있기를 바랐다. 시간만 나면 언니네 집에 놀러가는 것도 어쩌면 그것 때문인지 모른다. 언니를 보면서 나도 그렇게 내 마음이 가는 대로, 하고 싶은 대로 하면서 살고 싶기 때문이다.

다음날 바로 혜정 언니 조언대로 장판 밑에서 발견한 돈을 읍내 농협에 넣었다. 생각대로 아쉬운 소리를 하러 오는 사람이 있었지만 정기예금을 넣어 삼 년 뒤에나 찾을 수 있다는 말에 아무 소리 못하고 돌아갔다. 이렇게 마음 편하게 거절할 수 있다니, 다시 한번 혜정 언니의 조언이 고마웠다.

"뭐 하실 얘기 있어요?"

부녀회장이 계속 머뭇거리길래 보다못한 내가 먼저 물었다.

"내가 어디 가서 이런 말 하는 사람이 아닌데, 워낙 급해서 말이야. ……너, 농협에 넣어둔 돈 있지, 나 좀 융통해주면 안 될까?"

사람의 예상은 한 치도 틀리지 않는다. 시골에 살면서 돈도 제대로 못 벌어서 나중에 어떡할 거냐고 채근하던 사람이 이제는 주식하다 빚더미에 앉은 아들의 집이 경매로 넘어가게 생겼다며 내게 손을 내밀고 있다. 부녀회장에게는 정기예금에 들어놓았다는 얘기도 통하지 않았다. 요즘 같은 저금리 시대에 삼 년을 묶어놔봐야 이자가 얼마나 되겠느냐며 그건 자기가 챙겨주겠다고 한다. 계속 안 된다고 고개를 저으며 이런저런 핑계를 대며 거절을 해도 집요하게 조른다. 정말 왜 이러나 싶을 만큼 끈질기게 나오니 화가 나고 머리가 뜨거워졌다.

'정 못 참겠으면…… 꼬집어버려.'

할머니가 했던 말이 생각났다.

'그냥 싫다고 말해. 한 번 해보면 얼마나 쉬운지 알게 될 거야.'

혜정 언니의 목소리도 들렸다. 하지만 그것보다 더 내 안에서 꿈틀거리던 것은 안 된다는 내 말은 듣지도 않고 줄기차게 자기 할말만 하는 부녀회장에 대한 짜증이었다. 결국 꾹꾹 눌러둔 화산이 폭발하고 말았다. 나는 스스로도 놀랄 만큼 큰 소리로 고함을 질러댔다.

"안 된다고요, 안 돼! 몇 번을 말해요. 안 해요. 싫어요. 그만 좀 하라고요!"

놀란 부녀회장은 눈을 동그랗게 뜨고 한참 나를 쳐다보더니 황당하다는 듯 목청을 높였다.

"싫으면 말로 하면 되지 고함은 왜 질러? 그 성질 감추고 어떻게 살았나?"

몇 번이나 말할 때는 귓등으로도 안 듣더니 이제 와서 엉뚱한 소리다. 자기가 한 억지는 보이지 않고 참다 참다 터져나온 나의 행동은 억울한 모양이다. 부녀회장은 인상을 쓰며 자리에서 일어나더니 뒤도 안 돌아보고 나가버렸다.

잠시 죄책감이 밀려들었다. 그래도 다른 사람들에 비하면 할머니와 나를 가장 많이 챙겼던 아주머니다. 싫은 소리 하는 여자들 단속도 해주고 푸성귀 하나라도 나눠주려고 하던 사람이다. 그렇다고 모든 게 용서되는 것은 아니다. 이제 더이상 참을 수가 없다. 평생 이런 대접을 받을 생각이 아니라면 지금이라도 달라져야 한다.

잠시 밀려들었던 죄책감이 지나가자, 묘한 해방감이 들었다. 시원한 바람이 불어오는 것처럼 가슴 한편이 뻥 뚫렸다. 하면 할 수 있는 것을, 왜 그동안 하지 않았던가 하는 생각도 들었다. 어쩌면 혜정 언니 말대로 착한 사람 콤플렉스였는지도 모른다. 남한테 좋은 사람으로 보이고 싶어 싫은 소리 못하고 살아봐야 돌아오는 것은 무시였다.

어릴 때는 내가 나쁜 아이여서 엄마에게 버림받았다는 생각을 했다. 착하게 말 잘 듣고 있으면 데리러 오겠다는 엄마의 말을 믿었다. 그날부터 할머니에게 '착하다'는 말을 듣기 위해 애썼다. 동네 사람들이 지나는 말이라도 '착하다'는 소리를 해주길 바랐다. 착한 사람이 되기 위해 타인의 눈치를 보고, 다른 사람이 원하는 것을 해주기 위해 내 감정은 어둠 속으로 밀어넣었다. 그렇게 평생을 살다보니 나는 사라지고 남이 보는 내가 남아 있었다.

이제는 어른이 되기로 하자. 다른 사람이 날 뭐라고 하든, 내 기분대로 내가 원하는 것을 하며 살고 싶다. 언제까지 다른 사람들 눈치를 보며 살 수는 없다. 내가 먼저 나를 존중하지 않는데 누가 내 말, 내 감정을 존중해줄까? 내가 원하는 것을 얻기 위해 지금부터라도 달라져야 한다.

잘했다는 생각은 금방 사라지고 마음 한편에 찜찜함이 남아 혜정 언니를 찾아갔더니 역시나 방법이 잘못되었다고 한다.

"연습이 필요해. 여길 떠날 게 아니라면 부녀회장을 화나게 해서 좋을 게 뭐가 있어?"

평생 거절이나 싫다는 말을 못하고 살아왔으니 어떻게 해야 할지 생각도 나지 않았다.

"정말 도와주고 싶지만 어쩔 수 없다는 걸 상대가 알게 해줘야지."

"하지만 정기예금 얘기를 해도 안 통했는데?"

"그럴 땐 감정으로 나가야지. 할머니가 남기신 돈을 감히 제가 어떻게 써요? 전 한푼도 건드리고 싶지 않아요. 할머니……"

혜정 언니는 마치 자기 할머니 얘기를 하듯 감정을 담았다. 금방이라도 울 듯한 표정과 눈빛을 보면서 나도 깜빡 속을 뻔했다. 시선이 마주치자 금방 원래 표정으로 돌아왔다. 연극배우가 따로 없었다.

"알았어? 세게 나가야 할 때가 있고, 약하게 보여야 할 때가 따로 있는 거야."

오늘도 또 한 가지 배웠다. 이러니 시간만 나면 언니를 찾아오게 되는 것이다. 성격, 외모, 직업 무엇 하나 부럽지 않은 것이 없다.

마을 사람들이 뭐라고 하건 말건 언니는 마을과 적당한 거리를 유지하고 살기로 마음먹은 것 같다. 한동네 이웃이 되었으니 사람들은 먼저 와서 인사도 하고 적당히 굽히고 들어오길 바라는데 언니는 그럴 마음이 전혀 없다. 낯선 사람이 들어오면 보이지 않는 텃세를 부리며 나름 길을 들이는데 언니에게는 그게 통하지 않는다. 그런 태도가 왠지 통쾌하게 느껴졌다.

"화가는 어떻게 되는 거예요?"

"어? 나 화가 아닌데?"

"하지만 매일 그림 그리잖아요?"

"이건 취미야 취미."

"취미?"

"전부터 그림을 그려보고 싶었는데 기회가 없었지. 막상 해보니까 시간 가는 줄 모르겠어. 정인씬 뭐 좋아하는 취미 있어?"

취미? 한 번도 생각해보지 않았다. 따로 취미를 가져볼 생각도 여유도 없었다. 아무리 생각해도 취미라고 할 만한 걸 해본 적이 없다. 그러다 문득 '취미'라는 게 뭔지 궁금해졌다.

"취미? 음…… 좋아서, 재미있어서 하는 일? 취미는 개인 취향이야. 내가 즐거워서 하는 일이면 뭐든 취미라고 할 수 있지."

즐거워서 하는 일. 머릿속으로 영신네 수박밭에서 한 넝쿨 자르기 작업이 생각났다. 과수원에서 한 사과 꽃순 따기도 생각났다. 남들이 뭐라건 그 작업은 즐거웠다.

"지금 뭔가 생각난 표정인데? 뭐야, 정인씨 취미?"

몇 번이나 물었지만 대답을 해줄 수가 없었다.

읍내에 나가기 위해 버스정류장으로 갔더니 부녀회장과 영신네, 동이 할머니까지 있다. 여럿이 읍내에 나가는 모습에 무슨 일인가 싶었다.

"읍내 나가시나봐요?"

인사를 했더니 다른 사람과 달리 부녀회장은 고개를 돌린다. 평소라면 먼저 입을 열었을 부녀회장은 지난번 일로 아직 마음이 안 풀린 것 같았다. 예전의 나라면 안절부절못하고 전전긍긍하겠지만 이제는 눈앞에서 그런 모습을 봐도 아무렇지 않았다. 부녀회장이 조용하니 영신네가 입을 열었다.

"병원, 병문안 가."

"누구요?"

"소식 못 들었구나? 창수네. 아저씨가 다쳤어."

"그래요? 어쩌다가……"

예초기로 한껏 자란 풀을 베다가 그만 사고를 당했다고 한다.

"풀숲에 떨어진 전지가위를 못 본 모양이야. 아니 그 넓은 과수원에 왜 하필이면 거기서 꼴을 베다…… 사고가 나려니 참……"

다들 표정이 어두워진 채 혀를 차는 걸 보니 상태가 많이 안 좋은 것 같았다.

"얼마나 다치셨대요?"

"오른쪽 발목이 나갔대. 앞으로 농사는 어떻게 지을지 참……"

입을 다물고 도로 쪽으로 시선을 두고 있던 부녀회장도 더 못 참고 대화에 끼였다. 여전히 시선은 나를 피하고 있지만 이렇게 말을 섞는 것은 마음을 풀고 있다는 것을 의미한다.

"그만하길 다행이여, 까딱했으면 죽을 뻔했다잖아? 시간 되면 같이 가든가……"

"그러고 싶은데 다른 일이 좀 있어서요."

때마침 버스가 도착해 더이상 길게 얘기를 하지 않아도 되었다. 동이 할머니를 의자에 앉혀주고서 보니 부녀회장과 영신네가 나란히 앉아 있어 그 뒤편에 앉았다.

창밖을 보니 어느새 여름이다. 창문을 열어 바람을 맞았다.

푸른 나무와 한가로운 들판 풍경에 왠지 기분까지 상쾌해졌다. 지금이 내가 가장 좋아하는 계절이다. 나도 모르게 미소가 새어나왔다. 사과밭에서 사과가 한창 예쁘게 크고 있을 때다. 과수원집 아저씨는 앞으로 어떻게 될까? 남의 집 농사 걱정은 안 한다. 누군가의 손을 빌려 또 사과를 따겠지. 그런 생각을 하다 문득 궁금해졌다.

그 남자는 자기가 왜 사고를 당했는지 과연 알고 있을까? 과수원 창고에서 나를 겁탈할 때 이런 미래가 기다리고 있다는 것을 생각이나 했을까? 언젠가 기회가 되면 알려줘야겠다. 내 얘기를 듣고 어떤 표정을 지을지 궁금하다.

부녀회장과 영신네 뒤에 앉아 다행이다. 이렇게 웃고 있는 얼굴을 들키지 않을 테니까. 두 사람의 뽀글뽀글한 파마머리를 보다가 문득 잊고 있던 일이 생각났다.

"아줌마, 이제 수박 출하할 때 되지 않았어요?"

갑자기 영신네의 어깨가 축 늘어진다. 대답 대신 한숨이 들려온다. 듣지 않아도 알 것 같았다. 옆에 있는 부녀회장이 영신네의 무릎을 툭툭 치며 위로를 한다.

"됐어, 이럴 때도 있고 저럴 때도 있지."

"아이고 성님, 내 사정 알면서 그렇게 얘기를 해? 농협에서 대출받은 건 어떡해요? 수박 하나 바라보고 비닐하우스 고치느라 돈은 또 얼마나 들어갔는데."

"알어, 알어. 나도 농사짓는 사람인데……"

"아니, 남들은 수박이 잘만 됐던데, 왜 우리집만 병이 도냐고, 이게 말이 돼요?"

무슨 병이 돌았는지 넝쿨이 모두 말라죽었다고 한다.

영신네는 그게 문제다. 돈 아낀다고 작년에 쓴 농약을 그대로 쓰고 있었다. 그렇지 않아도 병충해에 약한 작물이 수박인데, 농약을 아무데나 방치하다가 필요할 때 가져다 쓴다. 물탄 농약이 과연 얼마나 효과가 있었을까?

8월, 바닥이 드러나다

마른장마가 지난 뒤에도 비는 내리지 않았다. 밭에 심어둔 작물이 시들어가고 논에도 물이 말라갔다. 날이 더워지면서 한낮에는 유령 마을처럼 지나는 사람 하나 보이지 않는다. 얼굴은 보이지 않아도 소식은 늘 바람처럼 어딘가에서 날아온다.

과수원 창수 아저씨는 평생 함께해야 할 목발을 짚고 퇴원한 뒤로 두문불출이고 술로 시간을 보낸다고 한다. 영신네는 수박밭을 갈아엎고 뭘 심어야 할지 작물을 고르는 중이고 북경루 박씨는 온다간다 말도 없이 사라져 동네에 있던 유일한 중국집이 문을 닫았다. 부녀회장의 아들은 결국 집이 경매로 넘어가고 아내와 이혼한 뒤 마을로 내려왔다.

혜정 언니는 집에서만 그림을 그리는 게 지겨웠는지 근처 저수지에 대해 물었다. 가까이 있는 연곡저수지를 알려주었다. 백곡저수지가 크기는 하지만 연곡저수지가 훨씬 가깝다. 얼마 후부터 시간만 나면 그곳에 가서 그림을 그린다고 했다. 차가 있으니 저수지를 돌면서 마음 내키는 곳에 내려 스케치북을 펴들고 자리를 잡고 시간을 보내는 것 같았다. 넓은 저수지를 얼마나 돌아다녔는지 안 가본 곳이 없었다. 여름이 되면서 밭농사 일감이 줄어들자, 나도 언니를 따라나섰다. 그동안 다니면서 아주 마음에 드는 장소를 발견했다며 연곡저수지 동쪽으로 나를 데리고 갔다.

언니 말대로 도로에서는 보이지 않지만 조금 내려가니 아늑한 장소가 나타났다. 잔가지들을 뚫고 안으로 들어가니 넓은 잔디밭에 나무 그늘도 있고 아래로 저수지와 마을이 한눈에 내려다보인다. 뒤로는 만뢰산이 자리하고 있어 안정감도 있고 포근하게 느껴진다. 한적하게 놀기에는 최적의 장소였다.

"여길 어떻게 찾았대요?"

풍경에 감탄하며 물어보자, 언니는 자동차 뒷좌석에서 짐을 내리며 웃어 보였다.

"내가 한군데 가만있는 성격이 아니거든."

그림을 그릴 화구를 내리는 줄 알았는데 그게 아니었다. 혜정 언니의 손에는 피크닉용 바구니와 돗자리가 들려 있었다.

"나 도시락까지 싸 왔다."

돗자리를 깔고 바구니를 내려놓자마자 뚜껑을 열어 보인다. 안에는 샌드위치와 과일이 담긴 도시락이 보이고 작은 와인도 들어 있다. 그림은 뒷전이고 우선 도시락부터 펼쳐놓는다.

정말 좋다. 혜정 언니를 알게 된 뒤로 더는 이 동네가 답답하지 않았다. 대화가 통하는 친구가 있다는 게 이렇게 좋은 일인지 처음 알았다. 무엇보다 좋은 건 오랜 시간을 함께 있어도 결코 내 사생활에 대해 묻거나 아픈 곳을 건드리는 일이 없다는 것이다. 말하지 않는 것은 굳이 캐묻지 않고 적당한 거리를 유지하며 그저 함께 있는 시간을 즐겁게 보내는 일에 집중했다.

야외에서 먹는 도시락은 무엇과도 비교가 되지 않을 만큼 맛있었다. 술을 못해도 언니가 건네준 와인은 달콤해서 먹을 만했다. 이렇게만 지낼 수 있다면 더이상 바랄 게 없다는 생각이 들었다. 하지만 완벽한 순간은 오래가지 못했다.

도시락을 다 먹고 돗자리에 누워 하늘을 바라보다 까무룩 잠이 드나 싶을 때 전화 벨소리가 들렸다. 발신인이 뜨지 않는 전화는 받는 게 아니다. 무심코 받은 핸드폰 너머에서 "여보세요"라는 목소리가 울린 순간 온몸에 소름이 돋았다. 나도 모르게 벌떡 일어나 앉았다.

헤어진 남편이었다. 아니, 헤어졌다기보다 도망친 남편. 나는 아무 말도 못하고 놈이 하는 말을 듣고만 있었다. 전화를 받는 분위기가 심각했던지 나를 바라보는 혜정 언니의 표정도 굳어갔다. 놈의 목소리를 더 듣고 있다가는 미쳐버릴 것 같아 그대로 전화를 끊었다. 다시 전화 벨소리가 들리자 화들짝 놀라 나도 모르게 핸드폰을 바닥에 던져버렸다.

"무슨 전화야? 얼굴이 창백해."

누구에게도 얘기하고 싶지 않았다. 돌아가신 할머니에게도 하지 않았다. 내 입으로 그 얘기만은 하고 싶지 않았다.

결혼하고 한 달 만에 손찌검이 시작되었다. 처음엔 손을 올리는 시늉만 하며 으름장을 놓더니 어느 순간 뺨을 갈기고 머리를 때리기 시작했다. 생각지도 못한 일을 당하자 놀라서 아무런 반항도 할 수가 없었다. 분노가 폭발하면 미친듯이 사람을 패다가 어느 정도 진정이 되면 잘못했다고 빌며 사과를 했다. 하지만 그 사과는 오래가지 못했다. 몇 달 뒤에는 사과하는 일도 사라졌다. 감옥을 피해 도망쳤더니 지옥을 만난 꼴이었다. 이대로 더 맞다가 죽을 것 같은 순간이 오자 처음으로 그에게 프라이팬을 휘둘렀다. 놀라서 쳐다보는 남편에게 끝내자고 했다. 아무런 대책도 없이 남편이 잠든 사이 짐을 싸들고 집을 나왔다. 갈 곳이 없어 방황하다가 할머니의 전화를 받았다. 아프다는 말에 그길로 마을로 돌아와 지금껏 잊고 살았다.

전화를 받기 전까지만 해도 모든 게 만족스러웠다. 남편은 이미 생각도 안 날 만큼 지워진 존재였다. 삼 년 넘게 서로 잊고 살았는데 이제 와서 왜 갑자기 전화한 걸까? 가만, 그가 어떻게 내 전화번호를 알고 있지? 동네로 온 뒤 전화번호를 바꿨는데······

　내가 굳게 입을 다물고 생각에 잠겨 있는 사이 혜정 언니는 잠자코 우리가 먹었던 도시락을 치웠다.

　"거기 트렁크에 내 화구 좀 꺼내줄래?"

　혜정 언니는 아무 일도 없다는 듯 평소 같은 목소리로 심부름을 시켰다. 아무것도 묻지 않고 넘어가는 언니가 고마웠다. 더이상 분위기를 깨고 싶지 않아 나도 머릿속에서 남편에 대한 생각을 털어내기로 했다.

　차 트렁크를 열어 이젤과 화구가방을 꺼냈다. 바닥에 놓인 캔버스를 꺼내다 틈 사이로 뭔가 반짝하는 게 보여 손을 넣었다. 손가락 끝에 목걸이 줄 같은 게 느껴졌다. 조심스럽게 손톱으로 들어올리자 틈에 끼여 있던 목걸이가 올라왔다. 줄에 매달린 펜던트가 어딘가 낯이 익었다. 하늘빛이 도는 투명한 보석은 칼 모양이었다.

　'이걸 어디서 봤더라?'

　그러다 나도 모르게 혜정 언니 쪽을 살피고 얼른 목걸이를 바지 주머니에 넣었다.

요란한 소리를 내며 마을회관으로 구급차가 들어왔다. 마을
회관에 모여 술을 마시던 청년회장과 부녀회장이 거품을 물고
쓰러져 구급차를 부른 것이다. 마을 일을 의논하기 위해 모인
이장과 청년회장, 부녀회장 등 몇 명이 한자리에 있었지만 소
주를 마신 사람은 쓰러진 두 사람뿐이었다. 청년회장은 소주
두 잔을 마시고 목을 붙잡고 쓰러졌고 부녀회장은 한 잔을 마
시다 몸을 떨며 쓰러졌다. 두 사람의 모습을 본 사람들은 금방
농약 사고라는 것을 알고 구급차를 부르는 동시에 경찰에 신
고했다. 두 사람이 구급차로 옮겨져 병원 응급실로 실려가고
마을회관에 경찰차가 나타났다.

구급차 소리에 마을회관 앞으로 가보니 평소에는 보이지도
않던 사람들까지 모여 웅성거리고 있었다. 함께 술을 마시고
있던 부녀회 총무는 도무지 믿기지 않는다는 표정으로 안절부
절못하고 있었다.

"도대체 이게 뭔 일이래, 우리 마을에 왜 이런 일이 일어
나?"

누군가 술병에 농약을 넣었다. 누구도 쉽게 말을 꺼내지 못
했지만 모두의 머릿속에 이 생각이 가득했다. 마을 사람이라
면 누구나 오늘 마을회관에서 간부회의를 한다는 것을 안다.
그리고 그렇게 사람들이 모일 때마다 음식을 장만해서 나눠

먹고 술도 마신다. 대부분 막걸리를 마시지만 부녀회장과 청
년회장은 소주를 마신다. 소주에 농약을 넣은 사람은 그것까
지 알고 있을 것이다. 각자의 머릿속에서 온갖 추측이 오고가
지만 누구도 입을 열지 않고 서로의 눈치만 보고 있다.

"하지만 술은 청년회장이 며칠 전 직접 사들고 온 거라던
데?"

"그러게, 그리고 냉장고에서 직접 꺼내 먹었다니까. 분명 새
병이었다고."

나는 술자리에 같이 있던 사람들이 웅성거리다 경찰차에 올
라타는 것을 본 뒤, 혜정 언니네 집으로 향했다. 언니 역시 마
을에서 들리는 요란한 소리에 앞마당으로 나와 구경을 하고
있었다.

"무슨 일이야?"

"누가 술에 농약을 넣었어요. 그걸 먹은 두 사람이 병원으로
실려갔고요."

혜정 언니는 고개를 끄덕였다. 나는 언니의 머릿속에 어떤
생각이 스쳐가는지 궁금했다.

"들어가자."

혜정 언니는 얼마 전 내가 농장에서 얻어 온 레몬으로 레모
네이드를 만들어주었다. 안에 든 얼음이 녹으며 유리컵에 맺
힌 물방울이 흘러내리는 동안 우리는 말없이 서로를 쳐다보

았다.

망설였다. 이 일에 대해 말해야 할지, 아니면 입다물고 있어야 할지. 언니는 이미 알고 있을 것이다.

이틀 전, 부엌에 있을 때였다. 언젠가 과수원에서 가져온 농약을 주사기에 담아 소주병 뚜껑에 꽂다가 뒷덜미가 서늘해져 돌아보았다. 현관문이 열려 있었다. 인기척이 들린 것도 같았다. 서둘러 나가보니 마루 한편에 은행에서 나눠주는 달력만 한 그림이 놓여 있었다. 그것으로 알 수 있었다. 혜정 언니구나. 봤구나.

그럼에도 나는 내 계획을 멈추지 않았다. 목격자가 있어도 상관없다.

"그림 고마워요. 나는 그렇게 예쁘지 않은데."

"아니, 넌 예뻐. 눈빛이 살아 있잖아."

"나는요, 그냥 나를 가만 내버려뒀으면 좋겠어요. 그게 어려운 일인가요?"

"……"

결국 나는 언니에게 내가 왜 그런 짓을 저지를 수밖에 없었는지 이야기하기 시작했다.

남편에게 내 전화번호를 알려준 것은 청년회장이었다.

읍내에서 하는 동창회에 나갔다가 청주에 사는 동창을 만났고 그를 보자 몇 년 전 그의 부탁으로 중신을 섰던 일을 떠올

린 것이다. 청년회장은 다시 마을로 돌아온 내 이야기를 했고
동창은 혼자 살고 있는 남편 이야기를 했다. 우리가 어떻게 끝
을 냈는지 모르는 두 사람은 혼자된 두 사람을 다시 합쳐 살게
하는 게 좋지 않겠냐고 의기투합했다.

청년회장과 함께 찾아온 부녀회장은 아직 이혼 도장도 안
찍고 있는 걸 보면 둘 다 조금은 마음이 있는 것 아니냐며 한
살이라도 젊었을 때 합치라고 거들었다. 연락을 끊고 혼자 사
는 데는 다 나름의 이유가 있는 것이라고 해도 그들은 귀담아
듣지 않았다.

"어른 말 들어서 나쁠 거 없어. 우리가 시키는 대로 해. 나중
에 고맙다고 할걸?"

"혼자 살아서 좋을 게 없어. 등 떠밀 때 알았습니다 하는
거야."

가만히 하는 얘기를 들어보니 청년회장은 내가 할머니로부
터 꽤 많은 유산을 받은 것처럼 남편에게 이야기해둔 모양이
었다. 놈이 갑자기 그렇게 나긋한 목소리로 전화를 해서 사과
를 하고 아직도 법적으로 부부 사이라고 할 때 뭔가 이상하다
싶었다.

"나한테 다 얘기해도 괜찮아?"

"언니가 신고하지 않을 거라는 걸 아니까요."

276

"왜 그렇게 생각하지?"

나는 바지 주머니에 있던 목걸이를 꺼내 보였다.

하늘색 칼 모양의 펜던트가 조명을 받아 반짝거렸다. 촌스러운 모양이 박씨의 취향을 가늠하게 해준다. 이 목걸이를 꽤 좋아했는지 늘 차고 다녔다. 어느 날 사라진 북경루 박씨.

"트렁크에 있었어요."

언니가 처음 만났을 때처럼 활짝 웃어 보였다.

"처음 볼 때부터 맘에 들었다니까."

혜정 언니는 자리에서 일어나 천천히 내게 다가왔다.

"어디에 버렸어요?"

"뭐, 저수지 어딘가에 있겠지. 그보다 말이야……"

어느새 언니가 내 곁으로 다가와 섰다. 언니는 두 손을 내 어깨에 올리고 부드럽게 주무르기 시작했다.

"남편 얘기 좀 해볼래? 아직 남편인 거지?"

갑자기 남편 이야기를 꺼내는 혜정 언니가 의아했다.

"지난번엔 예금에 대해 알아봤으니까, 이번엔 보험에 대해 공부해볼까?"

나와 눈을 맞추는 언니의 눈빛이 반짝거렸다. 새로운 장난감을 발견한 아이같이 설레는 얼굴이었다. 문득 언니의 취미는 그림이 아닐 거라는 생각이 들었다.

역시 난 언니가 좋다. 아직도 배울 게 너무 많다.

장미정원의 가족사진

며느리 현주

"우리 어머님이 좀 까다로운 분이세요."

현주는 탁자에 놓인 이력서는 보지도 않고 조심스럽게 입을 열었다.

"아니, 까다롭다기보다는 뭐랄까 좀 어렵다고 할까, 무엇 하나 쉽게 넘기는 분이 아니라서 조심하셔야 해요."

"병상에 계신 노인분들은 흔히 그러시죠."

여자는 대수롭지 않은 일이라는 듯 커피잔을 들며 말했다.

소문은 익히 들어 알고 있다. 하지만 현주는 다시 한번 여자에게 주의를 주고 싶었다. 그동안 상대했던 노인들을 생각하면 안 돼요. 우리 시어머니는 쉽게 볼 사람이 아니에요.

좋은 간병인을 구하는 일은 쉬운 일이 아니다. 더구나 성미는 강파르고 예민한데다 취향은 깐깐한 현주의 시어머니, 차여사 같은 사람이라면 더욱 그렇다.

애초에 시어머니의 간병인 같은 건 신경쓰지도 않았다. 그런 건 모두 남편이 알아서 했으니까. 하지만 친구 재경의 시모상에 문상을 다녀온 뒤 생각이 바뀌었다.

재경의 시모는 뇌졸중으로 쓰러져 꽤 오래 병상에 누워 있었다.

강남에서도 알아주는 부동산 부자였지만 질병 앞에서는 돈도 아무 소용이 없었다. 하필이면 혼자 있는 시간에 뇌졸중으로 쓰러져 뒤늦게 발견되었다고 한다. 병원으로 옮겨 수술을 했지만 결국 전신마비가 되고 말았다. 그사이 여러 간병인이 거쳐갔지만 환자나 가족 모두를 만족시키는 사람은 없었다. 병상에 누워 있는 시간이 길어지자, 환자는 점점 고약해졌고 가족들은 그 성질을 받아내느라 지쳐갔다.

"그런데 이 선생이 온 뒤로 그 살쾡이 같은 시어머니가 고양이로 변하신 거야."

매사에 시비를 걸던 시어머니의 신경이 느슨해지니 가족들에게도 모처럼 평화로운 시간이 돌아왔다고 했다. 하지만 여전히 병세는 나아지지 않아 꽤 오래 병상을 지켜야 하는 게 아닌가 싶던 즈음에 거짓말처럼 자고 일어나보니 시모가 세상을 떠났다고 한다.

"긴병에 효자 없다고, 서로 더 힘들지 않고 딱 좋을 때 떠나신 거지 뭐."

"그러게, 한숨 돌린 거 보니 부럽네. 우리집은 아직도 끝이 안 보여."

현주가 자기도 모르게 한숨을 내쉬며 시어머니가 병상에 있다는 얘기를 하자 재경의 눈빛이 바뀌었다.

"마침 우리집 일도 끝났으니 한번 알아봐줄까?"

남편이 구해온 간병인이 일주일을 못 채우고 나간 것을 알고 있었지만 시어머니와 그다지 사이가 좋은 편이 아니라서 옆에서 거들고 싶은 생각은 없었다.

"됐어, 나랑 우리 어머니 사이 잘 알면서. 내가 데려가면 그 때문에 싫다고 하실걸."

"보통 간병인이 아니라니까 그러네."

재경은 주위를 둘러보더니 현주의 손을 잡아끌고 장례식장 주차장 구석으로 나왔다. 대단한 비밀이라도 말하듯 목소리를 낮추고 은밀한 이야기를 전했다.

"간병인으로는 최곤데, 좀 이상한 소문이 있어."

"이상한 소문?"

"이 선생이 간병을 하면 반년도 안 돼서 돌아가신다는
거야."

"뭐? 왜?"

"왜인지 누가 알아? 그냥 나도 소개받을 때 들은 거야."

"그런데도 간병인으로 썼다고?"

"그래서 쓴 거지."

그 순간 재경의 얼굴을 보며 등골이 서늘해졌다. 얇은 입술
에 살며시 미소가 스치는 것 같더니 이내 표정을 감추었다. 하
지만 한번 벗겨진 가면은 쉽게 다시 씌워지지 않았다. 그리고
그렇게 발견한 민낯이 묘하게 불쾌하지 않았다.

"사실 언제 죽어도 이상하지 않을 사람들이잖아?"

그 말을 듣자 머릿속에서 반짝, 작은 불이 켜졌다. 재경의
시모가 '딱 좋을 때'에 돌아가신 것도 그 소문과 관련이 있지
않을까 하는 생각이 스쳤다.

갑자기 흥미가 생겼다. 재경도 현주의 눈빛에서 관심을 읽
은 듯했다.

"어때, 소개해줘?"

재경의 얼굴을 빤히 쳐다보던 현주는 문득 조금 전 문상을
마치고 식사를 하는 동안 등 너머로 들려오던 이야기가 떠올
랐다. 빌딩들만 해도 사백억이 넘는다고 하던데, 그 많은 재산
이 이제 두 형제에게 돌아가게 되었다는 것. 갑자기 평생 써도

다 못 쓸 돈벼락을 맞은 기분이 어떨지 궁금했다.

"……그런데 왜 이 선생이야?"

"뭐 듣기로는 대형병원 간호사 출신이라고 하던데? 간호대학에서 학생을 가르친 적도 있고. 그래서 이 선생이라고 부르나봐."

이상한 소문만 들었을 때는 무슨 간병인이 그런가 싶었는데 간호사 출신에, 대학 출강도 했다니 나쁘지 않다는 생각이 들었다. 현주는 결국 재경에게 연락처를 받았고 그걸 남편에게 건네주었다. 재경에게서 들은 이상한 소문은 말하지 않았다. 확인되지 않은 소문으로 남편을 불안하게 할 필요는 없으니까.

남편과 만나기로 하고 그전에 이 선생을 먼저 만났다.

미리 시어머니가 어떤 사람이라는 정보를 주고 싶었다. 한편으로 이 선생이 어떤 사람인지도 궁금했다. 키는 165 정도. 간호사 출신이라더니 딱 봐도 간호사다운 몸가짐이었다. 늘씬한 체형에 뒤로 깔끔하게 빗어 넘겨 하나로 묶은 머리는 단정한 분위기를 더했다. 침착한 눈빛에 목소리도 차분했다.

시어머니의 상황에 대해 이야기했지만 이 선생은 별로 듣고 싶어하지 않는 것 같았다. 현주도 하고 싶은 이야기가 따로 있어서인지 자꾸 엉뚱한 말이 튀어나왔다.

현주가 하고 싶었던 질문은 정말로 이 선생이 간병을 하면 환자가 육 개월 안에 죽는지, 그 이유는 뭔지였다. 하지만 그건 쉽게 꺼낼 수 있는 질문이 아니다. 자칫하면 이 선생을 의심하는 것으로 오해할 수도 있고, 또 이 선생을 간병인으로 원하는 자신의 속셈을 들킬지도 모르기 때문이었다.

간신히 인내력을 긁어모아 그 질문을 꿀꺽 목구멍 속으로 집어넣었다. 육 개월만 참고 기다리면 알 수 있는 일이니 눈 딱 감고 그때까지만 지켜보기로 했다.

곧 남편이 도착했다. 현주는 이 선생을 뒷좌석에 태우고 남편 옆에 탔다. 시어머니의 집으로 향하는 동안 현주는 남편에게 몇 번이나 신신당부를 했다.

"당신이 모시고 온 거지, 난 모르는 걸로 해요. 이 선생도 그렇게 아시고요."

자동차 뒷좌석에 앉은 이 선생은 현주의 이야기를 듣고 가볍게 고개만 끄덕였다.

"어머니는 고관절 수술 후유증으로 몸을 잘 못 가누세요. 혼자 힘으로 용변을 보는 것도 어렵지만 어떻게든 기를 쓰고 혼자 하시려고 하죠. 먼저 손을 내밀지 않으면 건드리지 마세요. 지팡이가 날아올 겁니다."

남편이 또 한번 어머니의 상태에 대해 말해주었다. 하지만 치매 초기 증상이 보이는 것 같다는 이야기는 하지 않았다. 아마도 남편 자신이 믿고 싶지 않기 때문에 그 부분은 의식적으로 외면하는 것 같았다. 현주도 굳이 덧붙이지 않았다. 함께 생활하다보면 자연스럽게 알게 될 일이다.

성북초등학교를 지나 시어머니가 사는 힐타운의 빌라가 보이자 현주는 자신도 모르게 두 손을 꼭 쥐었다. 일이 어떻게 될지 기대와 설렘이 밀려오다가 왠지 모를 불안감이 스며들기도 했다.

고풍스러운 꽃담으로 둘러싸인 힐타운은 저택과 아파트의 장점을 살린 고급 빌라다. 시어머니가 있는 곳은 그중에서도 산과 이어지는 집으로 단독 정원이 딸려 있다.

시어머니는 건강할 때만 해도 그곳에 철마다 바뀌는 꽃들을 심거나 푸성귀를 심어 소일거리로 삼았다. 그때는 정원의 모든 식물이 생기가 넘쳤다. 주인의 손길이 사라지자 정원의 모습은 빠르게 변해갔다. 덩굴장미가 제멋대로 줄기를 뻗어 정원의 절반 정도를 차지하고 있었고 산기슭 쪽은 웃자란 잡초들이 무성했다. 그래도 꽃이 피는 계절이 되니 어수선하기는 해도 을씨년스러움은 사라졌다. 곧 꽃이 피고 잎사귀가 나오면 한결 나아질 것이다.

현관문을 열고 집안으로 들어서자 넓은 거실이 나왔다. 거실 한 면을 차지한 창 너머로 방금 걸어온 정원이 한눈에 보였다. 창 근처에 각도를 맘대로 조절할 수 있는 병상침대가 있고 그 위에 몸을 45도 정도 일으킨 시어머니가 앉아 있었다. 시선이 창가 쪽으로 향하고 있으니 틀림없이 정원을 가로질러 아들과 며느리가 오는 것을 보았을 것이다. 그뒤 현관문 여는 소리를 들었을 텐데도 시어머니는 뒤도 돌아보지 않는다.

실내에는 차분한 클래식 음악이 흐르고 있었다.

"엄마, 저희 왔어요."

남편이 다가서며 말을 걸었지만 차 여사는 대답 대신 인상을 찡그렸다. 현주는 시어머니의 저런 모습이 싫다. 자식이 왔으면 돌아보고 아는 척이라도 해주면 좋으련만, 한 번도 따뜻하게 맞아준 적이 없다.

결혼 전 처음 이 집으로 인사를 하러 왔을 때부터 그랬다. 무엇이 못마땅한 것인지 인사 후 몇 마디 대화를 주고받은 뒤로는 흥미가 없다는 듯 현주에게 관심을 보이지 않았다. 딱히 결혼에 반대한 것도 아니지만 그렇다고 새사람을 들이는 데 관심과 호의도 보이지 않았다. 그냥 철저한 무시, 그것이었다. 그뒤로도 대놓고 무시당한 적이 한두 번이 아니다. 그나마 따로 살고 있어 얼굴 마주치는 날이 일 년에 며칠 안 되니 다행이지, 함께 살았으면 스트레스로 꽤 힘들었을 것이다.

아예 안 보고 살면 좋겠지만 남편은 효자 콤플렉스에 걸린 사람이라 그러지도 못한다.

"〈사라방드〉…… 그리그의 홀베르그 모음곡이네요."

이 선생은 실내에 흐르는 음악을 아는지 잠시 눈을 감고 귀를 기울였다.

자식이 부를 때도 돌아보지 않던 차 여사가 고개를 돌려 낯선 여자를 바라보았다. 남편이 때를 놓치지 않고 얼른 엄마에게 다가가 이 선생을 소개했다.

"앞으로 엄마 곁에서 도와줄 간병인이에요. 간호사 출신이고ㅡ"

"조용히 좀 해. 음악 감상을 못하겠네."

차 여사는 카랑카랑한 목소리로 아들의 입을 막았다. 현주는 남편의 옆에서 가볍게 고개를 숙이며 인사를 대신했다. 차여사는 현주의 인사는 본척만척하고 이 선생을 쳐다보며 말했다.

"거기 음악 좀 꺼줄래요?"

차 여사의 말에 이 선생은 곧 오디오로 가서 천천히 볼륨을 줄이고 정지 버튼을 눌렀다. 그런 이 선생의 모습을 찬찬히 보던 차 여사는 아들의 얼굴을 쳐다보며 입을 열었다.

"화장실."

현주는 시어머니의 그 말이 곧 간병인에 대한 첫번째 심사라는 것을 깨달았다. 얼마나 몸이 재빠른지, 적당한 조치를 취하는지 바로 확인할 수 있는 방법이다. 다른 말도 꺼내지 않고 바로 첫번째 임무를 맡겼다는 건 꽤나 마음에 들었다는 얘기다.

'역시 재경이 말이 맞았어.'

현주는 자신의 일도 아닌데 바짝 긴장하며 이 선생이 움직이는 모습을 지켜보았다.

남편의 눈짓을 본 이 선생은 얼른 침대로 다가가 두 팔로 가뿐하게 시어머니를 감싸안고 몸을 돌려 화장실을 찾았다. 휠체어에 옮기는 게 아니라, 바로 화장실로 갈 모양이었다. 체력만 받쳐준다면 환자에게도 그편이 훨씬 나을 것이다. 휠체어에 오르내리고 또 변기에 내려주는 과정을 거치면 아무래도 번거롭고 불편할 수밖에 없다.

남편이 얼른 달려가 화장실 문을 열어주었다.

두 사람이 화장실로 들어가자 현주는 재빠르게 남편에게 다가가서 속삭였다.

"이거 분명 좋은 징조 맞지?"

"그러게. 체구도 별로 안 큰데 힘이 좋네? 엄마도 편안하게 안기시는데?"

현주는 문득 궁금해졌다. 집안으로 들어와서 이 선생이 한 거라고는 음악 이야기와 오디오를 끈 것밖에 없다. 어떤 점이 시어머니의 마음에 들었는지 알고 싶었다.

화장실 문이 열리고 다시 이 선생이 시어머니를 안아 들고는 조금 전 앉아 있던 침대 자리에 내려놓았다. 그러곤 침상 한편에 놓인 여러 개의 쿠션 중 하나를 들더니 허리에 살짝 밀어넣어주었다.

"이러면 허리에 부담이 덜할 겁니다."

차 여사는 아무 말 없이 뭔가 생각에 잠긴 눈치더니 천천히 고개를 끄덕였다. 침대에 기대 창밖을 잠시 바라보던 차 여사는 곁에 서 있는 아들 내외를 처음 보는 것처럼 쳐다보며 물었다.

"왜, 점심이라도 얻어먹고 가려고?"

"아, 아니에요. 저희 약속 있어요."

남편이 입을 열려는 순간 현주는 얼른 남편의 말을 가로막으며 없는 약속을 만들어냈다. 소기의 목적도 달성했고, 어머니의 기분도 나쁘지 않은 것 같으니 얼른 빠지는 게 낫겠다 싶었다.

"그럼, 가봐."

어머니 집에 온 지 불과 십 분도 안 되어 쫓겨나왔지만 콧노래가 절로 나왔다. 자동차에 올라타자 남편도 어디서 저런 간병인을 구했느냐고 감탄을 했다. 이번에는 오래갈 것 같다며 좋아했다.

"근데 말이야, 어떻게 저렇게 금방 승낙을 하신 거지?"

조금 전 집을 나설 때 시어머니 옆에 서 있는 이 선생의 모습을 떠올리며 묘하게도 질투 비슷한 것이 피어나기 시작했다. 어떻게 그렇게 단숨에 시어머니의 마음을 사로잡았는지 궁금했다.

"섬세함을 본 거 아닐까?"

"섬세함?"

"엄마는 늘 간병인들이 둔감하다고 싫어하셨거든. 예를 들면 음악을 듣다 오디오를 꺼야 할 일이 있으면 우선 볼륨을 줄이고 정지 버튼을 누르는 것. 그래야 나중에 켰을 때도 갑자기 놀라는 일이 없거든."

얘기를 들으니 그럴듯하지만 설마 그것 때문에 쉽게 마음을 연 것 같지는 않았다. 그렇게 쉬운 사람이라면 며느리인 자신에게는 왜 그렇게 쌀쌀맞은 건지 이해가 되지 않는다.

뭐, 아무렴 어때? 이걸로 나는 내 임무를 다했어. 이제 어떤 일이 벌어질지 지켜보는 거야. 현주는 그렇게 중얼거리며 시어머니의 집을 쳐다보다가 정원으로 시선을 옮겼다.

저기에 살게 되면 가장 먼저 저 덩굴장미를 뽑아버리고 정원을 갈아엎어야지. 어떻게 바꿀까? 그래, 수영장이 좋겠어.

시어머니 차 여사

"무신경한 것들."

아들 내외가 돌아가자 차 여사는 고개를 내저었다.

음악과 담을 쌓고 사는 건 자기 취향이니 그렇다 쳐도 남의 집에 들어오면서 조심하는 게 없다. 음악이 흐르고 있다면 잠시 기다리면 될 것을, 상대가 어떤 상태든 자기 일이 더 급하다.

처음부터 그랬다. 눈치도 없고, 조심성도 없고, 경우도 모르는 아이였다.

"와, 굉장하다. 이 집 얼마나 해?"

손님 맞을 준비를 하고 거실로 내려가다 가장 먼저 들었던 여자의 첫마디였다. 아들이 결혼하고 싶은 여자를 인사시키겠다고 해서 아침부터 손님 맞을 준비를 하며 살짝 들떠 있던 기분이 그 한마디에 차갑게 식었다. 남자친구 집에 인사하러 와서 집값부터 물어보다니, 차 여사의 머리로는 도저히 이해할수 없었다. 한번 어긋난 마음은 끝끝내 돌아오지 않았다.

차 여사는 남편이 죽고 혼자 힘으로 아이들을 키우면서 작은 식당부터 시작해 강남의 알아주는 한식당을 차리기까지 고생하며 지금의 부를 축적했다. 그렇게 성공할 수 있었던 것은 그녀에게 두 가지 재능이 있었기 때문이다. 어머니에게서 물려받은 야무진 음식 솜씨와 한눈에 사람을 파악하는 직관력이 그것이다.

차 여사는 단 한 순간으로도 처음 만나는 사람의 심성을 단박에 읽어내는 탁월한 안목이 있다. 그런 차 여사의 눈에 현주는 모자라도 한참 모자라는 며느릿감이었다. 아들놈이 조금만 덜 빠져 있다면 어떻게 해서든 말려볼 생각이었지만 이미 여자의 품에서 빼 오기에는 너무 늦었다는 것을 깨달았다. 어차피 선택의 책임은 선택한 자의 몫, 차 여사는 결혼과 동시에 아들을 독립시키는 것으로 이 문제를 해결했다.

하지만 이따금 얼굴을 보게 되는 날에는 역시나 그 첫 만남의 불쾌함과 더불어 세월이 지나며 축적된 거부감이 더해져서 짜증이 밀려온다. 오늘만 해도 한창 바이올린과 비올라, 첼로의 청명한 음색이 어우러진 풍성한 음률에 빠져 있는데 불쑥 들이닥쳐서 한껏 고조되고 있던 감정을 다 망쳐버렸다. 평온하던 시간을 온통 휘저어놓고 온 지 십 분도 안 되어 뻔한 거짓말을 둘러대며 집을 나서는 며느리에게 좋은 감정이 생길 리 없다.

그나마 새로 데리고 온 간병인이 음악에 대해 조금 아는 것 같아 마음을 풀었다.

단정하고 차분하면서도 야무져 보이는 모습이 '일'을 하러 온 전문가다워 좋았다. 간호사 출신이라는 점도 마음에 들었다. 필요할 때 적절한 조치를 취할 전문지식이 있다는 것은 중요한 장점이다. 무엇보다 거친 손이 아닌 게 다행스러웠다.

새 간병인의 손이 몸에 와닿는 순간 느낄 수 있었다. 아무리 힘이 좋아도 서로 닿았을 때 불편하거나 갈퀴처럼 날카롭게 느껴지는 손이 있다. 마사지를 받으면 차갑고 아프게 느껴지는 손이 있는가 하면 따뜻하고 부드럽게 어루만지는 것 같은 손이 있는 것처럼. 이 간병인은 찬찬하고 부드러운 접촉으로 불안감을 덜어준다. 거기에 적절한 힘 조절로 믿고 안겨도 될 것 같은 신뢰감을 주었다.

오랜만에 편하게 남의 손에 몸을 맡길 수 있었다. 첫날치고 나쁘지 않다는 생각을 했다.

"식사 준비라든가 청소, 세탁 같은 집안일을 해주는 사람은 오전에 다녀가요. 가까이에 사는 딸아이가 퇴근길에 들여다보고. 결국 하루종일 이 집에 있는 건 우리 둘이란 소립니다."

"네, ……그리고 말씀 놓으세요."

이 선생의 말에 차 여사는 고개를 저었다.

"말을 놓는 순간, 나도 그렇고 상대방도 마음이 풀어진달까, 일이 느슨해지더군요. 직업이니 제대로 주고받는 관계였으면 좋겠어요."

"알겠습니다."

"간병이 필요한 상황인 건 맞지만 임종을 기다리는 환자는 아니에요. 침대에 붙어서 지킬 필요는 없다는 얘기예요. 필요하면 부를 테니 편하게 있어요. 2층에 가면 묵을 방이 있을 거예요."

"네. ……저도 몇 가지 여쭤볼게요. 매일 챙겨 드시는 약은 어떤 게 있죠?"

차 여사는 침상 앞 탁자에 놓인 약상자를 쳐다보았다. 이름
모를 약병과 조제약이 한가득이다.

"영양제, 고혈압 약, 비타민, 소염제, 위장약 등등이네요."

차 여사는 하루치를 일주일 단위로 분류해놓은 휴대용 약통
을 보여주었다.

이 선생은 약상자에 들어 있는 약병들과 휴대용 약통에 담
긴 일일 복용약을 일일이 들어보고 확인했다.

"고혈압 약과 소염제는 같이 드시면 안 좋아요. 혈관 수축을
방지하는 소염제를 먹으면 고혈압 약을 먹어도 혈압이 떨어지
지 않죠. 연세가 있으신 경우에는 혈압이 조금 올라가는 게 자
연스러운 현상이니 많이 높은 편이 아니라면 혈압약은 빼도록
하지요. 여러 가지 약을 드시면 위장에 부담이 올 수 있으니
가급적이면 비타민과 영양제도 함께 들어 있는 걸 찾아서 추
천해드릴게요."

그렇지 않아도 아침마다 여러 개의 알약을 삼키는 일이 고
역이었던 터라 이 선생의 말은 반갑기만 했다. 차 여사는 한줌
의 약을 털어넣을 때마다 늙고 병든 자신을 확인하는 것 같아
서 싫었다.

"……잠은 편히 주무시나요?"

잠? 예민한 편이라 작은 기척에도 깨긴 하지만 주위만 조용
하다면 푹 자는 쪽에 속한다. 지금까지 수면제에 의지해본 적

은 없다. 하지만 거실로 나온 뒤로는 깊은 수면이 어려워진 게 사실이다.

이 선생은 고개를 끄덕이더니 거실을 둘러보았다.

"밤에도 여기서 주무시나요?"

"방이 답답해서."

작은 방은 아니지만 꼼짝없이 누워 있게 된 뒤로 안방은 숨이 막히게 갑갑했다. 불을 끄고 누우면 어두운 관 속에 있는 기분이 들었다. 몸이 불편하니 낮에는 거실, 밤에는 안방으로 매번 옮겨 다닐 수 있는 상황도 아니다. 게다가 다른 가족이 있는 것도 아니니 아예 침상을 거실로 내놓았다. 정원이 한눈에 내려다보이는 곳이 좋다. 몸이 건강할 때는 몰랐지만 움직이는 게 힘들어지니 눈으로나마 밖을 보는 게 큰 위로가 된다. 겨울 동안 저 창을 통해 바뀌는 풍경을 얼마나 많이 보았던가.

침상 위의 베개와 쿠션을 둘러보던 이 선생이 핸드폰을 꺼내 메모를 했다.

"제가 새로운 베개를 하나 추천해도 될까요?"

"……?"

"바디필로우라고, 온몸을 감싸주는 베개가 있습니다. 아늑하기도 하고 누군가 등을 대주는 느낌이라 숙면에도 도움이 될 거예요."

"뭐, 도움이 되는 거라면……"

다른 말보다 '누군가 등을 대주는 느낌'이라는 말이 가슴에 꽂혔다. 이십 년 전 남편이 죽은 뒤로 차 여사는 혼자 자고 일어났다. 생각해보니 전에는 등으로 전해오던 남편의 몸과 체온 덕분에 늘 안심하고 깊은 잠을 잘 수 있었던 것 같다. 작은 기척에도 쉽게 잠에서 깨는 일은 혼자 잠자리에 들면서부터 생긴 버릇 같았다.

"그럼 준비하도록 하겠습니다. 올라가서 짐부터 풀게요."

차 여사는 고개를 끄덕이고 이 선생이 보스턴백을 들고 2층으로 올라가는 모습을 지켜보다가 침대에 기댔다.

아들이 새로운 간병인을 데리고 온다는 전화를 할 때만 해도 짜증이 치밀었었다.

사람 볼 줄 모르는 아들놈은 어디서 이상한 사람을 자꾸 간병인으로 데리고 왔다. 한 시간만 지내보면 본색이 나왔다.

처음부터 쉽고 만만하게 보는 간병인도 있고, 낯이 익었다 싶으면 그때부터 뻔뻔해지는 간병인도 있다. 몸을 못 가누는 노인이 자신에게 의지하고 있다는 것만으로 유세를 부리는 심성 고약한 것들, 돈만 밝히며 용돈을 찔러줄 때나 조금 살갑게 굴다가 자식들이 돌아가면 얼굴이 바뀌는 것들, 간병을 온 것인지 놀러온 것인지 제대로 옆에서 챙길 생각은 안 하고 집안 여기저기 들춰보며 싸돌아다니는 것들, 옆에서 쉬지 않고 종알거리며 미주알고주알 쩍쩍거리는 것들, 조금만 힘들어도 짜증을 내면서 돈타령을 하는 것들.

간병인을 내보낼 때마다 자식들은 우리 엄마 성격 참 까탈맞네 하는 식으로 툴툴거렸지만 그런 인간들에게 돈까지 줘가며 스트레스를 받을 생각은 추호도 없었다. 나한테 까칠하다고 할 게 아니라 니들이 좀 제대로 된 간병인을 데리고 와라, 이놈들아 하는 말이 목구멍까지 올라오곤 했다.

이 선생은 들어오는 그 순간부터 마음에 들었다. 움직이는 동작과 대기하는 자세, 질문을 던지는 내용 등 모든 게 그동안 봐왔던 간병인과는 달랐다. 제대로 간병인의 자질을 갖춘 사람이라는 것을 직감했다. 이번만은 아들놈을 칭찬해줘야겠다는 생각이 들었다. 이제는 사람 보는 눈이 좀 생긴 것일까?

깜빡 졸다가 일어나보니 어느새 해가 기울어져 정원으로 햇살이 비스듬히 늘어지고 있었다. 습관처럼 정원으로 시선을 돌리다가 그곳에 있는 이 선생을 발견하고 차 여사는 침대 각도를 올렸다.

차 여사가 잠든 사이 정원에 있는 메마른 풀을 거의 다 뜯어내고 지난가을 떨어진 낙엽이며 잔가지들도 치우고 있었다. 정원은 어느새 말끔히 정리되어 봄기운을 전할 준비를 마쳤다. 볼 때마다 심란해서 마음 한구석에 걸렸는데 묵은 체증이 내려가는 기분이었다.

이 선생은 면장갑을 툭툭 떨어내고 만족스러운 표정으로 정원을 둘러보다 손에 무언가 들고 현관 쪽으로 걸어왔다. 집안으로 들어오다 차 여사가 일어나 있는 것을 본 이 선생은 가볍게 고개를 숙여 인사하더니 얼른 주방으로 들어갔다. 오 분도 되지 않아 쟁반에 찻잔을 담아 가지고 왔다.

"주무시는 동안 주방을 살펴보았어요. 아무래도 차나 간단한 음식은 해야 할 것 같아서요."

차 여사는 고개를 끄덕이며 이 선생이 내미는 찻잔을 받았다. 자식들은 모르지만 사실 몸을 움직이는 게 불편해서 마시는 물도 줄이고 있었다. 차도 가급적 피했다. 하지만 이 선생이라면 그런 걱정은 하지 않아도 될 것 같았다.

차 여사는 찻잔을 들여다보았다. 안에 하얀 꽃잎이 들어 있었다.

"이건 뭐죠?"

"목련이에요. 정원에 떨어진 꽃잎들이 있어서……"

"목련꽃잎으로 차를 끓여먹는 줄은 몰랐네."

한 모금 마셔보니 녹차보다 맑고 담백한 맛에 은은한 꽃내음이 담겨 있었다. 입안 가득 그윽하게 풍기는 향기에 그동안 찌들어 있던 약냄새가 싹 가시는 기분이었다.

"아마 봄날 찰나의 때를 놓치면 마실 수 없는 차라서 그럴 거예요."

이 선생의 말에 고개를 끄덕였다. 목련은 피었구나 싶었다가 어느 순간 후드득 떨어져버린다. 해가 기우는 것을 보며 봄의 한순간을 담은 차를 마시니 손으로 전해지는 따스한 온기와 혀끝에 감도는 그윽한 향기가 봄날에만 누릴 수 있는 호사처럼 느껴졌다.

차 여사는 문득 간호사 출신의 이 선생이라는 사람이 궁금해졌다.

"어쩌다 간호사를 그만두고 간병인이 됐나요?"

"……어머니 덕분이죠. 췌장암 말기라는 소식을 듣고 직장을 그만뒀어요. 남은 몇 달 동안 곁을 지키며 제대로 편안하게 보내드려야겠다고 생각했죠."

차 여사는 고개를 끄덕였다.

"다시 병원으로 갈 수도 있었을 텐데?"

"다시 돌아가 시간에 쫓기며 많은 환자 사이를 다니다보니 누구 하나 똑바로 돌보고 있다는 생각이 안 들더군요. 어머니를 모시던 경험으로 입주 간병인을 하면 어떨까 하는 생각이 들었어요."

말하는 와중에도 눈치 빠르게 찻잔이 비워지는 걸 보고는 얼른 거두어 갔다.

"그래서 가급적이면 연세가 있으신 노인분들의 간병을 하고 있어요. 어머니와 그랬던 것처럼 마지막으로 하고 싶은 일이 뭔지, 제가 도울 일은 없는지 살피면서요."

"……마지막."

차 여사는 자신도 모르게 마지막이라는 말을 중얼거려보았다.

인간은 늘 그림자처럼 죽음을 발밑에 달고 살지만 자신이 죽을 것이란 생각은 하지 않는다. 적지 않은 나이의, 이렇게 몸도 못 가누는 처지로 누워 있는 차 여사조차도 자신의 죽음에 대해 깊이 생각해보지 않았다.

"제때를 놓치면 흉해지더군요. 저 정원의 철 지난 낙엽이나 마른 잡초들처럼 말이에요."

동창인 미경이 암으로 고생하다 죽었을 때 친구들이 모여 그런 이야기를 한 적 있다.

병으로 고통받거나, 치매로 자신이 누군지도 잊을 정도가 되면 깔끔하게 떠나는 것이 낫지 않겠나 하는 얘기들. 죽을 날이 가까워졌다는 것은 알고 있었지만 친구의 장례식만큼 실감 나는 때는 없다. 미경이 고통으로 힘들어하며 죽어간 것을 옆에서 본 친구가 스위스 어디에서는 안락사를 도와주는 병원이 있다는 얘기도 했었다.

아들딸 다 키워놓고 손주들까지 대학에 들어가는 모습을 본 마당에 사는 것에 무슨 미련이 있겠냐고 생각하지만 죽는 일도, 사는 일도 용기가 필요한 법이다. 왠지 이런저런 생각이 많아졌다.

"혹시 하고 싶은 일이나 가고 싶은 곳 있으세요?"

나지막한 이 선생의 목소리가 마음 깊은 곳까지 밀려들어왔다.

오래도록 돌봐오지 않았던 자신의 꿈들이 하나씩 어둠 속에서 모습을 드러냈다. 젊은 시절에는 아이들 키우며 먹고사느라 뭘 하고 싶다거나 하는 건 생각도 못해봤다. 남편이 죽은 뒤로는 혼자서 할 엄두가 나지 않았고, 지금은 하고 싶어도 몸을 가눌 수가 없다.

매번 넓은 세상을 보고 싶다는 꿈을 꾸었지만 번번이 형편이, 자식이, 남편이, 건강이 발목을 잡았다. 발목에 채워진 족쇄는 누구도 아닌 자신이 채운 것이다.

그동안 많은 것을 이루었다고 생각했는데 정작 자신의 꿈은 한 번도 꺼내본 적이 없다는 것을 깨닫자, 차 여사는 문득 서글퍼졌다.

"지금부터 하나씩 해보세요. 제가 도와드릴게요."

다시 이 선생의 목소리가 들렸다. 차 여사는 홀린 듯 고개를 끄덕이며 이 선생과 눈을 맞췄다.

목련처럼 때를 놓치면 다시는 그 시절을 음미하지 못한다.

차 여사는 다시 침대에 몸을 기대고 하고 싶은 일이 뭔지 하나씩 떠올려보기 시작했다.

간병인 이 선생

차 여사의 가족을 다시 보는 건 장례식 이후 처음이다.

거실로 들어선 이 선생은 거실 한 면을 차지해 정원이 고스란히 내다보이는 창 쪽으로 시선을 주었다. 잘 손질된 정원에는 온갖 종류의 장미와 수레국화, 능소화가 가득 피어 있었다. 길게 줄기를 뻗었던 덩굴장미는 새로 설치된 그늘막 위로 올라가 새빨간 꽃 수백 송이를 화려하게 매달고 있었다. 눈부시게 아름다운 여름의 정원을 보자 차 여사의 손길이 느껴져 왠지 뭉클해졌다.

이 선생은 고개를 돌려 침상 쪽을 바라보았다. 늘 그 자리에 있을 것 같은 침상은 보이지 않았다. 당연한 일이지만 침상이 없던 거실을 한 번도 본 적이 없어서 그 광경이 낯설게만 느껴졌다.

"오셨어요?"

주방 쪽 식탁에 앉아 이야기하던 이 집의 며느리가 얼른 일어나더니 다가왔다. 이 선생과 눈을 맞추는 시선이 은밀했다. 마치 둘만 아는 비밀이라도 있는 것처럼.

문득 장례식장에서 서럽게 울던 그녀의 모습이 머릿속에 떠올랐다. 차 여사의 집에 들어온 뒤로 볼 때마다 며느리의 표정이 바뀌었다. 처음에는 깐깐한 시어머니 곁에서 주눅이 든 것처럼 보였다면 그뒤로는 병간호에 관심을 보이며 좋은 며느리가 되려고 애쓰는 것처럼 보였다. 하지만 곁을 내주지 않는 차 여사와의 거리감 때문인지 시어머니를 바라보는 눈은 관찰자처럼 느껴졌었다. 그러던 사람이 장례식장에서 서럽게 우는 모습은 조금 뜻밖이었다.

"혹시, 재경이네 소식 들으셨어요?"

"무슨 소식이요?"

이 선생은 가볍게 이 집 며느리의 말을 무시하고 여자의 어깨 너머로 보이는 사람들을 쳐다보며 인사를 건넨 뒤 그들이 앉아 있는 곳으로 걸어갔다.

여자의 남편, 차 여사의 딸과 사위, 그리고 차 여사의 변호사.

깔끔하게 핏이 떨어지는 양복을 입은 최 변호사는 짧게 고개를 숙여 인사하더니 다시 아들과 얼굴을 맞대고 뭐라고 소곤거렸다.

며느리가 이 선생의 뒤를 따라오며 뭐라고 말을 붙이려 했지만 차 여사의 딸이 다가오자 입을 닫았다. 딸은 이 선생을 반갑게 맞아주며 손을 잡았다.

"마지막까지 고마웠어요. 엄마가 그렇게 편안하게 가신 건 다 이 선생님 덕분이에요."

"아니에요. 제가 할 일을 한 것뿐인데요."

"아닙니다. 저도 엄마 뵐 때마다 칭찬을 다 들었는걸요. 이리 앉으세요."

차 여사의 아들이 손으로 의자를 안내해주었지만 이 선생은 망설였다.

"⋯⋯가족 모임인 것 같은데, 제가 있어도 되나요?"

"무슨 소리예요? 당연히 같이 있어도 되죠."

며느리가 옆에 앉으며 미소를 지었다. 차 여사가 했던 말이 생각났다.

'난 저 아이의 가식적인 웃음이 싫어. 가면이 뻔히 보이는데 본인은 모르고 있으니 더 한심하지. 내 아들이지만 참 여자 보는 눈이 없다니까.'

"여사님이 이 선생도 꼭 참석시키라고 하셨습니다."

최 변호사의 말에 결국 이 선생도 의자에 앉았다.

가족들이 모두 자리에 앉은 것을 확인한 최 변호사가 의자 옆에 내려놓았던 가방에서 서류봉투를 꺼냈다. 짐작한 일인 듯 모두의 시선이 몰렸다. 이 선생만이 주방 창가에 놓여 있는 유리병에 시선을 주고 있었다.

꽃이 피기 시작하면서 아침마다 그날그날의 꽃을 한 송이 꺾어다가 차 여사의 침상 옆에 놓아주었다.

"오늘은 산철쭉이에요. 등산로에 많이 피었던걸요?"

"그래, 그런 철이지. 진달래가 피고 난 다음에 철쭉."

처음 만났을 때 계속 존댓말을 하겠다고 해놓고는 잊어버렸는지 며칠 뒤부터 쭉 말을 놓았다. 차 여사가 어머니뻘이니 이 선생은 그게 좋았다.

"어릴 때 어머니랑 산에 올라가면 진달래 꽃잎을 따다가 전병을 해먹곤 했어요. 나중에 철쭉 꽃잎을 따 갔는데 어머니가 그건 안 된다고 그냥 버리셨죠."

"왜냐하면 철쭉은 독성이 있으니까."

"그러게요. 어머니도 그렇게 말씀하셨어요. 그래서 개꽃이라고 부른다고 하시더군요."

"참꽃은……"

방금 전까지도 진달래, 철쭉 하던 차 여사는 참꽃이라는 단어를 말한 뒤 한참을 생각하는 것 같더니 당혹스러운 얼굴이 되었다. 진달래라는 단어를 떠올리지 못하는 것 같았다. 그리고 그런 자신을 당혹스러워했다.

옆에서 시중을 들다가 그런 순간이 올 때면 이 선생은 슬그머니 다른 쪽으로 대화를 돌린다. 자신이 치매라고 생각하는 그 순간부터 노인들은 공포로 빠르게 무너져내린다.

그동안 지금까지의 자신을 만들어온 기억들이 하나씩 사라지고, 늘 보고 사용하던 물건의 이름조차 떠올리지 못하며 자리에서 일으켜달라고 해놓고 왜 자신이 일어나 있는지 의아해하며 주위를 둘러본다.

자신을 잃어간다는 것, 내가 더이상 내가 아니게 된다는 것. 치매는 그게 무서운 것이다. 차 여사처럼 정확하고 똑 부러지는 사람도 뇌 속에서 일어나는 일은 막을 길이 없다.

여름이 되면서 차 여사는 종종 이 선생을 보면서 이렇게 물었다.

"누구세요?"

그때마다 이 선생은 차분하게 차 여사의 손을 잡고 하나씩 알려주었다. 다행히 차 여사는 금방 정신을 차리고 낯선 자신을 바라보며 이 상황을 이해해보려고 했다. 혼자 힘으로 가정을 일으키고 성공한 사업가로 살아온 여장부다운 강인함과 상황분석력은 나이가 들어도, 병상에 누워 있어도 사라지지 않았다.

죽기 전에 가장 하고 싶은 일에 대해 이야기할 때도 그녀는 자신의 상태와 자신이 할 수 있는 범위를 정확하게 인지하고 있었다.

"정원요?"

"그래. 몇 번이나 생각해봤는데, 제일 하고 싶은 건 저 정원을 꽃으로 가득차게 가꾸는 거야. 이제 와서 어디를 돌아다니는 것도 힘들고, 새삼 좋은 옷, 맛있는 음식도 그렇고. 색색으로 장미를 가득 심고 계절마다 꽃이 피도록 정원을 꾸미는 거,

그게 내가 하고 싶은 일이야."

"그럼, 오늘부터 시작할까요?"

화원 사람을 불러 정원에 심고 싶은 꽃을 이야기했다. 차 여사는 다음해를 위해 정원 뒤편에 튤립과 수선화 구근을 잔뜩 심어놓고 좋아했다.

"겨우내 얼어 있던 땅이 풀리면 이놈들이 불쑥 얼굴을 내밀 거야. 그럼 애들이 깜짝 놀라겠지?"

차 여사는 꽃을 심는 것 하나로도 자식들을 깜짝 놀라게 하고 싶어했다.

"유언장. 나 차기옥은 힐타운의 저택을 제외하고 나의 소유로 되어 있는 부동산, 주식, 예금과 그 밖의 모든 물건을 아들과 딸에게 공평하게 분배한다. 힐타운의 저택은 특별히 며느리에게 물려준다."

변호사가 유언장을 읽어내려가는 동안 차 여사의 주방 식탁에 앉아 있던 사람들은 예상한 듯이 묵묵히 고개를 끄덕였다. 하지만 마지막 문장에서는 전혀 뜻밖이라는 듯 모두의 시선이 며느리에게로 쏠렸다. 며느리 역시 예상하지 못했다는 듯 놀란 눈이 되어 변호사를 쳐다보았다.

"말도 안 돼, 왜 이 집을 새언니에게 줘?"

조금 전까지만 해도 사람 좋은 미소를 짓고 있던 딸이 거칠게 말을 쏟아냈다.

"야, 돌아가신 엄마가 결정한 일이야."

"허, 오빠는 어차피 같은 주머니라 이거지? 잘 생각해봐, 지금 이게 말이 되는 상황이라고 생각해?"

"여보, 장모님이 자기 돈 자기 맘대로 쓰겠다는데 뭘 그렇게 열을 내?"

"아, 진짜 모르면 가만히 좀 있으라고. 여기가 얼마나 되는지 알기나 해? 그렇게 맘에 안 들어하더니 갑자기 웬 선심이시래?"

이 선생은 가족들의 변해가는 얼굴을 가만히 지켜보았다. 특히 며느리의 얼굴에 여러 감정이 복잡하게 스치고 지나는 듯했다.

그때 최 변호사가 식탁을 손가락으로 톡톡 치며 이목을 집중시켰다.

"아직 끝나지 않았습니다. 유언장을 마저 읽겠습니다."

소란하던 실내가 다시 조용해졌다. 며느리도 두 눈을 동그랗게 뜨고 변호사를 쳐다보았다.

"……힐타운의 저택은 특별히 며느리에게 물려준다. 여기에는 두 가지 조건이 따른다. 첫째, 저택을 처분하고자 할 때는 가족 전체의 동의를 얻어야 한다. 둘째, 정원에 있는 정원수와 화원이 훼손되거나 관리가 소홀해 정원의 식물이 죽게 될 경우 저택의 소유권은 박탈된다."

다들 머리를 한 대 맞은 듯 멍해져서 변호사가 말을 마친 뒤에도 한동안 말을 잊지 못했다. 이 선생은 곧 모든 상황이 이해가 되었다. 잠시 멍했던 머리가 풀리고 웃음이 새어나왔다. 이래서 차 여사와 보내는 지난 몇 개월이 즐거웠다.

가족들 중 가장 먼저 이해한 것은 딸이었다. 딸은 역시 엄마답다며 웃음을 터뜨렸다. 그러고는 눈앞에 앉아 있는 새언니의 파랗게 질린 얼굴은 쳐다보지도 않고 자리에서 일어났다. 그들이 돌아갈 때까지도 며느리는 꼼짝 않고 그 자리에 앉아 식탁 위 유언장을 보며 입술을 깨물고 있었다.

이 선생도 조용히 자리에서 일어나 거실을 나왔다. 마지막으로 거실을 돌아보니 여전히 집안 곳곳에 있는 차 여사의 손길이 느껴졌다.

집을 떠나기 전 잠시 정원을 둘러보며 그늘막에 늘어진 장미꽃들을 하나씩 쳐다보았다.

"은호야, 엄마는 말이지, 이렇게 죽고 싶지 않아."

고통으로 잠을 이루지 못하고 몸부림칠 때 엄마는 손톱이 박힐 정도로 그녀의 손을 부여잡고 그렇게 말했다.

"태어난 것도 내가 원한 게 아니었는데, 죽는 것마저 이렇게 등 떠밀리며 가고 싶지 않아."

엄마가 겪고 있는 고통이 얼마나 극심한 것인지 아는 이 선생은 결국 엄마를 위해 비품실에서 약을 훔쳤다.

"언제가 좋아요? 언제든 말해요. 엄마가 원하는 때를 알려줘요. 그러면…… 내가 준비할게요."

"제일 좋을 때 죽고 싶어. 열린 창으로 선선한 바람이 불어오고 눈꺼풀이 무거워지게 졸리는 오후에 따뜻한 햇살을 받으며 그렇게."

차 여사는 죽음이 가까이 와 있다는 걸 알고 있었다.

오랫동안 침상에 누워 있으면서 자신의 몸이 썩고 무너져가는 것을 느끼고 있었다. 어떻게든 버텨보려 했지만 깜빡깜빡 머리에 불이 들어왔다 사라지는 것을 깨달은 뒤로는 두 손을 들었다.

웬만큼 정원이 손질된 이후 폐렴으로 위급해져 응급실에 다녀온 뒤로 차 여사는 눈에 띄게 기력이 약해졌다. 그녀는 이 선생에게 엄마의 마지막을 어떻게 보내드렸는지 자세히 물었다. 또 간병했던 사람들에 대해서도 궁금해했다. 그때마다 이 선생은 다른 화제로 말을 돌렸다. 이미 지나간 일을 떠올리고 싶지도 않았고, 의사의 그것과는 다르지만 그녀와 환자 사이에 있었던 일은 비밀로 지켜주고 싶었다. 하지만 그것으로 노인의 호기심을 막을 수는 없었다.

차 여사는 이따금 생각에 잠긴 표정으로 이 선생을 쳐다보곤 했다.

"이 선생 이상한 소문이 있던데?"

"네?"

아침마다 정원을 산책하는 게 일상이 된 어느 날 차 여사가 불쑥 물었다.

"이 선생이 간병하는 사람은 육 개월 안에 죽는다고?"

"……병세가 안 좋은 분들을 맡다보니 그런 오해를 받네요."

"과연 그럴까?"

"저는 간병인이라기보다 호스피스에 가깝죠. 마지막 순간을 평안하게 맞이하시도록—"

"어머니에게 약을 투여한 게 살인이라는 생각은 안 해봤나?"

며느리의 말이 맞았다. 역시 차 여사는 만만하게 볼 상대가 아니다. 그 질문은 죽는 날까지 이 선생의 머릿속을 들쑤실 것이다.

'나는 엄마에게 죽음을 주었는가, 아니면 평안을 주었는가?'

그 답을 찾기 위해 이 선생은 간병인을 자처했다. 가급적이면 죽음에 가까운 환자들을 맡았다. 그들을 간병하며 이 선생은 스스로에게 끊임없이 물었다.

케이스가 많아지면 명쾌해질 줄 알았지만 매번 선택은 더 어려워졌다. 고통을 끝내고 인간으로서의 존엄성을 잃지 않게 하면서 평안한 죽음을 맞이하도록 도왔다고 생각되는 순간이 있기도 했지만 그녀가 먼저 결론을 내리고 주사를 놓은 환자도 있었다. 어떤 모습으로 죽음을 맞이할지 빤히 보이는데도 삶에 대한 집착을 버리지 못하는 경우를 보면 조바심이 나기도 했다.

"이 선생의 의학적 지식으로 볼 때 나는 얼마나 남았지?"

"……꽤 오래 버티실 거예요."

"버틴다…… 그런 게 아니라 나답게 살 수 있는 시간은?"

"그건 제가 말씀드릴 수 없을 것 같네요."

"하긴, 이미 그런 시간은 지났다고 할 수 있지. 속옷에 똥오줌을 지리고, 혼자서는 화장실도 못 가고 이따금 내가 아닌 누군가가 머릿속을 돌아다니는데…… 그게 나라고 할 수 있을까?"

"……"

"부탁 하나 해도 될까?"

시선이 마주치자 차 여사의 눈빛 속에서 많은 것을 읽을 수 있었다. 엄마의 눈에서 보았던 망설임과 고통, 체념이 보였다.

"선택은 내가 하는 거죠?"

"네, 언제든지."

며칠 뒤 최 변호사가 다녀갔다. 그가 다녀간 뒤 차 여사는 창밖을 보며 혼잣말을 하듯 부탁했다.

"이왕이면 내가 모르게, 나도 모르게…… 죽음이 그렇듯, 그렇게 오면 좋겠네."

이 선생은 그게 자신을 향해 하는 말이라는 것을 확실히 알았다. 이제 그 순간은 이 선생의 숙제가 되었다. 우습게도 차 여사는 이후의 이 선생을 걱정하기도 했다.

"혹시라도 이런 일이 발각되면 이 선생이 위험해질 텐데?"

"대부분 노인들의 죽음은 때가 되었다고 당연시하죠."

"그래도 혹시……?"

"걱정 마세요. 세상에는 생각보다 다양한 약이 흔적을 남기지 않고 도움을 주죠."

정원의 꽃들이 활짝 피어 모처럼 휠체어를 타고 정원에 나와 햇살을 즐기던 날, 차 여사는 뜨거운 차를 부탁했다. 하지만 차가 다 식을 때까지 꽃을 들여다보느라 미처 차를 마시지 않았다.

뒤늦게 식은 찻잔을 든 차 여사는 차를 마시려다 그대로 몸이 굳었다. 찻잔을 받치고 있는 받침에 벌이 떨어져 있었다. 아마도 식은 차의 주위를 맴돌다 잠시 머물렀던 것 같았다. 차 여사의 얼굴이 굳어졌다. 손가락으로 툭툭 쳐보았지만 벌은 다시 날아오르지 못했다.

차 여사의 손이 부들부들 떨렸다. 이 선생은 얼른 가서 찻잔을 치우고 손을 잡아주었다.

이렇게 치명적인 실수를 하다니, 좀더 주의를 기울였어야 했는데, 자책으로 마음이 무거웠다. 이 선생은 말없이 차 여사의 눈을 바라보았다. 한동안 굳었던 차 여사의 몸이 천천히 풀어졌다. 그제야 차 여사는 잡고 있는 이 선생의 손등을 툭툭 두드렸다.

"오늘이 완벽한 날이긴 했지."

꽃이 피어나고 지는 것을 지켜보며 며칠이 흘렀다. 차 여사는 다시 차를 준비해달라고 부탁했다. 그리고 웃으며 이렇게 말했다.

"오늘이면 좋겠네. 장미가 활짝 피었잖아?"

등뒤로 누군가 다가오는 기척이 느껴졌다. 돌아보니 며느리가 걸어오고 있었다.

"어떻게 아셨을까요? 어머니가 돌아가시면 난 여길 파내고 수영장을 만들려고 했거든요."

며느리는 그걸 자기 입으로 여러 사람에게 얘기했다는 걸 모르는 듯했다. 초등학교에 다니는 차 여사의 손주가 안부전화를 하면서 수영장 얘기를 전한 것은 짐작도 못하는 눈치였다.

"이 집을 가지려면 이 많은 정원수와 꽃들을 죽을힘을 다해 돌봐야겠네요."

"차 여사님은 가장 아끼는 것을 물려주셨어요."

그 말을 들은 며느리의 입꼬리가 차갑게 올라갔다.

"모르는 사람 눈에나 그렇게 보이겠죠. 이 선생은 어머님 속셈을 다 알면서 그런 말을 하네요? ……그거 알아요? 평생 어머니에게 인정받지 못했는데, 이 선생 덕분에 처음으로 인정받았어요."

꽃을 바라보다 시선을 돌리자 며느리의 얼굴이 눈에 들어왔다. 두 눈에 눈물이 그렁그렁한 게 장례식장에서 본 모습을 떠올리게 했다. 문득 차 여사의 의도가 어느 쪽인지 궁금했다. 며느리에게 집을 준 본심은 선물일까 족쇄일까? 그건 생각하기 나름이다.

이 선생은 말없이 미소 지으며 고개 숙여 인사하고 발을 돌렸다.

장미정원을 빠져나오며 자신이 간병했던 사람들을 하나씩 떠올려보았다. 수많은 죽음을 곁에서 지켜보거나 도왔지만 차 여사처럼 마음을 터놓은 적은 없었다.

이 선생은 천천히 언덕을 내려가며 숙제처럼 간직하고 있는 질문의 답을 몇 번이고 생각해보았다. 그리고 이제 더이상 그 질문을 스스로에게 되묻지 않기로 마음먹었다. 그 질문보다 더 중요한 것은 누군가 자신의 손길을 필요로 한다는 것이다. 이 선생은 곧 다음 입주자로 예정된 집에 전화를 걸며 이번에는 또 어떤 환자를 만나게 될지 궁금해졌다.

큰길로 내려가는 주택가 골목에 6월의 햇살이 가득 비치고 있었다.

그래도 해피엔딩

1

집안은 난장판이었다.

현관문을 열고 집으로 들어서던 선우는 보안등이 꺼질 때까지 우두커니 서서 방안을 바라보았다. 토네이도라도 휩쓸고 간 것 같았다.

여기가 내가 살던 데가 맞나, 도대체 무슨 일이 있었던 거지? 선우는 아직도 지난 몇 시간 동안의 소동이 자신에게 일어난 일인지 실감나지 않았다. 아무리 눈을 감았다 떠도 처참한 방안의 풍경은 바뀌지 않았다. 그래, 꿈이 아니구나. 이건 현실이야. 방안도 그렇지만 선우의 머릿속도 한바탕 굿판이 끝난 뒤처럼 멍한 상태였다. 문득 이대로 문을 열고 나가버리고 싶은 생각이 들었다. 하지만 어디로?

선우는 깊은 한숨을 내쉬며 신발을 벗고 안으로 들어섰다.

끔찍하지만 갈 곳도 없고 무엇보다 너무 피곤했다. 얼른 치우고 침대에 누워 깊은 잠으로 도망치고 싶었다. 지금 선우가 할 수 있는 건 그것밖에 없었다.

치우려고 보니 어디부터 손을 대야 할지 막막했다.

여덟 평밖에 안 되는 원룸이지만 선우에게는 평안하고 안락한 보금자리였다. 대학을 졸업하면서 독립해 처음으로 얻은 집. 온전히 자신만을 위한 공간이었다. 인터넷으로 원룸 꾸미기 동영상을 찾아보고 며칠을 고생해서 소품 하나하나 손수 찾아다니며 모으고 꾸몄다. 은은한 베이지색 벽지를 바르고 수납장, 탁자 등 하얀 소품을 들이고 매트리스 옆에는 작지만 싱싱한 화분을 두었다. 그렇게 공을 들여 가꾼 집인데, 지석이 드나들면서 모든 것이 흐트러지기 시작했다. 처음에는 한두 시간, 그러다 하룻밤, 지석이 이 집에 있는 시간이 늘어나자 더이상 집은 편하지도, 아늑하지도 않았다. 그와 함께 있는 시간들이 불편하고 부담스러워졌다.

생각해보면 좋아서 시작한 연애도 아니다. 막무가내로 들이대는 그를 거절하기 힘들어 받아들인 게 여기까지 왔다.

전철역이 있는 사거리 P제과점에서 알바를 시작하던 날 그를 처음 만났다. 그는 길 건너편 건물의 지하에 있는 PC방에서 알바를 하고 있었다. 샌드위치와 샐러드를 사러 왔다가 빵을 진열하던 선우와 부딪쳤고 선우는 사과를 하며 바닥에 떨어진 빵을 줍느라 그를 자세히 보지도 못했다. 하지만 그날 저녁부터 그는 매장 안 카페에 앉아 선우가 퇴근하기를 기다렸다.

말을 거는 것도 아니고 선우를 쳐다보지도 않았지만 매장 안에 있는 알바생 모두 그가 선우를 기다리고 있다는 것을 알았다. 선우가 퇴근하면 바로 매장을 나가 그녀 뒤를 따라갔기 때문이다. 낌새가 이상하다고 느낀 사장이 조심하라고 문자를 보내줄 정도였다.

다음날도 지석은 선우가 알바를 마치는 시간에 맞춰 매장에 들어와 주문한 우유를 마시며 선우를 기다렸다. 이제는 노골적으로 선우를 쳐다보았다. 어색하고 불편했지만 뭐라 대응하기도 곤란했다. 선우에게 말을 건 것도 아니고 음료를 주문하고 매장에 앉아 있는 손님이니 단지 쳐다본다는 이유로 내쫓을 수는 없었다. 다른 알바생의 귀띔으로 그가 전날 자신의 뒤를 쫓아왔던 바로 그 사람이라는 것을 알게 된 선우는 그의 시선이 부담스러워 고개도 돌리지 못했다. 며칠 동안 그의 시선 때문에 일이 제대로 손에 잡히지 않았다. 거스름돈을 잘못 내주거나 엉뚱한 곳에 빵을 진열하는 실수를 했다. 더이상 모른 척하기에는 사장의 눈치도 있고 해서 어렵게 말을 꺼냈다. 지

석은 기다렸다는 듯 전화번호를 주면 가게에 오지 않겠다고
했다.

전화번호를 받은 뒤 그는 약속대로 매장에 나타나지는 않
지만 수시로 톡을 날렸다. 고개를 들면 길 건너에서 손을 흔드
는 그의 모습이 보였다. 일하는 척 고개를 돌렸지만 그러면 다
시 톡이 날아왔다. 손을 흔들어야 만족한 듯 PC방으로 사라졌
다. 퇴근을 하고 매장을 나가면 늘 길 건너에 서 있는 그가 보
였다. 선우는 끈질기게 따라다니는 그를 거절할 수 없었다. 말
을 나누기 시작하고 차를 마시고 함께 밥을 먹고, 그렇게 사귀
게 되었다.

좋았던 때도 있었지만 그의 본색을 알게 된 뒤부터 그와 헤
어지는 것에 대해 생각하기 시작했다. 선우는 이 무모한 연애
를 시작한 자신에게 짜증이 났다. 어떤 사람인지 조금만 더 알
아보았더라면, 조금 더 단호하게 거절했더라면 오늘 같은 일
은 없었을 텐데. 성격이 운명을 만든다는 말을 실감했다.

어릴 때부터 그랬다. 친구들이 뭔가 부탁을 하면 싫다는 말
을 잘 하지 못했다. 팀 과제를 해도 혼자 자료를 찾고 PPT를
만들었다. 생활비가 떨어져도 돈을 빌려 간 친구에게 말 한마
디 못하고 혼자 끙끙거리며 감수했다. 그런 모습이 만만하게
보였는지 어느새 친구들은 부탁할 일이 있으면 당연하게 선우
를 찾았다. 그러다 임계점에 이른 선우는 친구들을 피하며 서

서히 멀어졌다. 친구 때문에 스트레스를 받으니 혼자 있는 게 낫다는 생각도 들었다.

연애는 할 생각도 없었다. 누군가 먼저 다가오고, 어떻게 할까 고민하는 동안 한두 번 만나면 어느새 사귀는 사이가 되어 있었다. 딱히 부인하기도 애매해서 끌려가듯 사귀다 뒤늦게 자신의 감정이 어떤지 깨닫게 된다. 그런 만남은 오래가지 못했다. 몇 명의 남자를 만났지만 심각한 연애를 한 적은 없었다.

누군가를 만나는 것보다 중요한 일이 많았다. 취업 준비를 해야 하고, 생활비를 벌기 위해 알바도 해야 한다. 지석과의 시작도 그렇게 가벼운 마음이었던 것 같다. 잠시 사귀다보면 어떻게든 되겠지. 하지만 지석은 그동안 만났던 남자들과 달랐다. 그는 쉽게 선우를 놓아주지 않았다. 헤어지자는 말을 꺼낸 뒤 지석은 선우 곁에서 떨어지려 하지 않았다.

"헤어지자고? 웃기지 마. 죽어도 넌 내 거야. 도망칠 생각하지 마!"

불과 두 시간 전, 그는 이 방에서 고래고래 소리를 지르며 방안의 물건들을 집어던지는 것으로 화풀이를 했다. 선우는 두 팔로 머리를 감싸고 식탁 밑으로 몸을 피했다. 눈에 보이는 대로 집어던지던 지석은 식탁 밑에 숨어 있던 선우를 끌어내 침대 쪽으로 몰아붙였다.

잔뜩 겁을 집어먹은 선우는 제발, 제발 이러지 마 하고 애원하며 지석의 화를 풀어보려 애썼지만 그는 점점 더 폭주했다. 원룸이라 도망칠 곳도 없었다. 침대 머리맡까지 몰린 선우는 지석의 거친 숨소리와 욕설을 들어가며 바짝 신경을 곤두세웠다. 금방이라도 주먹이 날아올 것 같았다. 그의 손이 선우의 머리카락을 움켜잡았다. 비명이 절로 나왔다. 한 손으로 머리를 움켜잡고 다른 손으로 선우의 목을 조르기 시작했다. 숨이 막혔다.

그때 문밖에서 거칠게 문을 두드리는 소리가 들렸다. 누군가의 신고로 경찰이 도착한 것이다. 덕분에 겨우 지석의 손에서 벗어날 수 있었다.

선우는 바닥을 뒹구는 옷가지와 깨진 화분, 쏟아진 흙을 바라보다 마음을 다잡고 쓰레기봉투를 꺼내 하나씩 담기 시작했다. 왈칵 눈물이 날 것 같았지만 지금은 아무 생각도 하지 말자, 우선 방 치우는 일에만 집중하자, 그리고 앞으로 어떻게 할지 차분히 생각해보는 거야. 그렇게 마음을 다잡았다. 이런 물건들은 또 사면 돼, 그런 놈은 안 만나면 되는 일이고. 자신에게 꾸역꾸역 다짐을 하다가 문득 그와 헤어지기 위해 애쓰던 지난 시간들이 떠올랐다.

나는 그의 곁을 떠날 수 있을까?

헤어지자는 말을 꺼낸 지 두 달이 넘었다. 선우의 기대와 달리 그는 여전히 선우의 집에 드나들며 선우가 해주는 밥을 먹고 선우의 컴퓨터를 쓰고 선우의 침대에서 잔다. 욕을 하고 화를 낸 뒤에는 또 선우의 팔에 매달려 자신을 용서해달라고 빌고 눈물을 떨군다.

"미안해, 선우야. 다시는 안 그럴게. 그러니까 왜 나를 건드려. 헤어지자는 말만 하지 마. 그럼 뭐든 다 해줄게."

그럴 때는 세상 다정하게 선우를 아끼는 척한다. 요리를 하고, 어깨 안마를 해주고 등뒤에서 선우를 안고 자기가 꿈꾸는 두 사람의 미래에 대해 이야기한다. 위협과 겁박이 지나면 용서와 회유의 시간이 시작된다.

우스운 건 그런 지석의 작전이 번번이 먹혔다는 것이다. 헤어지고 싶던 마음이 사그라들고 그의 심기만 건드리지 않으면 그렇게 나쁜 사람은 아니라는 생각이 들기도 한다. 잠깐 꿀 같은 시간이 지나면 그는 다시 본색을 드러내고 선우를 괴롭히기 시작한다. 생각지도 못한 지점에서 화를 내고 물건을 던졌다. 선우의 자존심을 무너뜨리는 욕을 하고, 핸드폰 검사를 하며 누구와 문자를 했는지 체크했다. 선우의 핸드폰에 있는 전화번호를 모두 지워버린 일도 있었다. 그는 선우의 핸드폰은 물론이고 자신의 핸드폰까지 도로로 집어던졌다.

"넌 나만 있으면 되잖아, 다른 사람이 왜 필요해?"

몇 번이나 반복되는 패턴으로 이제 지칠 대로 지쳤다. 언제까지 이렇게 같은 짓을 반복할 수는 없다. 게다가 날이 갈수록 강도가 심해졌다. 지석과의 관계를 끝내지 않으면 평온한 일상으로 돌아가지 못한다. 혼자여서 안락하고 충만했던 시간들이 너무 그리웠다.

누군가의 도움을 받고 싶었지만 몇 있던 친구들도 지석 때문에 연락이 끊겼다. 인터넷을 뒤졌다. 유튜브에 나와 있는 데이트 폭력의 사례를 찾아보면서 확신이 들었다. 전문가들은 하나같이 이렇게 얘기했다.

"당장 도망치세요. 평생 마주치지 마세요. 그게 최선입니다."

영상을 볼 때는 단단히 결심을 하지만 지석을 마주하면 위축이 되었다. 그의 말에 설득되기도 했고 그를 좋아하는 마음이 남아 있는 것처럼 느껴질 때도 있었다. 어쩌면 너밖에 없다는 말을 믿었기 때문일지도 모른다. 아니다. 가장 큰 건 외로움 때문이다. 사람 사귀는 일에 서툰 선우가 이렇게 곁을 내준 사람은 지석이 처음이었다. 함께 살면서 결혼을 하게 되면 이렇게 살게 되겠구나 하는 생각을 한 적도 있었다.

오늘 그 생각이 바뀌었다. 이제는 진짜 도망쳐야겠다는 생각이 들었다.

엄마는 아빠와 헤어지는 데 십 년이라는 시간이 걸렸다. 미친듯이 싸우고 끔찍하게 싫어했지만 함께한 시간과 감정과 추억, 아직 어린 선우가 그들을 쉽게 갈라서지 못하게 했다. 십 년 만에 드디어 이혼 도장을 찍으며 엄마는 이제 막 중학생이 된 선우에게 이렇게 말했다.

"이러다 둘 중 하나는 죽고 다른 하나는 살인자가 될 거 같아서 그래."

오늘 처음으로 선우는 엄마의 말을 이해했다. 자신의 머리카락을 움켜쥐고 목을 조르던 지석의 눈을 보는 순간 그가 진심이라는 것을 알았다.

"헤어지느니 널 죽일 거야."

그렇게 말하기도 했었다. 그 표정이 다시 떠오르자 손끝이 시리고 등골이 서늘해졌다. 금방이라도 쓰러질 것처럼 온몸의 기운이 빠졌다. 공포와 불안 저 아래 숨어 있던 슬픔이 울컥 치밀었다. 눈에 고인 눈물을 닦으려는 순간, 초인종이 울렸다.

갑작스러운 초인종 소리에 놀란 선우는 얼른 눈가의 물기를 털어내고 자리에서 일어났다. 핸드폰을 찾아 시간부터 확인했다. 어느새 열한시가 넘어가는 늦은 시간인데 누군가 싶었다. 온몸의 신경들이 다시 바짝 긴장하기 시작했다. 설마? 아니 그럴 리가 없어. 그는 경찰서에 잡혀 있잖아.

선우는 소리를 죽이고 조용히 문 너머의 인기척이 사라지길 기다렸다. 잠시 아무 소리도 나지 않아 갔나보다 하고 돌아서는데 이번에는 문을 두드리는 소리가 들렸다. 덜컥 겁이 났다. 어떻게 해야 하나 머뭇거리는데 여자 목소리가 들렸다. 그러

고 보니 문을 두드리는 소리도 조심스럽다. 문밖의 낯선 사람
이 여자라는 사실에 선우의 두려움도 조금은 줄어들었다. 그
렇지만 이 시간에 문을 두드리는 게 정상은 아니다.

"누구세요?"

"……잠깐 문 좀 열어볼래요?"

"네? 누구신데요?"

"열어보면 알아요."

낯선 목소리인데 여자는 열어보면 안다며 자신의 정체를 밝
히지 않았다.

선우는 현관문에 붙어 있는 외시경을 통해 밖을 살폈다. 삼
십대 정도로 보이는 여자가 남색 트레이닝복을 입고 서 있었
다. 옷차림새로 보아 근처에 사는 것 같았다. 가만, 이제야 기
억났다. 보름 전인가, 옆집으로 이사온 여자다. 오가며 받았던
느낌으로는 혼자 사는 것 같았다. 현관문을 열고 나오다 계단
을 올라오는 그녀와 눈이 마주치는 바람에 눈인사를 나누고
스친 기억이 있다. 여자가 이사를 왔다고 인사를 건넸지만 선
우는 바쁜 척하며 급하게 계단을 내려갔었다.

"나는 김영경이라고 해요. 옆집 사는. 괜찮은 거예요?"

옆집 여자는 이미 알고 있는 듯했다. 왜 아니겠는가, 방음도
제대로 되지 않는 집에서 그렇게 큰 소리를 내고 물건을 집어
던지며 난리를 쳤으니. 옆집에서 그 소리를 모두 들었다고 생

각하니 수치심이 들었다.

"괜찮아요. 소란 피워서 죄송해요."

"아니에요. 경찰이 제시간에 온 것 같아 다행이에요. 정말 괜찮은 거죠? 오지랖인 거 알지만 위험한 것 같아서, 신고를 할 수밖에 없었어요."

선우는 그제야 누가 경찰을 부른 것인지 깨달았다. 경찰서에서 주민의 신고가 들어왔다는 얘기는 들었다. 그게 옆집 여자라니. 여자는 선우가 괜찮은지 확인까지 하고 싶은 모양이었다.

선우는 어쩔 수 없이 문을 열었다. 어쨌든 덕분에 더 심한 일은 피할 수 있었으니 인사는 해야 할 것 같았다. 문이 열리자 여자는 기다렸다는 듯 집안으로 쓱 발을 들이밀었다.

2

"괜찮아요? ……맞지는 않았어요?"

영경은 집안으로 들어서며 선우의 얼굴부터 살폈다. 차가운 손이 얼굴에 닿자 선우는 인상을 찡그리며 얼른 뒤로 물러났다. 생각지도 못한 접촉에 당혹스러웠다. 괜히 문을 열었다는 생각이 들었다. 그저 고맙다는 인사만 할 생각이었는데, 이웃의 과한 반응이 의아했다.

영경은 선우의 반응은 아랑곳하지 않고 어깨 너머를 힐끗거리며 다시 한 발을 안으로 들이밀었다. 선우가 얼른 영경의 앞을 가로막았다. 엉망이 된 집안 꼴을 보이고 싶지도 않았고 더이상 누군가 자신의 방을 침범하는 일도 반복하고 싶지 않았다.

"미친 새끼, 내가 이럴 줄 알았어. 얼마나 놀랐어요?"

이미 한눈에 집안 상황을 파악한 영경은 자신을 가로막고 선 선우를 안고 등을 쓰다듬어주었다. 들어오자마자 얼굴을 만지더니 이제는 포옹까지, 선우는 당혹감에 어떻게 반응해야 할지 몰라 머뭇거렸다. 선경을 감싸안은 영경의 두 손은 연신 선우의 등과 머리를 쓰다듬었다.

"아직 어린 학생 같은데, 경찰서까지 갔다 오고, 진짜 무서웠겠다."

손은 차가웠지만 왠지 어깨에 기대 하소연이라도 하고 싶게 만드는 손길이었다. 진심으로 걱정하는 목소리와 함께 등을 쓸어내리는 손길에 몸을 맡기고 있자니 조금 전 불편하던 감정이 차츰 사라졌다.

"지금 자책하고 있죠? 그러지 말아요. 나쁜 건 그놈이니까. 길 가다 개똥 밟았다고 생각해요."

그 말에 정신을 차린 선우는 영경에게서 몸을 빼고 뒤로 물러났다. 선우는 서둘러 이웃 여자를 내보내고 싶었다. 하지만 선우가 나가달라는 말을 하기도 전에 영경은 이미 방안으로 들어서고 있었다. 어느새 방 한쪽에 있던 빗자루를 손에 들고 있었다. 팔을 걷어붙이고 방을 치울 기세였다.

"남의 물건은 왜 깨부수고 난리야. 미친 새끼."

영경은 망설임 없이 방안의 남은 쓰레기를 쓸어모아 쓰레기 봉투에 담았다. 선우는 얼른 다가가 영경의 손에 들린 빗자루를 뺏었다.

"제가 치울게요. 늦었는데, 이만 나가주시겠어요?"

"아, 미안해요. 내가 말이 좀 심했나? 거기 앉아 있어요. 지금 이거 치울 정신도 아닐 텐데."

"아니, ……제발 그만하세요."

선우의 목소리가 커졌다. 영경이 동작을 멈추고 선우의 표정을 살피더니 고개를 끄덕였다.

"하긴, 지금은 누구도 상대할 기분이 아니겠죠. 내 생각만 했네."

말은 그렇게 해도 영경은 전혀 나갈 생각을 하지 않았다. 영경은 방안을 둘러보다 선우를 쳐다보며 나지막이 말했다.

"……괜찮겠어요, 여기 있어도?"

"네?"

"그 남자, 괜찮겠냐구요."

"그 사람은…… 경찰서에 있어요."

영경의 입에서 탄식이 새어나왔다. 다행이라는 의미가 아니었다.

"답답하네, 진짜."

영경은 가볍게 한숨을 내쉬더니 주변에 쓰러진 의자를 똑바로 세우고 선우를 앉혔다. 식탁을 사이에 두고 영경도 마주 앉았다. 선우는 어느새 이웃의 오지랖에 말려들었다.

"이렇게 안심하고 있을 때가 아니야. 경찰이 뭐 그놈을 잡아가두고 훈계라도 할 거 같아요?"

"......"

"조서만 쓰면 당장 오늘밤에 풀려날걸? 아니…… 벌써 풀려났을걸?"

영경의 말에 소름이 돋았다. 선우는 두 눈을 동그랗게 뜨고 영경을 쳐다보았다. 영경은 안타까운 눈으로 선우를 바라보며 말을 이었다.

"경찰은 이런 건 사건으로 보지도 않아요. 뉴스에서 못 봤어요? 그 사람들은 칼부림이 나거나, 누가 죽어나가야 겨우 움직이는 사람들이라고. 내 친구는 한 달 넘게 직장 앞에서 기다리는 남자 때문에 공황장애가 올 정도였어요. 처음엔 따라오기만 하던 놈이 시간이 지날수록 점점 심해져서 나중에는 자기를 안 만나주면 죽이겠다고 위협까지 했어요. 경찰에 신고했더니 뭐라는 줄 알아요?"

"……?"

"좋아한다는데 거 한번 만나보고 거절해도 되는 거 아니냐고, 이런 개…… 미친 새끼들. 지들이 스토킹 당하는 사람의 공포를 알아? 그런 것들은 밤마다 회칼 들고 기다리는 놈한테 쫓겨봐야 해. 안 만나준다고 죽이고, 다른 남자 만난다고 죽이고. 좋아한다는데 뭘 그러냐고, 싫다는 사람을 한 달 동안 스토킹하는 놈이 멀쩡한 놈이겠냐고?"

선우는 영경의 말을 들으며 방금 전 경찰서에서 있었던 일을 떠올렸다. 그들 역시 다르지 않았다. 오히려 헤어지자는 말을 듣고 제정신이 아니었다는 지석의 말에 동정하는 표정이었다. 지석의 말을 듣던 형사는 그래도 여자를 안 때리고 참은 건 잘했다는 소리까지 했다.

따로 조사를 받는 선우에게는 모욕적인 질문이 이어졌다. 진짜 헤어지고 싶은 마음이 있는 거냐고 물었다. 남자가 집에 오는 것도 안 막고, 밥도 해주고 자고 가는데도 막지를 않았으니 헤어질 의사가 없는 것 아니냐고 했다. 어이가 없었다. 막무가내로 들어와 침대에 눕는 지석을 막아서며 팔을 잡아끌기도 했다. 남자의 완력을 이겨낼 수 있다면 진작 했을 것이다. 조사를 받고 나오는데 이런 일은 고소를 해도 재판까지 가지도 않고 서로에게 좋을 거 없으니 두 사람이 화해하라는 식으로 이야기가 흘렀다.

"경찰서에서는 뭐라 그랬어요?"

"……맞은 것도 아니기 때문에 법적으로 어떻게 할 수 있는 게 없대요."

"웃기고 있네. 내가 그럴 줄 알았어. 잘 들어요. 이럴 땐 주거침입, 기물파손같이 실제적인 걸로 신고를 해야 해요. 이 방만 봐도 피해가 한눈에 보이잖아."

사람을 위협하는 건 처벌이 안 되는데, 물건을 파손한 것으로는 유치장에 집어넣을 수 있다니, 말도 안 돼, 라는 생각이 절로 들었다.

선우는 자신도 모르게 두 눈을 질끈 감고 고개를 흔들었다. 지금은 아무것도 생각하고 싶지 않았다. 방이 엉망이든 말든 쓰러지기 직전이라 얼른 눕고 싶었다.

"저기요, 이제 그만."

"응?"

"그만 가주세요. 머리도 아프고…… 정말 쉬고 싶어요."

선우의 표정을 살피던 영경은 자리에서 일어나 현관으로 향했다. 그래도 걱정스러운 표정으로 돌아보던 영경은 좋은 생각이 났다는 듯 얼른 다시 선우의 곁으로 다가왔다.

"이러지 말고 우리집으로 갈래요?"

"네?"

"오늘밤만이라도 제발 내 말 들어요. 그 남자, 경찰서에서 풀려나면 다시 찾아올지도 몰라요."

설마 싶었지만 그 말을 듣자 심장이 오그라드는 것 같았다. 다시 그를 감당할 자신이 없었다. 경찰서까지 끌려가고, 거기서 선우가 한 얘기 때문에 분명 더 화가 나 있을 것이다. 선우는 입술을 깨물며 어떻게 해야 할지 고민에 잠겼다.

"한 번 경찰이 왔다 갔으니까 큰소리는 못 칠 거예요. 그냥 여기서 잘게요. 걱정해주셔서 고맙습니다."

"내가 정말 걱정이 돼서 그래요. 오죽하면 내가 찾아와서 이럴까."

영경은 어떻게 해서든 선우를 자신의 집으로 데려가려고 애썼다. 이웃의 간절한 표정을 보니 선우도 더는 버틸 수가 없었다. 엉망인 방을 치울 기력도 없었다. 결국 선우는 영경의 손에 이끌려 옆집에서 자기로 했다.

"들어와요."

영경은 얼른 자신의 집 현관을 열고 선우를 맞았다. 선우는 조심스럽게 현관으로 들어섰다. 집안은 선우의 집과 같은 구조였지만 훨씬 넓어보였다. 침대는 옵션이라 있던 것일 테고, 이사를 한 게 맞나 싶을 정도로 짐이랄 게 없었다. 어찌 보면 아직 이사를 하지 않고 리모델링을 하려는 건가 싶기도 했다. 커다란 캐리어가 한쪽에 놓였고 몇 개의 옷만 행거에 걸려 있었다. 영경은 바닥에 있는 생수병을 치우며 급하게 이사를 해서 그렇다고 웃으며 얘기했다.

"휑하죠? 저쪽 집이 아직 안 빠져서, 보증금을 받아야 집을 빼고 나오는데. 그래서 짐이 없어요."

문제는 이부자리조차 변변치 않다는 거다. 침대에 이불이 있기는 하지만 선우의 몫이 따로 있을 것 같지 않았다. 침대를 쳐다보던 영경은 그제야 생각이 났는지 당황한 표정으로 선우에게 눈길을 돌렸다.

"아, 선우씨 이불은 챙겨 와야겠다."

"네? 아, 그렇네요."

현관으로 나가려던 선우는 뭔가 이상한 기분이 들었다.

"그런데 제 이름은 어떻게……?"

선우는 자신을 바라보는 영경의 표정에서 모든 걸 읽었다. 지석이 와서 난동을 부리며 자신의 이름을 그렇게 불러댔는데 모를 수가 없겠지. 얼굴이 확 달아올랐다. 불과 한두 시간 전 지석이 했던 말들을 잊으려 했지만 잊을 수가 없었다.

온갖 욕지거리에 대꾸 한번 못했다. 그 말들을 들으며 무슨 생각을 했을까? 다른 사람 앞에 치부를 드러낸 느낌은 끔찍했다. 둘 사이에 있었던 일들이 이웃들의 귀에 들어갔다고 생각하니 얼굴이 화끈거렸다. 인간이 가지는 최소한의 자존심도 구겨지고 부끄러움이 밀려들었다. 선우는 얼른 밖으로 나와 자신의 방으로 향했다.

이불과 베개를 툭툭 쳐서 먼지를 떨어내고 품에 안고 나오는데 이상하게 눈물이 쏟아졌다. 참았던 감정들이 물밀듯 터져나왔다. 현관 앞에 앉아 자신도 모르게 엉엉 울음을 터뜨렸다. 문을 열고 기다리던 영경이 얼른 다가와 선우의 머리를 감싸안고 토닥여주었다.

"속상하겠지. 그래도 안에 들어가서 울어요."

영경의 손에 이끌려 방안에 들어온 선우는 침대 한편에 앉아 오랫동안 참았던 울음과 눈물을 쏟아냈다. 더이상 체면 차릴 것도 없이 밑바닥까지 보인 것이 오히려 마음을 열게 만들었다. 영경이 건네주는 휴지로 세게 코를 풀고 나니 왠지 머리가 개운해지는 것 같았다. 아무것도 묻지 않고 묵묵히 선우의 곁을 지켜주는 영경의 존재가 큰 위로가 되었다. 어쩌면 자신에게 필요했던 건 남자가 아니라 기대고 의지할 사람이었다는 생각이 들었다.

남들보다 빠릿빠릿하지도 못하고 손도 느렸다. 알바를 시작하고 일을 손에 익히는 것도 시간이 걸렸다. 독립을 해서 혼자 살아간다는 게 생각보다 만만치 않았다. 어른이 되었으니 혼자 이겨내야 한다고 생각했지만 자신이 무능하고 초라하게만 느껴졌다. 의지할 상대가 필요했다. 선우는 그것을 외로움이라고 착각했다. 그런 공허함은 남자가 생긴다고 해소되는 문제가 아니라는 것을 뒤늦게 깨달았다.

3

영경의 집에서 자기로 한 것은 현명한 선택이었다.

새벽에 막 잠이 들었을 무렵 갑자기 눈이 번쩍 뜨이고 정신이 명료해졌다. 삐삑거리는 전자음. 다시 키패드를 누르는 소리와 함께 삐리릭 소리가 들렸다. 그 소리를 듣는 순간 선우는 머리카락이 곤두서는 기분이었다. 영경의 말을 듣고 현관 도어락의 비밀번호를 바꿔놓기를 잘했다. 지석이 벨도 누르지 않고 바로 비밀번호를 입력해 집으로 들어오려고 한 것이다. 문이 열리지 않자 손잡이를 잡아당기는지 덜컹거리는 소리도 들렸다.

곁에 누워 있던 영경도 깼는지 조심스럽게 몸을 일으켰다. 밖에서 비밀번호를 누르는 소리가 반복해서 들렸다. 그러다 못 참고 소리를 지르며 주먹으로 문을 두드렸다.

"야, 문 열어! 안에 있는 거 다 알아. 지선우. 너 이러다 진짜 죽는다."

목소리가 커질수록 선우의 가슴이 벌렁거렸다. 옆집에서 이렇게 소리가 잘 들릴지는 몰랐다. 문을 두드릴수록 화가 치미는지 지석의 소리는 커져갔다.

"좋은 말 할 때 문 열어. 나 화나게 해서 좋을 거 없어."

영경이 조용히 까치발을 하고 현관문으로 향했다. 현관의

센서등이 들어왔다. 영경은 막아둔 현관 외시경의 뚜껑을 열어 복도의 상황을 살폈다. 영경은 눈을 떼고 놀란 표정이 되어 선우를 쳐다보았다. 조용하라는 듯 손가락을 입술로 가져가더니 선우에게 얼른 오라는 손짓을 했다. 지석의 얼굴을 다시 보고 싶지는 않았지만 영경의 손짓에 이끌려 자신도 모르게 영경의 옆으로 다가갔다. 외시경에 눈을 대고 밖을 살폈다.

렌즈 때문에 일그러진 지석의 모습이 시야에 들어왔다. 그는 선우의 집 문에 귀를 대고 안에서 소리가 나는지 살피고 있었다. 한 손에는 식칼이 들려 있었다.

선우는 자신도 모르게 헉 소리가 나와 얼른 입을 틀어막았다. 다행히 밖에까지 들리지는 않은 듯했다.

지석이 바지 주머니에서 핸드폰을 꺼냈다. 선우는 놀라 얼른 몸을 뒤졌다.

내가 핸드폰을 두고 왔던가? 어디 있지? 가지고 온 것 같은데? 벨이 울리기 전에 얼른 찾아야 한다. 내가 여기 있다는 것을 알게 된다면 더 화를 낼 거야. 어쩌면 이웃에게도 피해가 갈지 몰라.

선우가 당황한 표정으로 몸을 뒤지자 영경은 얼른 선우를 붙잡았다. 혹시라도 소리가 밖으로 들릴까봐 걱정하는 눈치였다. 선우는 입모양으로 '핸드폰'이라고 말했지만 영경은 알아채지 못했다. 손바닥을 펴서 귀에 대자 선우가 전하려 한 단어가 핸드폰이라는 것을 눈치챘다.

선우의 집안에서 핸드폰 벨소리가 들리자 선우는 그제야 자신이 이불을 가지러 갔다가 두고 나왔다는 것을 떠올렸다. 베개의 먼지를 떠느라 침대 한쪽에 내려놓았었다. 한편으론 다행이었다. 이 집에 있는 것을 눈치채면 안 된다.

집안에서 핸드폰 벨소리가 들리자, 기석은 그럴 줄 알았다는 듯 다시 세게 주먹을 내려쳤다. 철제문이 쿵쿵거리며 흔들렸다.

"안에 있잖아, 빨리 문 안 열어? 나 죽는 거 보고 싶어?"

지석은 이제 자신의 목에 칼을 들이대며 소리쳤다. 이대로 물러날 기세가 아니었다. 선우는 어쩔 줄 몰라하며 손톱을 깨물었다. 지석은 문에 귀를 대보더니 다른 집까지 기웃거리기 시작했다. 더 있다가는 이 집 문까지 두드릴 것 같았다.

그때 영경이 자신의 핸드폰을 꺼내 전화를 걸었다. 복도까지 들릴 만큼 쩌렁쩌렁한 목소리였다.

"여보세요, 경찰이죠? 빨리 와주세요. 미친 새끼가 또 왔어요. 지금 칼 들고 있어요. 그래요, 칼, 식칼이요. 사람을 죽이겠다고 난리예요. 빨리 오라니까요, 이러다 사람 죽어요! 빨리요 빨리."

지석이 갑자기 영경의 집 문을 세게 문을 내려치더니 욕지거리를 하기 시작했다. 하지만 곧 계단으로 내려가는 발소리가 들리고 복도는 조용해졌다. 다시 현관문 외시경에 매달려 밖을 살피던 영경은 그제야 안심한 듯 표정이 풀렸다.

"오늘은 더이상 안 올 거야."

이미 잠은 달아나버렸다. 선우와 영경은 컵에 생수를 따라 나눠 마셨다.

"……고마워요."

"별소리를 다 하네, 서로 돕고 살아야지."

선우는 다시 한번 든든한 언니가 생긴 것 같아 마음이 놓였다. 나도 나이가 들면 저렇게 대처할 여유가 생길까?

"이제…… 어떡하면 좋죠?"

"어떻게 하고 싶은데?"

"……다시는 안 보고 싶어요."

칼까지 본 이상 더는 머뭇거리면 안 된다. 이번만은 주저하다가 인생을 망치고 싶지 않았다. 단호함이 필요한 순간이다.

선우의 얼굴을 빤히 쳐다보던 영경이 자리에서 일어났다. 선우도 덩달아 자리에서 일어났다.

"짐 싸요. 지금 당장."

"지금요?"

선우는 어리둥절한 표정으로 영경을 쳐다보았다.

"경찰이 온다니까 근처에 있지는 않을 거야."

영경이 선우의 손을 잡고 다시 현관으로 나갔다. 외시경으로 먼저 복도를 살피고 조심스럽게 문을 열었다. 복도는 비어 있었다. 영경의 손짓에 선우는 조심스럽게 복도로 나와 얼른 도어락 비밀번호를 입력했다. 문이 열리지 않았다.

"아니, 바뀐 비밀번호."

그제야 비밀번호를 바꾼 게 생각났다. 서둘러 다시 키패드에 비밀번호를 누르고 문을 열었다. 영경은 선우의 등을 떠밀며 집안으로 들어가 얼른 문을 잠갔다.

"얼른 짐 싸. 당장 필요한 것만 챙겨요."

"그렇지만…… 방 빼려면 집주인에게 얘기도 해야 하고, 알바도 못한다고 연락해야 하는데."

"답답하네. 그런 건 나중에 문자로 하면 되잖아. 방은 내가 집주인한테 얘기해줄게요."

영경의 말이 맞다. 우물쭈물할 시간이 없었다. 그런 건 날이 밝은 뒤 전화로 해결해도 될 문제였다. 또 주저하고 있는 자신의 모습이 한심하게 느껴졌다.

머뭇거리는 이유는 따로 있었다. 짐을 싼다고 해도 갈 곳이 없다. 누구의 얼굴도 떠오르지 않았다.

머뭇거리는 선우를 보던 영경은 참지 못하고 선우의 팔을 잡았다.

"칼 들고 설치는 걸 보고도 그래? 도망칠 수 있을 때 도망치란 말이야."

"······갈 곳이 없어요."

다그치던 영경은 할말을 잊었는지 잠시 조용해졌다.

"일단 짐 싸. 갈 곳이 없긴 왜 없어? 나가면 어디든 갈 수 있는데."

영경의 단호한 말에 조금은 용기가 생기는 것 같았다. 선우는 가방을 꺼내 몇 가지 짐을 챙겼다. 막상 당장 가져가야 할 중요한 것이 무엇인지 생각해보았지만 생각나는 소중한 물건은 별로 없었다. 방안을 둘러보던 선우는 싱크대 한편에 놓아둔 물컵을 집어들었다. 어젯밤 뿌리를 드러낸 채 바닥에 놓여 있던 금전수를 담아둔 물컵이었다. 선우는 깨끗한 비닐봉투를 찾아 금전수를 젖은 신문지에 싸고 봉투에 담았다. 짐을 다 싼 선우는 영경의 집으로 다시 돌아왔다.

"부모님 집은 어때요? 그놈한테 얘기한 적 있어요?"

선우는 고개를 저었다.

"잘됐네. 그럼 거기로. 그놈이 모르는 곳이라야 해요. 조금이라도 선우씨가 얘기해준 적이 있다면 그걸 단서로 찾아낼 테니까."

그가 찾아내지 못할 곳. 그에게 얘기한 적 없는 곳. 엄마가 떠올랐지만 이내 고개를 저었다. 아빠와 이혼한 뒤 엄마 혼자 살 때는 이따금 연락을 하고 만나기도 했었다. 하지만 엄마가 재혼하고 나선 연락을 끊었다. 왠지 그래야 할 것 같았다. 가끔 안부전화를 하기도 했지만 최근에는 전화마저 한 적이 없다. 지석에게도 그 이야기는 하지 않았다. 부모님이 이혼했다는 이야기도 하지 않고 그냥 아빠와 살다가 독립했다는 것만 스치듯 꺼냈었다.

선경이 독립한 뒤 아빠도 만나던 아주머니를 집안에 들인 듯했다. 갑자기 가도 되는 걸까? 아니, 거긴 갈 수 없어. 그럼 엄마는? 엄마와 연락이나 닿을 수 있을까? 이럴 때 마음놓고 찾아갈 친구 하나 없다는 사실에 서글퍼졌다. 나는 도대체 뭘 하고 살아온 거지.

"부모님 집은 어디예요?"

"……연락 안 한 지 오래됐어요. 생각나는 친구도 없어요."

영경은 잠깐 안쓰러운 얼굴로 선우를 보다가 시선을 돌리며 고심하기 시작했다. 그러다 갑자기 자신의 머리를 쥐어박으며 내가 왜 그 생각을 못했지, 라고 중얼거렸다. 영경은 선우에게 다가와 미소를 지으며 말했다.

"선우씨가 갈 만한 곳이 생각났어요. 필요한 건 다 있으니까 지내는 데 문제없을 거야."

"어딘데요?"

"거기라면 절대로 놈이 알 수 없어요."

"……?"

"우리집. 아니 내 집. 내가 주소 알려줄게."

아직 방을 빼지 않은 집이 있다고 했었다. 선우는 갑자기 궁금해졌다.

"왜, 왜 이렇게 저한테 잘해주시는 거예요?"

"……눈앞에 보이는데 어떻게 안 도와줘? 모른 척하다가 무슨 일 생기면?"

"……"

목이 메었다. 무슨 말이라도 하고 싶은데, 어떤 말도 생각나지 않았다. 영경이 가만히 선우의 손을 잡았다. 온기와 함께 맞잡은 손에 힘이 들어갔다. 선우는 굳이 말하지 않아도 자신이 느끼는 감정을 영경이 알아주리라는 것을 깨달았다.

"언니, 저 부탁 하나만 더 해도 돼요?"

"……?"

선우는 비닐봉지를 열어 식물을 보여주었다.

"이건 금전수라는 식물인데, 화분을 구해서 다시 심어줄 수 있어요?"

"금전수? 따로 챙긴 걸 보니 소중한 건가보네."

원룸을 꾸미면서 산 화분이었다. 꽃집 주인이 금전수라고 알려주며 잎사귀가 동글동글하고 동전을 닮아서 붙은 이름인데 키우면 돈이 들어올 거라고 했다. 한 달에 한 번만 물을 주면 반그늘에서도 잘 자라는 아이라고 했다. 돈이 들어온다는 말보다 한 달에 한 번만 물을 주면 된다는 말에 선뜻 골랐다.

꽃집 주인은 화분을 포장해주며 식물 중에서는 추위를 많이 타는 편이니 겨울에는 따뜻한 곳에 두고 찬 기운이 가신 물을 주라고 알려주었다. 그 말을 들으니 더 마음이 갔다. 선우도 추위를 타는 편이었다. 금전수는 자신과 닮은 게 많았다.

햇볕이 없어도 잘 자란다. 많은 관심도 필요 없다. 이따금 살아 있는지 확인 정도만 해주면 충분하다. 식물이 잘 자라는 것을 보면 기분이 좋아졌다. 살뜰히 챙기지 못해도 혼자 잘 자라고 있었다.

지석이 물건들을 집어던져 망가뜨린 건 아무래도 상관없었다. 하지만 금전수 화분이 뿌리까지 뽑힌 모습을 보자 마음이 아팠다. 이건 살아 있는 생물인데, 이대로 죽일 수는 없었다. 어떻게 해서든 다시 살 만한 곳을 만들어주고 뿌리를 내리게 하고 싶었다.

영경은 비닐봉지를 받으며 고개를 끄덕였다.

"걱정 말아요. 다시 화분에 잘 심어놓을 테니까."

영경이라면 든든한 화분을 사서 금전수가 다시 잘 자랄 수 있게 보살펴줄 거라 믿었다.

창가로 경찰의 경광등 불빛이 보였다.

4

선우는 빵집에 나타나지 않았다. 물어보니 그만두었다고 했다. 어디로 갔는지도 물었지만 개인정보를 왜 묻느냐는 말에 그대로 나올 수밖에 없었다. 선우를 찾기 위해서는 다시 원룸을 확인하는 게 최선일 것 같았다. 며칠 사이 이사를 하지는 못했을 테고 기다리면 모습을 보이겠지.

지석은 조심할 필요가 있다고 생각했다. 이웃의 신고로 여러 번 경찰이 출동했으니 최대한 사람들의 눈을 피해야 한다. 선우의 옆집에서 계속 신고한 것 같다. 남의 일에 왜 끼어들고 지랄인지, 언제 만나면 얼굴 좀 봐야겠다.

며칠 동안 시간 날 때마다 빌라 입구가 잘 보이는 골목에 서서 선우가 나타나기만 기다렸다. 전기계량기와 가스계량기도 수시로 확인했다. 전기계량기가 천천히 돌아가는 건 냉장고처럼 늘 켜두는 전자제품만 작동하고 있다는 뜻이다. 계량기 속도를 확인하면 집안에 사람이 있는지 없는지 확인할 수 있다.

며칠을 기다려도 선우의 모습이 보이지 않자 지석은 초조해졌다. 어디로 숨었는지 찾을 방법을 생각해야 한다. 그동안 했던 말속에 분명 정보가 있을 거야. 그동안 내게 무슨 말을 했었지? 생각하다가 슬슬 열이 받기 시작한다.

내가 어떻게 했는데 헤어지자는 소리를 해? 감히 나한테.

며칠 동안 머릿속을 뒤졌지만 변변한 정보는 없었다. 아무래도 문을 뜯고 집안에 들어가보는 수밖에 없다는 생각이 들었다. 우편물이든, 일기든 찾아보면 어디로 갔는지 단서가 나오겠지.

지석은 야구모자를 깊이 눌러쓰고 선우의 집으로 향했다. 일부러 이 시간을 택했다. 이 건물 원룸에 사는 사람들은 대부분 대학생이거나 직장인이다. 이 시간에 집에 있는 사람은 거의 없다. 조금 시끄럽다고 신고할 사람은 없을 것이다.

이번에는 만반의 준비를 했다. 비밀번호가 바뀌었다고 해도 문제될 건 없다. 인터넷을 뒤져 도어락을 열 수 있는 방법을 확인했다. 친구에게 수소문해서 전기충격기도 빌려 왔다. 이거면 충분하다. 전기충격을 가하면 도어락이 해제된다고 들었다.

지석은 어깨에 둘러멘 백팩을 다잡았다. 선우가 집으로 돌아왔을 경우를 대비해 여러 가지를 준비해 담았다. 입을 막을 청테이프와 손을 묶을 케이블 타이, 빨랫줄 같은 것들. 물론 칼도 챙겼다. 지난번처럼 소리를 질러대면 아무리 사람이 없는 시간이라고 해도 돌발상황이 생길지 모른다. 다시는 헤어지자는 말이 나오지 않게 단단히 혼내줄 생각이었다.

계단을 오르려던 지석은 전기계량기를 떠올리고 다시 계단을 내려와 건물 현관 안쪽 벽에 붙어 있는 전기계량기로 향했다. 오늘도 잘 돌아가고 있다. 아니, 계량기가 전보다 더 빠르게 돌고 있는 것 같았다. 이건 분명 집안에 선우가 있다는 것을 의미한다. 그럼 그렇지, 지석은 뛰다시피 성큼성큼 계단을 올라갔다.

선우의 원룸 앞에 선 지석은 백팩에서 전기충격기를 꺼내려다 먼저 도어락을 열어 비밀번호를 눌러보았다. 여전히 문이 열리지 않았다. 젠장, 결국 전기충격기를 꺼내 도어락에 대고 충격을 가했다. 삐리리 소리가 울렸지만 열리지는 않았다. 다시 한번 충격을 주었다. 잠금장치 열리는 소리가 들렸다. 지석은 재빨리 문을 열고 집안으로 들어갔다.

갑자기 눈앞에 야구방망이가 날아왔다. 미처 방망이를 피하지 못한 지석은 그대로 이마를 감싸고 주저앉았다. 눈앞에 별이 보인다는 게 뭔지 실감했다. 다시 방망이가 공기를 가르며 지석에게 날아왔다. 이번에는 어깨였다. 정신을 차릴 수가 없었지만 지석은 손을 뻗어 자신에게 날아오는 야구방망이를 붙잡았다. 야구방망이를 휘두른 건 선우가 아니라 모르는 여자였다.

"뭐야 너? 누구야?"

여자는 야구방망이를 빼앗기지 않기 위해 안간힘을 쓰고 있었다. 하지만 남자의 힘을 당할 수는 없었다. 지석은 야구방망이를 빼앗아 여자를 위협했다.

"누군데 남의 집에 와서 야구방망이를 휘둘러?"

"너야말로 왜 남의 집에 들어와?"

여자의 말에 지석은 집을 잘못 찾아온 건가 싶어 집안을 둘러보았다. 전과 조금 달라졌지만 선우의 물건들이 보였다. 틀림없이 선우의 집이었다.

"미쳤나, 여긴 내 여자친구, ……당신이지? 경찰에 신고 전화한 여자."

지석은 영경의 목소리를 기억하고 있었다. 그는 이제야 알겠다는 듯 영경을 쳐다보며 물었다.

"네가 선우 빼돌렸냐? 선우 지금 어디 있어? 죽기 싫으면 말해."

지석이 영경을 향해 야구방망이를 휘둘렀다. 위협을 주려는 듯 벽을 내려쳤다. 영경을 만만하게 본 건 지석의 치명적 실수였다. 영경은 재빠르게 지석의 얼굴에 호신용 스프레이를 뿌려댔다. 얼굴에 스프레이를 맞은 지석은 눈을 뜨지 못하고 괴로워하기 시작했다. 들고 있던 야구방망이도 집어던지고 콜록거리며 싱크대로 가 물을 끼얹었지만 통증이 더 심해지는 것 같았다. 아무렴, 핫소스 육백 배의 맵기라는데 어련하겠어? 영경은 고통으로 어쩔 줄 몰라하는 지석을 쳐다보며 현관에 떨어진 지석의 전기충격기를 주웠다. 비명을 지르며 얼굴을 씻던 지석이 주방 수납장을 열어 식칼을 꺼내는 순간 그의 목덜미에 전기충격기를 들이댔다. 충격을 받은 지석은 그대로 칼을 떨어뜨리며 쓰러졌다.

영경은 다시 한번 전기충격기로 지석을 공격하고 백팩 안에 있던 줄 끈을 꺼내 지석의 손과 몸을 묶었다.

벌겋게 달아오른 지석의 얼굴에서는 눈물과 콧물이 흘러나오고 기침도 끊이지 않았다. 도통 정신을 못 차렸다. 영경은 지석의 얼굴에 물을 끼얹고 수건을 던져주었다. 하지만 손이 묶인 지석은 얼굴을 닦을 수가 없었다. 몰골이 말이 아니었다.

겨우 정신이 돌아온 지석은 황당하다는 듯 영경을 쳐다보며 물었다.

"나한테 왜 이러는 거야?"

혹시 몰라 손을 씻고 있던 영경은 정신을 차린 지석을 돌아보았다. 대답 대신 콧방귀를 날리고는 냉장고를 열어 생수를 꺼내 마시기 시작했다.

"내가 뭘 어쨌다고 이러는 거냐고!"

생수병을 든 영경이 병에 남은 물을 누워 있는 지석의 머리에 들이부었다. 지석이 머리를 흔들어 물기를 떨어냈다. 아직 통증이 가시지 않았는지 신음소리가 다시 들렸다.

"아이구, 그렇게 아팠어?"

"너 뭐야? 뭔데 이러는 거야?"

"그러게, 내가 왜 아까운 시간을 들여서 너 같은 새끼를 상대하고 있을까?"

"선…… 선우랑 무슨 사이야?"

"아무 사이 아닌데? 아, 이웃사촌인가?"

"이게 진짜 돌았나?"

지석은 머리를 흔들며 이 여자가 왜 이러는지 생각했다. 아무리 봐도 모르는 얼굴이다. 선우가 시킨 건가? 아니, 소심하고 겁 많은 선우가 그럴 리 없다. 옆집에 사니까 신고는 할 수 있다. 하지만 이건 신고와는 다른 문제다. 선우의 집에까지 들어와서 기다리고 있다가 자신을 공격하는 건 이해가 안 된다.

"알지도 못하는 사람한테 왜 이러는 거냐고!"

"너야말로 싫다는 여자들한테 왜 이러는 건데?"

"……?"

여자들? 분명 여자들이라고 했다. 지석은 이웃집 여자가 '여자들'이라는 단어를 쓴 이유가 있을 거라고 생각했다. 여자들이라고 말한 걸 보면 선우 말고 또다른 여자가 있다는 걸 안다는 얘긴데?

지석은 통증과 눈물로 범벅이 되어 제대로 떠지지 않는 눈을 간신히 뜨고 여자를 쳐다보았다. 아무리 생각해도 떠오르는 얼굴은 아니다.

"나, 날 알아?"

"뭐, 네 이름? 박지석. 나이는 스물여덟 살. 서울시 은평구

연서로 29길 13-40. 가족은 빌딩 청소하는 엄마와 형이라면 치를 떠는 동생."

"으아, 진짜 돌았나, 내 뒤를 캐고 다녔어?"

"어디 뒤만 캐고 다녔겠어? 내가 네 여자친구 옆집에 사는 게 우연일까?"

지석은 여자가 하는 말을 선뜻 이해하지 못했다. 그러다 여자가 선우의 옆집에 살게 된 것도 모두 계획된 일이라는 걸 깨닫자 등골이 서늘해졌다. 도대체 누구길래 나를 이렇게 쫓고 있었는지 의아했다.

'여자들.'

여자들이라는 말에 답이 있을 거라는 생각이 스쳤다. 누구지? 소영이? 아니야 이렇게 집요하게 내 뒤를 캐고 미행했다면 분명 그만한 원한이 있는…… 그제야 지석의 머릿속에 얼굴 하나가 불쑥 떠올랐다. 설마……

"은경이?"

여자의 표정이 변했다. 맞구나, 은경이. 하지만 걘 나 때문에 죽은 게 아니야. 자기가 차도로 뛰어들어서 죽었지.

"뭔가 오해가 있나본데, 나는 아무 상관이 없어."

여자는 다시 코웃음을 쳤다.

"그런데 왜 은경이라는 이름이 튀어나왔을까? 네 말대로 은경이의 죽음에 아무 상관이 없다면 말이야."

"……"

"그렇게 멀쩡한 애 죽여놓고 잠이 오디? 또 이렇게 다른 여자 괴롭히면서 살고 싶어?"

지석은 어이가 없다는 듯 헛웃음을 지으며 영경을 쳐다보았다.

"은경이 죽은 게 억울해도 그렇지, 왜 나한테 뒤집어씌워? 왜 나한테 와서 지랄이야?"

"그래, 너 같은 새끼 입에서 미안하단 소리가 나올 거라고 기대도 안 했어. 너를 찾아다니면서 박지석이란 놈이 어떤 놈인지 좀 알게 됐거든. 하수구에서 쓰레기나 뒤지는 쥐새끼보다 더 더럽고 찌질한 새끼."

"진짜 엿같은 소리 하고 있네, 그래서 날 쫓아다니고 이렇게 묶은 거야? 그래서 어쩔 건데? 뭐, 죽이기라도 하려고?"

지석은 영경을 비웃기라도 하듯 입술을 비틀며 실룩거렸다.

영경은 쉽게 말을 꺼내지 못했다.

동생이 죽고 나서 한동안 아무것도 하지 못했다. 그저 해가 뜨고 지는 것을 멍하니 바라보며 살았다. 각자 사는 게 바빠서 제대로 챙겨주지도 못했다. 동생이 어떤 일을 당하고 왜 죽었는지 알게 되자 아무것도 안 하고 묻어둘 수는 없었다. 찾아서 뭘 하려는 건지도 몰랐지만 찾고 싶었다. 왜 그렇게 동생을 괴롭혔는지 묻고, 죽도록 패주고 싶었다. 복수라기보다는 동생을 괴롭히던 놈이 어떤 놈인지 보고 싶었다. 할 수 있다면 같은 고통을 주고 싶었다.

나는 놈을 어떻게 하려고 여기까지 달려온 것일까? 영경은 자신이 뭘 하고 싶은지 아직도 결정하지 못했다.

그때, 갑작스러운 인기척에 영경과 지석은 현관 쪽으로 고개를 돌렸다. 문을 열고 들어온 것은 선우였다.

선우를 본 지석은 앓는 소리를 하며 선우에게 기어갔다.

"선우야, 이것 좀 풀어줘. 저 미친 여자가 한 짓 좀 봐."

선우는 애벌레처럼 꿈틀거리며 자신에게 다가오는 지석을 보다가 한 걸음 뒤로 물러나며 영경을 쳐다보았다. 영경은 당혹스러운 눈으로 선우를 쳐다보았다.

"집에 있으라니까 왜 왔어?"

영경의 집에 있는 동안 선우는 영경에 대해 많은 것을 알게 되었다.

책상 서랍을 열다가 우연히 여러 장의 메모를 발견했다. 모두 지석에 관한 것들이었다. 이상한 생각이 들었다. 어떻게 영경이 지석을 알고 있는 거지? 그러다 이사 문제로 온 집주인에게 이 집이 사실은 영경의 집이 아니라 영경의 동생이 살던 집이라는 이야기를 들었다. 집까지 쫓아오는 남자 때문에 힘들어하던 동생이 교통사고로 죽었다는 얘기를 듣자 선우는 영경에게서 들었던 스토커 생각이 났다. 그게 동생의 얘기였구나.

선우는 영경이 무슨 일을 꾸미고 있는지 두려워졌다. 짐도 거의 없이 방이 나오기 무섭게 이사를 온 것도 이유가 있다는 생각이 들었다. 선우는 두 사람이 마주치면 무슨 일이 벌어질까 두려워 서둘러 집으로 돌아왔다. 지석을 걱정하는 건 아니었다. 이런 인간 때문에 영경이 다치거나 위험해질까봐 겁이 났다. 늦지 않게 와서 정말 다행이었다.

선우는 바닥에 뒹구는 전기충격기와 지석의 백팩을 들어올렸다. 전기충격기를 가방에 넣고 안을 한참 들여다보더니 청테이프와 칼을 꺼냈다.

"여자친구에게 오는데 가방에 이런 걸 넣고 와?"

선우가 낮은 목소리로 물었다. 지금껏 그렇게 가라앉은 목소리는 들어본 적이 없었다. 지석은 선우가 낯설게 느껴졌다. 선우는 딱히 지석의 대답을 기다리지 않는 듯 영경에게로 시선을 돌렸다.

"언니, 어떻게 할까요? 어떻게 하길 원해요?"

"……넌?"

"……생각중이에요."

"뭘 생각해? 얼른 이거 풀어줘. 나야 지석이, 네 남자친구."

"……십 년 전에 우리 엄마가 이런 말을 했거든. 둘 중 하나는 죽고 다른 하나는 살인자가 될 것 같다고. 나는 죽는 사람은 되고 싶지 않아."

선우는 손에 든 칼을 지석의 턱밑에 들이댔다. 차가운 금속의 촉감이 서늘하게 느껴졌다. 선우의 손이 부들부들 떨리며 힘이 들어갔다. 날카로운 칼날이 금방이라도 턱을 벨 것 같았다. 지석은 칼끝이 피부를 찌르고 들어올 것 같아 숨이 막혔다.

"서, 선우야. 왜 그래? 너 이런 애 아니잖아?"

"나에 대해서 뭘 안다고, 한 번도 내 얘길 제대로 들은 적도 없으면서."

"아냐, 들을게. 얘기해. 이거 좀 풀어주고, 응?"

선우는 지석의 귓가에 대고 작지만 단단한 목소리로 말했다.

"다시는 날 안 보는 게 좋을 거야. 나는 죽는 쪽보다…… 죽이는 쪽을 선택할 거거든."

선우는 지석의 턱을 겨누던 칼로 지석의 손과 몸에 묶여 있던 끈을 풀었다. 지석이 주섬주섬 백팩을 주워들었다. 선우는 영경의 곁으로 다가가 가만히 손을 잡았다.

선우와 영경은 신발도 제대로 신지 못하고 비틀거리며 방을 나가는 지석의 뒷모습을 묵묵히 지켜보았다.

마지막까지 졸렬하고 흉한 몰골이었다.

떡 하나 주면 안 잡아먹지

1

"떡 하나 주면 안 잡아먹지. 어흥!"

"'이제 떡이 없어요.' 엄마가 말했어요. 하지만 여전히 배가 고픈 호랑이는 엄마를 놓아주지 않았습니다."

"팔 하나 주면 안 잡아먹지."

"팔을 주면 아이들 밥은 어떻게 해주고 빨래는 어떻게 해?"

"그러면 잡아먹어버릴 테다. 어흥!"

"오빠 아직 멀었어?"

거실에서 혼자 동화책을 읽던 양희가 빼꼼히 문을 열고 눈치를 살폈다. 조금 전까지 책 읽는 소리가 들렸는데, 더이상 지루함을 참기 힘든 모양이다.

영어 숙제를 하던 상민은 그제야 고개를 들고 동생을 쳐다보았다.

"책 보고 있으라고 했잖아, 아직 한 장 더 해야 해."

오빠의 대답을 듣자 양희는 쪼르르 상민의 곁으로 다가와서 팔을 잡고 매달렸다.

"배고파."

상민은 고개를 들어 벽에 걸린 시계를 바라보았다. 어느새 일곱시가 다 되어가고 있었다.

엄마는 보통 여섯시 삼십분이면 집에 돌아왔다. 늦으면 미리 전화해서 양희가 잘 놀고 있는지 묻고, 저녁을 어떻게 챙겨 먹으라고 이야기해주었다. 핸드폰을 확인했지만 엄마에게 온 전화나 문자는 없었다. 아직 일이 안 끝났나? 전화도 못할 만큼 바쁜가?

"오빠, 저녁."

양희가 왜 짜증을 내는지 알 것 같았다. 상민은 숙제에 집중하느라 시간이 이렇게 지나간 것도, 배가 고픈 것도 잊고 있었다. 동생이 팔에 매달려 조르고 있지만 책상을 떠나고 싶지 않았다. 얼마 남지 않은 숙제를 마저 끝내고 싶었다.

"조금만 기다려. 엄마 곧 올 거야."

"배고프다고!"

양희가 팔을 잡고 흔드는 바람에 숙제하던 공책에 볼펜 선이 길게 그어지고 종이까지 찢어졌다. 짜증이 밀려왔다.

"야, 이양희!"

상민은 자신도 모르게 목소리를 높였다. 그 소리에 놀란 양희가 고개를 흔들고 비명을 지르며 방을 뛰쳐나갔다. 아차 싶었다.

상민은 얼른 거실로 나가 양희를 붙잡으려고 했지만 이미 늦었다. 양희는 고삐 풀린 망아지처럼 소리를 지르며 거실을 뛰어다녔다. 탁자 위에 있던 리모컨을 집어던지고 좋아하는 인형과 소파에 놓여 있던 쿠션, 방금 전 읽던 동화책까지 손에 잡히는 대로 던졌다. 리모컨은 진열장 뒤로 넘어가버렸고 쿠션은 엄마가 아끼는 화분을 넘어뜨렸다. 인형은 현관 쪽으로 날아갔다. 그래도 기분이 안 풀렸는지 이번에는 바닥에 널브러진 동화책을 들어 찢기 시작했다. 양희의 높고 날카로운 목소리가 신경을 자극했지만 상민은 크게 한숨을 내쉬며 마음을 가라앉혔다.

상민은 양희의 곁으로 다가가 차분한 목소리로 다독였다.

"양희야, 이거 네가 좋아하는 책이잖아, 이렇게 찢으면 어떡해?"

"몰라, 다 필요 없어!"

상민은 조심스럽게 다가가 양희를 두 팔로 끌어안고 머리를 쓰다듬기 시작했다. 동생의 몸은 열에 들뜬 아기처럼 뜨거웠고 땀으로 축축했다. 양희가 큰 소리에 얼마나 민감하게 반응하는지 알면서 잠시 방심했다. 한동안 잠잠해서 동생의 상태를 잊고 있었다.

"미안해, 양희야. 오빠가 잘못했어."

바들바들 떨고 있는 양희는 오빠의 팔에서 벗어나려고 발버둥을 쳤다. 하지만 아홉 살의 작은 몸으로 이제 중학생이 된 오빠를 힘으로 이길 수는 없다. 동화책을 찢는 것으로도 화가 사그라지지 않았는지 양희는 자신을 안고 있는 오빠의 팔을 덥석 깨물었다.

'아!'

살을 파고드는 고통을 느꼈지만 비명을 지를 수 없었다. 그러면 양희는 더 크게 소리를 지르며 공격적인 행동을 멈추지 않을 것이다. 상민은 꾹 참고 동생을 더 꼭 붙들었다.

"미안해, 미안해. 오빠가 잘못했어."

양희가 상담실에 다닌 지 삼 년이 다 되어간다. 온 가족을 힘들게 했던 양희의 증상이 거의 사라지자 엄마는 곧 상담실을 그만 다녀도 될 것 같다는 희망 섞인 말을 했었다. 그 말을 들은 뒤로 상민 역시 이제는 다 괜찮아졌다고, 양희를 힘들게 했던 기억들도 지워졌을 거라고 안심하고 있었는지 모른다.

하지만 그건 엄마나 상민의 바람인 모양이다. 아직도 양희의 마음 깊은 곳에는 어둡고 무서운 기억들이 똬리를 틀고 있다.

상민은 연신 양희의 머리를 쓰다듬어주며 생각했다. 동생은 언제쯤 그 기억들을 머리에서 털어낼 수 있을까?

그 끔찍한 집에서 도망쳐 나온 뒤, 겨우 살 집을 마련하고 한숨 돌리나 싶었을 때 양희가 머리가 아프다며 벽에 머리를 찧기 시작했다. 자다가 일어나 비명을 질러대고, 어디서 큰 소리만 나도 그 자리에 얼어붙어 오줌을 쌌다. 물건을 집어던지고 자해를 했다.

겁이 난 엄마는 양희를 데리고 병원으로 갔다. 다행히 외상은 없었지만 다른 곳이 아프다고 했다. 마음의 상처를 치료하는 상담실에서 '트라우마'라는 단어로 양희의 상태를 설명했다. 폭력에 노출된 아이들의 영혼에 남겨지는 상처.

트라우마는 문제를 회피하기보다 그날을 떠올리고 이야기하며, 그 상황을 반복하는 과정을 통해 극복하는 것이라고 했다. 엄마에게 이야기를 전해들은 상민은 자신의 마음속에도 비슷한 놈이 있다는 것을 알았지만 말하지 않았다. 그래봐야 엄마를 더 힘들게 할 뿐이라고 생각했다.

상담실에 다닌 지 일 년이 되면서 양희는 조금씩 상태가 좋아졌다. 난데없이 벽에 머리를 찧거나 비명을 질러대는 일도 줄어들었고, 악몽을 꾸다가 깨어나는 일 없이 잠도 잘 잤다.

엄마가 곁에 있으면 큰 소리에도 놀라지 않았다.

오늘은 아무래도 기분이 안 좋았던 모양이다. 학교에서 돌아오면 동화책을 읽어주던 오빠가 오늘은 숙제가 많다며 혼자 책을 읽으라고 했다. 평소라면 양희는 거실에서 책을 읽고 상민은 주방 식탁에 앉아 숙제를 마쳤을 것이다.

몇 권의 동화책을 꺼내 제멋대로 이야기를 바꿔가며 읽는 시늉을 하던 양희는 심심한지 이리저리 거실을 뛰어다녔다. 숙제에 집중하고 있던 상민은 양희의 방해를 피해 방으로 들어와 다시 숙제에 열중했다. 지루하고 심심한데다 배도 고파 오는데 오빠가 상대도 해주지 않으니 화가 날 만도 하다.

"미안해 양희야, 오빠 화낸 거 아니야. 잘못했어."

한참을 달랜 뒤에야 오빠의 팔을 깨물고 있던 양희가 턱의 힘을 뺐다. 팔뚝에 선명한 잇자국이 보였다. 양희는 오빠의 눈치를 보며 말을 꺼냈다.

"배고프단 말이야. 엄마 왜 안 와? 날이 저렇게 어두워지는데."

"그러게, 엄마가 늦으시네."

어떻게 할까, 엄마에게 전화를 걸어볼까 하다가 배를 움켜쥐는 양희를 보자, 상민은 우선 양희의 허기부터 달래야겠다고 생각했다.

"많이 배고파? 뭐 먹고 싶어? 바나나? 사과? 아니면 라면 끓여줄까?"

"라면 싫어. 김밥."

"김밥?"

"엄마가 김밥 해준다고 했단 말이야."

상민은 그제야 전날 엄마가 시장을 봤던 것을 기억해냈다. 양희는 며칠 전부터 김밥이 먹고 싶다고 노래를 불렀다. 먹고 싶은 건 꼭 먹어야 한다. 배고프다고 다른 먹거리를 내밀어봐야 짜증만 낼 게 분명했다.

상민은 얼른 핸드폰을 가져와 엄마에게 전화를 걸었다. 통화연결음인 피아노소리를 들으며 엄마의 목소리가 들리기를 기다렸지만 끝내 전화를 받지 않았다. 운전중인가? 상민은 엄마에게 메시지를 보내고 핸드폰을 내려놓았다.

울리던 전화가 끊어졌다.

벨소리에 한순간 간담이 서늘해져 멈칫 서 있던 남자는 아내의 몸과 가방을 뒤졌다. 핸드폰을 찾는 사이 전화가 끊어졌다. 혹시 누군가 들었을까 싶어 주위를 두리번거렸다.

허름하고 한산한 지하주차장은 다행히 조용하기만 했다. 몇 대의 차가 주차되어 있었지만 멀찍이 떨어져 있는데다 벽이 가로막고 있어 누구도 남자의 모습은 보지 못할 것이다.

그는 다시 몸을 숙여 구겨진 아내의 몸 아래로 손을 집어넣었다. 아내의 몸에서 버터와 바닐라향이 느껴졌다. 냄새를 맡자 익숙한 풍경이 머릿속에 떠올랐다.

오븐에서 쿠키를 꺼내는 아내를 기다리며 까치발을 올리고 식탁 주위에서 재잘거리던 아이들. 불과 몇 년 전엔 그렇게 다함께 모여 살았다. 지금은 왜 이렇게 돼버린 거지?

남자는 고개를 저으며 머릿속 생각들을 털어내고 하던 일을 계속했다. 핸드폰은 아내의 재킷 주머니에 있었다. 전화가 다시 걸려올지 모른다. 아예 전원을 꺼놔야겠다 싶었다.

화면을 밀자 메시지 알림이 떴다.

—엄마 늦어요? 양희가 배고프대. 김밥 해달라는데 어떻게 하지?

상민이다. 아들 상민의 메시지다. 채팅 앱을 닫자 바탕화면에 아이들의 얼굴이 보였다. 상민도, 양희도 마지막 봤을 때와는 많이 달랐다. 못 본 삼 년 사이 성큼 자라 있었다.

나쁜 년. 남자는 자신도 모르게 이를 갈았다.

'너 때문에 아이들도 못 보고, 그렇게 꼭꼭 숨으면 내가 못 찾아낼 줄 알아?'

그는 핸드폰을 점퍼 주머니에 쑤셔넣고 이미 생명이 빠져나간 아내의 얼굴을 물끄러미 쳐다보다가 트렁크 문을 닫았다. 아이들이 보고 싶었다. 아내를 찾아온 것도 그 때문이다.

아내의 직장을 찾아내고 퇴근시간에 맞춰 주차장에서 기다렸다. 배운 게 도둑질이라고, 아내는 틀림없이 다시 요리학원을 내거나 비슷한 일을 할 거라고 생각했다. 사람을 끌어모아야 돈을 버는 직업은 숨어살 수가 없다. 아내는 자기 이름을 걸고 제과제빵학원의 강사를 하고 있었다. 요즘 같은 세상에는 검색 몇 번이면 못 찾아내는 게 없다. 아내에게 요리를 배우는 수강생이 SNS에 올린 사진과 강사의 이름 덕분에 남자는 아내를 찾아야겠다고 생각한 지 불과 몇 시간 만에 아내의 직장을 알아냈다.

며칠 동안 학원을 기웃거리며 아내에 대한 것을 파악했다. 학원에 오는 요일과 강의시간, 언제 퇴근하는지를 확인했다. 가장 한적한 시간에 아내에게 접근하기로 했다. 혹시나 소란이 일어나서 주변 사람의 방해를 받고 싶지 않았다. 그렇게 고른 날이 오늘이다.

퇴근시간에 맞춰 주차장에서 기다렸다. 여섯시가 넘어도 주차장에 내려올 기미가 보이지 않아 혹시 날을 잘못 잡았나 할 때 아내가 모습을 드러냈다. 남자는 벽 뒤에 숨어 아내가 자동차를 향해 걸어가는 것을 지켜보았다. 문을 열고 차에 타는 것을 보고 재빨리 달려가 운전석 문을 활짝 열었다. 차문을 닫으려다 놀란 아내를 조수석으로 밀어넣으며 운전석에 올라탔다. 아내는 거세게 반항했다. 대화를 하려면 조용히 만들 필요가 있었다.

주먹으로 얼굴을 갈겼다. 아내가 얼굴을 감싸고 고개를 숙였다. 겨우 조용해지는가 싶어 말을 하려는데 갑자기 문을 열고 도망치려 했다. 남자는 아내의 목덜미를 잡아당겨 목을 끌어안고 힘을 주었다. 아내가 손을 휘저으며 발버둥을 쳤다. 손톱이 얼굴을 할퀴고 지나갔다. 분노가 머리끝까지 치밀었다. 얘기 좀 하자는데 왜 이렇게 지랄이야. 아내의 목을 감은 팔에 더 힘을 주었다. 발버둥치던 아내의 움직임이 차츰 사그라졌다. 정신을 차리고 아내의 얼굴에 귀를 대보았다. 숨결이 느껴지지 않았다. 두 팔로 목을 감싼다는 게 입과 코까지 막아버린 모양이다.

한순간 머릿속이 하얘졌다. 이런 꼴을 보려고 찾아온 게 아니다. 마음속에 담아둔 수백, 수천 마디 말을 한 마디도 못하고 끝이 났다. 젠장, 젠장……

어떻게 해야 하나 고민하는 동안 차츰 머리가 차가워졌다. 우선 아내의 시체를 숨겨야 한다. 아직은 날이 밝으니 이대로 차 안에 아내를 싣고 다니는 것은 위험하다. 그는 빠르게 주차장을 둘러보았다.

사람이 없는 동안 재빠르게 자동차 트렁크를 열어 아내를 옮겨 실었다. 트렁크의 문을 닫으려 할 때 전화가 걸려와 머리가 쭈뼛 섰다. 핸드폰을 찾아내 메시지를 확인했다. 아들의 메시지를 보자 남자는 자신이 어디로 가야 할지 떠올랐다.

다시 자동차 운전석에 올라탄 남자는 룸미러를 돌려 얼굴을 확인했다. 아내의 손톱에 긁힌 상처가 발갛게 달아올랐다. 손으로 만져보니 상처가 깊은지 쓰렸다. 흉이 생기지 않을까 걱정스러웠다. 손등에도 손톱자국들이 있었다.

망할 년, 안 본 사이 독해졌어. 예전엔 손만 들어도 꼼짝 못하고 잔뜩 움츠러들더니.

남자는 막막했다. 아이들에게 갈 생각이었지만 어떻게 찾아갈지 감이 서지 않았다. 아내를 만나면 잘 어르고 달래서 집까지 갈 생각이었다. 생각지도 못하게 죽어버려 난감해졌다. 하지만 걱정은 오래가지 않았다.

바닥에 떨어진 차 열쇠를 주워 시동을 걸자 내비게이션이 켜졌다. 어쩌면…… 하고 집을 검색해보니 바로 집으로 가는 경로가 떴다. 10킬로미터도 안 되는 거리였다.

남자는 빠르게 주차장을 빠져나왔다. 어서 아이들의 얼굴이 보고 싶었다.

막상 김밥을 만들 생각을 하니 막막했다. 상민은 다시 한번 양희를 떠봤다.

"토스트는 어때? 오빠가 그건 잘하는데."

"김밥."

"고기 구워줄까? 삼겹살, 양희 너 삼겹살 좋아하잖아?"

"김밥! 김밥 먹고 싶다고!"

역시나 양희는 단호했다. 볼이 부풀어오르는 걸 보니 또다른 음식 이름을 꺼냈다가는 한바탕 시끄러워질 것 같아서 포기했다.

"알았어. 해줄게."

이렇게 고집을 피우니 어쩔 수 없다. 재료를 준비하는 동안 엄마가 돌아오길 비는 수밖에 없다.

상민은 냉장고를 열어 재료부터 찾아서 하나둘 꺼냈다. 양희 말대로 엄마는 김밥을 할 생각이었는지 냉장고에 모든 재료가 있었다. 김과 함께 단무지와 우엉, 맛살과 햄이 한 묶음으로 되어 있는 김밥 재료를 꺼냈다. 하지만 이것만으로 부족하다. 당근과 달걀도 찾아 식탁 위에 올려놓았다.

"또 뭐가 있어야 하지?"

상민의 물음에 양희가 재료를 훑어보더니 "시금치" 하고 소리쳤다. 재료를 다 펼쳐놓고 나니 이것들을 손질하고 김밥 말 준비만 해도 한 시간은 걸릴 것 같다. 그래도 김밥 재료를 꺼내놓는 순간, 양희의 기분은 한결 좋아 보였다.

상민은 당근을 들고 양희를 향해 흔들어 보였다.

"그럼 시작해볼까?"

"좋아, 좋아!"

상민은 식탁 위에 있는 재료들을 훑어보며 양희가 할 만한 것을 찾았다. 당근을 썰거나 시금치를 다듬는 일은 못할 것 같았다. 칼은 너무 위험하다. 국그릇을 꺼내 양희 앞에 내밀었다.

"여기 달걀을 세 개만 깨서 잘 저어줄래?"

양희는 고개를 크게 끄덕이며 얼른 달걀을 집어들었다.

"살살, 조심해야 해."

"알았어, 나도 잘할 수 있어."

칼질은 상민도 자신이 없어 우선 시금치를 다듬기 시작했다. 예상대로 양희는 달걀을 깨다 껍질을 빠뜨려 손으로 달걀물을 휘젓고 난리가 났다. 그래도 요리에 열중하느라 배고픈 것도 잊은 모양이었다.

시금치를 다듬기는 했지만 어떻게 해야 하는지 몰라 결국 인터넷 검색을 시작했다. 시금치는 물을 끓여서 데치면 되고, 당근은 채를 썰어 프라이팬에 볶아야 한다. 엄마가 척척 해줄 때는 이렇게 공이 많이 들어가는지 몰랐다. 그저 색색깔의 재료를 넣고 김으로 말기만 하면 되는 간편한 음식이라고 생각했다. 상민은 하나하나가 넘어야 할 산처럼 느껴졌다.

냄비를 꺼내 물을 받아 가스불 위에 올려놓았다.

"오빠, 이제 나 또 뭐해?"

돌아보니 양희가 달걀로 범벅이 된 손을 꼼지락거리며 웃고 있었다. 달걀 하나는 양희의 손에 발린 것 같았다. 상민은 얼

른 키친타월을 찾아 양희의 손을 닦으며 식탁 위를 살폈다. 양
희가 할 만한 게 또 뭐가 있을까?

"그럼 이거 하나씩 떼어줄래?"

상민은 김밥 재료의 포장을 뜯어내고 게맛살과 슬라이스 햄
을 내밀었다. 비닐에 싸인 게맛살과 덩어리로 뭉쳐 있는 햄을
떼는 일을 맡겼다. 양희는 신나서 게맛살의 비닐을 벗기기 시
작했다.

상민은 물이 끓는 동안 당근을 썰기로 하고 도마와 칼을 꺼
냈다. 당근 껍질은 어떻게 벗겨야 하지? 식칼로 벗기는 건가
고민하고 있는데 양희가 싱크대 서랍에서 필러를 꺼내주었다.

"오빠 바보야? 그것도 몰라?"

양희가 핀잔을 쳤다. 엄마 껌딱지인 양희는 엄마가 요리할
때마다 곁에서 지켜보고 참견을 했다. 그 시간들이 헛된 게 아
닌 모양이다. 덕분에 상민은 편하게 당근의 껍질을 벗겨 도마
에 올려놓았다. 막 식칼을 들었을 때 초인종이 울렸다.

"엄마다!"

양희는 손에 들고 있던 게맛살을 집어던지고 현관으로 뛰어
갔다. 상민도 식칼을 내려놓고 안도의 한숨을 쉬었다. 그러다
문득 서늘한 느낌이 머리를 스치고 지나갔다.

"꼭 확인하고 문 열어. 아무나 열어주지 말고."

며칠 전 엄마가 그렇게 말했었다. 엄마라면 벨을 누를 이유

가 없다. 엄마는 늘 현관 도어락 비밀번호를 누르고 들어온다.

"누가 벨 누르면 꼭 확인하고 문 열어."

왜 갑자기 그런 말을 했을까? 그날의 기억이 아직도 머릿속에 남아 있는 건 엄마의 표정 때문이다. 걱정이 있을 때마다 나오는 표정, 눈썹 사이에 주름이 생기면 엄마의 마음속에 근심이 있다는 표시다. 갑자기 엄마가 전화를 안 받는 것도, 이시간까지 돌아오지 않는 것도 신경이 쓰였다.

현관으로 나갔던 양희가 뒷걸음을 치며 안으로 들어오다가 빠르게 상민의 뒤로 달려와 숨었다. 현관 쪽으로 고개를 돌리던 상민은 집안으로 들어온 사람을 보고 심장이 쿵 내려앉았다. 엄마의 표정이 왜 안 좋았었는지, 왜 그런 말을 했는지 이제야 이해가 되었다.

모습을 드러낸 건 아빠였다. 두 번 다시 보고 싶지 않은 얼굴. 다시는 만날 일이 없을 거라고 생각했던 얼굴, 아빠가 지금 거실에 있다.

상민은 식칼을 손에 든 채 얼어붙은 얼굴로 아빠를 쳐다보았다. 집안을 둘러보던 아빠는 상민에게 다가오며 비릿한 미소를 날렸다. 소름이 돋았다.

"아빠 안 보고 싶었냐?"

"……"

상민은 아무런 대답도 하지 못한 채 아빠를 올려다보았다.

"양희 너 왜 도망쳐, 아빠 잊었어? 이리 와봐."

상민은 자신의 등뒤에 숨어 있는 양희가 한 걸음 더 바짝 자신에게 매달리는 것을 느꼈다. 상민도 양희처럼 어디론가 숨고 싶었다. 하지만 이 집 어디에도 양희와 안전하게 몸을 숨길 곳은 없다.

"……여기는 웬일이세요?"

"웬일이라니, 애새끼 말하는 거하고는, 오랜만에 만난 아빠한테 그렇게밖에 말 못해?"

"……"

아빠는 식탁 위를 한번 쳐다보더니 한심하다는 듯 상민을 돌아보았다.

"사는 꼬라지하고는. 엄마랑 이렇게 사는 게 좋냐?"

'당신과 살 때보다 백배 천배 좋아'라는 말이 목구멍까지 올라왔지만 상민은 입술을 꾹 깨물고 참았다. 괜히 신경을 건드려봐야 좋을 게 없다. 지금으로선 조용히 돌려보내는 게 최선이라는 생각이 들었다. 그게 가능하기는 할까?

"어, 엄마 없어요. 나중에 오세요."

아빠의 왼쪽 눈썹이 올라갔다. 상민은 방금 자신이 한 말이 아빠의 신경을 건드렸다는 걸 깨달았다. 식탁을 사이에 두고 서 있던 아빠가 주방 쪽으로 걸음을 옮기며 말했다.

"이 자식, 못 본 사이에 많이 컸네? 이젠 아빠한테 명령도

해?"

"어, 엄마 만나러 온 거 아니에요?"

상민은 등뒤에 매달린 양희를 의식하며 주춤주춤 뒤로 물러났다. 자신이 마치 고양이에게 몰이를 당하는 생쥐처럼 느껴졌다. 어디로 도망가야 하지? 엄마한테는 어떻게 알리지?

"오빠, 나……"

양희가 중얼거리다가 갑자기 울음을 터뜨렸다. 바닥에 뜨끈한 물기가 느껴졌다. 아래를 보니 양희가 오줌을 싸고 있다. 다리 사이로 오줌이 흘렀다. 그 모습에 다가오던 아빠도 주춤했다. 이때다 싶었다.

"괜찮아, 오빠가 갈아입을 옷 찾아줄게."

상민은 얼른 식칼을 식탁에 내려놓고 양희를 감싸안으며 아빠 곁을 지나쳤다. 김밥 재료 옆에 놓여 있던 핸드폰을 챙기는 것도 잊지 않았다.

상민은 양희와 옷방에 들어가자 다급하게 손잡이 버튼을 눌러 문을 잠갔다. 엉거주춤 서 있는 양희를 보면서 조금만 참으라고 말해주고 얼른 엄마에게 전화를 걸었다.

"뭐해 오빠?"

"기다려, 엄마한테 전화하는 거야."

신호가 가는 소리가 들리고 어디선가 벨이 울렸다. 이상했다. 벨소리. 엄마의 전화 벨소리가 가깝게 들렸다. 엄마가 전화를 받았다.

"엄마, 엄마 어디야? 빨리 와. 아빠가 왔어."

전화를 받았는데, 엄마는 말이 없다. 그러다 핸드폰 너머에서 들리는 소리에 상민의 목덜미가 쭈뼛 섰다. 그 목소리는 거실에서도 들렸다.

"그래 아빠가 왔지. 문은 왜 잠갔어? 이거 안 열어?"

아빠가 문밖에서 거칠게 문을 흔들었다. 금방이라도 문이 열릴 것 같았다.

2

왜, 왜 아빠가 엄마 핸드폰을 가지고 있지?

상민은 혼란스러웠다. 불길한 예감이 머리를 스쳤다. 조금 전 보았던 아빠의 얼굴, 어디에 긁힌 것 같은 상처가 길게 나 있었다.

"상민아, 문 열어."

"왜 아빠가 엄마 핸드폰을 가지고 있어요?"

"문 열어봐. 얘기해줄게."

"엄마 만났어요? 엄마 지금 어딨어요? 왜 아빠가 핸드폰을 가지고 있냐고요!"

옆에 있는 양희가 상민의 손을 잡았다.

"오빠, 아빠가 엄마 핸드폰 가져갔어?"

상민은 고개를 끄덕이며 양희의 손을 꼭 잡았다. 지금 이 상황을 어떻게 설명해야 할까? 하지만 양희는 상민이 생각하는 것보다 상황을 훨씬 잘 이해하고 있었다.

"아빠가 엄마 잡아먹었어?"

"뭐?"

"『해님 달님』. 호랑이가 엄마 잡아먹잖아. 그리고 아이들도 잡아먹으려고 집에 왔어."

등골이 서늘했다. 절대 아니라고, 마지막까지 고개를 저으며 부정하고 싶은 일을 양희는 아무렇지 않게 물었다. 하루종일 『해님 달님』을 읽더니 아직도 그 이야기에 빠져 있는 모양이다. 양희를 이해시키려면 그게 나을지도 모른다는 생각이 들었다.

"아직 몰라. 엄마는…… 양희야, 만약 아빠가 호랑이라면 어떻게 해야 해? 동화책에서 어떻게 하지?"

"도망쳐."

"그래, 도망쳐. 근데 우리집은 5층이고 여기서 밖으로 나가려면 현관문을 통해 나가는 수밖에 없어."

빌라 맨 꼭대기 5층 집이다. 베란다 문을 열어도 타고 내려갈 나무도 없고 유일한 출입구인 현관문으로 나가려면 거실을 거쳐야 한다. 아빠가 버티고 있는 거실을 지나 도망친다는 건 불가능한 일이다. 문만 열어도 아빠에게 잡히고 말 것이다.

"하늘에서 동아줄이 내려올 거야."

여전히 동화책 얘기를 하는 양희를 보며 '그런 건 없어'라고 말하려던 상민은 양희가 손가락으로 가리키는 천장을 올려다보았다. 아, 맞다. 그게 있었지.

천장의 구멍을 보자 엄마가 보여줬던 다락방 생각이 났다. 행거에 걸린 옷 뒤로 손을 집어넣고 더듬거렸다. 여기 어디 있을 텐데, 찾았다. 손에 긴 금속 막대가 잡혔다.

천장에는 박공지붕의 아래 공간을 이용해서 만들어놓은 다락방이 있다. 다락방이라고 해도 올라가면 생각보다 넓고 창문도 있어서 사용하기에 따라 요긴한 곳이다. 처음 이사할 때만 해도 신기해서 다락방에 몇 번 오르내리곤 했지만 접이식 계단이 불편해서 잘 안 올라가게 되었다. 지금은 오래되고 안 쓰는 짐들을 올려놓는 공간일 뿐이다. 그러다보니 어느새 존재도 잊고 있었다.

상민은 천장의 구멍에 굽은 막대를 걸어 당겼다. 다락방으로 올라갈 수 있는 접이 계단이 내려왔다. 이 계단을 이용해 올라가고 계단을 올려놓는다면 양희를 숨기는 건 가능할 것 같았다. 삼 년 전 같은 일은 없을 거야.

"양희야, 여기 올라가."

"오빠는?"

"오빠는 아빠랑 얘기하고 올게. 오빠가 부를 때까지 절대 내려오면 안 돼. 알았지?"

양희는 아무런 대답도 하지 않고 두 눈을 말똥말똥 뜨고 오빠를 쳐다보았다.

"싫어, 혼자 있기 싫어."

다시 아빠가 문을 두드리기 시작했다. 더 버티다간 문이 부서질 것 같다. 시간이 없는데, 양희는 올라갈 생각을 하지 않는다.

얼른 숨어, 이러다 아빠한테 맞아 죽는단 말이야. 그 말이 입안에서 맴돌았지만 차마 꺼내지 못했다. 양희는 정말로 아빠에게 맞아 죽을 뻔했다.

삼 년 전 늦은 밤이었다. 자고 있는 상민과 양희를 깨운 엄마가 얼른 몸을 숨기라고 했다. 술에 취한 아빠가 소리를 질러대며 현관문을 두드리고 있었다. 상민은 졸린 눈을 비비는 양희를 데리고 숨을 곳을 찾았다. 양희를 베란다에 있는 세탁기 뒤로 숨기고 자신은 맞은편 다용도실에 숨었다. 미닫이문이라 안에서 막대를 받치면 문이 열리지 않는다. 이곳이라면 아빠가 찾지 못할 것이라고 생각했다. 몸을 숨겨야 할 때가 온다면 어디가 안전할지 집안을 다 돌아다니며 살핀 끝에 찾아낸 장소였다.

그날따라 술에 취한 아빠의 행패는 쉽게 끝나지 않았다. 엄마의 비명소리도 들렸다. 어둡고 좁은 공간에서 상민은 두 귀를 막은 채 웅크리고 있었다. 아빠의 목소리는 귀를 막은 손가락 사이로 계속 들려왔다.

"애새끼들은 어디 있어? 아빠가 왔는데 인사도 안 하고 숨어?"

물건 깨지는 소리가 들리고 베란다 문 열리는 소리가 이어졌다. 발소리가 문 너머에서 서성거렸다. 뭔가 바닥을 끄는 소리가 들렸다.

"이 쥐새끼 같은 년, 아빠가 왔는데 여기 숨어서 뭐하는 거야?"

양희의 울먹이는 소리가 들렸다. 상민은 더 힘을 주어 귀를 막았다. 아무 소리도 들리지 않게 막고 싶었지만 아빠에게 맞고 있는 양희의 울음소리와 둔탁한 소리들이 이어졌다. 소리만 들어도 어떤 상황인지 머리에 그려졌다. 엄마의 비명이 뒤엉켜 상민의 가슴을 파고들었다.

왜, 왜 양희를 세탁기 뒤에 숨겼을까? 여기에 함께 들어와 쇠막대로 문을 받치고 있으면 아빠는 절대 문을 열지 못했을 텐데.

"양희야, 양희야!"

양희를 부르는 날카로운 엄마의 비명소리와 함께 아빠의 목소리가 잦아들었다. 그리고 한순간 거짓말처럼 조용해졌다.

얼마나 지났을까, 귀를 막고 있던 손을 떼고 문밖에 귀를 기울였지만 아무 소리도 들리지 않았다. 그래도 겁이 나 한참 기다리다 문을 연 상민은 난장판이 되어버린 베란다를 지나 거실로 나왔다. 엄마도 아빠도 보이지 않았다. 텅 빈 집안은 무서울 정도로 조용했다. 양희가 응급실에 간 것은 나중에 알았다.

상민은 양희의 트라우마가 자기 때문이라고 생각했다. 그날 동생을 제대로 숨겼다면 아빠에게 맞아 기절하는 일은 없었을 것이다. 갑자기 머리를 찧는 일도, 아기처럼 아무데나 오줌을 싸는 일도 없을 것이다.

상민은 겁이 났다. 아빠에게 맞는 게 얼마나 아프고 무서운지 알기에 양희가 울음을 터뜨려도 문을 열 수가 없었다. 몇 번이나 문을 열고 뛰쳐나가 아빠를 말리고 양희를 도망치게 하고 싶었지만 자신이 한 일이라고는 귀를 막고 시간이 지나길 기다린 것뿐이다.

그날의 일은 상민의 마음에 무거운 돌덩이로 남았다. 그래서 양희가 발작적으로 물건을 집어던지고, 비명을 지르고, 자신의 팔을 물어도 양희를 말리거나 밀쳐낼 수 없었다. 자책감이라는 무거운 돌덩이는 평생 자신이 안고 가야 할 몫이라고 생각했다.

양희에게 다시 그런 일을 겪게 할 수는 없다. 상민은 얼른 계단을 올라가라고 양희를 채근하며 말했다.

"얼른 올라가. 이러다 아빠가 문 열면 큰일나."

"그치만……"

"제발 양희야, 오빠 말 들어. 부탁이야."

오빠의 간절한 표정을 읽었는지 양희는 마지못해 계단을 오르기 시작했다.

"조용히 하고 있어. 그럼 괜찮을 거야. 알았지?"

상민은 양희가 계단을 다 올라가자 계단을 접어 올려놓고 문을 닫았다. 완전히 닫혔는지 확인한 뒤에 몸을 돌렸다. 아빠는 이제 온몸으로 문을 밀치고 있었다. 쿵쿵거리는 소리를 들으며 상민은 크게 심호흡을 했다.

지난 삼 년 동안 수없이 오늘을 그렸다. 언제든 아빠가 찾아올 것 같았다. 그럴 때 나는 어떻게 해야 할까? 누구의 도움도 받을 수 없을 때 아빠를 마주하게 되면 어떡하지? 상상만으로도 두려웠다. 두려움이 가장 큰 적이었다. 아빠를 떠올리기만 해도 온몸이 오그라들었다.

"엄마, 엄마는 어떻게 아빠한테서 도망칠 수 있었어? 겁나지 않았어?"

언젠가 엄마에게 이런 질문을 한 적이 있다.

"겁났지, 두렵고. 하지만 엄마에겐 너희가 있잖아. 너희가 나의 용기야. 두려울 때 너희를 생각하면 엄만 용기가 생겨."

용기. 엄마의 용기는 우리라고 했다. 나의 용기는 무엇일까? 그 생각만으로 두려움이 저만큼 물러났다. 이제 가장 큰 두려움이자 용기인 양희를 잘 숨겨두었다. 상민은 마음을 다잡고 옷방의 문을 열었다.

문이 열리자 손잡이를 잡고 있던 아빠가 넘어지듯 방으로 들어왔다. 상민은 두 손을 꼭 쥐고 아빠를 바라보다가 손을 내밀었다. 아빠는 어리둥절한 표정으로 아들을 쳐다보았다.

"줘요, 엄마 핸드폰."

상민의 말에 아빠는 핸드폰을 점퍼 주머니에 집어넣었다.

"이건 엄마 거야. 엄마 오면 줄 거야."

"왜 엄마 핸드폰을 아빠가 가지고 있어요? 엄마는 어디 있어요?"

"곧 올 거야. 아빠 먼저 가 있으라고 했어."

'거짓말.'

상민은 아빠의 거짓말을 눈치챘지만 몰아세우지 않았다. 신경을 건드려봐야 좋을 게 없다. 지금은 엄마가 어떻게 되었는지 알아야 하고, 양희를 안전하게 지키는 게 먼저다.

아빠가 옷방을 두리번거리며 양희를 찾는 기색을 보이자 상민은 몸으로 아빠를 옷방 밖으로 밀어냈다.

"이 자식이."

밖으로 밀려나던 아빠가 상민의 멱살을 잡았지만 상민은 문을 닫으며 손잡이의 잠금 장치를 누르는 것을 잊지 않았다.

"양희 옷 갈아입잖아요! 뭘 보려구요?"

상민의 말에 머쓱했는지 아빠는 멱살을 잡고 있던 손을 풀고 상민의 뒤통수를 툭 쳤다.

"머리 좀 컸다고 까분다?"

이상하게 아빠에게 그 말을 듣는 순간부터 아빠에 대한 두려움이 사라지기 시작했다. 상민은 자신이 느끼는 감정이 삼년 동안 수없이 아빠와의 대결을 상상하며 단련해온 덕분인지, 아니면 양희를 지켜야 하는 절박함에서 오는 용기 때문인지 확신이 없었다. 그러다 아빠를 쳐다보며 비로소 깨달았다.

그건 시선 때문이었다. 삼 년 전만 해도 아빠를 보려면 고개를 들어 올려다봐야 했다. 그래서 실제보다 더 커 보였는지 모른다. 하지만 지금은 자신과 거의 눈높이가 같다. 기억보다 왜소한 덩치였다. 옷방에서 아빠를 밀어냈을 때 느꼈던 힘도 생각보다 대단하지 않았다.

아빠는 삼 년의 시간을 어떻게 보냈는지 모르지만 상민은 지난 삼 년을 헛되이 보내지 않았다. 체력을 키우려고 운동을 시작했고 키가 컸다.

'머리 좀 컸다고 까분다?'

무심코 이 말을 한 아빠도 그것을 느낀 것은 아닐까?

상민은 짐짓 태연하게 다시 주방으로 향했다. 식칼을 들고 당근을 썰기 시작했다.

"이리 와봐, 아빠랑 얘기 좀 하자."

"듣고 있어요. 하세요."

"그거 놓고 이리 오라고!"

"양희가 배고프다고 했어요."

"이 새끼가……"

상민이 동작을 멈추고 아빠를 노려보았다. 손에 식칼을 든 채 그대로 거실로 나갔다. 아빠의 시선이 상민의 손으로 내려갔다.

"뭐하는 거야?"

"오라면서요? 왜요?"

"그거 안 치워?"

"말해봐요, 왜 엄마 핸드폰을 가지고 있어요? 엄마 지금 어디 있어요?"

"지금 겁주냐? 왜, 찌르기라도 하려고?"

"……못할 것도 없죠."

자신의 입에서 그런 말이 튀어나올 거라고는 생각 못했다. 머릿속으로 수없이 그런 상상을 했지만 아빠의 얼굴을 똑바로 쳐다보며 하게 될 줄은 몰랐다.

아빠는 잠시 당황하는 눈치였지만 이내 분노로 얼굴이 달아올랐다.

"이 새끼가 아빠를 개똥으로 알아."

아빠는 빠르게 상민에게 달려들어 뺨을 때리고 발길질을 했다. 호기롭게 큰소리치기는 했지만 아빠의 기습적인 주먹질에 모든 게 모래성처럼 무너져내렸다. 아빠의 손에 잡혀 식칼도 빼앗겼다. 아빠는 식칼을 집어던지고 본격적으로 주먹을 날리기 시작했다.

상민은 상체를 구부리고 두 손을 들어 얼굴을 가린 채 체육관에서 배운 동작을 떠올렸다. 하나 둘, 하나 둘, 호흡과 흐름이 중요하다. 상대의 주먹이 치고 빠지는 순간을 노려야 한다. 머릿속으로 다시 하나 둘, 하나 둘 구령을 외쳤다. 하나 둘, 주먹을 뻗었다.

상민의 주먹은 아빠의 가슴을 쳤다. 갑작스러운 공격에 놀라 멈칫하는 순간을 놓치지 않고 다시 주먹을 날렸다. 이번에는 얼굴에. 하지만 주먹이 빗나갔다. 안타깝지만 그래도 효과는 있었다.

아빠의 주먹질이 멈췄다. 거리를 두고 상민을 낯설게 노려보았다. 아빠는 상민이 만만치 않다고 느꼈는지 주위를 두리번거렸다. 조금 전 던져버린 칼을 찾는 것 같았다.

상민의 머릿속에 경고등이 켜졌다. 안 돼, 먼저 찾아야 해. 아까 어디로 던져버렸지? 재빨리 집안을 둘러보다 식칼을 발견했다. 열어둔 거실 문 너머 베란다에 떨어진 식칼이 보였다.

상민은 얼른 베란다로 향했다. 아빠도 눈치를 채고 달려와 상민을 붙잡았다. 상민은 손에 잡힌 식칼을 베란다 밖으로 던졌다.

아빠는 한 손으로 상민의 손을 등뒤로 꺾고 다른 손으로는 목을 졸랐다. 상민의 허리에 베란다 난간이 닿았다. 아빠가 상체를 누르자 몸이 휘고 금방이라도 난간 밖으로 떨어질 것 같았다. 남은 손으로 간신히 베란다 난간을 잡고 버텼지만 힘이 달렸다.

일 년만 더 있었더라면, 키가 5센티미터만 더 컸더라면, 조금만 더 복싱을 열심히 했더라면. 머릿속으로 온갖 생각이 스치고 지나갔다.

"미친 새끼, 그러게 왜 까불어?"

아빠는 시뻘겋게 달아오른 얼굴로 상민의 눈을 쳐다보며 중얼거렸다.

눈물이 찔끔 났다. 도대체 이 사람은 뭘까? 상민은 거친 숨을 내쉬고 있는 남자의 얼굴을 낯설게 쳐다보았다. 자식을 죽이겠다고 이렇게 안간힘을 쓰면서 씩씩거리고 있는 인간이 자신의 아빠라는 사실이 분하고 억울했다.

그래, 양희의 말이 맞아. 이 사람은 아빠가 아니고 호랑이야. 엄마를 잡아먹고, 이제 아이들을 잡아먹으려고 온 호랑이.

동화 속에서는 분명 아이들이 살아나고 호랑이가 떨어져 죽었는데…… 그러다 깨달았다.

아이들도 죽었구나. 동아줄을 타고 올라가서 해님과 달님이 되었다고 하는 건 거짓말이었어. 하늘에서 내려오는 동아줄 따위는 없었어. 사람이 죽으면 별이 되었다고 말하는 것처럼, 아이들도 그렇게 죽은 거야. 그래서 해가 되고 달이 되었다고 했던 거야. 나는 죽어서 뭐가 될까?

엄마도, 나도 없는데 그럼 양희는? 양희를 생각하니 눈물이 고였다.

갑자기 목을 조르며 상체를 밀던 아빠의 손에 힘이 빠졌다. 상민은 그 틈을 놓치지 않고 몸을 비틀어 목을 조르던 아빠의 손에서 벗어났다. 언제 나왔는지 양희가 아빠의 팔을 잡고 깨물고 있는 게 보였다. 위협적이지는 못해도 잠깐 주의를 분산시키기에는 충분했다.

상민을 놓친 아빠가 양희의 머리채를 잡았다. 상민은 양희의 머리채를 잡은 아빠의 손을 붙잡아 있는 힘을 다해 손가락을 뒤로 꺾었다. 체육관에서 배운 호신술 중 하나였다. 이렇게 써먹게 될 줄은 몰랐다. 아빠는 소리를 지르며 손가락을 감싸쥐었다. 때를 놓치지 않고 상민은 얼른 아빠의 다리를 잡았다.

"양희야, 물러서!"

하지만 양희는 뒤로 물러서지 않았다. 오빠를 따라 양희도 아빠의 다른 쪽 다리를 잡았다. 오빠가 무엇을 하려는지 정확히 알고 있었다. 둘은 약속이라도 한 듯 그대로 아빠를 들어 베란다 밖으로 떨어뜨렸다. 비명소리가 들려오는 것 같아 얼른 양희의 귀를 막았다.

한참 그대로 서 있던 상민은 무릎을 굽혀 양희와 눈높이를 맞추었다.

"왜 내려왔어? 꼼짝 말고 있으라니까."

"엄마가 맨날 그랬잖아. 힘든 일 있으면 서로 도와주라고."

"엄마가?"

상민은 가슴이 저렸다. 자신도 하지 못한 일을 양희는 거침없이, 두려움 없이 해냈다. 무엇이 양희를 이렇게 강하게 만들었을까? 상민은 눈물이 날 것 같아 얼른 양희를 안았다.

"고마워. 고마워, 양희야."

"오빠?"

양희가 뒤로 물러나며 상민을 쳐다보았다.

"왜?"

"호랑이는 어떻게 됐을까?"

양희는 베란다 밖이 궁금한 것 같았다. 하지만 고개를 빼고 아래를 보게 할 수는 없었다. 상민은 양희를 데리고 거실로 들어왔다. 그때 누군가 현관의 번호를 누르는 소리가 들렸다. 문이 열리는 소리에 놀란 상민은 양희를 뒤로 숨기고 현관 쪽을 쳐다보았다.

문을 열고 들어온 것은 엄마였다. 등뒤에 있던 양희가 엄마를 알아보고 얼른 달려갔다.

"엄마!"

상민은 죽은 줄 알았던 엄마의 얼굴을 보자 긴장이 풀려 그 자리에 주저앉았다. 참았던 울음이 터져나왔다. 엄마가 다가와 상민을 안아주었다.

"엄마, 얼굴에 피."

"괜찮아, 닦으면 돼. 너희는 괜찮아? 어디 다친 데는 없고?"

상민은 울먹이며 고개를 끄덕였다. 상민의 얼굴과 몸에 난 상처를 본 엄마가 상민의 머리를 쓰다듬어주었다. 말하지 않아도 무슨 일이 있었는지 다 안다는 표정이었다.

"엄마, 아빠는……"

"알아. 걱정 마, 곧 경찰이 올 거야."

엄마 말대로 십 분도 되지 않아 경찰이 도착했다. 상민은 집 안에서 있었던 일을 엄마에게 이야기했고 엄마와 경찰이 하는 이야기를 들었다.

기절한 채 트렁크에 갇혀 있던 엄마는 정신을 차리자 트렁크를 열었고 집에 도착했다는 것을 깨달았다. 아빠가 보이지 않자 집으로 올라갔다고 직감한 엄마는 지나가는 사람에게 부탁해 경찰에 신고를 한 뒤 빌라로 들어서다 누군가 추락하는 소리를 들었다.

뒤돌아 누군지 확인하고 싶었지만 떨려서 확인할 수가 없었다고 했다. 대신 엄마는 미친듯이 5층까지 뛰어올라와 현관문을 열고 아이들이 무사한지부터 확인했다.

"너희 둘이 있어서 엄마는 얼마나 감사했는지 몰라."

경찰이 돌아가고 엉망이 된 집을 하나씩 치우며 엄마가 말했다.

"고마워, 상민아. 동생 잘 지켜줘서."

상민은 고개를 저었다. 오히려 양희 덕분에 자신이 살았다. 엄마는 집안에서 있었던 일을 다 듣고도 상민을 칭찬했다. 민망하고 쑥스러웠다.

"엄마는 알아. 상민이가 얼마나 최선을 다해 동생을 지키려 했는지."

엄마의 말에 상민은 마음속에 자리하던 무거운 돌덩이가 조금은 가벼워진 기분이었다.

거실 한쪽에서 뭔가 꼼지락거리던 양희가 동화책을 들고 두 사람에게 다가왔다.

"엄마, 봐봐."

양희가 몇 시간 전에 읽었던 『해님 달님』 동화책을 펼쳤다. 찢었던 곳을 여기저기 테이프로 붙인 게 보였다. 동화책의 마지막 장을 펼치자 떡을 팔러 갔던 엄마의 모습이 해님과 달님 옆에 나란히 있었다.

동화책을 읽을 때도 마음대로 이야기를 꾸미더니 결말은 아예 종이를 오려붙여 완전히 바꾸어버렸다. 하지만 상민은 지금의 결말이 훨씬 마음에 들었다.

"멋지다. 우리 양희 작가 해도 되겠는걸?"

엄마가 두 팔을 벌려 양희와 상민을 향해 흔들었다. 상민도 팔을 벌려 엄마와 양희를 꼭 껴안았다. 잠시 엄마와 오빠에게 안겨 있던 양희가 말했다.

"엄마, 김밥."

죽일 생각은 없었어

어린 시절 몇 년을 청주에 있는 할머니 집에서 보냈다.

방학 때만 갔던 게 아니라, 말 그대로 몇 년을 할머니와 함께 시골집에서 살았다. 맞벌이로 바쁘게 살던 엄마와 아버지에게 나는 짐 같은 존재였다. 아버지의 사업이 어려워져 함께 살 형편이 아니었다고 하지만 그건 변명일 뿐이다.

몇 년 뒤 다시 부모님과 살게 되었지만 나는 이미 부모님에 대한 애정도, 기대도 잃어버린 상태였다. 그들은 떨어질 수 없는 가족일지 모르지만, 나는 언제든 상황이 안 좋으면 누군가에게 맡겨지는 존재라는 걸 알았으니까. 정말로 가족이라면 어려운 일이 있을 때도 함께하고 서로 보듬고 기대고 살아야 하는 것 아닌가?

한집에 살게 된 뒤 나의 냉랭한 태도를 느낀 엄마는 몇 번이나 어쩔 수 없는 상황이었다며 나를 달랬지만 그럴수록 더욱 화가 났다. 다시 어려운 상황이 되면 나는 또 짐짝처럼 어딘가로 던져질 거라는 생각을 지울 수가 없었다. 그때 할머니도 없다면 나를 어디에 버리려나? 게다가 엄마는 내가 왜 그렇게 냉담해졌는지 본질적으로 이해하지 못하고 있었다.

엄마는 곧 나를 어르는 일을 그만두었다. 어린아이의 투정이라고 생각했을 테지. 다정한 말로 몇 번 다독였으니 됐다고 생각했거나, 시간이 지나면 나아질 거라고 생각했겠지. 아무래도 상관없었다. 기대가 없다면 실망도 없는 법이니까. 엄마 이야기를 하려던 건 아니니 그 얘긴 이쯤에서 그만하자.

할머니와 살던 때가 나빴던 건 아니다. 오히려 썩 재미있게 지낸 편이었다.

학교에서 돌아오면 나는 할머니를 찾아 집 뒤 텃밭이나 산밑에 있는 밭으로 내달렸다. 아플 때를 빼고 할머니는 집에 있는 법이 거의 없었다. 덕분에 나는 할머니가 갈 만한 곳을 찾아 온 동네를 뛰어다녔고 곧 할머니의 행동반경을 파악했다. 집 뒤 텃밭이나 산밑의 밭, 이웃집 할머니 과수원에서 일을 하는 경우가 대부분이었고 들판에서 찾기 힘들 때는 마을회관으로 달려갔다.

그중 할머니가 가장 많은 시간을 보내는 곳은 산밑에 있는

밭이었다. 그곳에는 감자나 고추, 호박, 오이, 옥수수 등을 심었다. 여기에서 자란 농작물은 매번 우리의 끼니가 되었고, 더 많은 수확물은 동네 이장에게 부탁해 장에 내다팔았다. 계절마다 어떻게 싹이 나고 잎사귀가 자라고 열매가 커가는지 신기했다. 하지만 그것보다 나의 관심을 끈 것은 산에서 자라는 식물들이었다.

밭일을 마친 할머니는 나를 데리고 산에 올랐다. 마을 안쪽에 있어서 그런지 이 산길을 오르는 사람은 거의 없었다. 덕분에 할머니와 많은 시간을 한적하게 산에서 보냈고 계절마다 많은 것을 캐고 주웠다.

봄에는 두릅이나 잎이 막 올라오는 연한 나물, 고사리를 따서 삶아 먹거나 말렸다. 여름에는 산딸기와 머루, 다래, 개복숭아 같은 열매를 따 먹었다. 가을에는 도토리와 밤을 주웠다. 버섯 같은 것은 늘 있었다. 내 눈에는 보이지 않았지만, 할머니는 주변을 한번 쓱 둘러보기만 해도 그것들이 눈에 띄는 모양이었다.

"이거 봐라. 세상에, 크기가 어른 손바닥만하구나."

방금 내가 지나쳐온 곳인데 할머니가 또 무언가를 발견한다. 고개를 돌려보니 할머니가 나무 허리에서 무언가 떼어내고 있었다.

"뭐야, 할머니?"

"영지버섯이라고 하는 거지."

할머니 말대로 영지버섯은 어른 손바닥만했다. 짙은 갈색이었고 딱딱한 나무껍질 같은 감촉이었다. 이렇게 딱딱한 걸 먹는다고? 버섯은 다 부드러운 줄 알고 있던 나는 할머니 손에 들린 영지버섯을 손가락으로 톡톡 건드려보았다.

"이것도 먹을 수 있어?"

"이건 잘 말린 다음 작게 잘라서 차를 끓여 먹는 거지. 마루에 널려 있던 거 못 봤어?"

나는 그제야 툇마루 한편에 널어 말리던 것들을 떠올렸다. 산에서 캔 칡이나 둥굴레 뿌리, 고사리, 이름도 모르는 나물이 신문지 위에서 말라가고 있었다. 도대체 저런 것을 왜 주워 오나 싶었지만, 할머니는 그걸로 반찬도 해주고 차도 끓여주었다. 밭에서 나는 것과는 또 달랐다. 봄에 막 돋아난 연한 두릅을 데쳐 먹었고, 고사리와 취나물의 맛을 그때 알았다. 둥굴레를 넣고 끓인 차는 특히 좋아했다.

나는 할머니 손에 들린 영지버섯을 건네받아 바구니에 담았다. 바구니를 들고 다니는 건 내 일이었다. 할머니가 산에서 따는 나물이나 열매는 다 먹는 거라서, 건네주는 것들은 늘 조금씩 떼어 맛을 보았다. 하지만 어떤 나물은 손도 못 대게 했고 할머니가 직접 챙겼다.

"그건 뭔데?"

"이건 놋젓가락나물이야. 잘못 먹으면 죽어."

의아했다. 나물인데 왜 죽지? 무슨 말인지 모르겠다는 표정으로 쳐다보자 할머니가 내 눈을 빤히 바라보며 말했다.

"버섯도 독버섯이 있지? 그것처럼 나물도 먹으면 죽는 독나물이 있단다."

"그런데 왜 가져가?"

"다 쓸모가 있으니까 그렇지."

할머니는 독이 든 버섯이나, 독성이 강한 나물은 따로 준비해 간 비닐봉지에 잘 싸서 일바지 주머니에 조심스럽게 넣었다. 먹으면 죽는다면서, 저렇게 손으로 만지고 주머니에 넣어도 괜찮을까 불안했다. 그런 내 마음을 아는지 모르는지 할머니는 또다른 것들을 찾아 걸음을 옮겼다.

산에서 내려오면 할머니는 나에게 바구니에 든 것을 마루에 내려놓으라고 이르고 집 뒤 보일러실에 붙어 있는 창고로 들어갔다. 할머니는 일바지 주머니에 넣어 챙겨 온 것들을 꺼내 그곳에 따로 보관했다. 잎사귀는 말리고 뿌리는 손질해두었다가 술을 담갔다.

나는 어느새 쪼르르 달려가 창고문 앞에 매달려 할머니가 나물이나 뿌리를 손질하고 선반에 올려두는 모습을 지켜보았다. 할머니가 미소를 지으며 "만져볼래?" 하고 물었지만 그때마다 고개를 흔들었다. 죽는 게 뭔지도 잘 모르는 때였지만 사람을 죽일 수도 있다는 '독'은 가까이 다가가는 것조차 조심스러웠다. 창고 안으로 들어가지 않고 문에 매달려 있던 것도 그 때문이었다. 그래도 호기심은 있었다.

"할머니, 먹지도 못하는데 왜 술을 담가요?"

"먹기에 따라서 약도 되고 독도 되니까. 벌침 알지? 그것도 잘못 찔리면 상처가 붓고 아프잖니? 하지만 아픈 곳에 벌침을 놓으면 병이 낫는단다."

약이라고 했던 말이 조금 이해가 되기는 했지만 그래도 이렇게 많은 독초를 따로 보관하는 건 이상하다는 생각이 들었다. 산에서 따온 나물이나 뿌리만이 아니었다. 할머니가 진짜 아끼는 독은 따로 있었다.

집 뒤 텃밭에서 조금 떨어진 곳에는 할머니가 만들어놓은 비닐하우스가 있었다. 비닐하우스 옆에는 협죽도라는 이름의 붉은 꽃이 피는 나무가 있었고 비닐하우스 안에는 천사의나팔, 디기탈리스, 란타나 같은 꽃과 화분들이 있었다. 란타나는 꽃 색깔이 일곱 번이나 변한다는 말이 있을 정도로 볼 때마다 꽃잎이 색을 바꿨다.

할머니는 꽃이 이뻐서 키운다고 했지만 학교 도서관에서 식물도감을 찾아본 뒤로는 그 말을 믿지 않았다. 할머니의 비닐하우스에 있는 꽃과 화분들은 하나같이 독초였다. 하우스 안에 있는 식물들만이 아니었다. 밖에서 자라는 협죽도도 독성이 강하다고 알려진 나무였다.

나는 학교에서 빌려 온 식물도감을 할머니에게 읽어주었다.

"'란타나. 학명 란타나 카마라. 원산지는 미국 남동부 열대 지역으로 전 세계 열대 및 아열대 지역에 널리 퍼져 있다. 우리나라에서는 관상용으로 재배한다. 꽃은 연중 피고 지며, 전체적인 지름은 3에서 4센티미터 정도이고 색깔은 다양하다.' 음, '마주나기 잎이고 털이 있고'…… '잎과 줄기에는 독성이 있으므로 주의를 요하며 열매는 녹색이나 청동색인데 역시 독성이 있어 조심해야 한다.'"

너무 긴 내용은 대충 건너뛰고 할머니에게 말하고 싶은 부분만 찾아서 읽었다. 디기탈리스나 천사의나팔, 협죽도에 대해서도 읽어주었다.

"'협죽도. 쌍떡잎식물강 용담목 협죽도과에 속하며 우리나라에서는 제주도에 자생한다. 장미나 복숭아꽃을 닮은 꽃이 피어 가로수로 심어지기도 했지만, 지금은 독성 때문에 철거되었다. 화분에 심어 실내 관상수로 두기도 하지만 올레안드린은 강한 강심작용을 해서 다량 섭취할 경우 심장이 수축된 채 회복되지 않아 사망한다. 꽃말은 위험, 방심은 금물.'"

나는 할머니에게 읽어주기 위해 접어둔 부분을 다 읽은 뒤 현장검증에서 결정적 증거라도 잡은 듯한 눈초리로 할머니를 쳐다보았다. 꽃말이 '위험, 방심은 금물'이라니, 학교에서 읽

을 때도 그랬지만 할머니 앞에서 다시 읽어내려가면서 팔에
소름이 돋았다.

할머니는 놀라지 않았다. 할머니는 고개를 끄덕이며 협죽도
의 붉은 꽃을 손으로 건드렸다.

"······그랬지. 독성이 있다고 했어. 그래서 협죽도를 심은
거란다."

"······?"

독성이 있어서 심었다고요? 초등학교 4학년밖에 되지 않은
나의 머리로는 이해가 되지 않았다. 위험물은 해골 표시를 해
서 어디 보이지 않는 곳에 보관하거나, 불태워 없애거나, 묻어
야 하는 것 아닌가?

할머니는 나의 의아한 표정을 읽었는지 미소를 지으며 답을
해주었다.

"독성이 있어서 방충해가 된단다. 벌레가 무서워서 이 근처
에는 오지 않지. 독버섯이 왜 화려한 색인지 알아? 나 건드리
지 마시오, 라는 뜻이야. 눈에 띄게 조심하라고 경고를 하는
거지."

할머니는 화초로 시선을 돌렸다.

"저 나무며 꽃은 자신을 보호하기 위해 독을 품었을 뿐이야.
누구나 세상을 살아가는 자기만의 방식이 있는 거란다."

"그래도 독이 있는데, ······무섭지 않아요?"

할머니가 내 머리를 쓰다듬으며 말했다.

"독성이 있다는 걸 알면, 조심하면 될 일이지."

여전히 왜 그렇게 많은 독초를 키우는지 의아했지만 더는 묻지 않았다. 어린 나이였지만 나는 그게 할머니가 세상을 살아가는 방식이라고 짐작했다.

1

"내가 이럴 줄 알았어. 이 시간에 밀릴 이유가 없다니까."

또다시 들려온 택시 기사의 목소리에 눈을 떴다. 차 지붕을 때리는 빗소리를 들으며 설핏 잠이 들었나보다. 주희는 정신을 차리고 자세를 고쳐 앉았다.

창밖을 살피며 여기가 어딘지 가늠하려 했으나 늦은 밤 비가 쏟아지는 도로는 붉게 번쩍이는 자동차의 후미등으로 가득했다. 가다가 서기를 반복하는 정체는 도무지 풀릴 기미가 보이지 않았다.

주희는 핸드폰을 꺼내 지도 앱을 켰다. 지도에서 위치를 확인해보니 막 능곡을 지나 장항을 향해 가고 있었다. 시간을 확인했다. 열두시 일 분 전. 합정동에서 택시를 탄 지 삼십 분이 지나 있었다. 평소라면 일산 집에 이미 도착했을 시각이다. 지금 도로 사정으로는 길 위에서 한참 더 시간을 보내야 할 것 같다.

오후 내내 PT 일정에, 생각지도 않았던 일을 처리하느라 지쳐서 버스정류장까지 걸어가는 것도, 버스를 기다리는 것도 귀찮아 택시를 탔다. 강변북로를 탄 택시는 행주대교 앞에서부터 밀리기 시작했었다. 세차게 내리는 비 때문에 다들 속도를 줄여서 그런가보다 생각했다. 때가 되면 도착하겠지 하며 잠시 졸았는데, 그사이 자동차는 거북이보다 느리게 움직였다. 앞으로도 한참 좁은 차 안에 갇혀 있어야 한다고 생각하자 가슴이 답답했다.

'이럴 줄 알았으면 버스 탈걸.'

버스라고 이렇게 막힌 도로를 뚫고 갈 방법은 없겠지만, 적어도 버스 기사는 승객에게 말을 걸지 않는다.

택시 기사는 주희가 뒷좌석에 타자마자 말을 걸었다.

"운동하고 오는 길인가봐요."

'오늘도 짐gym'이란 글자와 운동으로 다져진 탄탄한 남녀 실루엣이 새겨진 주희의 가방을 봤는지 택시 기사가 고개를 돌려 주희를 힐끗거렸다. 그때부터 식도에 가시가 걸린 듯 불편했다. 아, 말 많은 인간 딱 질색인데. 목적지를 이야기하고 창밖으로 고개를 돌렸는데도 기사는 예상한 대로 말을 걸었다.

"그…… 너무 꽉 끼어서 안 불편해요?"

뭔 얘긴가 싶었다. 뭐가 꽉 끼었다고?

"나는 처음에 스타킹만 입은 줄 알았다니까요?"

레깅스를 입은 게 문제였군. 주희는 그가 다시 입을 열기도 전에 짜증이 밀려왔다. 말만 많은 게 아니라 오지랖도 넓은 것 같다. 쓸데없는 말을 얼마나 해댈지 한눈에 그려진다.

"레깅스? 아니 그게 스타킹이랑 뭐가 달라? 요즘 그거만 입고 다니는 사람이 얼마나 많은지, 눈을 어디 둬야 할지를 모르겠어. 아, 손님에게 하는 얘기는 아닙니다."

레깅스를 입은 승객에게 잔소리를 하면서 당신에게 하는 이야기는 아니라니, 주희는 그의 입을 막아버리고 싶었다.

택시 기사들은 남자 승객이 타면 대개 말을 걸지 않는다는 얘기를 들었다. 도대체 왜 여자 승객만 타면 말을 걸고 싶어할까? 같잖은 정치 비평과 '라떼는 어쩌구' 하는 꼰대질, 무례하게 던지는 사적인 질문에 피곤했던 게 한두 번이 아니다. 뉴스에서 보니 어느 미용실에서는 대화를 원하지 않는 손님은 침묵 모드를 선택해서 예약할 수 있게 한다던데, 택시에도 도입이 시급하다. 오늘같이 피곤한 날은 더 절실하다.

"요즘 등산 가보면 아주 가관이에요, 레깅스 입은 아줌마들이 아주 그냥 바글바글, 몸매가 좋으면 말이나 안 해, 그건 테러지 테러. 눈 버린다니까."

테러는 네가 지금 하는 거고. 주희는 그의 말을 더 듣고 싶지 않았다. 주희는 짧고 단호하게 말했다.

"조용히 가죠."

"……"

룸미러로 힐끗 눈치를 살피는 택시 기사의 얼굴이 보였다. 삼십대 후반이나 사십대 초반으로 보이는 얼굴. 빤히 쳐다보는 그의 눈길이 느껴졌다. 주희는 일부러 고개를 빼고 계기판 위에 부착되어 있는 택시운전자격증을 확인했다. 주희의 눈길을 느꼈는지 기사는 결국 시선을 거두고 입을 다물었다.

이제 좀 조용히 가나 싶었는데 몇 분 지나지 않아 기사가 라디오를 켰다. 조용한 것을 못 견디는 성격인 모양이다. 말을 거는 것보다는 낫다 싶어 내버려두었다.

……검찰은 20년형을 구형했습니다. 피의자 김씨는 헤어지자는 여자친구를 잔혹하게 살해하고 시신을 유기한 혐의로 지난 5월 기소되었습니다. 검찰은 피의자 김씨의 범행이 잔혹하고 반성의 기미가 보이지 않는 점을 들어 이와 같이……

뉴스를 듣던 택시 기사는 그새를 못 참고 또 입을 열었다. 혼잣말이라고 한 모양이지만 주희에게 들릴 정도로 목소리가 커졌다.

"아이고 미친 새끼. 헤어지자면 그냥 헤어지지, 왜 자기 인생까지 망쳐, 세상에 널린 게 여잔데. 그 인생도 끝났네, 끝났어."

"……"

"요즘 뉴스 듣기가 겁난다니까, 왜 이렇게 미친놈이 많은지 원. 하긴 미친놈만 많은가, 미친년도 많지. 아, 내가 재미있는 얘기 하나 해줄까요?"

이럴 줄 알았다. 주희가 뭐라고 대답도 하기 전에 택시 기사는 말을 이었다.

"이게 재미있는 이야기가 아니라, 오싹한 이야긴가? 아무튼, 택시를 몰다보면 별 손님이 다 있거든요. 그때도 이렇게 비가 내리는 밤이었는데 여자가 뒷좌석도 아니고 조수석에 타더라고, 목적지도 말을 안 하고 일단 어디든 바람을 좀 쐬고 싶다고 하길래 자유로 쪽으로 향했죠. 가끔 그런 손님이 있어요. 뭔 답답한 일이 있나보다 했지. 그런데 자꾸 내 얼굴을 힐 끗힐끗 보더니 갑자기 내 손을 쓱 만지더라고요. 어디 조용한 곳으로 가자고 하는데 아이고 확 느낌이 오더라고. 대놓고 택시 기사에게 이런 수작을 부리는 여자가 많아요. 내가 정색을 하고 나 그런 사람 아니라고, 목적지나 말하라고 하니까 갑자기 차문을 확 여는 거야, 아이고 진짜. 자유로에서 뭐하는 짓인지. 그거 막느라고 사고 날 뻔—"

주희는 더 듣고 싶지 않아 핸드폰을 꺼내 전화를 거는 척했다.

"어, 늦었지? 차가 밀리네. 모르겠어. 이따가 도착하면 전화할게. 응."

혼자 신나서 떠들던 기사도 주희의 통화 소리에 입을 다물었다. 주희는 잠시 더 핸드폰 문자를 하는 척하다가 핸드폰을 닫고 창밖으로 시선을 돌렸다. 그러고는 다시 택시 기사의 수다가 이어질까 싶어 눈을 감았다. 그렇게 자는 척을 한다는 게 자기도 모르게 잠이 들었다.

"아이고, 사고가 크게 났네."

사고 현장이 보이자 택시 기사는 고개를 빼고 전방을 주시했다. 바로 앞에 사고로 부서진 자동차가 몇 대 보였다.

차체 앞부분이 완전히 구겨진 자동차도 있었고 한쪽에 전복된 차도 보였다. 가벼운 추돌사고가 아닌 모양이다. 경찰차와 견인차, 구급차의 경광등까지 번쩍이며 현장을 수습하는 중이었다. 북새통을 지나는 자동차들은 한 개의 차로만 간신히 따라갈 수 있었다. 이러니 차가 막히지.

사고 현장을 지나가던 기사는 창문까지 열어 고개를 빼고 이리저리 주위를 살폈다. 빗소리와 함께 차갑고 습한 공기가 밀려들어왔다. 차가운 공기 덕분에 잠기운이 완전히 사라졌다. 주희도 뒷좌석의 창문을 열고 숨을 크게 들이마셨다. 빗방울이 얼굴을 때렸다. 기분이 한결 나아졌다. 그런데 갑자기 창문이 닫혔다. 주희는 기사를 쳐다보았다. 겨우 숨통이 트이나 했는데 다시 속이 답답해졌다.

기사가 전방을 주시한 채 말했다.

"시트 젖어요."

주희는 가만히 기사를 쏘아보다 창밖으로 고개를 돌렸다.

도로 위에는 깨진 유리창과 불빛들, 빗줄기까지 모든 것이 부서지고 있었다. 구겨진 자동차의 문을 열고 축 늘어진 사람을 꺼내는 모습이 보였다. 그의 머리는 붉은 피로 젖어 있었다.

주희는 들것에 실리는 운전자의 모습을 유심히 바라보았다. 자동차의 상태가 엉망이었고 상처도 심각한 것 같았다. 이미 죽음이 가까운 듯 보였다.

그는 오늘이 자신의 마지막날이라는 것을 알았을까? 아마도 다른 자동차와 충돌해 의식을 잃어가는 순간에도 그는 자신이 죽는다는 건 생각도 하지 않았을 것이다. 대부분의 사람들이 그렇다. 오늘 자신이 죽을 상황이라고 해도 그것을 받아들이지 못한다.

주희는 택시 기사의 옆얼굴을 물끄러미 보다가 불쑥 말을 걸었다.

"……만약 오늘이 마지막날이라면 뭘 하고 싶어요?"

택시 기사는 주희의 질문이 당혹스러웠는지 슬쩍 고개를 돌리고 쳐다보았다.

"······갑자기 무슨, 아······ 그러네요. 저 사람도 오늘이 마지막이 될지는 몰랐겠네. 가만있자, 오늘이 마지막이라······ 갑자기 물으니까 떠오르는 게 없네."

생각 없이 살면 이렇게 된다. 자신이 뭘 하고 싶은지조차 모르며 살아간다. 그저 내일, 아니 더 많은 시간이 아직도 자기에게 남아 있다고 믿으며 어영부영 살아가는 것이다. 오늘이 마지막이라고 해도 마지막 순간에 뭘 하고 싶은지 머릿속에 떠오르는 게 없다니. 떠들기 좋아하는 것 같아 말할 기회를 주었더니 이런 질문에는 말문이 막히는 모양이다. 택시 안이 조용해졌다. 주희는 자기도 모르게 웃음이 났다.

꽉 막힌 구간을 지나온 자동차들은 그동안의 시간을 보상이라도 받으려는 듯 속력을 내며 경쟁하듯 달려나갔다. 택시 옆으로 빠르게 자동차들이 지나갔다. 택시도 지지 않고 속력을 높였다. 누군가 옆에서 경적을 울렸다. 갑자기 기사의 입에서 욕이 튀어나왔다.

"저게 죽으려고 환장을 했나?"

기사는 차선을 바꾸며 스치듯 앞서간 흰색 자동차의 뒤를 쫓아가더니 상향등을 쏘아댔다. 주희는 인상을 찡그리며 기사의 뒤통수를 노려보았다. 다시 불쾌감이 밀려들었다. 처음부터 마음에 들지 않았지, 이 인간. 방금 사고 난 거 못 봤어?

"속도 좀 줄이시죠?"

"저런 건 가만두면 안 된다니까요. 저런 놈 때문에 사고가 난다고."

"……"

"서로 저 잘나서 먼저 가겠다고 머리를 디밀고. 아주 다른 사람 생각은 하나도 안 해. 내가 가겠다는데 누가 막아, 길 비켜, 이거야."

그렇게 말하는 택시 기사 역시 자신의 진로가 침범당하자 손님을 태우고 가는 와중에도 위험하게 차를 몬다. 그러게, 가만두면 안 된다니까. 그렇게 얘기를 해도 못 알아듣지.

주희는 택시 기사의 뒤통수를 빤히 쳐다보며 한 시간 전의 일을 떠올렸다.

"살려주세요. 다시는 안 그럴게요."

2

"수고하셨습니다."

드디어 남아 있던 마지막 회원이 샤워를 마치고 나와 인사를 하며 헬스장을 나가자 주희는 기다렸다는 듯 음악부터 껐다. 하루종일 음악소리가 신경에 거슬렸다. 아니, 음악 때문이 아니다. 사람들의 목소리, 운동화 끄는 소리, 실내를 떠도는 땀냄새, 제멋대로 놓고 간 운동기구들. 모든 게 주희의 신경을 건드렸다. 사소한 자극에도 촉각이 곤두섰다.

주희는 음악을 끄고 조명을 최소한으로 줄인 뒤 러닝머신 위에 올라섰다. 이렇게 예민한 날에는 땀을 빼고 뜨거운 물로 샤워를 해줘야 한다. 몇 분 동안 예열을 한 뒤 속도를 올리고 본격적으로 달리기 시작했다. 음악이 꺼진 실내에서 주희는 고르게 들이마시고 내쉬는 자신의 호흡에 집중했다. 날카롭던 신경들이 차츰 가라앉기 시작했다.

사람을 상대하는 일은 피곤하다. 오늘처럼 알 수 없는 이유로 몸이 무겁고 신경이 날카로운 날은 더하다. 그래도 이곳은 나은 편이다. 회원등록을 한 지 얼마 되지 않은 신입회원들이 이따금 운동기구의 사용법을 물어보는 정도일 뿐, 대부분의 회원들은 자기 운동에 집중하느라 트레이너를 부르는 일이 거의 없다.

"다들 오기 전에 유튜브로 공부하고 온다니까. 어떤 부위를 어떻게 뺄지, 어떤 동작을 몇 세트 할지 계획이 다 있다고. 유튜브에게 고마워해야 할지……"

이제는 헬스장이 장소와 운동기구를 빌려주는 곳이 되었다며 임 관장은 웃었다. 이곳으로 옮긴 뒤 주희의 일상은 다시 평온하고 조용해졌다.

'여성 전용 헬스장으로 옮기길 잘했어.'

전에 있던 곳은 이렇지 않았다. 주희가 처음 근무할 때만 해도 그렇게 사람이 북적거리는 시간은 아니었다. 하지만 어느샌가 헬스장 안은 남자 회원들로 북적거렸다. 단순히 운동을 하러 오는 사람이 많은 게 아니었다. 어떤 회원은 운동보다 주희 주변을 어슬렁거리는 것으로 시간을 보냈다.

그들은 주희의 주변을 어슬렁거리며 기회가 있을 때마다 말을 걸었다. 누구 하나가 주희에게 PT를 받겠다며 등록을 하자, 경쟁이라도 하듯 서로 PT를 신청했다. 주희는 그마저도 달갑지 않았다. 그들의 속셈이 무엇인지 뻔히 보였고 예상은 빗나가지 않았다.

그들은 주희의 말이 아니라 주희의 얼굴과 몸매에 집중했다. 돈을 주고 주희와 함께하는 시간을 보장받은 그들은 웨이트 동작을 하는 틈틈이 주희의 손길을 원했고 사적인 호기심을 드러냈다. 늦은 저녁에 PT를 받고 퇴근하는 주희를 기다리는 남자도 있었다. 같이 나가서 술 한잔하자는 말에 주희는 짜증과 분노가 치밀었다.

근무시간을 오전으로 바꿔달라는 부탁을 했지만 관장은 고개를 저었다. 오전에 진행하는 주부 프로그램은 회원들이 자기를 믿고 신청한 거라 본인이 책임져야 한다고 했다. 오전 시간대를 맡은 다른 트레이너는 저녁 알바를 하기 때문에 시간 변경이 어렵다고 했다. 주희는 대충 무슨 얘긴지 알아챘다.

오전 시간에 근무하는 트레이너가 귀띔해주던 게 생각났다. 관장이 주부 프로그램에 참여하는 한 회원과 내연관계라는 소문이었다. 주부는 오후에 시간을 내기가 어렵겠지. 관장이 누구와 눈이 맞던 주희가 알 바 아니었다. 관장에게도 근무시간을 오후로 바꿀 수 없는 이유가 있는 셈이었다.

관장은 남자 회원들의 호의를 좋게 생각하라며 이번 기회에 괜찮은 사람을 찾아보라는 참견까지 했다. 주희의 불편함이 무엇인지 전혀 인식하지 못하는 것 같았다. 미친, 나는 돈을 벌기 위해 직장을 다니는 거지, 당신들 눈요기가 되려고 온 게 아니야. 한두 명이라면 적당히 처리를 하고 끝내겠지만 잘 알아듣게 정리했다 싶으면 또다른 놈이 찝쩍거렸다. 근무시간은 물론이고 자신의 운동시간까지 방해받는 일이 계속되자 이대로는 안 되겠다는 생각이 들었다.

끈덕지게 주희 곁을 맴돌며 기회가 있을 때마다 주희를 건드려보는 회원 때문에 스트레스가 점점 심해졌다. 따끔하게 뭐라 한마디하려고 하면 주희가 오해하고 있다는 식으로 말을 돌렸다. 퇴근하고 나가면 뒤를 따라오는 놈의 기적이 느껴졌다. 아예 주희의 스토커가 되기로 작정한 듯했다.

결국 직장을 옮기기 위해 알아보던 중, 몇 년 전 함께 근무한 적이 있던 임은영 트레이너가 여성 전용 헬스장을 오픈했다는 소식을 듣고 연락해보았다. 오랜만의 연락이었지만 임 관장은 반갑게 주희와 통화를 했고 마침 새 직원이 필요하던 참이라며 주희를 반겼다. 직장을 옮기는 바람에 출퇴근시간이 길어졌지만 그래도 집까지 한 번에 가는 버스가 있으니 불편한 점은 없었다. 무엇보다 주희의 짜증을 유발하는 남자들이 사라진 것이 개운하기만 했다.

달리기에 집중하던 주희는 정지 버튼을 누르고 러닝머신에서 내려왔다. 어디선가 인기척이 느껴졌다. 아직 남은 사람이 있는 건가? 다시 신경이 날카로워졌다. 주위를 둘러보고 탈의실을 확인하려는 순간 누군가 현관문을 흔드는 게 느껴졌다.

주희는 얼른 아령을 꺼내들고 조심스럽게 현관문을 향해 걸어갔다.

"누구세요?"

"아아, 저예요. 저. 최은서예요."

최은서? 아, 방금 나간 회원의 목소리였다. 주희는 아령을 내려놓고 문을 열었다. 은서가 서둘러 안으로 들어오더니 문을 잠그려 했다. 어둠 속에서도 최은서라는 회원이 잔뜩 겁을 먹었다는 게 느껴졌다.

"왜 그래요? 무슨 일 있어요?"

"죄송해요. 저 잠깐만 여기 있다 가면 안 될까요?"

물건을 놓고 간 건 아닌 모양이다. 그런데 이미 영업을 끝내고 불까지 끈 헬스장에 들어와서 문까지 잠근 것도 모자라 잠깐 있다 가겠다니, 뭔가 사연이 있어 보였다. 주희는 일단 은서를 안으로 데리고 들어와 불을 켰다.

은서는 잔뜩 움츠러든 어깨를 두 손으로 감싸며 불안한 시선으로 실내를 서성거렸다. 무엇 때문인지 안절부절못하고 있었다.

"무슨 일이에요?"

주희의 질문에 입술을 깨물며 망설이던 은서는 조심스럽게 입을 열었다.

"저기, 건물 앞에 그 사람이 서 있어요. 제가 나오기를 기다리고 있어요."

"그 사람?"

"······몇 달 전에 헤어진 남자친구예요. 근데 이렇게 아무때나 불쑥 찾아와요."

최은서 회원은 등록한 지 한 달이 채 안 된 회원이다. 아직 이름도 제대로 각인되지 않은. 그러니 개인사도 잘 알지 못했다.

"정말 미치겠어요. 여긴 또 어떻게 알았는지······"

주희는 불안해하는 여자의 얼굴에서 공포를 읽었다. 여성 전용 헬스장에 오니 이런 일도 있구나. 전에는 한 번도 고민해보지 않았던 문제였다. 피곤과 짜증이 밀려들었다. 하지만 겁먹은 회원에게 그런 내색을 할 수는 없었다.

주희는 은서의 곁으로 다가가 등을 쓰다듬었다.

"……자세히 얘기해봐요."

"안 만나주면 죽여버리겠다고. 그래서 이사도 하고 전화번호도 바꿨는데……"

남자에게서 벗어나려고 노력은 한 것 같았다. 하지만 남자는 이럴 때 더 집요해진다.

주희는 눈물을 글썽이며 어쩔 줄 몰라하는 은서를 보다가 인상을 찡그렸다. 주희는 고개를 좌우로 꺾었다. 겨우 풀리던 근육들이 다시 뻐근해지는 게 영 기분이 안 좋았다. 주희는 어깨와 목덜미를 주무르며 은서에게 물었다.

"직장은요?"

"옮겼죠. 다시 직장 구하느라 얼마나 힘들었는데."

"혹시 SNS 해요? 인스타나 페북 같은 거."

"그거야…… 하지만 계정도 바꿨는데."

"친구 타고 들어오면 못 찾을 것도 없죠."

은서는 놀란 듯 손을 입으로 가져간다. 주희는 한마디해주려다 입을 다물었다. 남자에게서 완전히 모습을 감춰야 한다면서 도대체 인스타그램 같은 건 왜 못 버리는 건지, 그렇게 조심성이 없으면서 안 들키길 바라다니. 하지만 은서의 잘못은 아니다. 문제는 여자의 거절을 받아들이지 못하는 놈에게 있다. 어디에나 있는 미성숙한 찌질이들.

주희는 은서를 안심시키기 위해 일단 물을 한 잔 따라주었다. 은서가 물을 마시는 모습을 지켜보던 주희는 실내의 불을 껐다.

"아, 죄송해요. 퇴근하셔야 하는데……"

은서는 주희의 행동을 오해하고 다시 가방을 챙겼다.

"가려구요? 그 남자 밖에 있다며?"

"네, 하지만 여기 문도 닫아야 하니까……"

주희는 은서의 어깨를 토닥이고 창가로 걸어가 건물 앞 거리를 내려다보았다.

"인상착의가 어떤데요?"

주희가 무엇을 하려는지 눈치챈 은서가 조심스럽게 주희의 등뒤로 다가와 창밖을 바라보았다.

"저기…… 저 후드티 입은 남자예요."

주희는 회원이 가리키는 남자를 보았다. 위에서 내려다보는 것이라 명확하게 가늠되지는 않았지만 그렇게 큰 덩치는 아니었다. 회색 후드티를 입은 남자는 주위를 두리번거리다 이따금 고개를 들어 건물을 올려다보았다. 이대로 물러날 기세가 아니었다.

은서는 남자가 고개를 들자 움찔하며 뒤로 물러났다. 주희는 겁에 질린 여자의 얼굴을 힐끗 보다가 물었다.

"어떡할 생각이에요?"

"네?"

"이렇게 계속 있을 수는 없잖아요?"

"……죄송합니다."

은서는 난감한 표정으로 어쩔 줄 몰라했다. 주희의 질문을 오해한 것 같았다.

주희는 여자를 빤히 쳐다보다 물었다.

"그게 아니라, 저 남자 어떻게 할 거냐고요?"

"네? 어떻게 할…… 저도 잘 모르겠어요."

"계속 이렇게 숨고, 도망 다니고…… 이런다고 끝날 거 같아요?"

"그럼 어떡하죠? 경찰에 신고도 해봤어요. 하지만 그때뿐이에요. 경찰도 뭘 해줄 수 있는 게 없대요."

경찰은 사건이 일어나기 전까지는 구경꾼에 불과하다. 그들이 할 수 있는 건 없다. 겁에 질려 울먹거리는 은서를 보고 있자니 답답한 마음과 안쓰러운 마음이 교차했다. 아직 이십대 초반으로 보이는 앳된 얼굴이다. 남자와 사귀기 전까지는 이런 놈인 줄도 몰랐을 것이다. 어쩌면 그래서 놈의 겁박이 더 무섭게 느껴지겠지. 그럴수록 놈은 여자를 더 몰아세우고 끈질기게 따라붙을 것이다. 해주고 싶은 말이 많았지만 주희는 그 말을 꿀꺽 삼켰다. 모든 여자가 주희처럼 깔끔하게 해결하지는 못한다.

보통은 사랑했던 사람이라는 관계 때문에, 그동안 쌓인 여러 감정이 정리되지 않아 주저하고 망설이다 틈을 보인다. 그틈을 발견한 남자는 자기 기분에 따라 여자를 괴롭히기도 하고 위협도 하면서 손아귀에서 놓아주지 않는다. 남자가 스스로 물러나기 전까지 가슴 졸이며 숨죽이고 사는 여자들이 얼마나 많은지.

이 여자도 놈을 물리치기에는 아직 결심이 서지 않았다. 이렇게 뒷걸음질치고 숨는 순간 남자는 더 치고 들어온다. 자신의 자리를 넓힌다. 남자의 의지를 꺾어놔야 한다. 그가 두 번다시 여자를 찾아오지 못할 완전한 방법을 찾아야 한다.

주희는 굳이 자신이 해결한 방법을 얘기해줄 마음은 없었다. 완전한 이별은 사람마다 다르다. 각자의 성향과 관계의 밀도에 따라, 남자의 반응에 따라 적절한 방법을 찾아야 한다. 그 방법은 은서 스스로 찾아야 한다. 그래도 이대로 내버려둘수는 없다. 우선 내 눈에 거슬리는 건 못 참는다.

주희는 창밖을 내려다보며 은서에게 물었다.

"저 남자 이름이 뭐예요?"

"네? 남서준이요."

주희는 은서의 손을 잡고 코가 닿을 듯 얼굴을 가까이 들이댔다.

"잘 들어요. 저놈이랑 진짜 끝내고 싶으면 저놈 눈을 똑바로 노려보며 말해야 해요. 두 번 다시 내 눈에 띄지 말라고."

"그렇게 말한 적도 있어요. 들은 척도 안 해요."

"겁먹지 말고, 애원하지 말고 당당하게 말해요. 정색을 하고 눈동자 너머의 놈에게 말해요. 한 번만 더 내 눈에 띄면 그땐……"

'죽여버릴 거야.'

그 말은 목안으로 삼켰다. 그것은 은서의 내면에서 서서히 끓어오르는 분노로 만들어진 말이 아니면 소용이 없다. 누군가 시켜서 할 수 있는 말이 아니다. 온 마음으로, 세포 하나하나까지 진심으로 분노를 뿜어내지 않으면 효과가 없다.

'놈에게 두려움을 심어주라고, 사냥감이 되지 말고. 이제부턴 내가 널 사냥할 거니까 겁먹을 사람은 바로 너라고 얘기를 하라고.'

주희는 계속 은서의 눈을 바라보며 자신이 하고 싶은 말을 떠올렸다. 그렇게 건넨 말을 은서가 알아듣기라도 할 것처럼.

"내 눈에 띄면 그땐…… 뭐라고 해요?"

은서의 눈에는 걱정과 망설임, 겁을 집어먹은 초식동물의 연약한 눈물이 가득했다. 주희는 자신도 모르게 은서를 안아주고 싶었다. 겁먹지 마, 제발. 겁먹지 말고 싸워.

주희는 말 대신 가방을 챙겼다. 나갈 준비를 끝낸 주희는 은서의 팔을 잡고 말했다.

"어떤 말을 할지는 회원님이 잘 생각해봐요. 여기 있다가 십 분 뒤에 나와서 택시 타고 집으로 가요. 그 남자는 내가 따돌 릴 테니까."

"네? 어떻게 하시려고요?"

"그런 건 나한테 맡기고. 알았죠? 십 분 뒤에 집으로 돌아가 요. 아, 문은 잠그지 않아도 돼요. 내가 나중에 와서 잠글 테 니까."

주희는 은서를 남겨두고 헬스장을 나왔다.

건물 현관을 나서자 남자는 몸을 내밀어 다가서려다 주희의 얼굴을 확인하고 걸음을 멈췄다. 그는 이내 시선을 돌리고 건 물을 올려다보았다. 키는 주희와 비슷했다. 남자의 입에서 나 온 욕설이 주희의 귀에 들렸다.

"뭐라고요?"

주희가 돌아보자 잠시 당황한 표정이던 남자는 이내 인상을 쓰며 말했다.

"……그쪽한테 한 얘기 아니에요."

"최은서 기다려요?"

남자의 눈이 커졌다. 주희는 남자를 쳐다보다가 몸을 돌 렸다.

"지금 만나러 갈 건데, 볼일 있으면 따라와요."

주희가 걸음을 옮기자 머뭇거리던 남자는 이내 주희의 뒤를 따랐다.

"은서 어디 있어요?"

주희는 주위를 둘러보며 근처 골목으로 향했다.

'여기엔 CCTV가 너무 많아.'

사각지대를 찾는 것은 생각보다 어렵지 않다. 아무리 번화한 도시라 해도 건물과 건물 사이에 두 사람 정도 들어갈 조용하고 은밀한 공간은 충분히 있었다.

주희를 따라오던 남자는 어느새 주희의 앞을 가로막았다.

"은서 어디 있냐고요, 당신 누구야?"

"저기, 저 건물 사이로 들어가면 뒤쪽 지하에 주차장이 있어. 은서는 내 차에서 기다리고 있지."

놈은 더 들어보지도 않고 건물 사이로 뛰어갔다. 건물 뒤편 지하에는 막힌 벽이 있을 뿐이다. 출구가 없다는 사실을 깨달은 남자가 몸을 돌렸다. 바로 뒤까지 따라온 주희는 틈을 놓치지 않고 남자의 목에 전기충격기를 갖다댔다.

남자가 몸을 떨며 바닥에 쓰러졌다. 주희는 다시 한번 전기충격을 주었다. 남자가 몸을 비틀며 신음소리를 냈지만 아랑곳하지 않고 주머니를 뒤졌다. 바지 주머니에 있는 핸드폰을 꺼내 화면을 켰다. 사진첩부터 확인했다.

'이런 놈들의 특징을 너무 잘 알고 있지.'

아니나 다를까, 사진 중에는 은서와 찍은 사진들도 있었다.

그때는 추억이었으나 지금은 협박용으로 쓰기에 충분한 사진과 동영상들. 주희는 사진첩에 있는 사진을 몽땅 지웠다. 사진첩이 깔끔하게 지워진 것을 확인한 주희는 남자의 얼굴에 대고 사진을 찍었다. 충격으로 정신을 못 차리는 와중에도 남자는 얼굴을 가리느라 손을 들었다. 주희는 자신의 핸드폰을 꺼내 다시 남자의 얼굴을 찍었다. 남자가 고함을 질렀다.

"뭐하는 거야!"

주희가 누워 있는 남자의 배를 발로 걷어찼다. 이럴 때를 위해 운동을 꾸준히 해왔지. 주희는 남자의 머리카락을 움켜잡고 가까이 얼굴을 들이댔다.

"너야말로 뭐하는 거야? 할 짓이 그렇게 없어?"

"……"

남자는 대답 대신 팔을 뻗어 주희를 저지하려 했다. 하지만 운동으로 다져진 주희의 완력을 당할 수는 없었다. 주희는 남자의 팔을 비틀어 꺾었다. 남자의 입에서 신음소리가 아니라 비명이 들렸다.

"너 엄마한테 안 배웠니? 친구가 너랑 놀기 싫다고 하면 그냥 얌전히 집으로 돌아가는 거야. 생떼를 쓰며 징징댈 나이는 지났잖아?"

"네가 뭔데 참견이야?"

곧 죽어도 으르렁거리고 물어보겠다 이거지? 주희는 남자의 등뒤로 꺾은 팔을 더 위로 올렸다. 고통을 못 이긴 남자의 몸이 뒤틀렸다. 주희는 남자를 벽으로 밀어붙이고 팔을 힘껏 꺾어 올렸다. 두둑, 뼈가 빠지는 소리가 들렸다.

"으악!"

한쪽 팔이 툭 떨어졌다. 주희는 남자의 사타구니를 걷어찼다. 남자는 무릎을 꺾고 주저앉았다. 틈을 놓치지 않고 놈의 등을 무릎으로 짓누른 주희는 한 손으로 놈의 핸드폰에 저장된 연락처를 확인했다. 주희는 자신의 핸드폰으로 남자의 핸드폰 화면을 찍었다. 사진을 몇 개 더 찍은 뒤 남자의 눈앞에 핸드폰 화면을 내밀었다.

"네 폰에 있는 연락처, 카톡, 인스타, 페북 다 찍었어. 네 찌질한 얼굴도 찍었고. 한 번만 더 은서 앞에 나타나면 너를 알고 있는 사람들 모두가 길바닥에 쓰러져 있는 네 얼굴을 보게 될 거고 네가 한 짓도 알게 될 거야. 사회적으로 매장된다는 게 뭔지 아니?"

"아 씨발, 이년이 미쳤나. 내가 누군 줄 알고……"

바닥에 쓰러져 입에서 침이 흘러내리는데도 남자는 호기롭게 주희의 신경을 건드렸다. 주희는 남자의 머리카락을 움켜잡고 힘껏 바닥에 내동댕이쳤다. 몇 번이고 같은 동작을 반복했다. 버둥거리던 남자의 몸에서 힘이 빠졌다. 머리카락을 잡았던 손을 풀자 머리도 힘없이 툭 떨어졌다. 바닥으로 액체가 조금씩 번져가는 게 보였다. 주희의 머릿속에서 빨간 경고등이 번쩍거렸다.

주희는 그제야 여기서 멈춰야 한다는 것을 깨달았다. 이렇게까지 할 생각은 없었다. 남자가 욕을 내뱉는 순간 주희의 머릿속이 하얗게 비워졌다. 간신히 정신을 차리고 멈춘 것은 은서 때문이다. 만약 이놈이 죽는다면 은서가 증인이 될 것이다.

주희는 옷에 묻은 먼지를 떨며 자리에서 일어났다. 주희의 무게에서 풀려난 놈은 바닥에 벌렁 누웠다. 조금 전까지 욕을 내뱉던 입은 거친 숨을 몰아쉴 뿐 아무 말도 하지 않았다. 다행히 죽을 것 같지는 않았다. 내가 이 자식에게 이름을 말했던가? 그런 기억은 없다. 놈이 두려운 건 아니다. 다만 귀찮은 일이 생기는 게 싫을 뿐이다.

주희는 바닥에 떨어진 전기충격기를 주웠다. 남자의 몸이 파르르 떨렸다. 주희는 전기충격기를 가방에 넣었다.

"다시는 이 근처에 얼씬거리지도 마. 알았어?"

"……"

"대답 안 해?"

주희가 가방에서 다시 전기충격기를 꺼내자 남자는 미친듯이 고개를 끄덕였다. 뭐라고 중얼거렸지만 잘 들리지 않았다. 주희는 놈을 내버려두고 걸음을 옮겼다. 뒤에서 기척이 들리더니 사진을 찍는 소리가 들렸다. 돌아보니 놈이 핸드폰으로 주희를 찍고 있었다.

주희는 주머니에서 잭나이프를 꺼냈다. 남자의 표정이 금세 바뀌었다. 이제야 사태가 심각하다는 것을 깨달은 모양이다. 주희는 남자의 목에 칼날을 들이댔다. 놈은 숨도 제대로 못 쉬고 헐떡거렸다.

"사, 살려주세요. 다시는 안 그럴게요."

"남서준. 너 어디 사는지도 알아. 뭐하는 놈인지도 알고. 앞으로 네가 뭘 하고 살지 나는 하나도 관심 없어. 근데 네가 다시 내 눈에 보이면 넌 이 세상에 없을 거야."

주희는 남자의 귀밑에 칼날을 들이댔다. 살갗을 파고드는 칼의 흔적이 턱에 그어졌다. 남자의 숨이 가빠졌다.

"이건 오늘을 잊지 말라고 새겨주는 거. 다음에 내 눈에 보이면 이 흔적을 따라 고랑을 팔 거야. 알았어?"

"아, 안 그럴게요."

남자는 저항할 생각도 잊은 듯했다. 남자의 몸에서 힘이 빠져나가는 게 눈에 띄게 느껴졌다.

주희는 칼을 거두고 그에게서 떨어졌다. 주희는 남자의 손에 들린 핸드폰을 빼앗아 담벼락에 집어던졌다. 액정 깨지는 소리가 들렸다. 주희는 잭나이프로 핸드폰을 몇 번이나 내리찍었다. 주희의 모습에 질린 듯 남자가 몸을 질질 끌면서 뒤로 물러났다.

핸드폰이 완전히 분해되어 조각나자 주희는 비로소 칼을 거두고 자리에서 일어났다. 더 있어봤자 피곤할 뿐이다. 어서 집으로 돌아가 뜨거운 물에 씻고 싶었다. 지하를 벗어나자 기다렸다는 듯이 비가 쏟아졌다. 주희는 근처 건물의 처마에서 잠시 비를 피하며 가방을 열었다. 스포츠타월을 꺼내 칼과 손에 묻은 피를 닦았다. 가방에서 우산을 꺼내 쓰고 걸음을 옮겼다. 찌뿌둥하던 몸은 어느새 풀려 있었다. 가볍게 목을 돌려보았다. 근육도 부드럽게 이완되어 있었다. 적당한 아드레날린이 몸을 가볍게 만든 모양이다. 오늘밤은 푹 잘 수 있을 것 같다는 생각이 들었다.

골목을 걸어나오며 주희는 놈에게 했던 협박을 떠올렸다. 그게 얼마나 효과가 있을지 몰라도 한동안 은서 주변에 나타날 엄두는 내지 못할 것이다. 내일 은서를 만나면 만약을 위해 제대로 자신을 지킬 방법을 알려줘야겠다는 생각이 들었다.

도로 쪽으로 걸어나온 주희는 버스정류장으로 가는 대신 붉은 표시등을 켜고 정차한 택시에 다가갔다.

3

택시는 자유로를 벗어나 일산으로 들어섰다.

"일산 어디예요?"

택시 기사가 자세한 목적지를 물었다.

"글쎄요, 어디로 가면 좋을까요?"

택시 기사가 뭔 소리냐는 듯 뜨악한 표정으로 주희를 보았다. 주희는 룸미러로 자신을 보는 남자를 향해 미소를 지었다. 예상치 못한 상황이었는지 그의 눈동자가 흔들리는 게 느껴졌다. 주희는 이대로 그를 돌려보내고 싶지 않았다. 택시를 탔을 때는 미처 깨닫지 못했다.

"아, 아니 그게 무슨 소리……"

남자는 말도 똑바로 잇지 못했다. 괜히 헛기침을 했다. 그가 해준 이야기가 생각났다. 이런 수작을 부리는 여자가 많아요. 과연 진짜일까? 하필이면 왜 그런 이야기를 꺼낸 걸까?

주희는 자연스럽게 기사의 한쪽 어깨에 살포시 손을 얹고 물었다.

"비도 오고…… 이대로 집에 들어가기가 싫네요. 어디 조용한 곳 알아요?"

"아니 지금 열두시도 넘었고……"

"차에서 빗소리 들으면서…… 해봤어요?"

계속 말이 많던 남자는 주희의 질문에 입을 닫았다. 지금 그의 머릿속이 얼마나 바쁘게 돌아갈지 생각하니 웃음이 나왔다. 잠시 머뭇거리던 남자는 곧 어딘가 생각이 났는지 주희를 힐끗 보더니 조심스럽게 물었다.

"이 근방에서 조용한 곳이라면 하나 생각나는 곳이 있기는 한데……"

"어디든 좋아요. 가요."

주희의 말에 남자는 자동차 속도를 줄였다. 자동차는 컨벤션 센터 뒤편의 수변공원으로 향했다. 자동차가 가는 방향을 보고 그가 어디로 가는지 대충 감을 잡았다. 그곳이라면 주희도 가본 적이 있다.

주변은 허허벌판이고 간간이 농장의 비닐하우스들이 늘어서 있을 뿐이다. 더구나 이렇게 비가 오는 밤이라면 누구의 눈에도 띄지 않을 것이다. 잠시 차를 대고 은밀한 시간을 보낼 곳은 얼마든지 있다.

남자는 룸미러로 주희의 표정을 살폈다. 주희는 짐짓 모른 척 창밖으로 시선을 돌렸다.

비는 계속 내리고 자동차는 가로등도 없는 시골길에 멈춰섰다. 차를 세운 남자는 한동안 꼼짝도 하지 않다가 결심한 듯 뒤를 돌아보았다. 주희는 느긋하게 뒷좌석에 기대며 그에게 미소를 지어 보였다. 남자는 침을 꼴깍 삼키더니 서둘러 안전벨트를 풀고 차에서 내렸다. 뒷좌석의 문을 열고 서둘러 주희의 곁으로 다가앉았다. 남자는 크게 숨을 들이마시더니 주희의 다리에 손을 올렸다. 이미 상체는 기울어 주희의 몸을 짓누르고 있었다. 그의 거친 숨결이 주희의 목에 닿았다.

"레깅스를 봤을 때부터 찢고 싶었—"

남자는 채 말이 끝나기도 전에 부르르 몸을 떨었다. 주희는 그의 몸을 밀어내고 다시 한번 남자의 목에 전기충격기를 갖다댔다. 남자의 몸은 저항도 못하고 다시 출렁거렸다. 주희는 가방에서 운동화 끈을 꺼내 남자의 손목을 뒤로 묶었다. 의식을 잃었는지 아무런 반응이 없었다.

주희는 차에서 내려 운전석으로 걸어갔다. 차가운 빗방울이 거칠게 주희의 몸을 때렸다. 잠깐 사이 온몸이 젖어버렸다. 주희는 잠시 고개를 들어 하늘을 쳐다보았다. 얼굴과 몸이 빗물에 흠뻑 젖어가자 언젠가 숲에서 이렇게 비를 맞던 날이 생각났다. 그래, 비가 내리는 순간 참을 수가 없었던 거지. 주희는 곧 어디로 가야 할지 결정했다. 자동차에 올라탄 주희는 조용히 차를 몰아 자신만의 숲으로 향했다.

주희는 숲으로 가는 동안 할머니를 떠올렸다. 누구나 세상을 살아가는 자기만의 방식이 있다고 했던가?

주희의 짐작대로 할머니의 독초는 꽤 유용하게 쓰였다.

주희는 할머니와 살면서 어른들 역시 아이들과 다르지 않다는 것을 알았다. 싸우기도 하고 삐지기도 하고 편을 먹고 누구를 따돌리기도 했다. 농사일이 끝나는 겨울이면 동네 할머니들은 마을회관에 모여 심심풀이 화투를 치기도 하고 가마솥을 걸어놓고 동네잔치를 하듯 푸짐하게 음식을 해서 나눠 먹기도 했다.

동짓날이라고 팥죽을 끓여서 나눠 먹던 날이었다. 주희는 마을회관에 있는 할머니의 연락을 받고 남은 팥죽을 얻기 위해 회관에 들렀다. 할머니는 더 놀다 가겠다며 주희를 먼저 올려보냈다. 그렇게 마을회관에서 노는 날이면 할머니는 저녁때나 되어야 집에 돌아왔다. 하지만 그날은 어쩐 일인지 삼십 분도 안 돼 할머니가 돌아왔다. 표정이 안 좋았다.

"할머니 무슨 일 있었어?"

"응? 아니다. 그냥 머리가 아파서 왔어."

정말 머리가 아팠는지 할머니는 베개를 가져다 자리를 잡고 누웠다. 얻어 온 팥죽을 주방에서 먹던 주희는 방안에 누워 있는 할머니의 혼잣말을 들었다.

"망할 년, 누구한테 막말이야? 할 말이 있고, 못할 말이 있지. 그것도 구분 못해?"

그제야 누군가와 싸우고 왔다는 것을 눈치챘다. 화투를 치다가도 셈을 자꾸 속이거나 줘야 할 돈을 안 주고 억지를 부리는 바람에 판을 뒤집었다는 얘기를 들은 적이 있어서 또 그런 일이 있었나보다 생각했다. 그럴 때면 할머니는 마을회관으로 가는 발길을 며칠 끊었다가 누군가 와서 몇 마디 말을 붙이면

436

또 기분을 풀고 다시 마실을 가곤 했다.

며칠이 지나고 동네 친구들과 놀고 있는데 마을 입구로 들어오는 구급차가 보였다. 나이 많은 사람이 많다보니 이따금 이렇게 구급차가 들어오는 일이 있었다. 구급차가 멈춘 집에선 어른이 돌아가시거나 병원에 실려갔다는 얘기가 들렸다. 주희는 할머니 생각이 나서 아이들과 함께 구급차의 뒤를 따라 뛰었다. 다행히 구급차는 마을회관 옆 파란 지붕 집 앞에 멈췄다.

파란 지붕 집을 기웃거리던 주희는 그 집 할머니가 들것에 실려 나오는 것을 보고 집을 향해 뛰었다. 집에 들어가 할머니를 찾았다. 할머니는 칡뿌리를 잘게 자르고 있었다.

"할머니도 저 소리 들었지? 구급차가 왔어요."

"누가 갈 때가 된 모양이지."

할머니는 별일 아니라는 듯 태연히 잘게 자른 칡뿌리를 신문지 위에 널었다. 이미 누가 병원에 실려가는지 다 아는 것 같았다. 주희는 동짓날 할머니가 누구랑 싸웠는지 알고 있었다. 할머니를 달래려고 왔던 진주네 할머니와 나누는 이야기를 들었다.

"알잖어, 그 여편네 생각 없이 아무 얘기나 지껄이는 거. 임자가 그러려니 하고 넘어가."

"지금 나랑 싸우려고 왔어? 뭘 그러려니 하고 넘어가? 그렇게 넘어가면 자기가 뭘 잘못했는지도 모르고 또 속을 뒤집어 놓잖아. 이런 일이 한두 번이야?"

"그럼 뭐, 경찰에 신고라도 할까? 살다보면 이웃끼리 싸우기도 하고 다시 화해도 하고 그러는 거지."

진주네 할머니 말 때문이었는지 그렇게 다신 안 볼 것처럼 차갑게 말하던 할머니는 어제 나물 반찬을 만들어서 주희를 앞세우고 마을회관으로 향했다. 회관에 있는 사람들에게도 먹으라고 건네주고 파란 지붕 집 할머니에게도 한 그릇 나눠주었다.

"살아 있을 때 잘해야지. 목숨도 다 자기 하기 나름이야." 집에 돌아오는 길에 할머니가 알 듯 모를 듯한 소리를 했다. 무슨 말인지 물어보고 싶었지만 왠지 물어볼 수가 없었다.

파란 지붕 집 할머니는 급성 신부전으로 병원에 며칠 입원해 있다가 돌아가셨다. 할머니들끼리 모여 평소 지병이 있었다는 얘기를 했지만 주희는 그 때문이 아니라는 생각이 들었다.

주희는 알고 있었다. 나물 반찬은 여러 통에 담겼지만 파란 지붕집 할머니에게 건네준 나물 반찬은 할머니가 따로 만든 것이었다.

주희는 며칠 동안 경찰이 찾아오지 않을까 싶어 조마조마했다.

438

엄마 아버지를 따라 다시 서울로 오기 전까지 그런 일이 몇 번 더 있었다. 그때마다 주희는 집 뒤 창고에서 챙겨둔 나물을 가져오는 할머니를 유심히 지켜봤다.

뭐든 알뜰히 모아두면 다 쓸모가 있는 법이다.

4

정신이 든 남자는 자신이 좁은 공간에 갇혀 있다는 것을 깨달았다.

손은 뒤로 묶여 있었고 갇힌 곳은 자동차 트렁크였다. 달리는 자동차의 트렁크 속은 좁고 어두웠다. 웅크려진 몸을 제대로 움직일 수도 없었다. 자신이 흔들리는 자동차 트렁크에 누워 있으리라고는 짐작도 하지 못했다.

도대체 무슨 일이 벌어진 거지? 시간이 얼마나 지난 거지? 누가 운전을 하고 있는지, 어디로 가고 있는지 궁금한 것투성이다. 남자는 어떻게든 이 상황을 납득해보려고 머리를 굴렸다.

뒷좌석으로 간 것까지는 기억이 난다. 여자에게 몸을 밀착하는 순간 온몸에 경련이 일었다. 몸을 가눌 새도 없이 그대로 의식을 잃었다. 그런데 다음 전개가 트렁크 속이라니, 지금 상태로 보아 이 모든 건 여자가 저지른 짓이 틀림없다. 여자의 정체가 궁금해졌다.

비포장도로를 달리는지 덜컹거리던 자동차의 속도가 줄어들고 정차하는 게 느껴졌다. 차체를 두드리는 빗소리가 들리지 않는 걸로 미루어 비는 멈춘 듯했다. 신경을 곤두세우고 들어보니 누군가 운전석에서 내려 뒤로 걸어오는 소리가 들렸다.

트렁크가 열리고 여자의 얼굴이 보였다. 밖이 여전히 어두운 걸 보면 시간이 그렇게 많이 지난 것 같지는 않았다. 남자는 자신을 보며 씨익 웃는 여자의 얼굴을 보고 소름이 돋았다. 여자의 눈은 아까와 달리 차갑게 변해 있었다. 순간 깨달았다. 이년, 미친년이다. 잘못 걸렸다.

여자는 익숙한 듯 거침없이 남자를 트렁크에서 끌어내렸다. 비에 젖은 풀이 가득한 곳에 떨어져 그렇게 아프지는 않았다. 남자는 바닥에 누운 채 이곳이 어딘가 하고 주위를 두리번거렸다. 비를 뿌린 구름이 지나가고 환하게 뜬 달 덕분에 주변의 풍경이 차츰 눈에 들어왔다. 나무가 무성한 곳이었다. 어느 숲속에 들어온 것 같았다.

"어디야, 여기?"

"지금 그게 궁금해?"

여자는 한편에 나무들이 쌓인 곳으로 가더니 속에서 뭔가를 찾아 꺼냈다. 툭툭 밖으로 던지는 연장들이 서로 부딪치며 소리를 냈다. 저게 뭐지? 하는데 삽을 든 여자가 주위를 두리번거리더니 걸음을 옮겼다.

"야, 너 당장 이거 안 풀어? 뭐하는 거야 지금?"

누군가 들을지도 모른다는 생각에 힘껏 소리를 질렀지만 태연한 여자의 태도를 보자 절망감이 밀려들었다. 남자는 손목에 힘을 주며 어떻게든 끈을 풀어보려 했지만 단단히 묶인 끈은 쉽게 풀릴 기미가 없었다. 자기를 내버려두고 땅을 파고 있는 여자를 보자 등골이 서늘해졌다.

남자는 여자의 관심을 끌기 위해 소리를 질렀다. 어떻게 해서든 말을 걸면서 이곳을 빠져나갈 방법을 찾아야 한다. 그러자면 여자가 왜 이러는지 알아야 한다.

"이러지 말고, 말로 해 말로. 진짜 왜 이러는 거야?"

여자가 삽을 집어던지더니 주변에서 다른 연장을 찾아들고 남자에게 걸어왔다. 여자의 손에 들린 연장은 도끼였다. 뭐, 뭐야? 거침없이 다가오는 여자의 모습에 바짝 긴장한 남자의 목소리가 줄어들었다.

"내가 지금 뭐하는 것 같아?"

"따, 땅을 파고 있잖아?"

"땅을 왜 파고 있을까?"

그건 남자도 궁금했다. 남자는 여자의 얼굴을 살폈다. 무표정한 얼굴에서는 아무 감정도 읽을 수가 없었다.

"내가 물었지? 오늘이 마지막날이라면 뭘 하고 싶냐고. 떠오르는 게 아무것도 없다고 했지?"

남자는 여자가 무슨 말을 하고 있는지 갈피를 잡지 못했다. 잠시 생각을 더듬다 택시 안에서 여자가 했던 말을 떠올렸다. 그게 이런 의미로 한 말이라고? 남자는 어이가 없었다. 꿈을 꾸고 있는 듯 모든 게 비현실적으로 느껴졌다.

남자의 앞에 다가온 여자는 그대로 도끼를 내리찍었다. 남자는 간신히 몸을 굴려 도끼날을 피했다. 여자는 다시 어깨 위로 도끼를 들어올렸다.

"자, 잠깐만! 잠깐만!"

남자는 다급하게 여자를 불렀다.

"하고 싶은 게 있으면 살려줄 거야?"

남자의 질문에 흥미를 느꼈는지 여자의 팔이 내려갔다. 남자는 여자의 손에 들린 도끼를 노려보며 어떻게든 시간을 벌어보려 했다.

"이제 생각난 거야? 하고 싶은 게 뭔데?"

여자의 눈이 반짝거렸다. 남자는 어쩌면 기회가 있을지도 모른다고 생각했다.

"얘기하면 살려주는 거야? 보내주는 거지?"

"뭐, 대답이 마음에 들면. 어서 얘기해봐. 뭘 하고 싶은데?"

"……집에 돌아가서 뜨거운 샤워를 하고 침대에서 누워 자고 싶어."

머릿속에 떠오르는 대로 말했지만 지금 정말 간절하게 원하는 일이다. 이 미친년의 손아귀에서 벗어나기만 하면 얼른 집으로 돌아가 침대에 누워 이 악몽을 지워내고 싶었다.

여자는 남자의 답을 곱씹는 듯 고개를 끄덕이며 몸을 돌려 주변을 걸었다. 남자는 여자가 한눈을 파는 사이 어떻게든 끈을 풀어보려고 손목에 힘을 주었다. 갑자기 툭, 끈이 끊어졌다. 남자는 재빨리 여자의 표정을 살폈다. 아직은 아무런 눈치를 채지 못한 듯했다. 여자가 다가올 때를 노려 반격을 하려는 순간 어느새 가까이에 여자가 힘껏 도끼를 휘둘렀다.

"으아악!"

여자가 내려친 도끼가 남자의 발목을 찍었다. 아까와는 또 다른 고통이 밀려들었다. 아니, 몸이 느끼는 고통은 아무것도 아니었다. 말이 통하지 않는 여자의 거침없는 행동 그 자체가 공포였다. 그러나 여자는 너무나 태연하다.

남자는 자신이 꿈을 꾸고 있는 게 아닌가 했다. 아니다. 이렇게 끔찍한 아픔을 느끼는데 이게 꿈일 수는 없지. 이년 뭐야? 나한테 왜 이러는 거야?

남자가 비명을 지르며 울먹이는 목소리로 애원했다.

"제발, 제발 살려줘요. 나한테 왜 이러는 거야?"

여자는 남자를 조금도 신경쓰지 않는다는 듯 주위를 두리번거리며 중얼거렸다.

"……죽이기 전에 땅을 팔까? 아니면 널 죽인 다음에 땅을 팔까?"

"나, 날 죽일 생각이야?"

"그러게, 택시에 탈 때만 해도 죽일 생각은 없었는데 말이지."

죽일 생각은 없었다고? 그러면 지금 죽일 생각이라는 건 진심이라는 얘긴데. 아니, 이렇게 아무도 없는 곳에서 이렇게 죽을 수는 없다.

"도대체 왜 날 죽이려는 건데?"

"그러니까 죽일 생각은 없었다니까. 그냥, 맞아 그 자동차 사고처럼, 그냥 하필이면 그때 내 앞에 네 택시가 보였던 거지."

여자는 가방에서 핸드폰을 꺼내더니 손전등을 켜서 주위를 살핀다. 주변이 훨씬 잘 보였다. 핸드폰 불빛 너머로 돌무더기가 몇 개 보인다. 자연적으로 쌓인 것 같지는 않고 무언가를 표시해놓은 자리 같다.

주위를 살피던 여자가 갑자기 웃음을 터뜨렸다. 이 상황에서 웃는다고? 남자는 고통도 잊은 채 여자를 쳐다보았다.

"그래, 내가 전에 파둔 곳이 있었다니까."

여자는 혼잣말을 하더니 걸음을 옮겨 미리 파둔 구덩이 안으로 들어갔다. 몇 번 더 삽질을 하더니 만족스러운 듯 구덩이에서 나왔다.

남자는 그제야 눈치챈다. 나를 묻으려고 하는 거구나. 달아
나야 해. 한쪽 다리를 질질 끌면서 이곳을 벗어날 수 있을까?
미친년이 아니라 살인마에게 걸렸어. 저 작은 돌무덤은 말 그
대로 돌무덤이야. 하나, 둘, 셋, 도대체 몇 명이나 죽인 거야?

남자는 정신을 바짝 차리려고 애썼다. 어떻게 해서든 여자
의 손에서 벗어날 기회를 노려야 한다. 발목에서 흘러나온 피
가 신발을 흥건하게 적셨다. 정신이 몽롱해졌다. 겨우 몸을 일
으켜 한쪽 다리를 끌면서 걸음을 뗐다. 뼈가 보일 정도로 발목
이 찍혔지만 걸음을 옮길 수는 있었다. 위기 상황에 닥치면 인
간은 초인적인 힘을 발휘하게 되어 있다. 택시에 올라타기만
하면 이곳에서 벗어날 수 있다. 다시 걸음을 옮기는데 등뒤에
서 휙 공기를 가르는 소리가 들렸다. 고개를 돌리니 언제 왔는
지 눈앞에 도끼를 휘두르는 여자가 보였다.

순식간에 도끼가 눈앞에서 움직였다. 두 손으로 얼굴을 막
아보았지만 도끼는 그대로 남자의 팔을 찍었다. 너무 고통스
러우면 비명도 나오지 않나보다. 남자는 그대로 주저앉았다.
눈물이 찔끔 나왔다. 도끼에 찍힌 자리에서 피가 쏟아져나왔
다. 남자는 다른 손으로 팔을 붙잡아 흘러내리는 피를 막아보
려 했지만 이내 고통으로 정신이 아뜩해졌다. 이런 몸으로는
아무것도 할 수가 없다. 인정하고 싶지 않지만 도망칠 수 없다

는 것을 받아들여야 한다.

"······도대체 왜 이러는 거야?"

"그러게, 나도 알고 싶네. 내가 왜 이러는지."

도끼를 휘둘렀던 여자의 손에는 어느새 잭나이프가 들려 있었다. 남자는 도망칠 의지도 상실했는지 숨을 헐떡이며 여자를 쳐다보았다.

"······자, 잘못했어요, 살려주세요."

남자의 말을 들은 여자가 키득거렸다.

"아까까지 반말하던 새끼가 왜 갑자기 존댓말이야?"

"잘못했어요. 진짜 잘못했어요. 한 번만 살려주세요."

"내가 땅까지 팠는데 널 살려줄까?"

남자는 여자의 말에 다시 한번 돌무덤들을 바라보았다. 그 시선을 느낀 여자가 뿌듯한 표정으로 돌무덤들을 바라보며 말했다.

"다들 잘못했다고, 살려달라고 하더라. 그러게, 하지 말라고 할 때 말을 듣지 그랬어?"

남자는 여자의 말이 이해되지 않았다. 여자가 무슨 말을 했지? 내가 무슨 말을 안 들었다는 거지? 죽일 생각은 없었다면서 구덩이는 왜 파놓느냐고.

여자는 거침없이 남자의 몸을 잡아끌어 구덩이로 향했다. 70킬로그램이 넘는 남자를 전혀 힘들어하지 않고 옮겼다.

구덩이 옆으로 남자를 끌고 간 여자는 이내 남자를 구덩이 안으로 차넣었다. 물이 고여 있던 구덩이에 얼굴이 박히자 숨이 막혀왔다. 남자는 몸부림을 치며 간신히 얼굴을 들었다. 다급해진 남자가 소리쳤다.

"이유나 좀 알자! 나한테 왜 이러는 건지."

여자가 가만히 남자를 쳐다보더니 고개를 갸웃거렸다.

"그냥 재수가 더럽게 없는 날이구나 생각해."

여자가 삽으로 흙을 퍼서 남자의 위로 뿌렸다.

"자, 잠깐, 잠깐만요."

남자는 자신의 몸 위로 떨어지는 흙의 무게를 느끼자 거의 흐느끼기 시작했다. 이대로 죽을 수는 없다는 생각이 들었다. 어떻게 해서든 여자에게 말을 걸어 살아날 방법을 찾아야겠다고 생각했다. 생각나는 대로 아무 말이나 하기 시작했다.

"죽일 생각은 없었다고 했지, 그런데 지금은 어째서 나를 죽이려는 건데, 왜……?"

여자는 구덩이를 내려다보다 고개를 숙이고 남자를 쳐다보았다.

"나도 오늘은 참아보려고 했거든. 근데 도저히 안 되네. 그냥 이게 나야."

말을 마친 여자는 흙을 퍼서 웅덩이에 던져넣었다.

"제발, 제발…… 이렇게 죽기 싫어."

남자는 자신의 얼굴을 덮는 흙덩이에 몸을 떨었다. 정말 이렇게 죽는다고? 남자는 자신이 왜 이런 일을 겪어야 하는지 억울한 생각이 들었다. 조용한 곳으로 가자고 할 때 못 들은 척할걸, 이상한 낌새가 보일 때 바로 내려주고 집에 가서 라면에 소주나 한잔할걸.

남자는 어떻게 해서든 구덩이에서 벗어나기 위해 발버둥을 쳐보았지만 도끼에 찢긴 다리와 반쯤 절단된 팔의 고통만 커질 뿐이었다. 여자가 던지는 흙덩이가 얼굴을 때리고 가슴을 덮쳤다. 입안으로 흙이 들어왔다. 이대로 죽는다는 게 실감이 나지 않았다. 남자는 흐느껴 울기 시작했다.

*

주희는 구덩이에 흙을 다 채워넣고 발로 꼭꼭 밟은 뒤 다시 흙을 덮었다. 몇 번이고 땅을 고르는 작업을 하고 나자 서서히 주변이 밝아지는 게 느껴졌다. 주희는 근처에 있는 돌을 주워서 새로 다진 땅 위에 하나씩 쌓기 시작했다. 이렇게 수고로운 일을 하는 이유는 한 가지뿐이다. 그래야 다음에 이곳을 다시 파는 일은 없을 테니까. 적당히 돌을 쌓은 주희는 신발의 흙을 떨어내며 자동차가 있는 곳으로 걸어갔다.

문득 남자가 끊임없이 외치던 말이 생각났다.

'나한테 왜 이러는데, 왜.'

주희가 했던 말은 모두 진심이었다. 굳이 그가 아니라도 상관없었다. 이유가 있다면 하필 그가 그 거리에 차를 세우고 있었고, 주희가 건네는 유혹에 넘어갔다는 것뿐이다. 아니다. 만약 주희가 서준이라는 놈을 죽였다면 그는 살았을지도 모른다. 미처 풀지 못한 욕구가 주희를 택시로 이끈 것이다.

주희는 돌무덤 주변에 있던 도끼를 집어들었다. 도끼를 휘두르던 순간의 짜릿한 전율이 다시 손으로 전해졌다. 언제부터 이런 순간을 즐기게 되었지? 그런 생각을 하자 바로 강 선생의 얼굴이 떠올랐다.

그래, 강 선생이 처음이었지. 기억 저 깊은 곳에 가라앉아 있던 첫 살인의 순간들이 하나씩 눈앞에 펼쳐졌다. 아직도 그를 생각하면 그날의 흥분이 생생하게 피어오른다.

강 선생은 아이들에게 인기가 많은 영어 선생이었다. 고등학교 3학년이 되면서 주희는 스트레스로 머리가 지끈거렸다. 강 선생이 아무 학생에게나 친한 척 다가가 힘내라고 하는 말도 듣기 싫었다. 긴장을 풀어준다며 어깨를 주무르고 무심한 척 지나가면서 친구들의 등을 슬쩍슬쩍 만지는 것도 신경에 거슬렸다. 보는 것만으로도 짜증이 올라왔다.

시험을 준비하면서 극도로 날카로워진 주희는 돌파구가 필요했다. 어느 날 늦게까지 학교에 남은 주희의 눈에 강 선생이 보였다. 무슨 일 때문인지 그도 늦은 퇴근을 하고 있었다. 주희는 화단에 있던 돌을 들고 조용히 그의 뒤를 따랐다.

교정에는 아무도 없었다. 가까이 다가가서야 인기척을 느꼈는지 강 선생이 뒤를 돌아보았다. 그때는 이미 주희의 손에 들린 돌멩이가 강 선생의 머리를 향해 날아가고 있었다. 일격에 놀란 강 선생은 그대로 주저앉았다. 주희는 강 선생의 머리에서 나는 소리에 귀를 기울였다. 뼈가 부서지는 소리. 주희의 머릿속에서도 무언가 툭 끊어졌다. 머릿속이 하얘졌다. 몇 번이나 팔을 휘두르고 겨우 정신을 차렸을 때 이미 강 선생의 얼굴은 끔찍하게 망가져 있었다.

주희는 서둘러 교실로 돌아가 체육복으로 갈아입었다. 교복을 가방에 넣고 나오려는 순간 경비가 고함을 지르는 소리가 들렸다. 주희는 그대로 뒷산을 넘어 학교를 벗어났다. 다음날 경찰이 학교에 찾아왔지만 주희는 다른 학생들과 함께 수업을 듣고 있었다.

죽일 생각은 아니었다. 그저 그의 뒷모습을 보는 순간 본능적으로 돌멩이를 집어들었을 뿐이다. 며칠 뒤 사람을 죽였다는 것을 실감하고 가장 먼저 할머니 생각이 났다.

할머니는 산에 올라 나물을 캐고 버섯을 따고, 독이 든 뿌리를 캤다. 주희는 할머니처럼 조용하고 차분하게 준비하는 건 자기 취향이 아니라는 것을 알았다. 온몸에 피가 돌고 아드레

450

날린이 머릿속에서 폭발하고 손에 땀이 맺히는 짜릿함이 주희는 더 좋았다. 가끔 필요할 때 할머니의 방식을 사용하기도 하지만 그럴 때면 미진한 아쉬움이 남았다. 전에 다니던 헬스장에서 그 스토커를 죽였을 때가 그랬다.

헬스장을 옮기기로 하고 마지막으로 근무하던 날, 주희는 할머니의 창고에서 얻은 독초 가루를 놈의 단백질 파우더 통에 넣고 잘 섞었다. 언제가 될지 모르지만 그는 열심히 헬스장에 와 운동을 하고 심장마비로 죽을 것이다. 그리고 마침내 지난주 그곳 관장에게 그가 죽었다는 얘기를 전해들었지만 아무런 감흥이 없었다. 통쾌함도 짜릿함도 없었다. 지금은 누가 뭐래도 거친 숨소리를 느끼며 땀냄새를 뿜어내고 피가 튀는 모습을 직접 보는 게 너무 좋다.

택시에 올라탄 주희는 잠시 이 차의 주인이 묻혀 있는 곳을 바라보았다.

'죽일 생각은 없었어.'

택시에 탔을 때까지만 해도 주희는 진심으로 그와 이렇게 엮이게 될 거라고는 생각하지 않았다. 조용히 가자고 할 때 말을 들었더라면 이런 일은 없었을 텐데.

주희는 차를 어떻게 처분할지 생각했다.

그래. 멀지 않은 곳에 큰 저수지가 있지. 얼마나 깊고 넓은지 이런 자동차 하나쯤은 아무렇지 않게 집어삼킬 저수지.

주희는 얼마 전 읽었던 인터넷 뉴스가 생각났다. 미국이었던가? 오십 년 만에 극심한 가뭄이 들어 처음으로 바닥을 드러낸 호수에서 몇 대의 자동차와 시체를 발견했다는 기사였다.

사람 사는 곳은 어디나 비슷한 모양이다. 다 묻힐 만한 이유가 있었겠지.

한국은 여름마다 엄청난 비가 오니 저수지가 마를 걱정은 하지 않아도 된다. 뭐, 오십 년쯤 뒤에 큰 가뭄이 들면 또 어떨까 싶기도 하다. 오십 년 뒤면 나는 이 세상에 있지도 않겠지만.

주희는 시동을 걸고 천천히 차를 몰았다.

숲에서는 이른 잠에서 깨어난 새들이 지저귀기 시작했다.

나의 여자친구

죄를 저지르는 것은 사람이 하는 일이며,
자기의 죄를 정당화하려는 것은 악마의 일이다.

—톨스토이

1

그의 약국은 아침 여덟시 삼십분에 문을 열고 밤 여덟시에
문을 닫는다. 약국이 있는 빌딩은 피부과와 이비인후과, 내과
와 소아과, 치과, 정형외과, 통증클리닉까지 6층이 전부 각종
의원으로 채워져 있다. 당연히 약국은 손님들로 북적인다.

종호는 이런 방면에 문외한이지만 건물을 보기만 해도 1층
에 있는 약국의 매출이 얼마나 좋을지 짐작할 수 있었다. 각
의원의 진료 개원시간이 여덟시 삼십분이니 아마도 그 시간에
맞춰 약국도 문을 여는 것 같다. 진료가 끝나는 시각은 여섯
시. 그때부터 약국도 한산해진다. 그래도 동네 장사를 위해서

인지 약국은 좀더 늦은 시간까지 영업을 하고 여덟시가 되어
야 불이 꺼진다.

종호는 오늘도 도로 건너 카페 창가에 앉아 약국을 보고 있
다. 노트북을 꺼내놓고 옆에 책까지 펼쳐놓았지만 그의 시선
은 약국을 향한다. 차들이 오가는 4차선 도로 너머라 약국 안
을 오가는 그의 모습을 놓칠 때도 있다. 그래도 괜찮다. 약국
이 문을 열고 있는 동안 그는 거의 자리를 지키고 약국을 떠나
는 일이 없다.

지난 며칠 동안 시간이 날 때마다 이 카페에 와서 커피를 시
켜놓고 도로 건너편 약국을 지켜보았다. 하루종일 카페에 죽
치고 있다보니 카페 주인이 눈치를 주기도 했다. 그럴 때면 카
페를 나와 잠시 주변을 돌아다니다가 약국 영업시간이 끝날
즈음 근처로 돌아왔다. 그가 약국 불을 끄고 퇴근하면 종호는
그의 뒤를 밟았다.

그의 집은 약국에서 도보로 십여 분 걸어야 하는 곳에 있다.
도로를 지나 한적한 주택가에 자리잡은 집으로 들어가는 그를
확인한 뒤에야 종호는 하루를 마무리했다. 종호는 그렇게 얻
은 정보들로 그의 하루하루를 세세하게 기록했다.

종호는 노트북 화면에 떠 있는 문서에 새로운 참고 사항을
적는다. 어제는 보지 못했던 사람이 약국에서 함께 손님을 받
고 있다. 흰 가운을 입은 것으로 보아 새로 온 약사인 듯하다.

이제 약국에서 일하는 사람은 종호가 주시하는 남자를 포함해 여섯 명이 되었다.

사실 이렇게까지 할 일은 아니다. 그에 관한 것은 수빈이 건네준 정보로도 충분하다. 하지만 종호는 그것으로 만족할 수 없었다. 앞으로 벌어질 일을 생각하면 철저한 준비와 계획이 필요하다. 하나라도 실수가 있으면 안 된다. 이왕 하기로 결심했다면 완벽해야 한다. 걱정과 두려움, 잘해낼 수 있을까 하는 불안감, 이런 것들을 떨쳐낼 수 있는 건 완벽한 준비밖에 없다. 약국 주변을 맴돌수록 사람들 눈에 띌 가능성이 많아져 위험할 수도 있지만 직접 눈으로 확인하고 머릿속에 확실하게 새겨둘 필요가 있었다.

"내가 했던 얘기 다 잊어버려. 이건 내가 감당할 몫이야. 오빠까지 끌어들이고 싶지 않아."

수빈과 통화를 하면 마음이 초조해졌다. 어색한 침묵이 흐르다 우는 기척이 느껴지면 내가 지금 수빈을 위해 어떤 계획을 세우고 있는지 털어놓고 싶기도 했다. 하지만 종호는 입을 다물었다. 준비를 모두 마치고 얘기해도 늦지 않다. 지금은 불안정한 수빈의 마음을 달래주는 게 중요하다.

"걱정 마, 수빈아. 내가 해결할게. 그냥 조금만, 조금만 더 기다려."

"……미안해. 너무 힘들어. 진짜 미쳐버릴 거 같아."

수빈이 받는 고통을 생각하면 더욱더 완벽하게 일처리를 해야 한다.

완벽하게 끝낸다는 건 이 일이 마무리된 뒤에도 자신과 수빈 모두 안전한 걸 의미한다. 그러기 위해 그가 어떤 사람인지 좀더 조사하고 확인하는 것이다. 수빈에게는 이렇게 약국을 지켜보고 그의 뒤를 미행하고 있다는 말은 하지 않았다. 그랬다간 수빈의 불안한 모습을 보고 그가 눈치를 챌지도 모르기 때문이다.

그를 지켜본 지 일주일, 이제는 결정을 내려야 한다. 종호는 아직도 준비가 안 됐다는 이유로 머뭇거리는 자신을 발견하고 혹시 겁을 집어먹은 건가 생각했다. 당연한 일이다. 여자친구의 아버지를 죽인다는 게 그렇게 쉽게 마음먹을 수 있는 일은 아니지 않은가.

백동우 약국.

그는 자신의 이름을 걸고 약국을 운영하고 있다. 수빈의 아버지. 정확하게는 계부. 지금 수빈의 유일한 가족이다. 수빈을 만나지 않았다면 종호는 백동우라는 인간이 세상에 존재하는지도 모른 채 한 톨의 관심도 없이 살았을 것이다. 사는 동네도 다르고 나이도 다르고 전혀 다른 영역의 사람이다. 어쩌다 이 동네를 지나치며 우연히 약국에 들어간다고 해도 말 한마디 나눌 확률도 없을, 도무지 접점이라고는 없는 사이. 그런데 지금은 어떻게 하면 그를 죽일까 고민하고 있다.

종호는 다시 길 건너 약국을 쳐다보았다. 출입문이 열리고 백동우가 나왔다. 외출을 하려는 모양새는 아니다. 늘 입고 있는 약사 가운에 슬리퍼를 신은 채 나온 걸 보면 그저 잠깐 바람을 쐬려는 것 같다. 짐작대로 그는 약국 앞에서 길게 기지개를 켜고 하늘을 한 번 쳐다보았다. 마치 지하 감옥에 있다 오랜만에 햇살을 보는 사람처럼 눈을 찡그리면서도 4월의 햇살을 반기는 표정이다.

오십대 중년치고는 근육이 탄탄한 몸이다. 아마도 매일 헬스장에서 한 시간 넘게 운동을 한 덕분일 것이다. 그는 점심식사 후 약국을 직원에게 맡기고 헬스장으로 향한다. 그의 뒤를 따라 헬스장까지 가본 적도 있다. 종호는 헬스장에 등록하려는 사람처럼 시설을 둘러보는 척하며 운동하는 그를 곁눈질로 관찰했다. 그때 민소매와 반바지 차림의 그를 보았다. 운동으로 엄청난 근육이 붙은 몸은 아니지만 군살 하나 없이 균형 잡힌 몸이었다. 자기관리에 철저한 성공한 사업가나, 시니어 모델처럼 보였다.

백동우를 훔쳐보다가 얼핏 거울에 비친 자신의 모습을 확인한 종호는 서둘러 헬스장을 빠져나왔다. 후줄근한 야상점퍼를 걸친 이십대 후반의 청년은 오래된 카키색 점퍼만큼이나 후줄근하고 생기가 없었다. 세 평이 안 되는 고시원에서 햇빛도 못 보고 공무원시험 준비를 하는 동안, 몸은 흐물거리고 얼굴은 푸석해졌다.

약국 앞에서 잠시 몸을 푸는 동안에도 백동우는 지나가는 주민과 인사를 나눈다. 약국을 이용하는 사람들과도 친하게 지내는 모양이다. 이를 한껏 드러낸 미소를 지으며 사람들에게 말을 거는 모습을 보자, 그의 가증스러움에 속이 뒤틀렸다.

이웃 사람들은 그가 어떤 인간인지 모른다. 종호 역시 그가 수빈에게 저지른 끔찍한 짓에 대해 듣지 않았다면 저 미소 뒤에 어떤 모습을 감추고 있는지 몰랐을 것이다. 하긴, 뉴스에 나오는 잔혹한 연쇄살인범도 동네 사람들에게는 조용하고 인사성 바른 사람으로 기억되곤 했지. 우리가 타인에 대해 아는 것이라곤 잘 위장된 겉 포장지일 뿐이다.

그대로 약국으로 들어갈 것 같던 백동우는 종호 쪽을 쳐다보더니 신호가 바뀌자 횡단보도를 건너왔다. 그와 눈이 마주친 순간 종호는 놀라 고개를 돌렸다. 설마 들킨 건가? 며칠 동안 계속 지켜보고 있던 걸 알아챈 걸까? 당혹감에 가슴이 서늘해졌다.

백동우는 종호가 있는 카페 안으로 들어왔다. 그는 종호에게 다가오는 대신 카운터로 향했다. 카페 사장과 안면이 있는 듯 친근하게 인사를 건네고 직원들 커피까지 다섯 잔을 주문했다. 종호는 그제야 안도의 한숨을 내쉬며 슬그머니 고개를 돌려 그를 쳐다보았다. 주문한 커피가 나오길 기다리며 카페 안을 둘러보는 그의 얼굴에는 여유가 넘쳤다. 종호는 그를 바라보며 머릿속 한편으로는 고통으로 입술을 깨물며 흐느끼던 수빈을 떠올렸다.

수빈에게 그는 악마였다. 가족이라는 이름을 단 인간이 어떻게 그런 끔찍한 짓을 저지를 수 있는지, 수빈의 이야기를 들으면서 종호는 눈에서 불꽃이 튀는 전율을 느꼈다. 분노라는 게 이렇게 활활 타오르는 감정이라는 걸 처음 알게 되었다. 눈앞에 백동우가 있었다면 그의 가슴에 수십 번 칼을 찌르고 또 찔렀을 것이다. 그는 그렇게 당해도 싼 놈이다.

"……미안해. 우리 그만 헤어져. 나 때문에 오빠까지 힘들게 하고 싶지 않아."

수빈은 헤어지자고 했다. 연락이 안 되다가 열흘 만에 나타난 수빈은 아버지에게 감금되어 있다가 간신히 도망쳐 나왔다고 했다. 그 열흘 동안 무슨 일이 있었는지 듣던 종호는 경찰에 신고하자고 했지만 수빈은 고개를 저었다.

백동우는 인근 지구대와 경찰서의 경찰과도 친분이 있다고 했다. 지역 청소년 선도위원인가 하는 감투도 쓰고 있었다. 동네 유지답게 명절이면 지구대와 치안센터, 소방서 등에 떡과 과일 선물을 보냈다. 아이들을 돌보는 봉사를 해오던 연쇄살 인마 존 웨인 게이시 같은 완벽한 위장이었다. 지역 주민들 누 구에게나 호감과 신뢰를 얻고 있는 선량한 시민. 경찰에 신고 해봐야 과연 누가 자기의 말을 믿어주겠느냐는 수빈의 말에는 오랫동안 길들여진 좌절과 무기력이 배어 있었다.

십 년 넘게 가스라이팅을 당해온 수빈은 아버지로부터 도망 치는 대신 아버지의 말대로 남자친구인 종호와 헤어지기로 결 심한 것 같았다. 종호는 어떻게든 그 끔찍한 고통의 늪에서 수 빈을 구출해야겠다고 마음먹었다.

종호는 커피를 가지고 카페를 나가 약국으로 들어가는 백동 우의 뒷모습을 차갑게 바라보았다. 고려해야 할 것이 너무나 많지만 무엇보다 수빈을 위해 그를 죽여야 한다. 하루라도 빨 리 그를 죽여 수빈이 다시는 저 인간 때문에 고통받는 일 없이 행복해지기를, 자유로워지기를 바란다.

백동우만 없다면 우리가 헤어져야 할 이유도 사라진다.

2

"저, 혹시…… 국궁, 한국대 국궁 동아리 아니었어요?"
역에서 전철을 기다리는데 누군가 뒤에서 말을 걸었다. 고개를 돌린 종호의 눈앞에 또래로 보이는 여자가 서 있었다. 어딘가 낯익은 얼굴이지만 이름은 기억나지 않았다. 하지만 여자는 종호를 알고 있는 듯했다.

'한국대 국궁 동아리.'

대학을 졸업하고 신림동에 들어온 뒤로는 동아리 모임에도 나가지 않았다. 그런데 여자는 정확히 국궁 동아리에 있지 않았느냐고 묻는다. 종호를 알고 있다는 얘기다.

"……누구?"

"저는 같은 대학을 나온 강수빈이라고 해요. 극회에서 연극 올릴 때 국궁 동아리에서 도와주신 적이 있죠."

그제야 수면 아래 깊숙이 가라앉아 있던 기억이 하나둘 떠올랐다. 언젠가 종호가 있는 국궁 동아리에서 교내 극회 동아리의 정기 공연을 도와준 적이 있다. 국궁을 쏘는 장면이 있어 몇 명이 활쏘기 자세와 동작을 알려주고 활도 빌려주었다. 그때 친해져 함께 활을 쏘러 가기도 하고 연극에 초대되어 공연을 보고 회식을 하기도 했다. 그 연극 제목이 〈아랑 전설〉이었던가?

"……〈아랑 전설〉?"

"맞아요. 그때 같이 있었죠. 저는 아랑의 시녀였어요."

아랑 역을 했던 여학생은 기억이 났지만 아랑의 옆에 있었다는 시녀는 기억나지 않았다. 상대가 나를 정확하게 기억하는데, 나는 아무것도 생각나지 않다니, 종호는 괜히 미안한 생각이 들었다. 사실 여러 번 만나도 관심이 있거나 인상적인 일이 있지 않으면 얼굴이든 이름이든 그다지 기억에 담아두는 편이 아니다.

"미안해요. 내가 사람 얼굴을 잘 기억하지 못해서."

"아니에요. 그냥 제 기억력이 좋은 것뿐이에요."

말을 마치고 나자 딱히 할 이야기가 없었다. 전철이 오는 것을 알리는 음악이 들렸다. 종호는 전철을 탈 생각으로 잘 가라고 인사할 참이었다.

"그럼……"

"괜찮으면 같이 술 한잔할래요?"

종호는 어리둥절해서 수빈을 돌아보았다.

전철이 도착하고 사람들이 내렸다. 줄에 서 있던 종호는 사람들에 밀려 수빈과 부딪쳤다. 종호는 머뭇거리며 수빈의 얼굴을 살폈다. 수빈의 시선이 종호를 끌어당겼다. 줄을 선 사람들을 피해 수빈이 뒤로 물러났다. 종호도 수빈의 옆으로 걸음을 옮겼다. 사람들이 전철에 올라탔고, 전철에서 내린 사람들은 바쁘게 플랫폼을 빠져나갔다. 종호와 수빈 둘만 플랫폼에 남았다.

종호는 대답을 기다리는 수빈을 보다가 고개를 끄덕였다.

전철역을 빠져나온 종호는 조금 전 수빈이 했던 말을 떠올렸다. 차도 아니고 술 한잔이라니, 정말로 술을 마시자는 건가? 초면은 아니지만 개인적인 친분도 없는 사람인데, 만나자마자 바로 술집으로 간다는 게 아무래도 어색할 듯싶었다. 하지만 종호에게 선택권은 없었다. 앞장서서 걷던 수빈이 소줏집으로 들어갔다.

자리에 앉아 술과 안주가 나오기까지 잠시 어색함이 흘렀지만 술이 들어가자 알코올의 마법이 공기를 바꿔놓았다. 서먹한 분위기를 풀어주는 것은 물론이고 그런 일이 있었나 싶은 가물가물한 기억까지도 되살려주었다. 덕분에 대화가 끊어지기는커녕 둘은 그때 있었던 일들, 자신이 미처 알지 못했던 뒷이야기까지 흥미진진하게 나누었다.

"그러니까 그 아랑으로 나왔던 영지랑 상훈이 형이 거기서 눈이 맞았구나? 어쩐지 연극이 끝난 뒤에도 계속 어울린다 했어."

"전혀 몰랐어요?"

"나는 그뒤로 군대에 갔고, 복학해서는 동아리에 잘 안 나갔어…… 졸업하고는 먹고사느라 바빠서 연락도 뜸하고 그랬지 뭐."

학교 다니던 시절 얘기와 달리 졸업 후 어떻게 살고 있는지에 대한 얘기를 나누자 분위기가 가라앉았다. 종호는 이상하게 가족에게도 말하지 못했던 속내를 수빈에게 털어놓았다.

공무원시험을 준비하고 있다고는 하지만 작정하고 달라붙어서 죽어라 공부하는 것도 아니고, 그렇다고 손을 털자니 지난 몇 년이 아까워서 어쩌지 못하고 있는 상태다. 어쩌면 현실 도피중이 아닐까 싶다는 심경까지 털어놓자 수빈의 목소리도 가라앉았다.

"……저도 마찬가지예요. 대학원을 다니고는 있지만 이게 정말 내가 좋아서 하는 건지는 잘 모르겠고…… 사실 정말 하고 싶은 건 따로 있었어요. 영화연출 공부를 하고 싶어서 유학을 가겠다고 했는데, 아빠가 반대하셔서 포기하고 말았죠."

"그러고 보니 연극도 했었고, 그쪽에 계속 관심이 있는 것 같은데…… 아버지에게 잘 얘기해보지."

수빈은 고개를 저었다.

"저한테 뜬구름 잡지 말고 현실적으로 살래요. 그런 건 재능 있는 사람이나 하는 거라고."

"딸한테 무슨 말을, 그럼 어머니에게 말해보면 어때?"

수빈이 일 년 후배라는 걸 알고 종호는 말을 놓았다.

"엄마는…… 이 년 전에 돌아가셨어요. 음주운전사고로."

"어? ……미안."

수빈은 고개를 흔들다가 술잔을 들어 남은 술을 마셨다. 종호는 묵묵히 빈 잔에 술을 따라주었다. 수빈이 가라앉은 목소리로 들릴 듯 말 듯 혼잣말처럼 말했다.

466

"……이상하다. 이런 얘기 남한테 잘 안 하는데."

그건 종호도 마찬가지였다. 괜한 자존심에 대학 친구들을 만나는 것도 피해왔다. 어디든 자리잡고 마음의 여유가 생기게 되면 그때 연락하지 하며 책에 고개를 처박고 살았다. 나를 모르는 사람에게 내 이야기를 할 수는 없다. 나를 아는 사람에게는 더 속을 터놓을 수 없다. 어쩌면 수빈은 적당히 알고, 적당히 모르는 거리에 있기 때문에 이야기하기가 편했는지 모른다. 그동안 마음속에 담아둔 이야기를 나눌 누군가가 필요했구나 하는 걸 그제야 깨달았다.

"다행이에요."

"응?"

"오늘 기분이 그랬거든요. 나 힘들어, 그렇게 얘기하면 무심하게 슥 술잔을 채워주고 '힘내' 같은 뻔한 소리 없이 내 얘기를 가만히 들어주는…… 누군가 그런 사람이 있으면 좋겠다고 생각했어요."

종호는 수빈 역시 자신과 같은 감정이었다는 사실에 놀랐다. 술집의 흐릿한 조명 때문인지, 술기운이 올라 열이 나서인지 그때 마주친 수빈의 눈에는 물기가 가득했다. 종호는 그제야 왜 수빈이 불쑥 술 한잔하자는 말을 꺼냈는지 알 것 같았다. 거절하지 않고 수빈을 따라오길 잘했다는 생각이 들었다.

"나도 이런 대화를 나눌 사람이 있어서 좋네."

그날은 기분좋게 취할 정도로 마시고 헤어졌다.

종호는 고시원으로 돌아와 침대에 누워 몇 시간 동안 나눈 대화를 되새김질했다. 밤새 뒤척이며 생각한 결론은 그저 우연히 만난 선후배로 남고 싶지 않다는 것이었다. 오늘 만남이 마지막이 아니었으면 했다. 지금까지는 여자에게 별 관심이 없었다. 호감을 가졌던 여자도 있었지만 대화를 하다보면 실망하는 일이 많았다. 말이 안 통하면 호감도 관심도 곧 사그라들었다.

수빈은 달랐다. 몇 시간 동안 이렇게 편하게 대화를 나눈 여자는 처음이다. 가장 안 좋은 타이밍이기는 했지만 지금 느끼는 좋은 감정을 흘려버리고 싶지 않았다.

고민하다 다음날 아침 문자를 보냈다. 하루종일 답장이 없었다. 책이 눈에 들어오지 않았다. 다시 만나고 싶다는 내 문자가 부담스러웠나? 그냥 즐거웠다고, 다음에 또 보자고 가볍게 보낼 걸 그랬나 후회도 했다. 늦은 밤이 되어서야 답장이 왔다. 답장이 왔다는 것으로 충분했다. 종호는 수빈도 자신과 같은 감정이라고 확신했다.

두번째 만났을 때 종호는 수빈에게 손을 내밀어보라고 했다. 손바닥을 펴게 하고 숫자 1을 썼다.

"우리 오늘부터 1일이다."

수빈은 잠시 당혹스러워하다가 고개를 끄덕였다. 종호는 잡고 있던 수빈의 손을 꼭 쥐었다. 가늘고 매끄러운 손가락을 느끼자 자기에게도 여자친구가 생겼다는 게 실감났다. 그날은 함께 영화를 보고 저녁을 먹었다. 수빈이 스릴러 영화를 좋아하고 매운 음식은 안 먹는다는 걸 알게 되었다. 대학원 수업과 영어학원에 가는 시간을 빼면 주로 학교 도서관에 있거나 학교 박물관에서 알바를 한다고 했다.

"바쁘네? 그럼 우리는 언제 만나?"

종호는 매일 만나고 싶었다. 함께하고 싶은 게 너무 많았다.

"지금 공부하는 거 시험이 언제야?"

종호는 움찔했다. 아무리 허울뿐인 공시생이라고 하지만 공무원시험을 까맣게 잊고 있었다. 수빈은 고시촌에 들어가서 공부하는 종호의 시간을 뺏을 수는 없다고 했다. 반쯤 포기하고 살던 종호였지만 이번까지는 최선을 다해보라는 수빈의 말에 뭐라 대꾸를 할 수가 없었다.

"정말정말 보고 싶을 때는?"

"정말정말 보고 싶을 때는 만나야지. 그래도 공부에 방해되는 건 싫어. 정 못 참을 땐 이걸로?"

수빈은 웃으며 핸드폰을 흔들어 보였다.

수빈은 생각보다 바빴다. 일주일에 한두 번은 만날 수 있었지만 그것도 잠깐뿐이었다. 저녁을 먹고 나면 곧 자리를 털고 일어났다. 아홉시가 지나면 초조해하며 자꾸 시간을 확인했다.

"뭐야, 애도 아니고 요즘 세상에 열시 통금이 말이 돼?"

"늦으면 아빠가 화내셔. 나 힘들게 하지 마."

"친구랑 놀다 들어간다고 해. 왜 그렇게 아빠 눈치를 봐?"

그날 처음으로 수빈은 새아빠 이야기를 했다. 엄격한 편이라 지켜야 할 규칙도 많고 가급적이면 아빠를 화나게 하는 일은 하고 싶지 않다고 했다. 답답하긴 했지만 어떤 부녀관계인지 잘 모르는 상황이라 더이상 뭐라 하지는 않았다.

만나지 못하는 아쉬움은 문자로 달랬다. 열 개의 톡을 보내면 답은 한두 번 왔지만 그래도 좋았다. 자신의 사소한 일상을 공유하고 시간 날 때마다 말을 걸 상대가 있다는 건 즐거운 일이었다. 느슨했던 공부도 다시 마음을 다잡고 집중하기 시작했다. 수빈이라는 존재가 열심히 살고 싶은 이유가 되었다. 이번에는 정말 시험에 합격하고 남들처럼 평범한 사회생활을 시작하고 싶었다.

만난 지 두 달쯤 되었을 때 함께 술을 마시던 수빈이 갑자기 종호의 얼굴을 빤히 쳐다보더니 생각지도 못한 말을 꺼냈다.

"나, 오늘 안 가."

"어디?"

"집에 안 간다고."

종호는 자신을 빤히 쳐다보는 수빈의 얼굴을 보며 뭐라고

답해야 할지 머뭇거렸다. 수빈은 뭔가 단단히 결심한 표정이었다. 종호의 머리에서 버퍼링이 일어났다. 무슨 생각으로 집에 가지 않겠다는 거지? 전혀 예상치 못했던 전개. 가슴이 뛰었다. 늘 아홉시만 넘어도 초조하게 시계를 보던 수빈에게 무슨 일이 있는 걸까?

"······그럼 어떻게 하려고?"

"왜 나한테 물어?"

"어?"

수빈은 말없이 종호의 눈을 들여다보았다. 종호는 자기도 모르게 꼴깍 침을 삼켰다. 목젖이 크게 올라갔다 내려가는 게 느껴졌다. 순간 수빈이 자신을 얼마나 한심하게 볼까 하는 생각에 손끝이 저려왔다. 살면서 한 번도 여자와 이런 이야기까지 해본 적이 없었다.

"나가. 답답해. 우리 바람 좀 쐬며 걷자."

수빈의 말에 종호는 얼른 계산을 하고 술집을 나왔다. 방금까지 얼굴에 올라오던 취기는 사라지고 없었다.

종호는 최대한 태연한 척 행동했지만, 머릿속은 정신없이 바쁘게 돌아갔다. 어디로 가지? 지금 바로 모텔로? 이런 생각밖에 안 했냐고 물으면 어떡하지? 아니야, 수빈이 집에 가지 않겠다고 말한 건 바로 오늘 함께 있자는 얘기 아니야?

종호는 계속 곁눈질로 수빈의 눈치를 살피며 수빈의 발걸음에 보조를 맞추었다. 수빈은 편의점에 들어가 종호에게 바구니를 들게 했다. 와인과 초콜릿, 과자를 집어 바구니에 넣었다. 수빈은 생활잡화 코너로 가더니 여행용 칫솔을 집어들었다. 수빈의 눈짓에 종호도 칫솔을 골랐다.

"모텔에 있을 텐데……"

종호의 혼잣말에 수빈이 새초롬하게 째려보았다. 종호는 얼른 입을 다물며 시선을 피했다. 괜히 다른 물건들을 보는 척하던 종호는 콘돔을 발견하고 반사적으로 수빈을 쳐다보았다. 수빈은 말없이 종호의 얼굴을 빤히 쳐다보았다. 저 시선은 무엇을 의미하는 걸까? 차라리 말을 해주면 좋으련만. 결국 종호는 콘돔을 바구니에 넣을 수 없었다.

편의점을 나온 종호는 더이상 수빈이 앞장서게 만들면 안된다는 생각에 주위를 두리번거리며 모텔을 찾았다. 멀지 않은 곳에 모텔 간판이 보였다. 종호는 심장이 쿵쾅거리는 소리를 들으면서 수빈의 손을 잡고 모텔로 향했다.

애석하게도 와인 몇 잔에 종호는 그대로 뻗어버렸다. 눈을 떠보니 아침이었고 수빈은 없었다. 술을 섞어 마신 탓일까? 그래도 이렇게 정신을 잃을 정도로 술이 약하지는 않은데, 아마도 긴장한 탓이라는 생각이 들었다. 수빈이 산 와인 두 병을 거의 종호 혼자 다 마셨다. 종호는 머리를 쥐어뜯었다. 그동안 아빠 때문에 늘 일찍 들어가야 했던 수빈이 정말 큰 용기를 낸 것일 텐데 이렇게 허무하게 밤을 보내다니.

모텔을 나오며 수빈에게 톡을 보냈다. 고시원으로 돌아와 책을 펴도 글씨가 눈에 들어오지 않았다. 지난밤 무슨 일이 있었는지 떠올려보았지만 모든 게 꿈처럼 아득하게만 느껴졌다. 수빈은 답이 없었다. 집에 들어가 혼나지는 않았는지 걱정이 되어 몇 번이나 톡을 보냈지만 계속 묵묵부답이었다. 바쁜 모양이라고 생각했지만 하루가 지나고 이틀이 지나도 답장은커녕 톡을 확인도 하지 않은 상태가 계속됐다. 슬슬 걱정이 되기 시작했다. 전화를 해도 받지 않았다. 집으로 찾아가볼까 했지만 생각해보니 수빈의 집이 어딘지도 몰랐다.

종호는 그제야 수빈이 먼저 연락해오지 않으면 둘이 다시 만날 방법이 없다는 것을 깨달았다.

3

내가 초등학교 4학년 때였어. 엄마가 초밥을 사준다는 말에 아무것도 모르고 신나 있었어. 나는 우리가 가끔 가는 백화점 지하 매장에 있는 회전초밥집에 가는 줄 알았지. 근데 엄마는 나를 데리고 창호문이 여럿 있는 조용한 분위기의 식당으로 들어갔어.

복도를 지나 4인이 앉을 수 있는 방으로 들어갔어. 그제야 나는 뭔가 이상하다고 느꼈지. 평소보다 더 공들여 화장을 하고 특별한 날에만 입는 옷을 걸친 엄마가 눈에 들어왔어. 뭔가 들뜬 표정의 엄마를 보는데 기분이 묘했어. 아, 무슨 일이 있구나. 엄마는 주문도 하지 않고 물컵만 만지작거리고 있었어.

"엄마, 나 배고파."

엄마는 잠시 기다리라고 했지. 뭘 기다리는지도 모르지만 나는 엄마에게 더 물어볼 생각도 하지 못하고 내 앞에 놓인 메뉴판만 쳐다보았어. 문이 열리고 낯선 남자가 들어오자 엄마는 미소를 지으며 얼른 일어났어.

엄마는 손을 뻗어 남자의 손을 잡았어. 기분이 나빠졌어. 나는 맞잡은 두 사람의 손을 노려보았어.

"네가 수빈이구나?"

남자가 말하자 엄마는 그제야 손을 풀고 나를 일어나게 한 뒤 남자에게 인사를 시켰어. 나는 입을 꼭 다물고 고개만 끄덕이고 다시 자리로 가서 앉았지. 나는 그제야 이 자리가 단순히 초밥을 먹기 위한 외출이 아니라는 것을 깨달았어. 갑자기 눈물이 나올 것 같았어.

엄마와 아빠가 이혼한 지 몇 년이 지났지만 나는 그때까지도 두 분이 화가 풀리면 화해하고 예전처럼 함께 살게 될 거라는 꿈을 버리지 않고 있었거든. 어린 나이라 그랬겠지. 어른들의 사정 같은 건 전혀 모르고.

그 남자를 보고 기분이 나쁘고 슬펐던 건 아마 그것 때문이었을 거야. 이제 다시는 엄마와 아빠, 우리 셋이 함께 살 수는 없겠구나. 엄마에게 남자가 생겼으니 이제 나는 어떻게 되는 걸까?

남자가 여러 가지 음식을 시켜주었지만 별로 맛이 없었어. 내가 좋아하는 초밥인데도 백화점에서 엄마랑 둘이 먹던 지하 매장 회전초밥보다 더 맛이 없었어. 나는 몇 개 먹다가 젓가락을 내려놓았어. 엄마도 남자도 내 접시에 여러 가지 음식을 놓아주었지만 먹고 싶지 않았어.

"엄마, 나 집에 갈래."

나는 남자가 묻는 말에도 대답하지 않고 엄마에게 그만 가자고 졸랐어. 엄마는 난감한 표정을 짓다가 내 손을 잡았어.

"수빈아, 이제 이 아저씨가 네 아빠가 될 거야. 앞으로 우리 같이 사는 거야."

나는 그 말에 울음을 터뜨렸어. 엄마는 당황해서 내 눈물을 닦아주고 안아주었지만 나는 거기에 더이상 있고 싶지 않았어. 그 남자는 가만히 나를 쳐다보기만 했어. 나는 엄마 품에 안겨서 그 남자를 노려보았어. 남자와 눈이 마주쳤지. 남자는 자기 앞에 있는 물수건으로 손을 닦더니 이렇게 말했어.

"수빈이 열한 살이라고 했지? 그러면 다른 사람도 생각할 줄 아는 나이 아닌가? 수빈이는 엄마가 행복해지는 걸 바라지 않니?"

그 말에 나는 엄마를 쳐다보며 물었어.

"엄마, 이 아저씨랑 결혼할 거야? 그러면 행복해?"

엄마는 한참 내 얼굴을 쳐다보다가 다시 나를 껴안았어. 답을 듣지 않아도 엄마가 이 사람과 결혼하고 싶어한다는 걸 알았지. 내가 아무리 울고 떼를 써도 엄마는 이미 그렇게 결정한 거야.

"수빈아, 아저씨 좋은 사람이야. 그러니까 엄마가 우리 수빈이랑 아저씨랑 같이 살려고 하는 거지."

한 달 뒤 엄마는 아저씨랑 결혼했고 우리는 함께 살게 되었어.

생각보다 나쁘지는 않았어. 우선 엄마가 행복하면 그걸로 나도 좋다고 생각했으니까. 나쁘지 않았다는 말은 틀렸네. 사실은 아주 좋았어. 직장에 다니느라 자기 시간도 없이 바쁘게 살던 엄마가 더이상 힘들게 일하지 않아도 되었으니까. 우리는 크고 좋은 집으로 이사를 갔어. 학교가 끝나고 집에 돌아가면 엄마가 날 기다리고 있는 게 좋았어. 생활비를 아끼느라 가지 못했던 비싼 식당도 가고, 백화점에서 옷도 사고, 내 방도 생겼어. 아빠에게는 미안하지만 엄마는 새아빠와 함께 살면서 행복해진 게 맞는 것 같아. 그래서 나도 아저씨를 아빠라고 부르기 시작했어.

몇 년 동안은 괜찮았어. 같이 사는 것도 익숙해졌고. 근데 내가 중학생이 되었을 때부터였나, 새아빠와 둘이 있는 게 뭔가 불편해지기 시작했어. 내 방에서 공부를 하고 있는데 퇴근하고 들어온 아빠가 문을 열고 들어왔어. 공부하느라 힘들지, 라며 내 어깨에 손을 올리더니 안마를 하듯 주무르는 거야. 처음엔 그런가보다 했는데, 손이 점점 아래로 내려오더니 쇄골을 지나 가슴 쪽으로 내려올 것 같았어. 나는 기겁을 하며 의자에서 벌떡 일어났어.

"지금 뭐하는 거예요?"

굳은 표정으로 쳐다보는데 아빠가 어이없다는 표정으로 나를 보는 거야.

"뭘 하다니? 무슨 소리를 하는 거야?"

오히려 큰소리를 치더라. 그 소리에 저녁을 차리던 엄마가 들어와서 무슨 일이냐고 물었지. 아빠는 화를 내면서 당신 딸한테 물어보라고 하면서 방을 나갔어. 엄마가 무슨 일이냐고 물었지만 나는 아무 말도 할 수가 없었지. 내가 오해를 한 건가 하는 생각이 들었거든. 나는 그냥 말을 돌렸어.

"……공부하는데 방해되잖아."

"아빠 퇴근했을 때 네가 나와서 인사했으면 굳이 방까지 안 들어오지. 담부터는 아빠 퇴근하면 나와서 인사해. 알았어? 얼른 나와, 밥 먹자."

엄마는 아무것도 눈치채지 못하고 방을 나갔어. 나는 아빠 얼굴도 보기 싫었어. 같이 밥도 먹고 싶지 않았지. 간식을 먹어서 배가 안 고프다고 하고 엄마를 내보낸 뒤 문을 잠갔어.

주방에서 엄마 아빠가 나누는 얘기가 내 방까지 들렸어. 저녁을 먹으며 엄마가 아빠에게 이렇게 얘기했어.

"수빈이 사춘기니까 내버려둬요. 저 나이 땐 아빠랑 말도 안 한다고요."

"아이고, 섭섭하네, 그 사춘기는 언제 끝나는 거야?"

아빠는 농담처럼 웃어넘기고 아무렇지 않은 듯 밥을 먹었어.

그뒤로는 아빠와 단둘이 있는 걸 피하고 방에 있을 때는 문을 걸어잠갔어. 엄마 말대로 사춘기를 지나는 예민한 딸 노릇을 하며 지냈지. 그날 이후 아빠도 별다른 행동을 하지 않아서 차츰 그 일은 잊었어. 어쩌면 진짜로 내가 과민반응을 보였던 건가, 그런 생각까지 들었어.

내가 대학에 합격하고 나자 엄마는 친구들과 며칠 여행을 가고 싶다고 했어. 아빠는 수험생 뒷바라지로 한동안 고생했으니 즐겁게 놀다 오라고 흔쾌히 허락했지. 나는 아빠와 단둘이 집에 남는 게 불안해서 엄마에게 같이 가겠다고 떼를 썼어. 하지만 엄마는 친구들과 같이 가는 여행이라며 화를 냈지.

"그동안 고생한 엄마한테 고마워요, 잘 다녀오세요, 이런 말은 못해주니?"

나는 더이상 뭐라고 말을 할 수가 없었어. 여행 가면서 엄마가 뭐라고 했는 줄 알아?

"이참에 아빠랑 좀 친해져봐. 네가 너무 쌀쌀맞게 굴어서 엄마가 다 민망해. 아빠가 우리한테 얼마나 잘하는지 알잖아."

수험생일 때는 공부하라는 잔소리도 안 하고 봐줬다며, 이제는 아빠와 잘 지내라고 하는 말에 나는 말문이 막혔어. 그래, 생각해보면 몇 년 전 그 일 말고는 아빠가 나를 불편하게 하는 일은 없었어.

별일 없을 거야. 두 밤만 자면 된다. 2박 3일이니까 사흘만 잘 버티면 된다. 그렇게 생각했어. 엄마가 없는 동안 친구 집에 가거나 문을 꼭 걸어잠그면 되겠지. 그런데 놀러가서 자고 올 마땅한 친구가 없었어. 결국 아빠와 단둘이 사흘을 지내야 했어. 첫날에는 아무 일도 없었어. 나는 괜히 아빠를 오해한 게 미안해서 저녁 준비를 해놓고 아빠를 기다렸어. 아빠는 기분이 좋아져서 맥주까지 꺼내 나에게 따라줬어. 이제 성인이 되었으니 아빠에게 술을 배우라며.

……미안, 어디까지 얘기했지? 잠깐 그때 일을 생각하느라. 그때 내가 뭘 잘못한 걸까 그런 생각을 했어. 내 잘못이 아니라고? 아니야. 나는 더 경계했어야 해. 술을 준다고 했을 때 머

릿속에서 경고음이 울렸어. 그래서 안 먹겠다고 했지. 아빠는 콜라를 꺼내줬어. 술이 아니니까 안심했었나봐, 한눈을 팔지 말았어야 하는데…… 무슨 일이 있었냐고?

내가 과일을 씻어 오는 동안 아빠가 잔에 뭘 탔던 것 같아. 수면제가 아니었을까 싶어. 약국에 있으니 뭐든 구할 수 있었을 테지. 과일을 먹고 콜라를 한 잔 마신 것뿐인데 이상하게 머리가 어지러웠어. 저절로 눈이 감겨서 심상치 않다는 걸 직감하고 내 방에 들어가서 문을 잠그려고 했지. 방에 들어갈 때까지는 정신을 차리려고 했는데…… 식탁에서 일어났던 건 기억나는데 그뒤에 그냥 정신을 잃었던 것 같아. 눈을 떠보니 아침이었고 내 방이었어.

침대에서 일어나려고 몸을 일으키는 순간 뭔가 잘못되었다는 걸 느꼈어. 아랫배에 묵지근한 통증이 느껴졌어. 문을 열고 나가보니 아빠가 출근을 하려고 안방에서 나오고 있었어. 아빠는 평소와 다름없이 인사를 하고 집을 나갔어. 내 몸에 남아 있는 이 찜찜한 잔여감은 뭐지, 하면서도 아빠를 불러 세우지 못했어. 샤워를 하면서 몸을 만져본 뒤 비로소 깨달았어. 지난밤 내가 의식을 잃은 건 결코 우연이 아니라는 걸.

내 방으로 돌아와 하루종일 이불을 쓰고 누워 있었어. 머릿속이 하얘져서 아무 생각도 할 수 없었어. 엄마가 돌아왔을 때도 아프다며 일어나지 않았어. 실제로 열이 나기 시작하고 온

몸에 열꽃이 피었지. 엄마의 전화를 받고 아빠가 퇴근하며 약을 지어 왔지만 나는 약을 집어던져버렸어. 놀란 엄마가 아빠와 무슨 일이 있었는지 물었지. 나는 아무 말도 하지 않았어. 나를 이 집에 혼자 내버려두고 간 엄마에게도 책임이 있다고 생각했으니까.

난 엄마도 어느 정도 눈치를 챘다고 생각해. 하지만 아빠를 포기할 수는 없었을 거야. 친아빠와 이혼을 한 뒤 혼자 돈을 벌어 아이를 키운다는 게 얼마나 힘든 일인지 충분히 겪었으니까. 그뒤로 겉으로는 전과 다름없는 생활이 이어졌지만 집안에는 냉기가 흘렀어. 아니, 내가 두 분을 멀리했다고 해야하나. 대학 졸업만 하면 이 집을 나가자. 그땐 독립해서 혼자 살아야지. 그렇게 생각하며 참았어.

"힘들면 말하지 않아도 돼."

종호는 잠시 말을 멈추고 생각에 잠긴 듯 입을 다문 수빈의 표정을 살폈다. 눈은 어둠 속 깊은 곳을 응시하는 것 같았다. 무슨 생각을 하는지 알 수가 없었다.

열흘 만에 나타난 수빈은 종호를 붙들고 할말이 있다고 했다. 수빈을 옆방의 숨소리, 물 마시는 소리까지 들리는 고시원으로 데려갈 수는 없었다. 전철역 근처 모텔을 찾았다.

둘만 있게 되자 수빈은 종호의 품에 매달리며 꼭 안아달라고 했다. 수빈은 격하게 종호의 입술을 찾았다. 두서없는 수빈의 행동에 불안한 생각이 들었다. 종호는 수빈을 떼어내고 물었다. 갑자기 뭐야? 연락은 왜 안 한 거야? 무슨 일 있었어?

종호의 걱정스러운 물음에 수빈은 그 자리에 주저앉아 얼굴을 파묻고 꺽꺽 소리를 삼키며 울었다. 종호는 침대에 앉아 흐느끼는 수빈의 등을 어루만져주었다. 한참을 운 뒤 수빈은 욕실에 들어가 세수를 하고 나오더니 마음을 가라앉힌 듯 종호는 상상도 못한 일들을 털어놓기 시작했다.

새아빠가 지난 십여 년간 수빈에게 저지른 끔찍한 일들. 종호는 수빈이 얼마나 어렵게 이야기를 꺼내는지 느끼고 묵묵히 듣고 있었지만 가끔은 열불이 올라와 자기도 모르게 벌떡 자리에서 일어나 방안을 서성거렸다.

"나는 거미줄에 걸린 벌레 같아. 온몸이 꽁꽁 묶여 있어. 도망칠 수도 없어. 도망치면 어디든 날 쫓아와 다시 나를 괴롭힐 거야."

이미 정신적으로도 아빠에게 사로잡힌 듯 수빈은 그의 손아귀에서 벗어날 수 없다고 말했다. 열흘 만에 나타난 수빈은 종호에게 헤어지자고 했다. 혼란스러운 표정으로 온몸을 떨면서.

종호와 외박을 하고 새벽에 돌아간 수빈은 자신을 기다리는 아빠의 손에 붙잡혀 바로 지하실에 감금당했다고 했다. 핸드폰도 빼앗기고 밤낮도 모른 채 지하실에 갇혀 있었다는 말에 종호는 충격을 받았다. 아무리 새아빠라고 하지만 어릴 때부터 자식으로 키운 아이에게 어떻게 그런 짓을 저지를 수가 있지?

"엄마가 교통사고로 돌아가신 뒤로 그 인간은 이제 아무런 거리낌도 없이 내 몸을 만지고 나를 휘둘러. 어디로 도망칠까, 아니면 죽어버릴까 그런 생각도 했어. 하지만 이대로 도망치는 것도, 죽는 것도 너무 억울하다는 생각이 들었어. 열흘 동안 그 어두운 지하실에서 생각했어. 이대로 그 인간에게 붙잡혀서, 그가 원하는 대로 살 순 없어."

어떻게 할 건데? 종호는 눈빛으로 수빈에게 물었다. 수빈은 물끄러미 종호를 보다가 침대 위에 웅크리고 앉았다.

"내가 무슨 짓을 할지 나도 모르겠어. 매일 끔찍한 생각을 해. 점점 더 선명해져. 이제 곧 나는…… 우리는 여기서 끝내. 이 끔찍한 지옥에 오빠를 끌어들일 수 없어. 이건 나 혼자 감당해야 할 일이야."

종호는 서둘러 수빈을 끌어안고 달랬다.

"아니야, 그런 생각하지 마. 미안해. 몰랐어. 내가 도와줄게. 그 거미줄, 내가 뜯어줄게. 아니, 거미는 내가 죽여줄게. 다시는 너를 건드리지 못하게 내가 짓밟아 없애줄게."

종호의 말에 수빈은 가만히 팔을 뻗어 종호의 등을 끌어당겼다. 종호는 거칠게 수빈의 입술을 찾았다. 더이상 끔찍한 말은 듣고 싶지 않았다. 다시는 그런 놈에게 잡혀 있지 않아도 돼. 걱정하지 마. 방법은 내가 찾을게.

4

백동우의 집은 연희동 주택가에 있다. 단독주택이 늘어선 골목 뒤편으로는 안산으로 올라가는 길이 있다. 종호는 카페에서 약국을 지켜보다 생각이 나면 이 주택가 골목을 돌아다녔다. 백동우의 집 주변의 골목이 어디로 이어지는지 확인하고 골목에 있는 CCTV 위치도 점검했다.

큰 도로에서 안으로 들어오는 주택가 골목은 한산했고 오가는 사람도 많지 않았다. 정원이 딸린 집들은 적당한 거리를 두고 있었고 사생활을 보호하기 위해서인지 담장이 높게 세워져 있었다. 골목에서는 담장 너머 집안이 잘 보이지 않는다. 집안에서 벌어지는 일을 밖에서 확인하기는 힘들다는 얘기다.

약국에 있는 시간을 빼면 백동우를 죽일 기회는 그가 집안에 머무는 시간뿐이다. 토요일 밤에 퇴근한 그를 죽이면 정기휴일인 일요일과 월요일 아침까지 그의 시체를 치우는 시간을 벌 수 있다. 그의 죽음이 최대한 늦게 알려져야 한다. 그 시간을 이용해 종호는 자신의 흔적을 지우고 숨어야겠다고 생각했다. 백동우를 죽이는 동안 수빈은 집에 없어야 한다. 이 부분은 수빈과 상의를 해야겠지.

결심을 마친 종호는 수빈에게 전화를 걸어 자신의 계획을 이야기했다. 잠시 말이 없던 수빈은 며칠 뒤 학과에서 1박 2일로 행사를 위한 사전답사를 간다고 알려주었다. 기회라는 생각이 들었다. 여러 사람과 가는 답사라면 수빈에게 필요한 완벽한 알리바이가 준비된다. 시체를 어떻게 치울까 하는 걱정을 했었는데 수빈에게 알리바이가 생긴다면 좀더 쉬운 계획으로 변경해도 될 것 같았다. 수빈이 일요일 저녁 집에 돌아와 죽어 있는 새아빠를 발견하고 경찰에 신고하는 것으로 얘기를 끝냈다. 집에 침입한 강도에 의해 살해당한 것이라면 시체가 집에 있는 게 자연스럽다. 시체를 치우는 건 위험하고 번거로운 일이라 어떻게 할까 고민이 많았는데 덕분에 한숨 돌렸다.

"……정말로 괜찮을까? 우리, 아무 일 없는 거지?"

수빈이 떨리는 목소리로 속삭였다.

"걱정하지 마. 그리고 넌 아무것도 모르는 거야. 그걸 명심해. 경찰이 온 뒤엔 조심해야 해. 의심받을 행동이나 말을 하면 안 돼."

"……알았어."

수빈은 토요일 아침 집을 나서서 일요일 저녁에 돌아올 예정이다. 백동우는 토요일 약국 문을 닫고 저녁 여덟시 십분 정도에 집에 도착할 것이다. 토요일 오전부터 백동우가 집으로 돌아오기 전까지 집안으로 들어가 숨어 있어야 한다. 수빈이 도어록 비밀번호를 알려줬으니 대문을 열고 집안으로 들어가는 일은 쉽다.

백동우의 집 근처 골목의 CCTV를 모두 확인했다. 종호는 검색을 통해 골목의 CCTV를 지자체에서 관리한다는 것도 확인했다. 서대문구청 홈페이지에 들어가보니 친절하게도 영상정보처리기기의 용도와 설치 위치, 설치 대수까지 자세히 나와 있었다.

주택가 범죄취약지역의 CCTV는 반경 50미터마다 설치되어 있고 연희동만 162개소에 573대의 CCTV가 설치되어 있다고 한다. 엄청 많다고 느껴졌지만 방범용, 어린이 보호용, 공원 방범용, 재난 감시용 등 다양한 곳에 설치된 카메라를 모두 합한 수이고 막상 백동우 집의 주변에 설치된 카메라는 몇 대 되지 않았다. 그것만 잘 피하면 될 것 같았다. 들고 날 때 골목 입구의 편의점에서 점퍼를 벗어 백팩에 넣는다든지 하면 만일의 사태에도 추적을 따돌릴 수 있을 듯했다. 다행히 백동우의 집 앞 공간이 다른 곳보다 조금 넓어 수시로 오가는 택배 트럭들이 잠시 정차하곤 한다. 기다렸다가 그렇게 트럭이 카메라 시야를 가리는 틈을 이용하면 어떨까 싶었다. 아니면 해가 떨어진 뒤 집안으로 들어가는 방법도 있다. 골목을 지켜보고 있다가 상황에 맞게 움직이면 되겠지.

흉기는 집안에 있는 것을 찾아보기로 했다. 섣불리 흉기를 준비해서 품고 다니는 것은 어리석은 짓이다. 백동우가 집에 오기 전, 집안에 있는 물건 중 흉기가 될 만한 것을 찾아두면 된다. 주방에 있는 식칼도 상관없고 연장통에 있는 망치도 괜찮다. 그를 죽인 뒤 흉기는 잘 씻어서 다시 원래 있던 자리에 돌려놓으면 된다. 그럼 경찰은 흉기를 찾는 데 어려움을 겪을 것이다. 물건을 가장 잘 숨기는 방법은 원래 그 물건이 있는 장소에 그대로 두는 것이다.

수빈에게 그 이상의 자세한 이야기는 하지 않았다. 수빈이 모를수록 그게 두 사람에게는 안전하다. 종호는 그동안 꼼꼼히 체크하며 적어둔 것들을 다시 한번 살펴보았다.

종호는 백동우의 죽음이 자신과 연결될 가능성이 있는지도 생각했다. 카페에 몇 번 가긴 했지만 거긴 공부하는 사람들이 많은 곳이다. 게다가 결제도 현금으로만 했다. 백동우가 살해되었다고 형사들이 카페까지 올 것 같지는 않다.

백동우와 자신의 연결고리는 오로지 수빈밖에 없다. 그 점은 수빈에게 알려두었다. 사전답사를 다녀오는 전후 며칠 동안은 연락도 하지 않기로 했다. 수빈을 의심하지 않는다면 그 연결고리를 추적할 일은 없겠지.

종호는 노트북 화면을 보며 낮게 중얼거렸다.

"이제 준비는 끝났다."

앞으로 벌어질 일을 생각하니 뒷덜미에 소름이 돋았다.

5

드디어 끝났다.

1박 2일의 사전답사를 위해 집을 나서며 수빈은 잠시 집과 마당을 돌아보았다. 엄마와 함께 살 때만 해도 이런 미래가 기다리고 있을 것이라고는 생각하지 못했다. 내일 이 집으로 돌아올 때는 모든 것이 바뀌어 있을 것이다.

엄마가 돌아가시기 전까지는 모든 게 좋았다. 아빠가 어떤 사람이든 수빈은 별로 관심이 없었다. 무던한 성격에 엄마에게 다정한 것만으로 충분하다고 생각했다. 이따금 엄마는 너때문에 재혼을 결심했다고 말하면서 수빈에게 좀 영리하게 굴라고 했다.

"원하는 것을 얻으려면 머리를 쓰라고, 머리를."

처음엔 무슨 뜻인지 이해하지 못했지만 수빈은 곧 엄마가 하는 행동을 보고 깨닫기 시작했다. 엄마는 아빠가 쉬는 날이면 기회가 있을 때마다 기념일을 만들어 백화점 근처 식당에서 외식을 했다. 식사를 마치고 나온 엄마는 소화도 할 겸 좀 걷자며 백화점으로 아빠를 이끌었다. 아빠가 쇼핑을 별로 좋아하지 않는다는 걸 아는 엄마는 백화점에서 시간을 오래 끄는 법이 없었다. 이미 마음속에 정해둔 목표가 있기 때문에 시간은 아빠가 마음먹기에 달렸다.

백화점 명품매장으로 들어간 엄마는 수빈을 앞세워 중학교 입학 기념, 생일, 졸업 기념 등등 명분이 있을 때마다 선물을 사주게 했다. 아빠는 수빈을 위해, 엄마를 위해 기꺼이 지갑을 열었다. 수빈이 대학에 합격했을 때는 오백만 원 가까이 되는 돈을 쓰기도 했다.

엄마는 아빠를 설득해서 명품이 뭔지 잘 모르고 별 관심도 없는 수빈의 선물로 이백오십만 원짜리 패딩을 얻어냈다. 수빈에게 패딩을 입히고 엄마도 이것저것 입어보더니 딸만 사주고 나는 안 사줄 거냐며 아빠의 팔에 매달렸다. 결국 아빠는 엄마의 애교에 못 이기는 척 카드를 긁었다. 거기서 끝이 아니다. 엄마는 아빠 몰래 자신의 패딩을 이백만 원에 친구에게 팔고 그 돈은 수빈의 통장에 넣어주었다.

"돈이 있어야 해. 돈 없으면 얼마나 서러운지 알아?"

엄마의 가르침 덕분에 수빈은 돈 모으는 재미를 알게 된 게 아니라, 돈 쓰는 즐거움을 느끼기 시작했다. 수빈은 엄마에게 배운 대로 노트북이 필요하다고 아빠를 졸라 삼백만 원을 받아내고 백만 원은 따로 챙겼다. 돈은 많을수록 좋았다. 아니,

많아도 여전히 부족했다. 한번 눈이 뜨이고 나니 세상에는 갖고 싶은 게 너무 많았다.

아빠가 하는 약국은 마르지 않는 샘 같았다. 정확한 수입이 얼마인지 알 수 없지만 엄마에게 생활비 외에도 선뜻 목돈을 줄 수 있는 걸 보면 매출이 꽤 괜찮은 것 같았다. 돈으로 모든 걸 살 수 없다고는 하지만, 많은 것이 돈으로 해결되었다. 경제적인 여유가 마음도 넉넉하게 만들었다. 엄마는 골프를 치고 친구들과 부동산 임장을 다녔다. 아빠의 돈을 밑천으로 딴 주머니를 만들었다. 모르긴 해도 꽤 많은 돈을 모아두었을 것이다. 한때는 왜 그렇게 돈, 돈 노래를 부르는지 궁금했다. 이제는 돈 걱정을 하지 않고 살 형편이 되었는데도 엄마의 머릿속은 돈으로 가득했다. 과연 엄마의 목표와 계획은 무엇이었을까. 안타깝게도 그게 뭐든 엄마의 죽음으로 물거품이 되었다.

엄마가 죽은 뒤 수빈의 샘물은 하루가 다르게 말라버렸다. 아빠에게 용돈을 더 달라고 하면 될 일이었지만 전과 달리 아빠는 수빈의 씀씀이를 확인하기 시작했다.

"대학생이 왜 한 달에 이백만 원이나 필요해?"

구차한 변명을 하는 게 싫었다. 나중을 위해 차곡차곡 모으라고 엄마가 준 용돈을 조금씩 꺼내 쓰기 시작했다. 통장의 돈이 눈에 띄게 줄어들었다. 통장의 잔액을 볼 때마다 엄마가 없다는 사실을 실감했다. 엄마가 남긴 돈을 찾아내면 돈 문제는 해결되겠지 싶었다. 아빠가 없는 동안 안방을 뒤졌지만 엄마의 유품 가운데 돈에 관련된 건 모두 사라지고 없었다. 결국 목마른 수빈이 아빠에게 말을 꺼냈다.

"엄마가 남긴 통장 어디 있어요?"

"그걸 왜 찾아?"

수빈은 말문이 막혔지만 곧 아빠에게 따졌다. 자식이 엄마의 돈을 물려받는 건 당연하다고 생각했다. 분명 엄마가 남겨준 돈이 있을 것이다. 그걸 찾아야 한다.

"엄마 돈, 엄마가 모은 돈이니까 이제 제 것이잖아요."

아빠는 코웃음을 쳤다. 자상했던 표정은 사라지고 입가에 차가운 기운이 흘렀다.

"그건 엄마 돈이 아니라 내 돈이야. 결혼 이후로 네 엄마가 돈을 벌어온 걸 본 적 있어? 다 내가 준 돈을 모은 거지."

수빈은 입을 다물었다. 아빠의 얼굴에서 분노를 느꼈기 때문이다. 엄마의 딴 주머니가 아빠에겐 의문이었을지도 모른다. 어쩌면 자신의 재산을 빼돌린 건 아닌지 의심하는 것 같기도 했다. 그렇지 않다면 왜 그렇게 엄마의 돈에 예민한 반응을 보이는지 설명되지 않는다. 엄마는 친구들과 몰려다니며 골프만 친 게 아니다. 그렇게 어울려 다니면서 땅을 보고 전국의 아파트를 사고팔았다. 아빠는 엄마가 돈을 벌어본 적이 없다고 말했지만, 그것은 아빠의 착각이다. 아빠의 돈을 밑천 삼아 엄마는 꽤 많은 돈을 모았다. 언젠가 수빈이 결혼할 때가 되면 줄 거라는 얘기를 한 적도 있다.

지금은 아빠와 싸우며 소모전을 할 필요가 없다. 돈의 행방을 찾고 가능하다면 그 돈을 자기 주머니로 잘 옮겨와야 한다. 아빠가 엄마의 돈을 모두 찾아낸 것 같지는 않았다. 약국 일에 바쁜 아빠의 눈을 피해 좀더 집을 찬찬히 뒤져보기로 했다.

수빈은 우선 아빠의 의중을 파악해보기로 했다. 그러자면 얌전하게 딸 노릇을 해야 한다. 학교생활도 열심히 했고 이백만 원을 어떻게든 쪼개서 살아가는 모습을 보여주었다. 몇 달 동안 착실한 모습을 보인 덕분에 다시 분위기가 부드러워졌다. 이제 아빠가 파악한 엄마의 재산이 얼마인지 확인할 기회를 노렸다.

그 와중에 한 여자가 아빠와 수빈 사이에 끼어들었다. 저녁을 해놓고 산책 겸 아빠를 마중나가던 날, 수빈은 아빠 옆에 있는 여자를 보았다. 약국 문을 닫는 아빠 옆에 삼십대 후반으로 보이는 여자가 서 있었다. 멀리서 봐도 여자가 꼬리를 흔들며 아빠에게 살살거리는 게 느껴졌다. 아빠는 애교 많은 여자에게 늘 약했지. 수빈은 자신도 모르게 입술을 깨물었다.

둘은 근처 고깃집으로 향했다. 수빈은 가게 밖에서 그들을 지켜보다가 아빠에게 전화를 걸었다. 저녁을 차렸는데 언제 올 거냐고 묻자 아빠는 약국 식구들과 회식중이라고 했다. 늦을 것 같으니 먼저 먹으라며 전화를 끊은 아빠는 고기를 구워 여자의 접시에 올려주었다. 여자는 고기를 싸서 아빠에게 먹여주었다. 여자는 아빠가 입을 열 때마다 웃으며 아빠의 팔을 쳤다. 여자라면 한눈에 알아보는 여우짓. 아빠를 꼬시겠다고 작정한 몸짓이었다.

아빠에게 여자가 생겼구나. 엄마가 죽은 지 일 년도 되지 않았는데. 그 모습을 보는데 왠지 서글펐다. 여자는 엄마보다 열 살은 더 어려 보였고, 아빠는 엄마와 있을 때보다 더 크게 웃었다. 화가 나지는 않았다. 그보다는 정신을 바짝 차려야겠다는 생각이 먼저 들었다.

돈. 엄마의 돈을 생각하자 수빈의 머릿속 깊은 곳에서 붉은 경광등이 요란하게 돌아가기 시작했다.

동네에서 꽤 큰 약국을 하고 있는 아빠. 가정적이고 무던해 보이는 인상. 딸린 어린 자식도 없이 자유로운 몸. 동네 여자들의 표적이 되는 건 시간문제였다. 그들 중 누구와 눈이라도 맞는다면…… 이 집에 수빈의 자리가 있으리라는 보장이 없다. 엄마가 없는 지금, 수빈과 아빠는 피 한 방울 섞이지 않은 남일 뿐이다. 게다가 대학을 졸업한 성인이다. 나가라고 한다면 이 집에 남아 있을 명분이 없다.

왜 그걸 깜빡하고 있었을까? 수빈은 초조해지기 시작했다. 아빠 곁에 있는 여자가 이 집을 차지하기 전에 먼저 손을 쓰지 않으면 안 된다.

그날부터 수빈은 엄마의 돈을, 아니 이 집의 재산을 차지할 방법에 대해 생각했다. 가장 좋은 방법은 아빠가 죽는 것이다. 그렇다면 엄마의 돈을 찾으려고 고민할 필요 없이 엄마, 아빠 모두의 재산이 자신의 것이 된다. 게다가 약국! 건물에 있는 병원들이 문을 닫지 않는 한 약국은 영원히 마르지 않는 돈의 샘물이다. 평생 돈 걱정 같은 건 할 필요가 없다.

"원하는 걸 얻으려면 머리를 쓰라고, 머리를."

수빈은 엄마의 말을 떠올렸다. 지금 원하는 걸 얻으려면 무엇을 해야 하지?

살인청부? 오백만 원만 주면 사람 죽이는 일을 해주는 사람이 있다는 얘기를 언젠가 뉴스에서 본 적이 있다. 검색해보니 살인청부사건이 있기는 했다. 뉴스를 읽다보니 좋은 생각이 아니라는 생각이 들었다. 돈을 주고 사람을 사려면 수빈 자신을 노출해야 한다. 게다가 자신이 살인을 계획하고 있다는 걸 누군가 알게 된다는 얘기다. 혹시라도 잘못되면 모든 것을 잃게 된다. 그런 위험을 뒤집어쓸 수는 없다. 역시 머릿속으로 상상하는 세상은 현실과 다르다는 걸 느꼈다.

그때 우연히 길을 가다가 종호를 봤다. 전철역으로 들어가는 종호를 발견한 수빈의 머리가 빠르게 움직였다. 수빈은 그의 뒤를 따라 걸음을 옮기며 종호에 대한 기억을 떠올렸다.

연극 공연 준비와 회식 때 몇 번 본 적이 있는 종호를 지금도 또렷이 기억하는 건 특별한 기억이 있기 때문이었다. 종호에 대한 선배들의 뒷담화를 듣기 전까지만 해도 별 관심은 없었다.

"차분하고 진중한 성격인 것 같다고? 말을 안 하고 조용히 있으면 다 진중한 거냐?"

"진중보다는 외로운 늑대 쪽이지."

"외로운 늑대?"

"뭔 생각인지 모르겠어. 시한폭탄 같은 구석이 있다고 할까?"

"미국으로 치면 왜 조용히 있다가 어느 날 총 들고 학교에 가서 막 총질을 해낼 것 같은 그런 놈들 있잖아. 우리나라가 아무나 총기를 못 갖게 해서 다행이지."

낄낄거리며 농담처럼 하는 얘기라도 주변 사람들에게 그런 평판을 듣는다는 건 가까이하지 말아야 할 인물이라는 의미다. 수빈도 흥미롭게 듣고 그 자리에서 잊어버렸다. 종호가 다시 그들에게 화제가 된 건 공연이 끝나고 몇 달 뒤였다. 영지가 국궁 동아리에서 난리가 났었다는 얘기를 전해주었다.

평소에는 실내 연습장에서 활을 쏘는데 여러 학교의 국궁 동아리들이 모일 때는 한강변에 있는 활터에 모여 연습을 한다. 그런데 거기서 종호가 사고를 쳤다는 것이다.

"활을 쏘는 거니까 위험하잖아. 그래서 다들 활을 쏠 때는 안전에 신경을 쓰라고 주의를 준대. 한강은 지나다 구경하는 사람도 있고 하니까 더 조심하고. 근데 어제 활 쏘는 곳 주변에 길고양이들이 몇 마리가 왔다갔다했나봐. 위험하기도 하고, 활 쏠 때 집중력이 떨어지니까 고양이를 내쫓느라 연습을 중단하고 몇 명이 뛰어다녔대. 그러는 바람에 연습할 시간은 지체되고. 그런데 말이야."

수빈은 영지의 이야기를 들으면서 왠지 손끝이 저렸다. 영지가 극회 친구들의 얼굴을 하나씩 쳐다보면서 쉽게 다음 말을 잇지 않았다.

"아, 뭐야? 빨리 말해봐."

얘기를 기다리는 친구들의 원성을 들은 뒤에야 뒷이야기를 하기 시작했다.

"고양이 때문에 연습도 못하고 돌아가게 생겼다고 어떤 여학생이 툴툴거렸나봐. 그 얘기를 옆에서 듣던 종호가 갑자기 화살을 꺼내더니 고양이를 향해 활을 쐈대."

얘기를 듣던 친구들의 입에서 헉 소리가 터져나왔다.

"그래서 어떻게 됐어? 고양이는?"

누군가 물었다.

"고양이도 문제지만, 고양이를 잡으려고 동아리 사람들이 주변에 있었는데, 거기에다 쏜 거야. 다들 놀라서 종호한테 달

496

려가고 다른 학교 애들한테 항의도 들은 모양이야. 그래서 합동 연습에서 우리 학교만 쫓겨났대."

우리는 도대체 종호가 왜 그런 행동을 했는지에 대해 한참 토론했다. 그때 친구들이 내린 결론은 외곬이라는 것이었다. 하나에 꽂히면 다른 방향은 보지도 않고 오직 한 방향을 향해 달려가는 외골수.

'외골수.'

수빈은 종호를 불러 세우며 그 단어를 떠올렸다. 어쩌면 지금 수빈의 고민을 풀어줄 해답이 아닐까 싶었다. 우선 종호가 어떤 사람인지 좀더 관찰할 필요가 있었다.

수빈은 종호의 경계를 풀기 위해 필요한 말만 하고 적당한 선에서 이야기를 멈추었다. 고양이 사건으로 동아리에서 제명당한 이야기는 모른 척했다.

종호는 선배들의 뒷담화처럼 외로운 늑대로 지내고 있었다. 혼자 있는 시간이 오래되면 현실적인 감각은 둔해진다. 자존감은 떨어지고 누구든 손을 내밀면 앞뒤 가리지 않고 잡을 만큼 사람이 간절하다.

종호와 이야기를 해본 수빈은 충분히 가능성이 있다고 판단했다. 문제는 그에게 어떻게 말을 꺼낼까 하는 것이었다. 오랜 공시 준비로 경제적인 문제도 있는 것 같으니 적당한 보수를 제시할 수도 있겠다는 생각이 들었다. 하지만 수빈이 손을 내밀지 않아도 종호가 먼저 수빈의 곁으로 다가왔다.

종호의 문자를 받고 다시 만난 날, 삼십 분도 지나지 않아 그는 수빈의 손을 잡고 둘의 관계를 규정했다. 사귀자고 물어보는 것도 아니고 "오늘부터 1일"이라고 선언했다. 어이가 없었다.

그때 수빈은 직감했다. 종호는 수빈과 만나고 돌아간 뒤부터 혼자서 탑을 쌓고 성을 만들며 이미 둘만의 미래를 상상하며 저만큼 앞서서 달리고 있었다. 역시나 외골수라는 별명이 괜히 붙은 게 아니구나 하는 생각이 들었다. 전혀 예상하지 못한 전개였지만 어떻게든 그를 이용해볼 생각이던 수빈에게는 나쁘지 않은 상황이었다.

종호와 영화를 보고, 저녁을 먹으면서 수빈은 어떻게 하면 그를 움직일 수 있을까 계속 생각했다. 우선은 여자친구로 그의 마음을 사로잡을 필요가 있었다. 수빈은 종호의 머릿속에 아빠의 이미지를 만들 수 있게 퍼즐 조각을 하나씩 던져주었다. 어른이 된 딸의 사생활을 참견하는 아빠, 엄격하고 고지식한 모습부터 밑그림을 그렸다. 같이 있다가 갑자기 통금시간이 다 되어간다고 일어났다. 몇 번이나 같은 상황이 반복되자 종호가 짜증을 내기 시작했다. 그는 아빠에게 저항하지 못하는 수빈을 답답하게 생각했다. 수빈은 종호를 움직이기 위해 다음 단계로 넘어갔다. 아빠에게 저항하면 무슨 일이 생기는지 보여줄 필요가 있었다. 하룻밤 외박하면 어떤 일이 기다리고 있는지 알아?

열흘 동안 연락을 끊었다. 그동안 쌓인 부재중 전화와 문자들로 종호가 얼마나 애타게 자신의 연락을 기다리는지 확인했다. 적당히 온도를 높였다고 생각한 수빈은 종호를 만나 자신이 미리 만들어놓은 시나리오대로 계부에게 끔찍한 일을 당하고 있는 딸의 모습을 연기했다. 그렇지 않아도 열흘 동안 혼자 질주하고 있던 종호는 수빈의 이야기에 폭발했다. 그의 표정을 보면 당장이라도 아빠를 찾아 뛰쳐나갈 것 같았다. 굳이 수빈이 제안할 필요도 없었다. 그의 입에서 먼저 아빠를 죽이겠다는 말이 나왔다. 수빈은 다시 한번 종호의 마음을 확인하기 위해 '아빠'라는 존재가 살아 있는 한 우리는 만날 수 없다고 말했다. 그것으로 종호를 움직이는 방아쇠는 당겨졌다.

자신에게 맡기라는 종호의 말에 수빈은 아빠에 대한 정보를 주고 조용히 기다렸다. 한동안 연락이 없었다. 아무리 외골수라 해도 쉽지 않겠지. 이건 사람을 죽이는 일이다. 고양이에게 활을 쏘는 것과는 다르다. 마음의 준비를 할 시간이 필요하겠다는 생각에 더 기다려보기로 했다. 드디어 그에게 연락이 왔다. 모든 준비를 끝낸 비장함이 느껴지는 목소리였다.

'기다렸어.'

이제 내일 저녁 집으로 돌아오면 모든 일이 다 끝나 있겠지.

만약 일이 잘못되어 종호가 잡히면 어떻게 될지 생각 안 해본 것은 아니다. 그것을 위한 시나리오도 따로 준비해두었다.

대학 때 알던 선배였는데 우연히 다시 만난 사이. 그런데 그 뒤로 수빈을 따라다녀 몇 번 만나기는 했다. 하지만 너무 집착이 심해 만나는 걸 피하자, 스토킹을 시작하고 나를 협박했다. 이런 시나리오를 뒷받침하는 증거를 만들기 위해 수빈은 문자와 톡처럼 증거로 남겨질 부분에서는 조심스러운 태도를 유지했다.

'아빠 때문에 못 나간다, 시간을 낼 수 없다. 기다리지 마라. 이렇게 힘들게 하지 말아달라……'

연락을 끊은 열흘 동안 종호가 보낸 문자와 부재중 전화 건수만 해도 그의 스토킹을 입증하는 강력한 증거가 될 거라 확신했다. 하지만 수빈에게 가장 좋은 결말은 범인이 잡히지 않고 이 사건이 종결되는 것이다.

집을 나와 대문을 닫은 수빈은 엄마와 함께 이 집에 처음 오던 때를 떠올렸다. 일이 끝나면 가장 먼저 이 집을 팔아버리자. 아빠가 살해당한 집에서 살고 싶지는 않으니까.

주택가 골목을 벗어나며 수빈은 문득 이 집을 팔면 얼마나 받을까 궁금해졌다.

6

여덟시가 넘어 집에 도착하니 담 너머 집안은 고요하기만 했다.

수빈은 대문을 열기 전 잠시 깊게 숨을 들이마시며 앞으로 눈앞에 벌어질 일들을 받아들이기 위한 마음의 준비를 마쳤다.

대문을 지나 현관문을 여는데 자신도 모르게 손이 떨렸다. 집안은 어둡고 서늘했다. 수빈은 익숙하게 스위치를 찾아 불을 켰다. 거실에 누워 있을 아빠의 모습을 상상하며. 그러나 거실은 깨끗했다. 가방을 내려놓고 안방 문을 열었다. 침대는 잘 정돈된 채 비어 있었다. 어떻게 된 거지? 고개를 돌리는 순간 현관문을 닫고 거실로 들어서는 종호의 모습이 보였다. 수빈은 생각지도 못한 종호의 등장에 놀라 뭐라 말을 하지도 못하고 멍하니 그가 다가오는 모습을 지켜보았다.

종호는 익숙한 듯 주방으로 가서 장식장 서랍을 열고 위스키와 두 개의 술잔을 꺼냈다. 겨우 정신을 차린 수빈이 종호에게 다가가 물었다.

"뭐야, 지금 여기서 뭐하는 거야?"

"기다렸지. 너와 이야기 좀 하려고."

종호의 말투에 미묘한 냉기가 흘렀다. 수빈은 하룻밤 사이 무슨 일이 생긴 건지 궁금했다. 지금은 종호와 이야기를 하는 게 중요한 게 아니다. 아빠, 아니 백동우 그 인간을 어떻게 했는지가 우선이다. 죽인 거야? 계획대로 성공한 거야? 아님 일을 벌이지도 못한 거야?

"무슨 얘기? 아빤 어떻게 된 거야? 끝낸 거야?"

"끝냈냐고? 아, 죽였냐고? 궁금해? 하긴 그게 제일 궁금하겠지. 그런데 나도 궁금한 게 있어서 말이야."

수빈은 차츰 종호의 말투가 거슬리기 시작했다.

"이 거짓말은 어디서부터 시작된 걸까? 왜 나한테 이런 거짓말을 한 걸까?"

"무, 무슨 말이야. 거짓말이라니?"

종호의 한쪽 입꼬리가 올라갔다.

"내가 쉬워 보였어? 생각도 없이 네가 시키는 대로 움직일 줄 알았어?"

수빈은 잠자코 종호가 하는 말을 들어보기로 했다. 무엇 때문에 종호가 이런 행동을 하는지 확인할 시간이 필요했다.

"너의 거짓말, 내가 어떻게 눈치챘는지 궁금하지 않아? 네가 알려준 비밀번호를 누르고 집에 들어와서 내가 가장 먼저 한 일이 뭐였을까?"

"……"

"지하실이야. 네가 감금되어 있었다던 지하실을 찾으려고 집안을 뒤졌지. 그런데 없더라? 분명 열흘 동안 감금되었다고 하지 않았던가?"

아차 싶었다. 자기 딸을 십 년 넘게 지하실에 감금하고 아이까지 낳게 했다는 미국의 뉴스를 보고 아이디어를 얻었는데, 설마 종호가 이 집에 들어와 지하실부터 찾아볼 거라고는 예상하지 못했다.

"사실 그전부터 이상하다는 생각은 했어. 일주일 동안 네 아빠를 미행하면서 계속 지켜봤거든."

"아빠를 미행했다고?"

수빈은 놀라서 종호의 얼굴을 쳐다보았다.

"첫날부터 네 말은 믿을 게 못 된다는 걸 알았지. 뭐, 그래도 상관없었어. 네 연극에 속아줄 생각도 있었으니까. 그렇게 해서 네가 아빠 재산을 차지하면 나도 한몫 챙길 수 있으니까."

"무, 무슨 소리야?"

"그런데 말이지, 이런 생각이 들더라. 돈 때문에 멀쩡한 아버지를 죽일 생각을 하는 애가 살인을 저지른 남자친구를 과연 가만히 내버려두고 한몫 챙겨줄까? 결국 이용만 당하고 말 거란 생각이 들었지."

종호는 두 개의 술잔에 위스키를 따르고 병뚜껑을 닫았다. 수빈은 타는 듯한 갈증을 느꼈다. 어떻게든 종호를 어르고 달래서 아빠가 오기 전에 쫓아내야 한다는 생각이 들었다. 마침 아빠가 집을 비워 다행이다 싶었다.

"나가, 나가서 이야기해. 여긴 위험해. 아빠가 언제 올지 모르잖아?"

"아빠가 올 거라고 생각해?"

수빈은 놀란 눈으로 종호를 노려보았다. 지금 자기를 놀리는 건가 싶었다.

"뭐야, 장난해? 똑바로 말해. 아빠를 죽인 거야? 확실해?"

"아니면 내가 이 시간에 왜 널 기다리고 있겠어?"

수빈은 종호를 바라보며 이 상황을 어떻게 받아들여야 할지 고민했다. 이렇게 집안에서 자신을 기다린 종호의 의도가 궁금했다.

"뭐야, 원하는 걸 말해."

"내가 뭘 원할 거 같아?"

수빈은 눈을 가늘게 뜨고 종호를 바라보았다. 종호가 하는 말의 의도를 파악하려고 애썼지만 쉽지 않았다. 생각지 않았던 전개에 머리가 잘 돌아가지 않았다.

"원하는 걸 얻으려면 머리를 쓰라고, 머리를."

엄마의 목소리가 들리는 것 같았다.

수빈은 미소를 지으며 종호를 쳐다보았다. 지금 종호의 기세에 눌리면 안 된다. 이 상황을 주도하는 건 내가 되어야 해.

"너도 한몫 챙겨야겠다고 했지? 그럼, 지금은 우리의 계획대로 움직여야 하지 않을까? 원하는 걸 얻으려면 내가 하라는 대로 하란 말이야. 아빠를 도대체 어디에 숨겨둔 거야? 죽인 거 맞아?"

"확인하고 싶어?"

종호의 시선이 수빈의 어깨 너머 서재를 향했다. 수빈은 얼른 몸을 돌려 서재로 걸음을 옮겼다.

그때 서재의 문이 열리고 누군가 걸어나왔다. 수빈은 걸음을 멈추고 비명을 삼켰다. 아빠가 서 있었다. 그의 손에는 핸드폰이 들려 있었다. 그는 가만히 핸드폰 버튼을 눌렀다.

아빠는 얼어붙은 채 서 있는 수빈의 옆을 지나쳐 종호에게 다가갔다. 종호는 그에게 술잔을 내밀었다. 그러고는 수빈은 아랑곳하지 않고 둘이 술잔을 부딪친 후 위스키를 마셨다.

"두 사람 어떻게……? 아빠, 이 사람이 뭐라고 했는지 모르지만 오해야, 내 말 좀 들어봐."

수빈의 말에 아빠는 아무 말 없이 핸드폰의 앱을 켰다.

―……아빤 어떻게 된 거야? 끝낸 거야?

―끝냈냐고? 아, 죽였냐고? 궁금해? 하긴 그게 제일 궁금하겠지. 그런데 나도 궁금한 게 있어서 말이야.

조금 전 수빈과 종호가 주고받았던 말이 녹음되어 흘러나왔다. 자신의 목소리를 들은 수빈의 얼굴이 창백해졌다.

수빈의 아빠는 핸드폰 앱을 끄고 나지막이 말했다.

"짐 싸라. 네가 어디를 가든, 뭘 하든 이젠 남이다. 네 엄마를 생각해서 원룸은 하나 얻어줄 생각이다. 두 번 다시 내 앞에 나타나지 마."

아빠의 말에 수빈은 아무런 대꾸도 하지 못하고 입술을 깨물다가 자신의 계획을 망친 종호의 얼굴을 노려보았다.

종호는 입가에 묻은 술을 닦아내며 수빈에게 다가왔다. 뭐라 말을 하려던 종호는 수빈에게 건넬 말이 없다는 사실을 깨달았다. 종호는 그대로 수빈의 옆을 지나 현관문을 나섰다.

수빈은 어떻게 해서든 이 상황을 해결해야겠다는 생각으로 아빠를 쳐다보았지만 그는 이미 안방으로 들어가 문을 닫아버린 후였다.

혼자 남은 수빈은 그대로 거실에 주저앉았다.

*

대문을 열고 나온 종호는 주택가 골목을 빠져나왔다. 머릿속을 텅 비운 채로 횡단보도 앞에 서 있는 종호의 어깨 위로 무언가 툭 떨어졌다. 고개를 들어보니 길 한편에 높게 자란 목련나무가 보였다. 가지마다 한껏 피었던 목련꽃이 시들어 바람에 툭툭 떨어지고 있었다. 종호는 바람에 날리는 목련을 바라보며 지난 몇 달간 뭔가에 홀린 듯 보낸 시간들을 떠올렸다.

홀린 게 맞다. 아직도 멍하니 정신이 흩어지고 있었다.

종호는 두 손을 들어 힘껏 뺨을 때렸다. 그제야 조금 정신이 들었다. 돌아가면 고시원 짐부터 싸기로 결심했다. 허튼짓은 그만 끝내야지.

신호등 불빛이 바뀌자 종호는 도로 위로 걸음을 내디뎠다.

수록 작품 발표 지면

냄새 없애는 방법 ······ 『반가운 살인자』(노블마인, 2010)

정글에는 악마가 산다 ······ 『반가운 살인자』(노블마인, 2010)

목련이 피었다 ······ 『목련이 피었다』(청어람, 2011)

유빙의 시간 ······ 〈자음과모음〉 2012년 봄호

돌아와, 그레텔 ······ 문장웹진 2012년 8월호

별의 궤적 ······ 『별의 궤적』(미스터리 맨션, 2015)

그녀의 취미생활 ······ 〈미스테리아〉 7호(엘릭시르, 2016)

장미정원의 가족사진 ······ 〈미스테리아〉 12호(엘릭시르, 2017)

그래도 해피엔딩 ······ 〈미스테리아〉 35호(엘릭시르, 2021)

떡 하나 주면 안 잡아먹지 ······ 『모던 테일』(안전가옥, 2022)

죽일 생각은 없었어 ······ 『파괴자들의 밤』(안전가옥, 2023)

나의 여자친구 ······ 『나의 여자친구』(위즈덤하우스, 2023)

서미애 컬렉션 2

그녀의 취미생활

초판 발행 2024년 9월 30일

지은이 서미애

책임편집 한나래 ㅣ **편집** 김유진 박을진 김혜정
디자인 이혜진 최미영
저작권 박지영 형소진 최은진 오서영
마케팅 정민호 서지화 한민아 이민경 왕지경 정경주 김수인 김혜원 김하연 김예진
브랜딩 함유지 함근아 박민재 김희숙 이송이 박다솔 조다현 정승민 배진성
제작 강신은 김동욱 이순호 ㅣ **제작처** 천광인쇄사

펴낸곳 (주)문학동네 ㅣ **펴낸이** 김소영
출판등록 1993년 10월 22일 제2003-000045호

주소 10881 경기도 파주시 회동길 210
문의 031-955-8892(편집) 031-955-2696(마케팅) 031-955-8855(팩스)
전자우편 elixir@munhak.com ㅣ **홈페이지** www.elmys.co.kr
인스타그램 @elixir_mystery ㅣ **X(트위터)** @elixir_mystery

ISBN 979-11-416-0727-2 04810
      979-11-416-0725-8 (세트)